P9-CAE-732

AL CALOR
DEL VERANO

John Katzenbach

EDICIONES B
GRUPO ZETA

Barcelona • Bogotá • Buenos Aires • Caracas • Madrid • México D.F. • Montevideo • Quito • Santiago de Chile

AL CALOR
DEL VERANO

John Katzenbach

Traducción de Nora Escoms

Título original: *In the Heat of the Summer*

Traducción: Nora Escoms

© 1984 by John Katzenbach
© Ediciones B, S.A., 2005
  Bailén, 84 - 08009 Barcelona (España)
  www.edicionesb.com

Publicado por acuerdo con John Hawkins & Associates, Inc., New York

Impreso en Argentina-Printed in Argentine
ISBN: 84-666-1920-8
Depósito legal: M. 33.579-2005

Supervisión de Producción: Carolina Di Bella
Impreso por Printing Books, Mario Bravo 835,
Avellaneda, Buenos Aires, en el mes de octubre de 2005.

Todos los derechos reservados. Bajo las sanciones establecidas
en las leyes, queda rigurosamente prohibida, sin autorización
escrita de los titulares del *copyright*, la reproducción total o parcial
de esta obra por cualquier medio o procedimiento, comprendidos
la reprografía y el tratamiento informático, así como la distribución
de ejemplares mediante alquiler o préstamo públicos.

Para Maddy

1

Un hombre que hacía footing encontró a la primera víctima cerca del decimotercer hoyo.

Era un hombre común y corriente, de mediana edad, que se preocupaba por su corazón y su dieta; un agente de bolsa que repasaba mentalmente cifras, valores y opciones mientras corría por el perímetro del campo de golf.

Se trataba de un club privado en medio de una zona muy selecta del condado, con un césped bien cuidado, altos pinos y majestuosas palmeras.

El calor se dejaba sentir desde primeras horas de la mañana y el hombre recorría su ruta habitual por instinto, maquinalmente, sin fijarse en dónde ponía los pies. Había dado tres vueltas al campo de golf, más concentrado en el Dow Jones, en su trabajo y en lo que haría durante las vacaciones que en el camino por donde iba. Al atajar por el borde del campo, levantó la mano en un acto reflejo para secarse el sudor de los ojos. En ese momento, percibió un atisbo de color entre los helechos, las palmeras y la maleza: una silueta entre las sombras matutinas.

El agente de bolsa siguió corriendo, oyendo el sonido apagado de sus pisadas en la tierra. Completó otra larga vuelta al campo y se preguntó qué habría sido aquello que le había llamado la atención. Por tanto, al acercarse al decimotercer hoyo para acometer la cuarta y última vuelta, aflojó poco a poco el paso a fin de verlo mejor. Fue entonces cuando súbitamente se percató del calor que hacía y del sol, que brillaba como una lámpara suspendida sobre el campo de golf. Esta vez avistó algo de color carne y un destello fugaz de cabellos rubios. Se detuvo y contuvo la respiración por unos instantes; luego se internó en la maleza en dirección al cadáver.

—Oh, Dios mío —exclamó, aunque nadie podía oírlo.

Más tarde, me contó que cuando comprendió qué era lo que tenía delante se quedó sin aliento, como si hubiese echado una carrera a toda velocidad, y que permaneció inmóvil durante un rato, al sol, aturdido, intentando recuperar la respiración. Según dijo, nunca antes había visto una persona asesinada. La había observado con una mezcla de horror y fascinación durante un minuto, tal vez dos, y luego había arrancado a correr a toda velocidad, con el corazón latiéndole tan fuerte que él casi podía oír los latidos, hacia la casa más cercana, para llamar a la policía.

La víctima era una adolescente.

En ese entonces, al principio de todo yo no imaginaba siquiera que esa historia se convertiría en la más importante de mi vida. Tampoco tuve el menor presentimiento, nada que alertase mi sexto sentido de periodista del peligro que corría de verme envuelto en el caso, de descuidar mi habitual objetividad hasta perderla por completo.

Los hechos se produjeron durante la temporada de huracanes de ese año. Todo comenzó en junio, en el momento en que las primeras grandes tempestades del verano empiezan a formarse a miles de kilómetros de distancia, sobre el Atlántico. Es la estación media en Miami: el sol tropical baña las calles de la ciudad como un gran reflector, eliminando toda sombra, dejando el aire estancado y cargado de un calor asfixiante.

En cierto modo, la historia evolucionó como una gran tormenta: a medida que se desarrollaba, cobraba mayor envergadura. Recuerdo que en ese entonces una borrasca se había situado sobre el Caribe, frente a las costas de Venezuela. Se había originado en el mar, cerca de África, y las corrientes de aire habían desplazado a través del océano aquel enorme e incontenible temporal de viento y lluvia. Se trataba de la primera tormenta de la temporada, y el Servicio Meteorológico Nacional la había llamado *Amy*, que resultó ser el nombre de la primera víctima.

Al fondo de la sala de redacción había un enorme mapa meteorológico en el que, durante la temporada de tormentas, se marcaba la posición y el curso de cada una de ellas. Seguir su trayectoria en el mapa formaba parte del trabajo de todos los periodistas de la ciudad. Diariamente comprobábamos el avance de la borrasca, discutíamos las probabilidades y estudiábamos las fotografías de satélite enviadas por las agencias de noticias. Según recuerdo, la foto de aquella tormenta mostraba una gran masa difusa de nubes turbulentas superpuestas sobre el mapa del Caribe. La península de Florida semejaba un enorme dedo que invitaba a la tormenta a acercarse. Examinábamos las fotografías en busca de algún indicio de que la tempestad cambiaría, adoptaría una forma más definida y, convertida en huracán, se acercaría a la ciudad, rugiendo sobre las aguas.

En la pared, junto al mapa meteorológico, había una vieja fotografía enmarcada, amarillenta y arrugada, que servía de recordatorio a todos los que trabajábamos en el *Journal*. La habían tomado durante la tormenta de 1939, que alcanzó una intensidad tres. En ella aparecía una gran palmera inclinada hasta tal punto que el tronco quedaba paralelo al suelo. Al fondo se divisaba una ola de casi cuatro metros que había barrido Miami Beach y la bahía para morir finalmente en el centro de la ciudad, en Biscayne Boulevard.

La historia, claro está, no era sobre un huracán pero, a su manera, según descubrí más tarde, aquellos asesinatos tenían mucho en común con un ciclón: comenzaron en un lugar extraño y lejano y arrasaron la ciudad como una ola impulsada por alguna poderosa fuerza natural. Recuerdo que el día del primer asesinato (el Cuatro de Julio, un año antes del Bicentenario, un año después de la renuncia del presidente) todos estábamos preocupados por esa primera gran tormenta cercana a la costa venezolana y la observábamos extraer fuerzas de las cálidas aguas del Caribe. En la redacción no se hablaba de otra cosa. Parecía que llegaría a intensidad cinco, la más devastadora. El periódico publicaba artículos especulativos a toda página sobre el potencial asesino de la tormenta. Hacía ya mucho tiempo que no se desataba una tempestad importante, según decían los empleados más antiguos de la oficina, y flotaba en el aire el presentimiento de que esa masa gris de viento y lluvia se dirigía hacia nosotros.

Sin embargo, nos equivocábamos. La tormenta nunca llegó a Miami sino que se dirigió tierra adentro, hacia la costa de América Central, donde mató a muchas personas y dejó a muchas otras sin hogar. Sin embargo, eso ocurrió algunas semanas más tarde. Entonces, a principios de julio, toda nuestra atención estaba centrada en esa tormenta, lo que, al menos en mi memoria, me ayuda a explicar por qué nuestros ojos miraban en otra dirección cuando la verdadera tempestad de la temporada estalló muy cerca de nosotros.

Así pues, ese 4 de julio llegué temprano a la oficina. Era mi primer día de trabajo después del funeral de mi tío. Aunque no tenía la obligación de ir ese día, había regresado algo inquieto de mi viaje al norte y necesitaba ocuparme en algo que ahuyentara de mi mente las escenas familiares. Ahora advierto que mi mente tiende a relacionar una cosa con otra —el asesinato de la adolescente y el suicidio de mi tío—, como si formaran parte de un mismo suceso, pese a que ocurrieron con algunos días de diferencia y a cientos de kilómetros de distancia.

No había mucha gente en la redacción, puesto que era festivo y muy de mañana. Eché un vistazo a mi buzón, que estaba vacío, y leí por encima la primera edición del *Miami Post*, que ya había salido. Me senté a mi escritorio y pensé en llamar a Christine para decirle que había vuelto, pero era probable que ella ya estuviera en el hospital, pasándole esponjas, pinzas y escalpelos a los médicos enfrascados en la extirpación de un tumor. Decidí telefonear más tarde y quedar con ella para cenar. Abrí las páginas deportivas del *Post* para enterarme de los resultados del béisbol, pero, en cambio, mis ojos se clavaron en Nolan, el redactor de noticias locales.

Nolan era un hombre corpulento, que medía bastante más de un metro ochenta e iba siempre encorvado, por lo que parecía más pesado y lento de lo que en realidad era. Sin embargo, ante una historia interesante, se enderezaba de repente, como si le hubiesen quitado de encima preocupaciones y kilos, y se concentraba en los detalles. También perdía su habitual tono jocoso y travieso y adquiría la presteza y la decisión propias de un sargento instructor. Gozaba de una enorme popularidad en la redacción; era capaz de bromear con los periodistas y, al instante siguiente, hablar ante el consejo de administración.

Ahora estaba sentado en el centro de la redacción delante de uno de los escritorios dispuestos en fila, hablando animadamente por teléfono. Lo vi garabatear unas notas y luego colgar el auricular con ademán resuelto y satisfecho. Al mismo tiempo se volvió para averiguar quién había llegado. Nuestros ojos se encontraron: Nolan se puso en pie y se dirigió rápidamente a mi escritorio. Acercó una silla y se sentó.

—No esperaba verte tan pronto —dijo—. ¿Cómo te fue?

Tenía una espesa cabellera negra, con un mechón que le caía sobre la frente y se agitaba cuando él hablaba, como acentuando sus palabras.

—Como era de esperarse. Lágrimas. Las frases de rigor sobre la levedad de la existencia, la voluntad de Dios, el paso a mejor vida.

—Suena tétrico.

—Lo fue.

—¿Tú estás bien?

—Estoy aquí, ¿no? —Sonreí—. Intacto. Un periodista modelo 1970. Con muchos kilómetros encima pero que aún funciona bien.

—Me alegro, me alegro —comentó—. ¿Tienes ganas de cubrir una noticia o prefieres descansar un par de días?

—Una noticia, una noticia. Mi reino por una noticia. O al menos lo que queda de él.

—¿Qué te parece un homicidio? —preguntó.

—¿Quieres que cometa uno?

—Dios —resopló Nolan—. ¿Desde cuándo eres comediante?

—Lo siento —respondí—. Sólo estoy tratando de olvidarme de todo aquello.

Nolan enarcó las cejas y me miró con curiosidad mal disimulada.

—Está bien —dijo—, como tú quieras. Más tarde nos tomamos una cerveza, si quieres hablar de ello... O aunque no quieras.

Solté una carcajada, y él sonrió.

—Bueno, de momento, un homicidio —prosiguió—. La típica historia de asesinato sangriento, de policías y ladrones, para un día de pocas noticias.

—¿De qué se trata?

—Una muchacha. Adolescente. Tal vez de familia adinerada. Hallaron su cadáver hace muy poco tiempo en el club de golf Riviera.

—De entrada, suena bien —dije—. ¿Qué más sabes, Nolan?

—No mucho. ¿Recuerdas a aquel teniente de Homicidios que dijo que nos debía un favor por mantenernos al margen durante aquel asunto del secuestro? Bueno, pues acaba de llamarme. Ha enviado allí a unos agentes. Todavía no tiene demasiada información: sólo la ubicación y el hecho de que la víctima es una chica. Podría salir algo interesante de eso. Pienso seguir cobrándome la deuda con ese teniente durante algún tiempo.

—¿La violaron?

—No lo sé. ¿Por qué no consigues un fotógrafo y vas

a echar un vistazo? Llámame por radio cuando sepas algo.

—De acuerdo. —Me puse de pie, cogí una libreta de la pila que tenía sobre mi escritorio y me encaminé al departamento de fotografía.

—Oye —me llamó Nolan—. ¿Querías mucho a tu tío?

—Cuando era pequeño —respondí—. Un poco.

A Andrew Porter le gustaba tomar las curvas con aquel automóvil grande, con una mano en el volante y la otra fuera de la ventanilla haciendo gestos a los demás conductores. En su mayoría eran jóvenes que seguramente se dirigían a las playas. Algunos llevaban botes en remolques, y la circulación ya comenzaba a atascarse en la entrada del McArthur Causeway y la carretera a Cayo Vizcaíno. Nosotros avanzábamos a gran velocidad en dirección opuesta, de modo que yo no alcanzaba a distinguir los rostros de la gente que esperaba en sus vehículos. El fotógrafo no cesaba de hablar: una historia acerca del reportaje de otro homicidio, en algún punto del pasado. Su voz grave apenas se oía bajo el estruendo del motor y del acondicionador de aire. En cierto momento se puso a cargar su cámara; con una mano apoyada en su regazo y la otra en el volante, colocó el carrete en la cámara y cerró la tapa.

—Una vez hice esto mientras conducía a más de ciento cincuenta, por la carretera 441. Perseguíamos a un par de chicos que habían robado un automóvil. Un poli y yo, volando por la carretera; no había tiempo de asustarse —añadió, riendo.

Recordé la lentitud con que se había desplazado la

hilera de automóviles desde la iglesia hasta el cementerio. Volví a ver el coche fúnebre doblar la esquina y, justo detrás de él, el largo Cadillac negro en el que iban mi padre y la esposa de su hermano. Había llovido durante toda la mañana, y los limpiaparabrisas parecían llevar el compás de una marcha fúnebre. Aún resonaba en mis oídos el *Himno del Cuerpo de Marines* que, desde el órgano, había inundado la iglesia, lento y solemne; resultaba casi imposible reconocer aquella cadencia tan familiar cuando se ejecutaba en honor de los muertos y no de los vivos. Recuerdo que me sorprendí al ver el féretro cubierto por la bandera: los vívidos colores parecían fuera de lugar, incongruentes con ese día gris y aquella iglesia sombría.

Primero había hablado el sacerdote.

—Escucha nuestra plegaria, Padre, por el alma de Lewis Anderson, y concédele en el cielo la paz que buscó aquí en la tierra...

«Paz —pensé—. Lo contrario de "guerra".»

Mi tío había sido un hombre muy robusto, de brazos largos y musculosos y con un pecho tan ancho como el escudo de un caballero andante. Hablaba siempre con una voz profunda en la que, aun al reír, se apreciaba un dejo amenazador, una nota tensa que ponía de manifiesto cierta ansia por captar la atención. Luego clavaba en mí su ojo sano con una mirada que me dejaba helado y asustado.

Había perdido el ojo derecho en Iwo Jima, camino de Suribachi, según decía, justo antes del izamiento de la bandera. Se había perdido ese momento, pues estaba demasiado aturdido por la morfina para comprender lo que ocurría alrededor. Una vez me contó que había sido una sensación extraña la de perder el ojo. Al principio creyó que iba a morir; luego, que todo le estaba sucediendo a otra persona. Notaba la sangre y el dolor. Sin embargo, le costaba convencerse de que ese dolor y esa sangre eran suyos. Para él, en ese momento, el herido era alguien totalmente ajeno a él.

Cuando yo era pequeño, él solía hacerme obsequios. Libros sobre el Cuerpo de Marines, una insignia del Corazón Púrpura, una bandera del Sol Naciente que había traído como botín de Tarawa. Una vez, para Navidad, me regaló un cuchillo de caza largo y curvo con una costosa vaina de cuero.

—Esto te vendrá bien —me aseguró.

Durante años, el cuchillo permaneció sobre mi escritorio.

—Cuando necesites algo, cualquier cosa, ya sabes a quién acudir —añadió.

Pero nunca le pedí nada.

Luego, el sacerdote leyó el pasaje más conocido del Eclesiastés, el de «hay un tiempo para toda las cosas». Me acordé de la canción popular basada en esos versículos. Leídos en la iglesia resonaban entre las vigas del techo, lo que les daba una sonoridad distinta, más profunda.

Solía encontrarme con mi tío y su esposa en las reuniones familiares: el Día de Acción de Gracias, en Navidad, a veces en las celebraciones de cumpleaños..., en todas las fechas señaladas. No tenían hijos: nunca supe por qué.

En esas ocasiones, él bebía demasiado. Yo lo contemplaba mientras se servía copas y las apuraba a sorbos, con delectación, en una cadena infinita. Se olvidaba de la mayor parte de las cosas, excepto del himno, que tarareaba para sí, con una expresión apagada en el ojo bueno y con el ojo falso muy abierto, sin ver nada.

A veces, por las noches, lo oía gritar en sueños.

Cuando el sacerdote terminó de leer, se impuso el silencio y mi padre se dirigió al altar.

La bandera reflejaba la luz que se colaba del exterior, proyectando sobre el rostro de mi padre un brillo multicolor.

—En 1941 mi hermano fue a la guerra —comenzó. Yo lo escuchaba con atención—. No estoy seguro de que haya regresado...

«Culpamos a la guerra —pensé—. Mejor culpemos a Iwo Jima. Dicen que allí dejó algo más que el ojo.»

Me llevé una mano a la frente y luego me cubrí los ojos, mientras oía la voz de mi padre subir y bajar de tono en la iglesia. Por teléfono, él había ido directamente al grano.

—Tu tío se ha suicidado —me informó—. Siento tener que decírtelo.

—¿Cómo ocurrió? —pregunté, por deformación profesional.

—No hubo nada específico. De hecho acababan de ofrecerle un nuevo puesto en la universidad. Recaudación de fondos, supervisión de los programas académicos... la clase de trabajo que se le daba bien.

—¿Había estado bebiendo?

—Tu tía dice que no. Dice que estaba sobrio, pero que había estado revisando sus viejos álbumes de recortes, de su época con los Marines. No le dijo nada; sólo subió al primer piso, a su estudio, y sacó una veintidós que tenía guardada. Luego entró en el baño, cerró la puerta y se mató.

—¿No dejó ninguna nota? ¿Ningún mensaje?

—Nada.

—Lo siento por ti —dije.

—En cierto modo, es un alivio. Hacía mucho tiempo que él no era feliz.

—¿Por qué?

—¿Quién sabe?

Mi padre terminó de hablar y el organista tocó los primeros acordes del himno. Una guardia de honor llevó el ataúd hasta el coche fúnebre. *Semper Fidelis*. Los seguí. Colocaron el féretro en la parte trasera y se apartaron. Sus movimientos eran tan ceremoniosos como exagerados. «La precisión y la pompa con que los militares lo disfrazan todo», pensé. Mi tía lloraba, pero los ojos de mi padre estaban secos. Se lo veía tan impasible como si estuviese dirigiendo el tráfico. Después, todos subimos a los automóviles para ir al cementerio.

El responso rezado junto a la sepultura fue más breve de lo que yo esperaba. El sacerdote volvió a leer pasajes tradicionales: polvo al polvo, cenizas a las cenizas. Yo no lo escuchaba. Observaba el rostro de todas las personas que se encontraban allí. Miré a mi hermano. Me pregunté qué sentiría yo si él estuviera muerto. Me sorprendí escuchando el repiqueteo de la lluvia sobre el toldo que cubría la tumba. A un lado, los sepultureros aguardaban tranquilamente junto a una excavadora. Se me ocurrió que quizá no había mejor manera de aprender a ser paciente que trabajar en un cementerio.

Luego terminaron las honras fúnebres. Nos dimos la mano y expresamos en voz baja nuestros buenos deseos. Me acerqué a mi padre.

—Tengo que marcharme —anuncié.

—Habrá comida y bebida en casa de tu tía. Me gustaría que vinieses.

—Tengo que marcharme —repetí—. El vuelo sale esta tarde. Cogeré un taxi.

—Está bien —dijo, y se alejó.

Pensé en la borrasca próxima a Venezuela. Intenté imaginar el centro de la tormenta, los vientos girando a toda velocidad en círculos concéntricos, cada vez más cerrados. Tenía que regresar.

—¡Ahí está! —exclamó Porter, entusiasmado.

Dirigí la mirada al frente y divisé las luces de media docena de vehículos policiales estacionados en el arcén. Había un corrillo de curiosos a pocos metros de allí, en el patio de una enorme e imponente mansión. Vi el vehículo amarillo del forense y un furgón sin ventanas, verde y blanco, de los que usan los técnicos en la escena del crimen. Aparcamos detrás del primer coche patrulla.

—¿Qué te parece? Les hemos ganado a todos por la mano. No hay una cámara de televisión a la vista. —Porter ya se había colgado del cuello una cámara de fotos y estaba preparando otra—. Vamos —añadió—, antes de que lo tapen todo.

Bajó del coche de un salto y se adentró en el campo de golf a grandes zancadas. Lo seguí unos metros más atrás, medio corriendo, medio caminando. En área del decimotercer hoyo, un oficial de uniforme nos detuvo con un grito:

—¡Alto ahí! —Se aproximó a nosotros y agregó—: Está prohibido el paso.

—Pero no puedo sacar fotos desde aquí —protestó Porter—. Déjenos acercarnos sólo un poco más. No se preocupe; no fotografiaré nada que ustedes no quieran.

El policía negó con la cabeza. Entonces intervine.

—¿Quién está al cargo?

—El detective Martinez —respondió—. Y también el detective Wilson. Hable con ellos cuando terminen. Por ahora, espere aquí —añadió, volviéndonos la espalda.

—Voy para allá —dijo Porter, señalando los matorrales—. Tengo que encontrar un buen ángulo.

Se alejó, intentando mantenerse fuera del campo visual del policía. Advertí que uno de los detectives miraba en dirección a mí y lo saludé con un ademán del brazo. Él se acercó.

—¿Cómo estás, Martinez? —dije—. ¿Qué habéis encontrado?

—Hacía mucho que no te veía —observó—. Desde aquel juicio en marzo.

Recordé que él había sido el testigo principal en el juicio de un adolescente acusado de asesinar a un turista que le había pedido indicaciones. El caso había tenido mucha repercusión, especialmente cuando el defensor alegó que el muchacho estaba desequilibrado debido a la vida diaria en el gueto. Era una defensa novedosa; el jurado estuvo reunido durante dos horas antes de rechazarla. A todos en la redacción les había hecho mucha gracia.

—Es que ya no se cometen crímenes de calidad, ¿no crees?

Martinez se rió.

—Sí, sólo homicidios, violaciones y robos comunes y corrientes. Ya no hay valores.

—Es verdad —respondí—. Pero dime, ¿hemos dado con algo interesante aquí?

El detective me miró.

—Hemos dado con un asesinato sangriento —contestó—. Una muchacha, de unos dieciséis o diecisiete años, a juzgar por el aspecto que tiene por detrás. El doctor Smith está aquí, pero aún no le ha dado la vuelta. Al parecer le dispararon a la nuca con una pistola de gran calibre, tal vez una Magnum .357. Posiblemente una .45 o una .44 especial. Pero fue algo potente; la chica tiene toda la parte posterior de la cabeza destrozada.

Yo había extraído mi libreta y estaba tomando apuntes. El detective me miró por un momento y luego prosiguió.

—Dios, uno se siente fatal al ver una muchachita como ésta asesinada.

Transcribí sus palabras al pie de la letra.

—Sin embargo, hay una cosa muy extraña, aunque no debes publicarla todavía.

—¿Qué es?

—¿Me prometes que no la publicarás? —insistió.

—Está bien, te lo prometo. ¿De qué se trata?

—Tenía las manos atadas a la espalda. No había visto algo así desde... —pensó por un momento— aquel gángster, el jugador que encontramos en Glades. ¿Lo recuerdas?

—Eso es lo que llaman «asesinato estilo ejecución», ¿verdad?

Martinez se rió.

—Así es. Ahora bien, ¿por qué querría alguien ejecutar a una adolescente?

—¿La violaron?

—No estoy seguro —respondió—, toda su ropa parece estar intacta y en su sitio. No lo entiendo.

—¿Qué lleva puesto?

—Tejanos, camiseta, sandalias. La indumentaria habitual de los adolescentes. —Hizo una pausa y levantó la vista—. ¡Vaya! —exclamó—. Aquí llegan tus hermanos y hermanas.

Miré hacia atrás y vi que había llegado la gente de la televisión. Venían en equipos, integrados por un sonidista, un reportero y un operador de cámara.

—Bueno —dijo Martinez—, luego te veo. Habla con el médico, y con aquel tipo, el de los pantalones cortos. Es el que encontró el cadáver. Habla con él. Y otra cosa...

—¿Qué?

—Pídeme la información a mí; Wilson tiene una hija adolescente. Esto ya lo ha afectado bastante.

—Está bien —asentí—. ¿Llevaba la chica alguna identificación?

—Más tarde hablamos —dijo el detective, y se alejó por el césped.

Al ver las cámaras, varios de los oficiales uniformados que habían estado registrando los arbustos se acercaron para mantenerlas a raya. Los tipos de televisión parecieron contentarse con grabar imágenes desde lejos mientras los policías procedían a examinar la escena del crimen. Yo regresé al coche y llamé a la redacción por la radio. Respondió una secretaria y un instante después oí la voz de Nolan.

—Y bien —dijo—, ¿qué has averiguado?

—Creo que aquí hay buen material —respondí—. Tal vez haya sido un secuestro. No lo sé. Pero es un caso muy extraño: la muchacha tenía las manos atadas a la espalda. La han matado al estilo ejecución. Aún no hay que publicar ese dato, pero podremos hacerlo pronto.

—¿Buenas fotos?

—Creo que sí. Andy Porter está entre los arbustos con un teleobjetivo. Hay muchos policías registrando el lugar.

—Suena bien. Mejor que las fotografías del desfile del glorioso Día de la Independencia que teníamos pensado publicar —comentó con una carcajada.

—Escucha, necesito que alguien haga unas indagaciones por mí.

—¿Qué cosa? Pide lo que quieras.

—Quiero que alguien llame a la oficina de personas desaparecidas y a las comisarías locales y pregunte si alguien denunció anoche o ayer la desaparición de una chica en Gables. Es una posibilidad.

—Buena idea. Se lo encargaré a alguien antes de que a la policía se le ocurra hacer lo mismo. Hasta luego.

Colgué el receptor y bajé del coche. Notaba la sensación pegajosa y desagradable del sudor bajo el brazo. El azul del cielo parecía extenderse hasta el infinito. No había nubes: sólo el sol, el cielo azul y el calor. Eché a andar en busca del hombre que había hallado el cadáver.

Estaba de pie junto a uno de los patrulleros. Me presenté y él me aseguró que leía el *Journal* todos los días. Era un hombre robusto, bajo, de cabello muy corto.

—Jamás me había ocurrido algo así. Ni siquiera cuando estaba en el ejército, en el cincuenta y cuatro; nunca había visto cosa semejante.

—¿Cómo fue exactamente? —pregunté.

Anoté sus palabras en la libreta. El hombre, aunque parecía bastante alterado, se expresaba con bastante claridad, y sus declaraciones servirían para un artículo complementario.

—Recuerdo que me fijé en sus brazos. Eran delgados, como los de una criatura. Estaban estirados hacia atrás, pero no muy tensos, ¿sabe? Los tenía bastante laxos, como si el asesino no hubiese querido hacerle daño. Es decir, yo habría esperado que él tirase de ellos con fuerza antes de atárselos. —Se llevó los brazos a la espalda para hacer una demostración y echó los hombros hacia atrás—. Pero no estaban así.

Mientras hablaba, yo continuaba tomando notas.

—Pude ver su rostro —continuó—. En cierto modo, tenía una expresión tranquila, como si estuviera descansando, aunque vi que tenía casi toda la parte trasera de la cabeza destrozada. —Tragó saliva—. Dicho así suena muy frío, ¿verdad? En realidad no sé qué me ocurrió. Me quedé inmóvil allí, mirándola, y mi mente registraba lo que veía: cómo estaba tendida, cómo tenía apoyada la cabeza, la maraña de pelo apelmazado por la sangre... Tenía el cabello rubio.

»Se lo conté al detective, con todos los detalles. Y entonces ¿sabe qué pasó? Vomité. Estaba por allí —dijo, señalando unos arbustos—. Supongo que ustedes están acostumbrados a ver cadáveres de asesinados...

—Suficiente. Dígame, ¿a qué se dedica?

Escuché a medias mientras el hombre relataba su historia personal. Me habló de su costumbre de correr, de su ruta acostumbrada y del sol de la mañana. Dijo que había pasado junto a la muchacha al menos tres veces sin verla.

—Mis propios hijos son más jóvenes.

—¿Podemos sacarle una fotografía?

—Preferiría que no —respondió, después de reflexionar por un momento—. ¿Es necesario que mencionen mi nombre en el periódico?

—Oh, sí —contesté—. Sin duda alguna.

—Pues ojalá no fuera así. Creo que no podré pegar ojo hasta que atrapen a ese tipo.

—Yo no me preocuparía por eso —dije.

—¿Por qué no?

—Bueno, no creo que un tipo que sale a atar y asesinar jovencitas quiera meterse con un adulto. —El hombre asintió—. Pero le daré un consejo —proseguí—: yo en su lugar intentaría mantenerme alejado de la gente de la televisión. Si no, su cara aparecerá por todas partes.

—Gracias —dijo—. Lo tendré en cuenta.

Cuando lo dejé, lo vi apartarse del camino y perderse en las sombras. Me dirigí a Porter, que estaba de pie junto al automóvil, hablando por radio con el estudio fotográfico.

—He tomado una foto de ese tipo con quien hablabas —dijo—. He tenido que usar el teleobjetivo, pero creo que saldrá bien. ¿Crees que podré conseguir un primer plano?

—De ninguna manera. Además, podrías descubrirlo ante los de la televisión.

—Está bien —dijo—. Quedémonos hasta que saquen el cadáver. A los jefes siempre les gustan esas imágenes de la bolsa con el cuerpo sobre la camilla. Igual que en Vietnam; los meten en la misma bolsa negra con cremallera. ¿No es maravillosa la tecnología?

—Eres un cínico.

—¿Y quién no?

Aguardamos a la sombra, junto al sendero, observando trabajar a los policías. Al cabo de un rato, salieron con una camilla.

—Allá voy —dijo Porter.

Se produjo un revuelo entre los camarógrafos de la televisión, que corrieron detrás de los hombres del escuadrón de rescate mientras éstos extraían el cuerpo de entre los arbustos y subían la bolsa negra a la ambulancia. Advertí que Porter se había sumado a la gente de la televisión y estaba tomando fotografías a toda velocidad. En cierto momento me miró, sonrió y señaló la bolsa que contenía el cadáver. Avisté al médico forense, que se acercaba atravesando el campo de golf, de modo que salí al sol para hablar con él. El hombre estaba encendiendo una pipa cuando lo abordé.

—¿Qué puede decirme? —le pregunté.

—No sabré demasiado hasta que la abra. Por lo visto la asesinaron con un arma de grueso calibre. Es probable que recibiera un solo impacto, a juzgar por la herida. Según parece, le dispararon a quemarropa, tal vez desde treinta o cuarenta centímetros.

—¿Cómo lo sabe?

—Por el residuo de pólvora alrededor de la herida. En realidad, sólo podré determinarlo con mayor precisión cuando examine las muestras con un microscopio. Por ahora sólo lo estoy calculando a ojo... Aunque se me da bastante bien.

—¿Algún indicio de abuso sexual?

—No. Es extraño, ¿verdad? Quiero decir que no es ésta la forma en que habitualmente asesinan a las jovencitas.

—¿Qué puede decirme acerca de la manera en que tenía atadas las manos?

—No mucho. Los chicos del laboratorio se han llevado la cuerda.

—¿Está seguro de que fue asesinada aquí? ¿No pudieron arrojarla allí después de matarla?

—Oh, sí, estoy seguro. He encontrado en algunas de las palmeras cercanas un poco de materia que salió despedida con el impacto.

—¿Tiene alguna teoría? ¿Alguna intuición?

El médico se rió.

—El asesino resultará ser un novio celoso o un padrastro maníaco sexual. Pero, en resumidas cuentas, a ustedes les da lo mismo. De cualquier modo es una buena historia, ¿no?

Hice caso omiso de su sarcasmo.

El doctor dio una larga chupada a su pipa y percibí el aroma del tabaco que se mezclaba con el olor del césped cortado.

—¿Tiene idea de quién es ella?

—Pregúnteselo a los detectives —respondió—. ¿Por qué no me llama más tarde, cuando haya terminado la autopsia? Ella será la primera de la lista. Es probable que termine por la tarde, temprano.

—Está bien —dije—, le llamaré entonces.

Vi a Martinez y a su compañero, Wilson, de pie junto a su coche camuflado, rodeados de reporteros de la televisión.

Me acerqué para escuchar.

Martinez parecía exasperado. Aparentemente, alguien se había enterado de que la muchacha tenía las manos atadas: ya no era un secreto. Wilson hablaba con los periodistas.

Era un hombre de cuarenta y tantos años, demasiados para un detective de homicidios. Tenía el cabello abundante y negro salpicado de gris, y el mentón salido en un permanente gesto de desafío. Llevaba un traje azul tradicional con una banderita estadounidense en la solapa y tenía el rostro enrojecido por el sol y por las preguntas. Al acercarme, lo oí decir:

—No insistan, no les daré detalles. Me parece muy patético. Es decir... —Hizo una pausa, mirando a las cámaras—. ¿Qué ha hecho una muchachita como ésta? Los adolescentes tienen el mismo derecho a crecer y envejecer que el resto de nosotros. Odio ver estas cosas: me afectan mucho. —Ahora estaba furioso—. Realmente es una lástima —murmuró—. Y no me da la impresión de que a ustedes les importe mucho...

—Vamos, Phil —intervino Martinez—. Ya es suficiente. Vámonos. —Me miró, enarcando ligeramente las cejas.

Escribí lo que había dicho Wilson, sacudiendo la cabeza. «Es su trabajo —pensé—. Pero también es el nuestro. No hay diferencia.»

—Atraparemos a este sujeto —afirmó Wilson—. Y espero que se pudra en la cárcel. Ojalá no hubieran quitado la silla.

—Vamos, Phil. Ya basta. —Martinez se había sentado al volante y encendido el motor—. Vámonos.

Wilson se volvió hacia él.

—Está bien —dijo, y dirigiéndose de nuevo a las cámaras agregó—: Más tarde habrá un comunicado oficial.

A continuación se dejó caer en el asiento y cerró de un portazo que sonó como el disparo que marca el comienzo de una carrera. Se produjo un repentino frenesí de actividad cuando los camarógrafos comenzaron a guardar su equipo para marcharse. Encontré a Porter esperando en el automóvil. Había encendido el acondicionador de aire.

—Es un día caluroso para un homicidio —comentó—. Oye, quiero parar a tomar una fotografía del desfile antes de regresar, ¿está bien?

—Ningún problema.

El vehículo enfiló la calzada con un chirrido de los neumáticos.

—El glorioso Cuatro de Julio —dijo—. El año pasado fue el Watergate. El anterior, el fin de la guerra. El próximo, será el Bicentenario. Habrá mucha gente disfrazada de George Washington. Travestis, tal vez. —Rió—. Pero ¿a quién le importa? —Hizo una pausa para meditar por un momento—. Supongo que a los niños exploradores. Recuerdo que cuando era un crío participé en el desfile. Me encantó, me hizo sentir que realmente era verano. Tengo que admitirlo.

Pensé en mi tío, con su uniforme. Mi padre tenía una fotografía de él enmarcada en su estudio. En ella, mi tío aparecía joven y fuerte, con su traje azul y rojo, tan imponente y vistoso que parecía mucho más que un simple atuendo. Cuando era pequeño, yo contemplaba ese retrato con una mezcla de temor y fascinación ante aquel uniforme que rezumaba valentía, fuerza y hombría al mismo tiempo. En la fotografía, los colores eran tan vívidos como las emociones. La música del funeral me vino a la mente y, de pronto, advertí que la ventanilla estaba bajada al oír los compases de una banda, los golpes sordos de bombos y de pies que marcaban el paso a pocas manzanas de distancia. Porter estacionó el automóvil.

—Si intentamos acercarnos mucho más, jamás podremos salir —dijo—. Vamos, es a unas tres calles de aquí. Sólo es un pequeño desfile por la calle principal. Más tarde habrá uno más grande, pero me gusta fotografiar a los chicos de la escuela secundaria. Son más espontáneos que cualquier banda universitaria.

Por un instante, pensé en la muchacha del decimotercer hoyo. Probablemente hubiese pasado el día observando el desfile desde la acera. O tal vez hubiese marchado al cabo de un rato, con su cabellera rubia suelta, luciendo su juventud por el medio de la calle.

Seguí a Porter hacia el lugar de donde procedía la música, que cada vez sonaba más alta, y reconocí los compases del *Barras y estrellas*. ¿Qué es un desfile sin Sousa?

La multitud no era muy nutrida pero sí estaba muy

atenta. Había montones de niños con globos y otros en cochecitos. La banda tocaba una pieza muy popular que apenas resultaba reconocible. Los instrumentos de viento relumbraban al sol, y los chicos marchaban al compás de la música. Porter se encaminó hacia la calle y se perdió entre la gente. Alcancé a verlo, agachándose, volviéndose, corriendo delante de los que desfilaban, tomando fotografías. Mientras la intensidad de la música aumentaba y disminuía, posé la mirada en un grupo de *majorettes* que avanzaban por el centro de la calle, agitando sus bastones plateados, que lanzaban destellos al girar. Las muchachas llevaban puestos uniformes dorados que reflejaban el sol de manera que daba la impresión de que cada una de ellas despedía un resplandor especial. Observé a una de las jóvenes, que marchaba a un lado. Su bastón parecía moverse alrededor de ella por voluntad propia y tenía hipnotizados a los espectadores. En cierto momento, la muchacha retrocedió un paso y lo arrojó al aire. El bastón dio varias vueltas recortado contra el azul del cielo, como si danzara al ritmo de la marcha, antes de iniciar su caída. La joven calculó el tiempo y extendió el brazo para atraparlo. Por un segundo creí que lo tenía bien sujeto, pero su mano debió de insuflarle entonces la misma vida que al lanzarlo hacia arriba, porque el palo se le escapó y cayó al suelo. La chica se detuvo por un instante para agacharse a recogerlo. Al cabo de un segundo, lo sostenía de nuevo en la mano y había reanudado su baile, pero ahora se notaba que estaba conteniendo las lágrimas. Después dobló una esquina y desapareció de mi vista.

Volví a pensar en la joven del decimotercer hoyo. A esa edad, se tenía una percepción distinta de las cosas. La caída de un bastón provocaba el llanto. ¿Qué otra cosa?

Una cita cancelada, una palabra hiriente, un examen suspendido. No había tiempo para preocuparse por la muerte ni lágrimas para los que morían.

Seguí escuchando el sonido rítmico de los bombos hasta que Porter me tocó el hombro.

—Regreso a la realidad —dijo.

2

Regresamos a la redacción por la tarde. Porter se alejó hacia el cuarto de revelado y yo me dirigí lentamente a mi escritorio. Nolan estaba sentado ante el suyo. Cuando me vio, se levantó y se acercó a mí, bailoteando, con una amplia sonrisa.

—Has dado en el clavo —dijo.

—¿Qué?

—Parece que en Gables recibieron anoche al menos media docena de llamada de un tal Jerry Hooks y su esposa. Es un ejecutivo de Eastern Airlines; tiene un puesto muy importante y una casa enorme en la zona suroeste, ya en el municipio de Gables. También tiene una hija de dieciséis años llamada Amy. Anoche ella fue a una fiesta con unos amigos y no volvió a casa. Bingo.

—¿Estás seguro de que es ella?

—Mi teniente de la policía lo confirmó antes de que tú llegaras. Ya ha enviado a los dos detectives a la casa. Te sugiero que los sigas.

Recuerdo que pensé que ésa era la peor parte de cubrir un suceso criminal y, en especial, un asesinato. Ver el cuerpo mutilado no era nada: sólo un momento de observación impersonal para absorber detalles. Sin embargo, visitar a la familia de la víctima era algo muy distinto. Nunca sabía qué esperar. En el pasado, los deudos me habían amenazado y abrazado, habían llorado en mi hombro y me habían gritado. «Es tan fácil estar con los muertos —me dije—, y tan difícil tratar con los vivos...» Volví a buscar a Porter, que acababa de iniciar el proceso de revelado, y de nuevo cruzamos la ciudad, esta vez en dirección al hogar de la familia afligida.

Cuando llegamos, Martinez y Wilson esperaban frente a la puerta. Martinez llevaba gafas de espejo, de modo que si uno lo miraba a los ojos sólo se veía a sí mismo. Wilson se enjugaba la frente con un pañuelo blanco. De alguna manera, la tela parecía retener el calor y brillaba en su mano.

—Bienvenidos a la realidad, muchachos —dijo Porter.

Atravesamos el jardín. Wilson fue el primero en hablar.

—Sí que sois rápidos, vosotros. No podíais esperar, ¿verdad?

Lo miré por un momento y luego me dirigí a Martinez.

—¿Cuál es la situación ahí dentro?

Sus ojos se clavaron en mí detrás de las gafas de sol.

—Están aturdidos por la noticia. He tenido que decirles que uno de ellos deberá ir a la morgue a identificar el cuerpo. Ahora estamos esperando al padre.

—¿Tenía novio la chica? ¿Hay algún sospechoso?

—Nada oficial. Por lo visto, nadie tenía motivos para desearle mal. Es decir, no acababa de plantar a nadie.

Wilson lo interrumpió.

—Era una chica buena y decente. Nada de drogas ni de sexo. Era alumna de la escuela Sunset. Sacaba buenas notas. Quería ser veterinaria, ir a la universidad. Dios, sólo de pensar en ello me pongo enfermo. —Sin dejar de secarse la frente con el pañuelo, me espetó—: ¿Cómo piensas escribir esto? Escucha, si le causas más dolor a esta familia...

—¿Qué? —salté—. ¿Qué crees que somos? Dios mío... —Me volví hacia Martinez—. Entonces, ¿qué pasos seguiréis ahora?

—Haremos algunas indagaciones sobre la fiesta a la que asistió, aunque, por lo que dicen los padres, dudo que averigüemos gran cosa. Sólo eran chicos del instituto. Estamos pendientes del informe de la autopsia. Comenzaremos a revisar los archivos de delincuentes sexuales, pero me temo que eso tampoco nos conducirá a ningún sitio. Quiero decir que esto no parece un crimen sexual.

Miré a Wilson.

—¿Y tú? ¿Qué piensas?

Mientras él meditaba su respuesta, yo terminé de apuntar lo que había dicho Martinez, garabateando rápidamente en mi libreta.

—Creo que el asesino es una especie de psicópata. ¿Qué otra cosa puede ser? Aún no tenemos nada seguro, pero lo tendremos, te lo juro.

Vi que Martinez daba media vuelta, como frustrado por la promesa de su compañero.

—¿Sabes? —dijo el detective más joven—, casi siempre, en cuanto llegamos a la escena de un crimen ya sabemos quién lo hizo. La víctima yace en el suelo, y el tipo que la mató está allí, de pie, con una pistola humeante en la mano, llorando. O está la esposa que, harta de que su marido la golpee después de un día difícil en el trabajo, lo ha matado de un tiro. O el padre que ha olvidado guardar bajo llave la pistola que tiene para proteger a su familia y ha visto a su hijo de cinco años matarse delante de sus narices. Luego hay casos menos comunes: el tipo que se pasa la vida detrás de la caja registradora de su bar en el gueto y se carga a su jefe. Pero a ésos también los pillamos porque, tarde o temprano, alguien se va de la lengua. Y están los asuntos de drogas: la gente metida en eso se mata entre sí. Como la mantequilla y la mermelada, así es como funcionan las cosas. Cuando se trata del crimen organizado, la cosa es más difícil; los asesinos profesionales borran sus huellas. Pero al menos tenemos alguna idea de quién lo hizo. De todos modos, ¿a quién le importa, eh?

»Pero los casos más excepcionales son los asesinatos fortuitos. Los crímenes sexuales entran en esa categoría. La víctima y el asesino no se conocen; tal vez nunca se habían visto antes. Son sólo dos vidas que se cruzan un instante. No hay pistas, no hay testigos... Esos casos nos dan mucho trabajo. Creo que ése es el tipo de crimen ante el que nos encontramos. Excepto por el aspecto sexual: no logro comprenderlo.

—¿Y las manos atadas? —pregunté.

—¿Quién sabe? —dijo Martinez, encogiéndose de hombros.

Fijé la vista en los dos hombres.

—Estáis ocultando algo —señalé—. Me salís con eso de «no tenemos pistas», pero vais a practicar una detención por la mañana, ¿no es cierto? En el horario del *Post*. Algo os traéis entre manos. Bueno, no hace falta que me reveléis de qué se trata, pero decidme al menos qué puedo esperar.

Martinez parecía molesto, y Wilson nos dio la espalda.

—¡No hay nada que decir! —exclamó—. Un cadáver con las manos atadas entre los arbustos. Eso es todo. No hay nada mágico. ¡El asesino no dejó sus huellas en una linda tarjeta blanca con su nombre y dirección! ¿Quieres una detención rápida? Pues realízala tú mismo, qué demonios.

No tuve tiempo de responder porque se abrió la puerta de la casa. Los dos detectives retrocedieron un paso, dejándome al frente. Intenté disimular la irritación y adopté mi tono de voz más solemne. Lo tenía muy ensayado y lo empleaba para hablar con los familiares de cualquier víctima de un crimen, accidente o catástrofe natural. Con él pretendía expresar conmiseración por su tragedia y al mismo tiempo determinación por conseguir material para un artículo. Me presenté primero al hombre que salió de la casa y luego a su esposa. Ambos tenían los ojos enrojecidos por el llanto.

—Sé que éste es un momento difícil —comencé—. Pero me sería de gran ayuda que uno de ustedes me dedicase algún tiempo para hablarme de su hija, sus esperanzas y sus sueños.

El padre asintió con la cabeza. Parecía atolondrado, capaz de comprender mis palabras. Miró a los dos detectives, que permanecían impasibles.

—Es una muchacha encantadora —dijo, utilizando el tiempo presente—. Casi perfecta, de hecho. Todos la queremos mucho. Estamos muy preocupados.

Martinez lo tomó del brazo.

—Esto será muy duro —dijo—. Cuanto antes acabemos con ello, mejor.

El hombre asintió de nuevo, y Martinez y Wilson lo condujeron hacia el automóvil. Observé a los tres cruzar el jardín, con paso vacilante, bajo la intensa luz de la tarde. Oí detrás de mí el chasquido y el zumbido de la cámara fotográfica. Me volví hacia la madre.

—¿Podríamos sentarnos a hablar? —pregunté—. Ellos tardarán algún tiempo.

Ella hizo un gesto de asentimiento. Entré en la casa tras ella y dejé la puerta abierta para que Porter pudiese pasar también. La madre atravesó lentamente el vestíbulo hasta una enorme sala de estar. Paseé la mirada por la habitación, anotando en mi libreta los detalles con la mayor precisión posible.

—¿Podría darme un vaso de agua? —pedí—. Hace muchísimo calor ahí fuera.

Por un instante, la mujer pareció confusa.

—Por supuesto —respondió al fin—. Se lo traeré.

Luego franqueó una puerta que daba a lo que supuse sería la cocina. Aproveché ese momento para orientarme y organizar mis pensamientos. Examiné una de las paredes, que estaban cubiertas de fotos de familia. Reparé en la cuidadosa distribución de los muebles, modernos y bajos. «Caros», pensé. En un rincón de la sala había un gran equipo estereofónico y me fijé en los títulos de los discos que estaban fuera: algunos de rock, varios de música clásica. No había televisor. Me dirigí a la parte trasera de la sala, donde había unas puertas corredizas de vidrio con vista al patio. Había una piscina, algunos árboles y un césped muy verde. En Florida, el verdor del césped dice mucho acerca de la dedicación de los dueños de la casa, que deben luchar contra el sol. Oí que la madre entraba y me volví hacia ella.

—Estaba admirando su césped. Me recuerda al que se ve en los jardines del norte.

La mujer logró esbozar una sonrisa mientras me entregaba el vaso con agua y hielo. Echó un vistazo a Porter, que estaba más atrás, intentando tomar fotografías con disimulo. Con expresión resignada, se encogió ligeramente de hombros y se sentó en una silla. Ocultó el rostro entre las manos por un momento y luego alzó los ojos hacia mí.

—No puede usted imaginar lo asustada y preocupada que estoy. —Su voz sonaba tranquila, pero tenía los ojos arrasados en lágrimas. Demostraba un notable dominio de sí misma—. Anoche no pude dormir, y Jerry tampoco. En cierto momento, salió a recorrer el barrio en coche. Dijo que sabía que no la vería pero que no podía quedarse con los brazos cruzados. Es que es la primera vez que ella lo hace..., eso de no aparecer en toda la noche. Ninguno de nuestros hijos lo había hecho nunca.

Utilizaba el tiempo presente, al igual que su marido. Aún no lo había asimilado del todo.

—¿Cuántos hijos tienen? —pregunté, tomando notas en mi libreta tan rápidamente como podía.

—Tres —respondió—. Amy es la menor. Jerry Junior está cursando el segundo año en Stanford, y su hermano mayor, Stephen, estudia medicina en Boston.

—¿En Harvard?

La mujer sonrió.

—Creo que eso es lo que a él le gustaría. No, en Tufts.

—Aun así, es toda una hazaña —aseveré.

Ella asintió.

—Estuvo en la guerra, ¿sabe? Como asistente médico en la División Americal. No recuerdo el número. El caso es que le tocó atender a muchos heridos, y creo que fue allí donde se decidió. A su regreso, siguió cursos de verano de química y de no sé qué otra cosa y logró ingresar en la universidad. Ahora está en segundo año.

—Hábleme de su hija —le pedí.

La mujer contuvo el aliento, como si mi petición la hubiese pillado por sorpresa.

—Todos han sido buenos hijos. Nunca me han dado muchos problemas. Stephen fue a la guerra contra nuestra voluntad porque, según decía, ahora que había terminado la escuela sentía que era su deber. Había pedido todas las prórrogas y todo eso. En cuanto a Jerry Junior... Bueno, él nos dio algunos dolores de cabeza cuando estaba en la escuela secundaria, porque empezó a ir a manifestaciones, se dejó el pelo largo y todo eso. Pero en el fondo no parecía tomarse todo aquello muy en serio. Más que nada, temíamos que tuviese problemas de drogas porque parecía que todos en el colegio las tomaban. Pero le fue muy bien en los estudios. Siempre había sacado buenas notas, como su hermano. A veces me preocupa que Amy se esfuerce demasiado por estar a la altura de sus hermanos. Son muy importantes para ella; siempre ha actuado como ellos y los ha imitado en todo. A veces creo que la confundía el hecho de ser una chica, de ser diferente. Le gustaba mucho estar al aire libre, y supongo que corretear y jugar por ahí le atraía más que las muñecas y... esto... ¿Qué otra cosa hacen las niñas? Cuando nos mudamos aquí... Jerry trabajaba en Northwest y durante años vivimos en Minneapolis. Vinimos aquí hace... bueno, hará dos años en octubre, y me alegró que aquí también ella pudiese salir y divertirse. No era lo mismo que mudarnos a Nueva York o algún otro de esos sitios peligrosos, ¿sabe? Además, es una chica tan sensata...

—Majorette, ¿verdad?

—Así es. —La madre soltó una carcajada que perturbó por breves instantes la quietud de la sala—. Y es subdelegada de su clase. Va a cursar su último año en Sunset. Quiere estudiar veterinaria. Creo que es una manera de seguir los pasos de su hermano mayor sin miedo a fracasar. Pienso que acabará por estudiar medicina también... —De pronto, se quedó inmóvil, como la imagen congelada de alguien que se lanza desde un trampolín, suspendido sobre las aguas en mitad de la caída—. Es decir, claro está... No lo sé. Oh, Dios mío, ¿qué ha sucedido?

Las lágrimas contenidas brotaron de golpe. La madre emitió un leve gemido y se hundió en la silla. Era un momento de derrota para ella y la mujer parecía perdida y confundida. Tenía el rostro crispado en una expresión que yo había visto antes. La sala estaba en silencio, salvo por el zumbido de la cámara. La mujer se tapó la cara con las manos y comenzó a mecerse adelante y atrás, como si padeciese un dolor físico.

—Dios mío —murmuraba—. Mi hija...

—Por favor, señora, sólo uno o dos minutos más —le pedí—. ¿Tiene alguna fotografía de Amy que podamos llevarnos, algún retrato reciente? Se lo devolveremos, por supuesto.

La madre se apartó las manos del rostro y me miró.

—¿Un retrato?

—Así es. Del anuario escolar, tal vez, o alguna foto de familia...

—Le traeré una. —Se volvió hacia Porter—. ¿Quiere usted también un vaso de agua?

Incluso yo me sentí impresionado. Me recordó a los boxeadores a quienes había visto recibir un golpe demoledor sin perder la lucidez. La mujer se puso de pie cuando Porter asintió, y la seguí con la mirada. Era alta y llevaba un vestido sencillo, elegante y de colores vivos, y el cabello castaño claro recogido. Noté que el poco maquillaje que se había puesto se le había corrido con las lágrimas. Se movía con agilidad y gracia. Cuando abandonó la habitación, dirigí la vista hacia Porter, que estaba contemplando las fotografías de la pared.

—Son buenas —comentó—. Las tomó alguien que sabe manejar una cámara. Incluso es posible que sea un profesional. Buena composición, iluminación, todo.

La madre entró con una fotografía en una mano y un vaso en la otra.

—Casi todas las sacó Jerry Junior —dijo.

Había oído los comentarios y reaccionado como cualquier madre orgullosa.

—Es probable que intente seguir su vocación cuando termine el bachillerato.

—Bueno, pues puede decirle que me han parecido muy buenas.

La mujer sonrió.

—Gracias. Significará mucho para él.

Me entregó la foto.

—¿Está bien ésta?

La estudié con atención. Era el retrato de una adolescencia rubia y bonita, de amplia sonrisa y semblante franco. Llevaba pantalón vaquero y estaba de pie junto a la piscina. Junto a ella había un collie.

—Ésa es *Lady*. Tuvimos que sacrificarla hace unos meses. Esto afectó mucho a Amy. Creo que fue entonces cuando decidió ser veterinaria. Jerry Junior tomó la foto.

—Es perfecta —dije. «Conmoverá a los lectores hasta las lágrimas», pensé—. Se la enviaré cuando hayamos terminado.

—Está bien.

Por un momento los tres permanecimos callados.

—¿Cree que hay alguna posibilidad de que la policía se equivoque? —preguntó la mujer. Advertí que los ojos se le humedecían de nuevo—. No sería la primera vez que se equivocan, según creo. ¿Ha visto usted el... eh...?

No podía pronunciar la siguiente palabra. Decidí mentirle.

—A menudo se cometen errores. Debería usted esperar a que emitan un dictamen más definitivo. Yo he visto los restos, pero... —señalé la foto— realmente no hay manera de saberlo.

—Llevaba vaqueros y una camiseta de rayas azules y blancas cuando salió anoche.

Me volví hacia Porter. En el mismo instante, la misma imagen debió pasar por su mente. Apartó la mirada.

—Lo siento, no me acerqué tanto.

Pero sí lo había hecho.

La madre se sentó de nuevo.

—Todo parece tan irreal... Tengo la sensación de no saber qué está pasando, aunque sí sé que se trata de algo importante. Es como si todo le estuviera ocurriendo a otra persona, no a mí. Como si ustedes estuvieran aquí por otro. Es todo un gran error. ¿Esto es real? ¡Oh Dios mío! No sé qué sentir, qué pensar. —Levantó la vista hacia mí—. ¿Cómo puedo pensar con coherencia cuando de pronto todo el mundo parece haberse vuelto loco?

No supe qué responder.

Entonces sonó el teléfono, un timbrazo furioso, alarmante. La madre atravesó la habitación y descolgó el auricular. Presté atención. Enseguida supe quién llamaba y por qué, aunque sólo oía las respuestas de la mujer.

—Sí, querido —dijo—. Estoy bien. —De pronto su rostro se contrajo y sus ojos se abrieron desorbitadamente—. ¡Dímelo! —gritó—. ¡Dímelo! —Cerró los párpados y apretó los dientes. Luego se sentó en una silla, con la espalda rígida y la mirada al frente—. ¡Ya estoy sentada! ¡Dímelo! ¡Dímelo! ¡Dímelo!

Entonces, repentinamente, se llevó la mano a la cara, su único gesto de horror.

—Oh, Dios mío —musitó—. Mi niña. —Colgó el auricular con cuidado y suavidad, como si no quisiera despertar a alguien—. Es ella —me dijo con voz apagada—. Mi hija. Mi niña.

—Señora, ¿hay alguien a quien podamos llamar? —pregunté—. ¿Algún vecino, tal vez?

No parecía oírme.

—Mi niña —repetía.

Porter indicó la puerta con un movimiento de cabeza. Yo asentí.

—Ya nos vamos, señora —dije—. Lo sentimos mucho.

—¿Quién ha podido hacer esto? —dijo ella en un tono frío y uniforme—. ¿Qué clase de animal es capaz de hacer algo así? Oh, Dios mío, ¿qué ha pasado? ¿Quién querría matar a mi niña? Oh, mi hijita...

Finalmente, la voz se le quebró como si fuera de cristal, y ella comenzó a gemir, balanceándose hacia atrás y hacia delante, sujetándose el vientre. El teléfono volvió a sonar una y otra vez, pero ella no se levantó a contestar. Al final, levanté el auricular. Era su esposo.

—¡Hola, hola! ¿Querida? —gritaba.

—No —dije—. Soy el periodista del *Journal*. Oiga, creo que ella necesita que alguien se quede a hacerle compañía. ¿Conoce a algún vecino?

El esposo, confundido, guardó silencio por un momento.

—Sí, al lado —respondió al fin—. Los Allen. En la casa de la derecha. Yo tengo que prestar declaración a la policía. Dígale que iré a casa lo antes posible. Gracias... por su ayuda.

—Llamaremos a los vecinos —le aseguré y colgué.

Porter le había pasado su vaso a la mujer, que ahora bebía de él.

—Ya nos vamos, señora. Se pondrá usted bien.

Pero ella no reaccionó. Continuaba gimiendo.

Cuando salimos tuve la impresión de que hacía aún más calor, si eso era posible.

—Al lado —señalé—. Los Allen.

Porter asintió y atravesó el patio corriendo. Poco después regresó acompañado por un hombre y una mujer. Ellos entraron en la casa y Porter se reunió conmigo.

—¿Les has advertido acerca de los de la televisión? —inquirí—. Estarán aquí en cualquier momento.

—Se lo he mencionado —contestó—. Pero no sé si me estaban prestando atención. Pronto lo harán.

—Entonces, vámonos. Tal vez podamos llegar a la jefatura de policía antes de que se marche el padre.

Sin una palabra, Porter arrancó el motor. «Seguro que esto empieza a afectarlo —pensé—. Sólo un poquito.» Y sonreí. Él agarró el micrófono de la radio y llamó al departamento fotográfico para informar de nuestra siguiente parada. Nolan debía de estar escuchando, porque pidió a Porter que me dejara hablar con él.

—¿Y bien? —le oí decir—. ¿Cómo te ha ido?

—Nolan —le dije con voz clara y segura—, escúchame bien: tengo una historia estupenda.

El sol que se reflejaba en el asfalto inundaba de luz el parabrisas. En silencio, excepto por el rumor del acondicionador de aire y de las ruedas sobre el pavimento, nos dirigimos al centro de la ciudad.

Vi al padre salir de la jefatura de policía por la puerta lateral acompañado por los dos detectives. Entramos en el aparcamiento y yo bajé del automóvil antes de que se hubiese detenido por completo. Logré interceptar al grupo unos metros antes de que llegara al coche patrulla y me interpuse entre ellos y el vehículo. Oí los pasos de Porter detrás de mí.

—Señor Hooks —dije—, ¿puedo hablar con usted un momento?

Los policías, evidentemente molestos, titubearon. Advertí que el padre me escrutaba como intentando identificarme.

—Del *Journal* —expliqué—. Hemos hablado por teléfono hace un momento. Los vecinos están ahora con su esposa.

Noté por su expresión que me había reconocido, pero se debatía en la duda.

—Realmente no sé qué decir. Le agradezco que haya ayudado a mi esposa, pero realmente no tengo nada de que hablar con usted por el momento. Sólo espero que atrapen al culpable. No entiendo cómo alguien pudo hacer..., pero realmente no tengo nada que decir. ¿Lo entiende?

—Claro —respondí, pero no me moví un milímetro del sitio donde estaba, obstruyéndole el paso—. ¿Sospechaba anoche que había ocurrido algo así?

—¿Cómo podía sospecharlo? ¿Cómo podría alguien imaginar esto? Bueno, claro que estaba preocupado. ¿Quién no lo estaría? Llamé a todos los centros de urgencias de la ciudad, para preguntar si la habían ingresado. Temí que hubiese sufrido un accidente de tráfico. Eso era lo que más me asustaba: un accidente. Pero realmente no quiero hablar de eso ahora, si no le importa.

Yo continuaba anotando sus palabras en mi libreta.

—¿Quiere que el hombre que mató a su hija sea castigado?

—¡Cielo santo, por supuesto! Quiero que sufra —aseveró el padre, y al oírlo levanté la vista porque su voz comenzaba a resquebrajarse, como una capa delgada de hielo bajo los pies de un patinador—. ¡Quiero que sienta lo mismo que siento yo ahora! Espero que lo sienta aunque sea sólo un poco. —Luego se interrumpió y me miró—. Pero realmente no puedo decir nada más por ahora —añadió.

—Claro —dije—. Lo comprendo.

Entonces me aparté de su camino. Wilson me lanzó una mirada furiosa mientras se sentaba al volante del coche patrulla. Mientras el vehículo arrancaba, vi que el padre se cubría los ojos con las manos. Fue un gesto muy similar al de su esposa, como si intentaran evitar la visión de alguna imagen interior, grabada en su mente. Me volví hacia Porter.

—¿Buen material?

—Sí —contestó—. Inmejorable.

—¿De portada?

—Sin duda.

—Sin duda —repetí.

Era tarde ya, y advertí que el calor comenzaba a remitir, como si se retirase ante el avance de la noche. Nos encaminamos de regreso a la redacción.

Cuando entré, Nolan salía de la última conferencia de la tarde. Me hizo señas y me acerqué, sonriendo.

—¿Tenemos una buena historia? —preguntó.

—Eso creo —respondí, evasivo.

—Cuéntame, mientras me sirvo una taza de café.

Se dirigió a una máquina que estaba en un rincón de la recepción.

Rápidamente, le expuse los aspectos más relevantes del caso, omitiendo algunos detalles. Le hablé del cadáver hallado cerca del hoyo y del hombre que lo había descubierto entre los arbustos mientras hacía *footing*. Le hablé de la madre, de las fotografías en la pared y de cómo ella se había derrumbado a causa de la tensión. Luego, le describí al padre y a los detectives y le leí algunas declaraciones. Finalmente, hice una pausa. Nolan tomó un sorbo de café y reflexionó por unos instantes.

—Está bien —dijo—. He pugnado por conseguir la primera página y al final nos la han dado. Han relegado una crónica a las páginas interiores. Escucha, esto es lo que quiero: unos setenta y cinco centímetros para la noticia y unos treinta y ocho para el artículo complementario. Incluye las declaraciones del tipo que hacía *footing* en el cuerpo de la noticia y dales color. Escribe un artículo aparte sobre la madre y el padre, pero cita una o dos declaraciones de cada uno en el cuerpo de la noticia. Comienza por el hallazgo del cadáver y el estado de la investigación policial, pero introduce color y la reacción de los padres poco después de la entradilla, ¿de acuerdo?

—Suena bien, pero en realidad quisiera hacer un artículo complementario sobre el tipo que descubrió el cadáver. ¿Puedo extenderme sobre ellos?

—A ver si nos ponemos de acuerdo —dijo, sonriendo—. Extiéndete cuanto quieras, pero con comentarios que hagan que la gente sienta auténtica compasión por esa muchacha. Y escribe sólo un artículo complementario, sobre los padres. Dentro de un par de días puedes ir a hablar con el tipo que encontró el cadáver y averiguar si aún corre por la misma ruta. Será una continuación interesante.

Asentí.

—De todos modos, incluiré su material en el cuerpo de la noticia.

—Claro —dijo Nolan—. No te guardes nada. Ésta será, con diferencia, la noticia más leída de los periódicos de mañana. ¿Qué hay de las fotos? ¿Son buenas?

Le entregué la que me había dado la madre. Nolan la examinó por un momento.

—Diablos —exclamó—, era muy bonita. Es una foto muy buena. Comenzaré a negociar por el espacio con los del departamento de noticias. Tú empieza a escribir de inmediato; yo mismo me encargaré de todo este material.

—Está bien —dije—. No pierdas la foto. Prometí devolverla.

—¿Quién la tomó? —preguntó Nolan.

—El hermano. Jerry Hooks, hijo.

—Entonces mencionaremos su nombre en el pie de foto —dijo—. ¿De acuerdo?

—Buena idea.

Llamé a Christine, justo cuando se disponía a marcharse del hospital.

—¿Estás bien? —preguntó—. ¿Qué tal el funeral?

—Sobreviví —respondí—. Todos sobrevivimos.

—¿A qué hora te veré?

—No muy temprano. Tengo una crónica importante que terminar.

—¿Has ido a trabajar? —inquirió, sorprendida.

—Sí, porque he querido. Era mejor que quedarme sentado rumiando mi tristeza, ¿no? El trabajo me ayuda a distraerme con otras cosas. Es una forma maravillosa de evadirse.

—Y a ti te encanta.

Había una acusación implícita en estas palabras.

—Supongo que sí —dije, riendo, y un instante después ella también rió.

—¿Preparo algo de comer?

—¿Qué te parece un bistec?

—Hasta luego —se despidió—. Parece que tienes ganas de celebrar.

—Es sólo una buena historia.

Colgué y me volví hacia la máquina de escribir. A mi alrededor trabajaban otros periodistas, y el sonido de sus voces al hablar por teléfono se mezclaba con el rápido tableteo de las máquinas de escribir eléctricas. La tenue luz del atardecer inundaba la oficina a través de las grandes ventanas que ocupaban una de las paredes. Desde mi escritorio abarcaba con la vista toda la ciudad. Los edificios parecían agrandarse entre las primeras sombras de la noche. Dirigí la mirada hacia el fondo de la oficina, donde estaba la vieja fotografía de la palmera en medio de la tormenta. Vi que la gran tempestad había alterado ligeramente su curso: ahora se desplazaba hacia el norte cuarta al nordeste. En dirección a Miami.

Cerré los ojos por un instante y comencé a evocar imágenes, como un mago. Volví a ver el cadáver y la luz del sol reflejada en su cabello rubio. Recordé a la madre y luego al padre, cada uno sumido a su manera en un estado de pánico. Coloqué una hoja en la máquina de escribir y empecé a teclear, a formar palabras, a construir oraciones y párrafos. Era como si la máquina se hubiese convertido en una extensión de mis manos: ella era un instrumento y yo, un músico.

Escribí:

> Una muchacha de dieciséis años, alumna del instituto Sunset... Ha sido descubierta por un hombre que hacía *footing*, temprano por la mañana... Tenía las manos atadas a la espalda y había sido asesinada «al estilo ejecución»... Su madre, con el rostro contraído por el dolor y la conmoción... Las duras declaraciones del padre...
>
> La policía sigue buscando pistas pero de momento no se ha detenido a ningún sospechoso...

A medida que las hojas salían, una tras otra, del rodillo de la máquina, yo dejé de percibir los demás sonidos de la redacción. Sólo era consciente de que estaba en mi elemento, dando forma a las ideas y las impresiones del día.

Terminé la crónica y continué con el artículo sobre los padres.

Apenas noté que un asistente tomaba las hojas de mi escritorio y las llevaba a la secretaria de redacción a fin de que preparase el texto para su publicación. Terminé unos quince minutos antes de que se cumpliese el plazo, con una cita de la madre: «¿Quién querría hacer una cosa así?»

Repasé la última línea y mi mente se llenó de imágenes de mi tío. Lo visualicé con una copa en una mano y un álbum en la otra, absorto, rememorando momentos pasados. Tenía los labios temblorosos y su ojo sano arrasado en lágrimas. Lo vi cerrar el álbum con un movimiento abrupto, militar, cerrando su vida al mismo tiempo. Avanzó con pasos medidos, lentos, como los de un cortejo fúnebre. Lo vi subir las escaleras hasta su baño, con la pistola limpia y bruñida en la mano. El estruendo del disparo debió de parecerle un chasquido apenas perceptible.

Nolan se inclinó hacia mí.

—Es bueno —opinó—. ¿Has terminado?

Le tendí la última página. Seguí el movimiento de sus ojos mientras leía.

—Está bien —dijo—. Ven conmigo. Te mostraré los cambios que he hecho.

Le entregó la última hoja al diagramador y luego se dirigió a su escritorio. Junto a él había una pequeña pantalla de televisión con un teclado: la terminal de vídeo. Pulsó una serie de teclas y mi crónica apareció en la pantalla.

—Léela.

No había más que modificaciones menores: Nolan había cambiado el orden de algunas palabras y de algunos párrafos. Nada importante. Luego puso en pantalla el artículo complementario y lo leímos juntos.

—No está mal —comentó, sonriendo—. Ah, antes de que se me olvide...

En rápida sucesión, escribió, al principio de cada artículo.

POR MALCOM ANDERSON
Redactor de plantilla del *Journal*

Releyó los dos textos y finalmente llegó a la última cita de la madre.

—Es una frase muy buena para terminar —señalé.

Nolan estuvo de acuerdo.

—Lo resume todo muy bien, ¿verdad?

Asentí. Más tarde descubriría que estábamos completamente equivocados.

3

A la mañana siguiente, no eché una ojeada a la primera página de inmediato. Christine se levantó primero y recogió el periódico del umbral de la entrada. Preparó el desayuno mientras yo me duchaba y me hizo desde la puerta del baño la misma pregunta que la madre de la muchacha:

—Dios mío, ¿quién querría hacer una cosa así?

Le respondí que tal vez el asesino resultaría ser, como de costumbre, algún novio con quien la chica había decidido terminar, alguien a quien los padres no conocían.

—Pero eso tampoco lo explicaría —la oí decir.

Guardé silencio mientras sentía correr el agua tibia por mi cabello y mi rostro. La ventana del baño estaba abierta y ya se comenzaba a notar un calor como el que irradia un motor al poco tiempo de ponerse en marcha.

—Me da asco —dijo Christine cuando salí.

—¿El qué?

—Esa clase de crímenes. ¿Sabes? Se me ocurre un montón de explicaciones posibles para ello: celos, perversión, robo, cualquier cosa. Pero ninguna me parece razón suficiente para arrebatarle la vida a esa pobre chica. Me pongo enferma sólo de pensarlo. ¿A ti no te afecta?

—Trato de no enfocarlo así.

—Entonces, ¿cómo lo enfocas?

Christine estaba untando un panecillo con mantequilla y mermelada. El sol que entraba por las ventanas de la cocina arrancó un destello al mango del cuchillo cuando ella lo dejó sobre la mesa. Christine tenía una cabellera de color caoba que le enmarcaba el rostro y caía sobre sus hombros. La luz que bañaba la habitación hacía resaltar su tono rojizo, de tal manera que ella parecía envuelta en un halo de color.

—¿Y bien? —dijo.

—Es sólo un artículo —contesté—. Es a lo que me dedico. Mira, el periódico es sobre todo una crónica de la tragedia, ¿verdad? Ayer me tocó a mí ahondar en una tragedia en particular y luego darle forma escrita para que todos los lectores ávidos de noticias trágicas del mundo, o al menos de nuestra zona de distribución, se compadezcan de la chica. Es probable que tu reacción haya sido la de todos los que han leído la noticia mientras desayunaban en el área del Gran Miami. Pero todos los que la lean dirán: «Menos mal que no me pasó a mí», y ésa es en parte la razón por la que está escrita. Oye, tal vez ocurra lo mismo en tu trabajo. Cuando asistes a una operación, ¿no lo miras todo desde cierta distancia? ¿No te alegras en cierto modo de no ser la persona afectada?

—No —respondió ella—. No exactamente.

Bebí un poco de zumo de naranja y tomé la sección deportiva. Los Yankees habían consolidado su liderato en el Este al derrotar a Baltimore y a los Red Sox. En la Liga Nacional sólo parecía estar Cincinnati. Tom Seaver había jugado como lanzador para los Mets. Me gustaba ver lanzar a Seaver; era como si utilizase todo su cuerpo con absoluta precisión para arrojar la pelota. Se inclinaba hacia atrás muy ligeramente y luego impulsaba el brazo y el cuerpo hacia delante. Bajaba la rodilla hasta rozar el montículo, y su brazo, como una bala, pasaba zumbando junto a su oreja a toda velocidad y soltaba la bola en el momento justo. Daba la impresión de que la pelota aparecía instantáneamente en la base del bateador, como si Seaver tuviese el don de volverla invisible durante una fracción de segundo. Me gustaba verlo lanzarla a noventa o noventa y cinco kilómetros por hora, de modo que cuando la pelota se materializaba sobre la base comenzaba a descender y a desviarse, como si ya no fuese un objeto inanimado sino dotado de vida propia.

Al entrar en la redacción advertí que la mayoría de los periodistas ya estaba por allí, bebiendo café y hojeando el periódico. Siempre había una pila de los periódicos del día junto a la entrada. Recogí uno y eché un vistazo a los titulares, sin prestarles mucha atención. Quería sentarme a mi escritorio para saborear la crónica con calma. También tomé la primera edición vespertina del *Post* pues tenía curiosidad por ver cómo habían tratado la noticia. No recordaba haberme topado con periodistas del *Post* durante el día anterior, pero eso no significaba que no hubiesen estado allí. Cuando me dirigía a mi escritorio, algunos de los demás me llamaron. Uno dijo: «Buen artículo», y otro bromeó: «¡Otro, otro!» Sucedía lo mismo cada vez que alguien traía entre manos una tarea importante, una historia que había dado un salto desde la rutina a la primera plana. Asentí con la cabeza fingiendo agradecer sus elogios y tomé asiento ante el escritorio.

La crónica había sido publicada en la parte superior, encima del artículo principal de la sección nacional. El titular rezaba: HALLAN UNA ADOLESCENTE ASESINADA; LA POLICÍA BUSCA AL ASESINO. El texto estaba distribuido en las seis columnas. Observé la fotografía de la muchacha: incluso en la reproducción en blanco y negro del periódico tenía un aspecto hermoso, casi angelical. El artículo complementario también comenzaba en la primera página, insertado en el texto del reportaje, con un título en cuerpo más pequeño: UNA LLAMADA TELEFÓNICA... Y LA TRAGEDIA. Me pareció un poco exagerado pero, por otro lado, había que recordar que los periódicos no se caracterizaban por su sutileza. Examiné ambos escritos con una satisfacción interior. Me producían una sensación de familiaridad. Era como si los recuerdos del día anterior se hubiesen desvanecido y hubiesen sido reemplazados por las palabras impresas, como si las descripciones del reportaje hubiesen reemplazado a las personas.

Mientras leía, sonó el teléfono en mi escritorio. Era Christine.

—No era mi intención provocar una discusión —dijo.

—¿Acaso hemos discutido? —pregunté, riendo.

—No. Pero no pretendía acusarte de ser un cínico.

—Lo soy. Deformación profesional, como se dice.

—Bueno... en realidad no eres así.

—Sí lo soy —repuse, un tanto exasperado—. ¿Dónde estás?

—En el hospital. Sólo tengo unos minutos. Los cirujanos bajarán a lavarse en un momento y tengo que verificar los instrumentos. Sólo quería llamarte porque... No sé, pareces tan indiferente...

—Es verdad. Me volvería loco si permitiera que todo me afectara. Cualquiera se volvería loco. Es mi mecanismo de defensa contra tanta locura.

—Bueno —replicó—, creo que no deberías actuar así.

—Oye —solté—, dime una cosa: ¿a quién abrirán hoy?

—A un hombre de negocios. O un abogado, no lo recuerdo. De mediana edad.

—¿Tiene familia?

—Claro.

—¿Probabilidades de salir con vida?

—No lo sé. Es una exploración del estómago. En realidad no creo que sepan qué encontrarán, pero lo que sí sé es que no será nada bueno.

—¿Has hablado con él? ¿Lo has visto con su familia?

—Un poco. Lo vi ayer, con una mujer y un hijo adolescente. Todos parecían muy enfermos, especialmente los dos que no lo estaban.

—Y dime, ¿qué sentiste en ese momento?

—No lo sé. Tristeza. Una especie de desesperanza. Quería acercarme a ellos y asegurarles que no tenían por qué preocuparse, que los cirujanos eran muy competentes y que él empezaba a recuperarse. Quería decirles que podían estar tranquilos y disfrutar de su tiempo juntos porque tenían un futuro por delante.

—Entonces, ¿por qué no lo hiciste?

—Porque habría sido una mentira. —Hizo una pausa. Oí voces al fondo—. He de irme.

—Bien —dije—, ése es mi punto de vista. No soporto la idea de mentir.

—¿Te resulta así de simple?

—Sí. Me limito a observar y a dejar constancia de lo que veo. A veces pienso en mí mismo como en una cámara fotográfica. Mis ojos son el objetivo, las palabras son los positivos. ¿Eso tiene sentido para ti?

—Tengo que irme.

—Te veré esta noche —me despedí.

—Hasta entonces.

Al colgar el auricular, imaginé a Christine vestida con la holgada ropa de quirófano, el cabello recogido en una severa cola oculta bajo el gorro sanitario y la mascarilla colgando de su cuello igual que un adorno. Era una mujer delgada; se le notaba incluso cuando llevaba la camisa y los pantalones embolsados del quirófano. Con la mascarilla puesta, lo único visible serían sus ojos.

A mí no me parecía demasiado bonita, pero tenía unos ojos extraordinarios: eran vivaces, brillantes y expresivos. A veces, me daba la impresión de que hablaban antes de que las palabras salieran de su boca. A menudo yo los observaba con atención, para anticipar sus cambios de humor. Hacía ya algún tiempo que vivíamos juntos, aunque ella tenía un apartamento de una habitación cerca del hospital. Se alojaba allí cuando yo me ausentaba de la ciudad por cuestiones de trabajo o bien por asuntos familiares, como el funeral de mi tío.

Cuando nos vimos, Christine me interrogó al respecto. Yo prefería hablar del artículo, pero ella insistió en que describiera la reacción de mi familia.

—La de mi padre fue la única interesante —dije.

—¿Por qué?

—Porque era el que más sufría y el que menos lo demostraba.

—¿Cómo es eso? ¿Quería mucho a su hermano?

—Todos los hermanos se quieren —respondí—, a pesar de las diferencias que puedan haber tenido. Aunque se odien, se profesan una especie de odio cariñoso. Los vínculos entre hermanos nunca se rompen del todo.

Christine asintió y no formuló más preguntas.

Ella y yo nos habíamos conocido un año atrás. Yo sustituía al periodista encargado de la escucha nocturna de las frecuencias de la policía, que estaba de vacaciones, había captado la transmisión confusa de una persecución en la carretera 95, que atravesaba el centro de Miami. No tenía mucho que hacer, de modo que me fui a ver qué ocurriría cuando alcanzaran al automovilista en fuga.

Resultó ser un muchacho de dieciocho años, hijo de un comisario del distrito. Mientras una docena de coches patrulla lo perseguía por toda la ciudad, se las arregló para ocasionar que otros dos conductores se salieran de la calzada, dejar inservibles varios de los vehículos policiales que lo perseguían y, finalmente, estrellarse contra un poste telefónico.

En el complejo médico del centro de la ciudad, seguí de cerca el desfile de heridos y furiosos. Vi a un agente uniformado que, mientras se sostenía una gasa ensangrentada contra la frente, observaba al muchacho, que entraba transportado en una camilla.

—Espero que ese atolondrado haya aprendido la lección —comentó el policía.

Anoté sus palabras, pensando: «Ahí está, la primera perla de la noche.» En ese momento una enfermera me apartó de un empujón.

—Por favor —dijo—, no obstruya el paso.

—Es mi trabajo —repliqué.

Me miró de una manera extraña y luego soltó una risita.

—Supongo que sí.

Contemplé su figura estilizada, la serenidad con que manejaba a tantas personas accidentadas y asustadas que se apiñaban en la sala de urgencias. La seguí con la mirada mientras ella pasaba rápidamente de las camas a las camillas, deteniéndose para controlar signos vitales. Al principio me quedé admirado de su eficiencia; luego, de su serenidad. «Como una roca en una tormenta», pensé, y luego me sonreí ante el lugar común. Ella lo advirtió y sonrió también.

—¿Se divierte? —preguntó—. Por favor comparta el chiste conmigo.

No era un reproche.

—Estaba observándola —contesté.

—Ah —dijo, y me dedicó otra sonrisa. Recuerdo que ese gesto se me antojó totalmente fuera de lugar; parecía elevarse por encima de aquella escena de dolor—. Más vale no perder el sentido del humor —agregó.

—Estoy de acuerdo —asentí.

Entonces ella se volvió hacia uno de los pacientes. Mi plazo estaba a punto de cumplirse; necesitaba un teléfono y luego una máquina de escribir. Sin embargo, antes de salir, me detuve en la cabina de las enfermeras y encontré el nombre de ella en un registro. Anoté el número de teléfono que figuraba junto a él. A la tarde siguiente la llamé.

Mis ojos se posaron de nuevo en el periódico que estaba sobre mi escritorio. Lo abrí directamente por la página donde continuaba la crónica y vi que estaba llena de fotografías del hombre que había descubierto el cadáver de la muchacha y de los padres de ésta, en distintas poses. Había una del padre mientras subía al coche patrulla, frente a la jefatura de policía. Tenía el semblante tenso y sombrío. En otra, se veía a la madre colgando el teléfono, con una expresión de desconcierto que, justo en ese mismo instante, se teñía de angustia. Eran imágenes impactantes.

Tomé el teléfono y marqué el número del estudio fotográfico. Pedí hablar con Porter y, momentos después, éste se puso al aparato.

—Muy buenas fotos —lo felicité.

—Gracias. Tenía mucho material bueno. No utilizaron la del cadáver en la bolsa, como yo pensaba. Pero estuvieron a punto. Pensaban aprovecharla hasta que vieron el retrato que nos dio la madre. De todos modos, el tema se prestaba para sacar buenas fotos, y también para escribir una buena crónica.

—Es verdad.

—Y bien —dijo—, ¿qué vendrá ahora? ¿Tienes alguna continuación en mente?

—Aún no lo sé. Hablaré con Nolan.

—Bueno, si necesitas fotografías, llámame. Me gustaría seguir en este caso, de ser posible.

—Te avisaré —le aseguré y colgué el auricular.

A continuación eché un vistazo al *Post*. Ellos también habían publicado la noticia en primera página, pero con menos detalles que nosotros. Habían hablado con uno de los vecinos adolescentes que habían visto a la muchacha esa noche. El chico declaró que ella estaba caminando sola por la calle. En realidad, eso no significaba gran cosa, pero la manera en que lo habían escrito daba a entender que nadie la había visto después de eso y que por tanto la habían raptado durante ese paseo nocturno. Era un texto hábilmente redactado que creaba una ilusión de conocimiento donde no lo había. Advertí asimismo que no habían incluido ninguna fotografía de la muchacha; sólo una del personal de rescate transportando el cadáver en la bolsa. Además, se habían visto obligados a entrevistar a los Allen, los vecinos a quienes habíamos llamado.

Cerré el periódico con una sonrisa de satisfacción.

Quienes nos dedicamos al negocio de la información experimentamos cierto placer, mezcla de perversidad y orgullo, cuando le sacamos ventaja a la competencia. Los resultados son muy claros e inmediatos.

Volví a descolgar el auricular para poner manos a la obra. Valdría la pena hablar con los detectives antes que con Nolan, al menos para tener alguna idea de qué hacer. Una voz respondió:

—Homicidios.

—Quiero hablar con Martinez —dije—. Soy Anderson, del *Journal*.

Oí el tono que indicaba que la llamada había sido transferida y luego la voz de Martinez.

—Es un gran día para el mundo de la prensa —dijo—. Ya puedo ver los titulares: «Periodista del *Journal* salta a la fama y consigue empleo en el *New York Times*.» —Se rió.

—Yo jamás os abandonaría, muchachos —repuse—. Si no fuera por todos vosotros, ¿de dónde sacaría la información?

—La inventaría. Ya lo haces. —Soltó otra carcajada.

—*Touché*.

—Y bien, ¿qué puedo hacer por ti? Oye, creo que has hecho un buen trabajo. Hasta Wilson lo cree, aunque no lo admita. Todavía está bastante furioso por todo esto.

—¿Qué novedades hay? —pregunté—. Necesito una continuación.

—Bien —respondió Martinez—, esta mañana tendremos el informe de la autopsia, y los de balística dicen que pronto presentarán un dictamen preliminar. Además de eso, lo único que tenemos planeado es una pesquisa entre el vecindario. Trabajo de rutina, para averiguar si alguien la vio subir a un automóvil o vio algún sospechoso por la zona. Hablaremos con algunos de los amigos de la chica. Será una tarea monótona, nada emocionante como lo que esperan vuestros lectores.

—¿Cuánto tiempo os llevará?

—Tal vez todo el día. Habrá mucha presión sobre Wilson y sobre mí para que atrapemos a ese tipo, pero dudo que lo consigamos. Por supuesto, te pido que no publiques esto. Tenemos algunas teorías, principalmente la de que el sujeto está loco. No quiero hablar demasiado de eso.

—Está bien —dije—. Es temprano para mí. Volveré a llamarte esta tarde, ¿de acuerdo?

—Está bien. El forense dará a conocer los resultados de la autopsia. No creo que haya nada en ella que deba ser confidencial. De todos modos, él nos lo dirá.

Colgué el teléfono y revisé las notas que había tomado de la conversación. «Un loco —pensé—. Tal vez podamos hacer un artículo sobre eso.»

Recogí la pila de papeles y me dirigí a la oficina de Nolan. Lo encontré hablando por teléfono con otro periodista, el enviado a los tribunales, discutiendo la cobertura de un juicio. Minutos más tarde, se volvió hacia mí.

—Ese cabrón no cree que ese juicio por asesinato valga la pena. Lo más irritante es que tiene razón, porque sabe mucho más al respecto que yo. Bien, hiciste un buen trabajo ayer, pero no nos durmamos en los laureles. Como dicen por allí, ¿qué has hecho hoy por mí?

Sonreí.

—Hoy tendremos los informes de la autopsia y de balística. Martinez dice que saldrán a interrogar a los vecinos. No espera muchos resultados.

—Tal vez nosotros deberíamos hacer lo mismo.

—Hace calor —protesté—. Si mi madre hubiese querido que fuese vendedor ambulante, me habría dado una enciclopedia.

Nolan rió.

—Esta mañana me he tomado unas píldoras de crueldad, junto con mi dosis habitual de sadismo y una inyección de mal humor. Sugiéreme una alternativa mejor, antes de que haga algo desconsiderado como enviarte allí afuera.

—Bueno —dije—, Martinez cree que el asesino puede ser una especie de chiflado. Un maníaco sexual, supongo. Podría entrevistar a algunos de los psiquiatras forenses de los tribunales para ver qué opinan ellos.

—Buena idea, pero creo que aún no tenemos suficiente información para proporcionarles. Podrías llamar a algunos y concertar una cita para mañana o más adelante. Entonces sabremos un poco más y las aguas estarán un poco más tranquilas. Luego dirígete al barrio de la chica y llama a algunas puertas. Observa la reacción de la gente. Fíjate en si están comprando perros de defensa, detalles por el estilo.

—El miedo cunde —dije.

Nolan soltó una risotada.

—Así es. El miedo cunde en un barrio tranquilo a raíz del asesinato de la muchacha. Admito que es un tópico periodístico, pero sigue siendo buen material para un artículo, por más que se escriba al respecto. Además, así mantendremos la historia en primera plana un día más. Llévate a un fotógrafo.

Esperé fuera a que Porter trajese el automóvil. El edificio del *Journal* estaba justo enfrente de la bahía. Permanecí allí de pie, dejándome acariciar por la cálida brisa que agitaba ligeramente las aguas. El azul pálido del mar prácticamente se confundía con el del cielo, y por un momento me sentí suspendido entre ambos. Noté que el calor me envolvía como una capa de niebla. Oí la bocina de un automóvil, me volví y vi al fotógrafo.

—Aquí estamos, de nuevo en la brecha —dijo.

Con un gruñido, me acomodé en el asiento, con la frente ya empapada en sudor.

Pasamos delante de la casa de la muchacha asesinada. Las cortinas de las ventanas estaban corridas, y la puerta cerrada. No percibí la menor señal de actividad, pero me percaté de que había varios vehículos en el camino particular. «Amigos —pensé—, tal vez los hermanos de la chica, todos reunidos por la muerte.»

Aparcamos en esa calle. Avisté a dos muchachitas que caminaban por la acera y me acerqué a ellas, seguido por Porter.

—¿Es usted un periodista de verdad? —preguntó una de ellas.

Yo sonreí y le enseñé mi identificación. La muchacha clavó la mirada en ella y luego en mí.

—No es una buena foto —señaló.

Su amiga se inclinó y observó la fotografía sin decir palabra.

—¿Conocíais a la víctima? —pregunté.

—Oh, claro que sí —respondió la primera muchacha, mientras su amiga asentía con la cabeza—. Todo el vecindario la conocía. Era muy popular.

—¿Erais compañeras de clase?

—No, ella iba un curso por delante —intervino finalmente la segunda joven—. Pero siempre la veíamos.

—Y vosotras ¿no tenéis miedo? Es decir, estáis paseando por aquí como si nada hubiese ocurrido. ¿Qué pensáis?

Las dos se miraron. Parecían mellizas con sus tejanos recortados y sus camisetas. Ambas lucían melenas que les llegaban hasta los hombros y parecían incapaces de hablar sin mover las manos, fruncir los labios o sonreír para recalcar sus palabras.

—Mi padre me ha prohibido que salga de noche hasta que atrapen al asesino —dijo la primera.

—¿Y tú? —pregunté a la segunda.

—Mi madre me ha largado un sermón —contestó—. No me deja ir a ninguna parte, ni siquiera al club de natación a menos que me acompañe alguna amiga. Además, tengo que decirles adónde iré por la noche. De todos modos, no creo que me dejen salir.

—¿Cuándo han hablado con vosotras?

—Esta mañana, en cuanto han leído la noticia en los periódicos. Pero nos enteramos anoche. Todo el mundo hablaba de ello, en todas partes. Aún no puedo creerlo —comentó la primera muchacha.

Su amiga prosiguió.

—Jamás había pensado que pudiera pasar algo así. Me pregunto quién la reemplazará como *majorette*.

«Estupendo —pensé—. La mente adolescente en acción.»

—¿Creéis que todos están asustados? —inquirí.

—Oh, sí —respondieron ambas al unísono.

—Todos los adultos —añadió la segunda.

—¿Y vosotros no?

—Bueno —titubeó—, tal vez un poco, aunque así, de día, es más difícil tener miedo. Quizás esta noche esté más asustada.

Mientras hablaban, yo anotaba sus palabras y algunos detalles de su expresión. Advertí que algunos niños, en su mayoría de entre nueve y catorce años, se habían acercado, movidos por la curiosidad. Era la cámara lo que les llamaba la atención; es un elemento de nuestro trabajo que siempre ejerce cierta fascinación sobre la gente.

Les indiqué con señas a algunos de ellos que se acercaran, y al cabo de un momento estaba rodeado por unos diez niños del vecindario. Comencé a formular mis preguntas mientras Porter se movía alrededor tomándoles fotografías.

—Yo tengo miedo —dijo un niño—. No quiero que a mí me pase lo mismo.

—Pues yo le daría una patada al asesino donde más duele —aseveró una adolescente que debía de aproximarse a la mayoría de edad. Su respuesta provocó un murmullo de risas nerviosas en el grupo.

—No creo que el asesino vuelva —dijo un pequeño de unos nueve años, visiblemente preocupado por la situación—. Nunca vuelven a la escena del crimen. Lo he leído en un libro.

Entretanto, yo apuntaba lo que decían, junto con sus nombres y direcciones. Mi libreta se estaba llenando de garabatos, jeroglíficos que sólo yo podía interpretar. Manifestaban sus opiniones con presteza y entusiasmo; quizá fuese la primera vez que alguien se las pedía. Pensé en lo incongruente del tiempo y el lugar: en pleno día, con el reportero y el fotógrafo, la experiencia constituía una novedad para ellos. Sin embargo, esa noche, solos en su habitación, la mayoría de ellos permanecería insomne por el temor. «La imaginación de un niño —me dije—. Notable.»

De pronto, se quedaron callados. Al levantar la vista vi a una mujer a unos metros de allí, en medio de su patio delantero. Todos los ojos se volvieron hacia ella.

—¿Quién es usted? —preguntó.

—Anderson, del *Journal* —me presenté—. Sólo estaba haciéndoles algunas preguntas a los niños.

—Joey —llamó la mujer—, ven aquí.

El niño de nueve años, el que aseguraba tener miedo, se apartó del grupo.

—Ve a jugar dentro.

El niño atravesó el jardín hacia la casa.

—Espero que sepa usted lo que hace —me dijo la mujer.

—¿Cómo dice?

—Tal vez esté asustando mucho a estos niños.

Fue entonces cuando percibí por primera vez la ansiedad en su voz.

—Creo que no la comprendo, señora —le dije, acercándome.

—Es por este asesinato —explicó—; al venir aquí, les meterá más miedo a todos. Oh, Dios mío, ¿piensa publicar sus nombres?

—Tal vez sólo su nombre de pila, señora —mentí—. Nadie podrá identificarlos a partir de eso.

La mujer sacudía la cabeza, como intentando desechar algún pensamiento terrible.

—No puedo creer lo que ha ocurrido. Para su información, no somos fenómenos de feria. ¿Con qué derecho viene usted a fisgonear por aquí?

—Cálmese, por favor.

—¿Cómo quiere que me calme? —Levantó la voz, alterada por el miedo—. ¿Cómo puede alguien calmarse después de lo que ha sucedido? Anoche, después de enterarme, apenas pegué ojo. Y los periódicos, esta mañana... Estoy convencida de que hay un loco suelto, un demente. No quiero que regrese por aquí. —Entonces se volvió hacia su casa y gritó—: ¡Joey! ¡Te he dicho que te quedaras dentro!

Yo seguía ocupado garabateando en mi libreta.

—Lo siento —dijo de pronto la mujer, un poco más serena—. Todos por aquí estamos muy preocupados por lo de la chica Hooks. Algunos padres han llamado por teléfono esta mañana, tratando de organizar grupos para patrullar las calles. Todo ha quedado en nada, pero la gente sigue inquieta. Yo también lo estoy.

Entonces, la mujer hizo una pausa. Nuestras miradas se encontraron. Parecía estar buscando palabras para expresar lo que sentía.

—Es probable que éste sea un caso en un millón —dije—, ¿no le parece?

—Bueno —murmuró—, supongo que tal vez tiene razón. Mi esposo opina lo mismo. Pero no puedo evitar la sensación de que todos estamos... no lo sé, expuestos al peligro; que somos vulnerables. Por eso tengo miedo. Es como una invasión de enemigos invisibles. Uno sabe que están allí fuera, pero no puede combatirlos porque no los ve, y es eso lo que me asusta tanto. Sé que no debería gritarle a Joey, porque él ya tiene bastante miedo y no le hace ningún bien vernos a mí y a su padre tan nerviosos, pero ¿cómo se puede luchar contra los sentimientos? Además, ¿por qué habría de hacerlo? Prefiero mantenerlo a salvo dentro de la casa, al menos hasta que pase toda esta locura. Quiero decir: estamos en los suburbios. Aquí no estamos acostumbrados a ese tipo de crímenes urbanos. Se cometen robos y atracos, pero nada como esto... —Se interrumpió. Luego, se le ocurrió una pregunta—: Dígame usted que es profesional. Apuesto a que ha seguido casos parecidos. ¿Qué ocurrirá? ¿Cuándo atrapará la policía a ese tipo?

Reflexioné por un instante, dudando entre tranquilizar a la mujer o alarmarla aún más. Debía calibrar cuál de las dos respuestas posibles daría más juego para el artículo que iba a escribir.

—Creo que hacen bien en preocuparse —respondí al fin—. Pero nadie puede predecir lo que hará un criminal de esta clase. De nada sirve hacer conjeturas.

A la mujer se le demudó el rostro.

—Cree que puede regresar...

Era una pregunta a medias. Se le había entrecortado la voz a causa del miedo, una emoción que yo no alcanzaba a comprender, que tenía algo de resignación. Me encogí de hombros.

—Supongo que ya nadie está a salvo. Oh, Dios mío —exclamó—, es terrible, terrible.

Asentí. El viento cálido me soplaba en la espalda, haciendo que la camisa se me adhiriera a la piel.

—Oh, Dios —musitó la mujer—. ¿Qué nos espera?

Más tarde, en el coche, Porter comentó:

—La mujer ha estado perfecta, ¿no crees? La mezcla exacta de patetismo y miedo, de sensatez e irracionalidad. No sabía qué era más razonable: si dejarse llevar por el pánico o conservar la calma.

—Cierto —dije.

Durante el viaje, hablamos de ella; éramos dos hombres jóvenes que se distanciaban fácilmente de lo que veían. El interior del vehículo estaba bien aislado; el acondicionador de aire y el sonido de la radio encendida nos resguardaban del calor y el ruido de la calle.

De regreso en la oficina, me senté ante mi escritorio y marqué el número de Homicidios. Un momento después, Martinez contestó: Oí que se conectaba otra extensión y supuse que Wilson se había unido a la conversación.

—Bien —dije—, cuéntame. ¿Qué hay de la autopsia?

—He llamado al forense —respondió el detective—. Es extraño. Pero algo puedo decirte: la mataron de un solo disparo de una automática calibre .45 y no hay señales de abuso sexual, tal como esperábamos.

—Entonces, ¿qué tiene de raro?

Martinez titubeó.

—Bueno, demonios, no veo por qué no has de saberlo. El médico dice que la mataron en la madrugada, alrededor de las cuatro y media o las cinco de la mañana. Al parecer eso indica la pérdida de temperatura del cuerpo. Interesante.

—¿Por qué es importante eso? —pregunté.

—Porque la raptaron hacia las diez de la noche —terció Wilson con impaciencia—. ¿Dónde estuvo durante todo ese tiempo? ¿Por qué no hubo agresión sexual? ¿O acaso fue un secuestro frustrado? En algún sitio tiene que haber pasado todas esas horas, y será muy difícil averiguarlo.

—¿Dónde la mataron?

—Ya lo sabes —dijo Martinez—. Exactamente donde la encontraron. Ese dato figuraba en tu artículo.

—Demonios —farfulló Wilson—, deberías leer lo que escribes.

Lo había olvidado. A veces formulaba preguntas cuya respuesta ya conocía a fin de ganar tiempo para pensar otras preguntas. Ésta no era una de esas ocasiones.

—¿Y qué me decís del arma? Yo creía que, a esa distancia, una .45 le volaría la cabeza.

—La bala entró oblicuamente —contestó Martinez.

—Te diré algo —volvió a intervenir Wilson—. Ese cabrón realmente sabe de armas. Eso se nota.

—¿Es probable que sea un profesional? ¿Que se trate de un secuestro? —inquirí.

—Digamos que de momento no hemos descartado ninguna posibilidad. —Hubo un momento de silencio—. Oye —prosiguió Martinez—, intentamos colaborar con vosotros y esperamos un poco de cooperación a cambio. Dejo a tu criterio lo que conviene o no divulgar de todo esto. Pero te aseguro que no dejaremos piedra sin mover. Tenemos buzos buscando la pistola en el estanque del campo de golf y en todas las vías fluviales cercanas. El problema es que aún no estamos seguros del tipo de crimen al que nos enfrentamos. Pero lo descubriremos, te lo prometo. Siempre sucede. Es probable que eso no nos lleve a ninguna parte, pero algo sucederá.

—Sí —convino Wilson—, algo.

No pude comunicarme con el forense, de modo que le dejé un mensaje pidiéndole que me llamara. Hablé brevemente con Nolan acerca de la continuación de la historia. Él quería que relacionara en el artículo la escena de la calle con el estado de la investigación policial. Me quedé sentado ante el escritorio por un momento, con la mirada fija en el papel colocado en el rodillo de la máquina de escribir, aun cuando el plazo de entrega estaba a punto de cumplirse, a fin de ordenar las imágenes en mi mente. En rápida sucesión, recordé la casa cerrada al mundo, los niños en la calle, las voces y los gestos con que respondían a mis preguntas. Luego, visualicé a la madre que había salido y contribuido a la sensación de pánico con aquel dejo de temor y confusión en su voz. Escribí:

La casa de la calle 62 Suroeste, con las cortinas echadas para evitar las miradas de los curiosos, es un mudo testigo de la tragedia que se ha abatido sobre sus ocupantes.

Sin embargo, en las soleadas calles de esta exclusiva zona residencial impera una nueva sensación, un nuevo estado de ánimo. En estas calles, habitualmente invadidas por los niños con su alboroto y sus juegos, reina ahora el silencio.

La gente tiene miedo.

Es un clima generado por el asesinato de una vecina de dieciséis años, Amy Hooks, cometido la madrugada del martes. Mientras la policía continúa buscando pistas para esclarecer las causas de ese crimen, el temor ha unido al vecindario...

Nolan se acercó por detrás para echar un vistazo sobre mi hombro a las palabras que aparecían en la página. Me detuve por un momento y él continuó leyendo en silencio. Luego hizo un gesto de asentimiento.

—Bien, muy bien. Ahora cita algunas declaraciones y luego lo de la policía y la autopsia. Da un poco de información nueva a la gente y luego vuelve a la escena de la calle.

Se alejó para hablar con algunos de los demás periodistas que trabajaban en algún artículo, pero lo llamé.

—¡Eh, Nolan! ¿Tú no vives por ahí?

—No —respondió—. Vivo más hacia el sur, en Kendall. El miedo no ha llegado a mi calle —añadió, riendo—. Al menos por ahora.

Me concentré de nuevo en mi crónica. Recordé lo que había dicho Martinez y repasé mis notas. Decidí restar importancia a la incapacidad policial para hallar pistas concluyentes en el crimen y, en cambio, enfatizar el hecho de que estaban siguiendo varias líneas de investigación. Además, formularía alguna hipótesis para explicar la dificultad de este caso; a los detectives les gustaría eso. Por otro lado, tal vez conseguiría con ello que el asesino se relajase y bajase la guardia, lo cual era bueno, y que el público dejara de presionar tanto a la policía. Además, de este modo, si al final pillaban al tipo, quedarían como unos héroes.

Volví a evocar la imagen de la mujer frente a su casa, la expresión de sus ojos, el tono de su voz, la combinación de miedo y resignación. Me pregunté cuántos más habría como ella.

Bajé la vista a la página y mis dedos se movieron velozmente sobre el teclado. Las descripciones comenzaron a fluir una vez más y, un segundo después, yo había recuperado el ritmo de las palabras y de la historia.

Esa noche, Nolan quería salir a tomar una copa. Llamé a Christine para avisarle que llegaría tarde. Ella, acostumbrada a mis retrasos, no hizo comentarios al respecto.

—Estaré aquí. Tengo un buen libro para leer.

—¿Cuál es? —pregunté.

—*La peste*, de Camus. Hoy, después de una operación, algunos de los médicos estaban discutiendo muy alterados. Uno de ellos se quejaba de que, con todos nuestros conocimientos y toda nuestra tecnología, a veces estamos tan indefensos como en el siglo XIV, cuando la peste asolaba las ciudades. Decía que tal vez deberíamos regresar a los remedios caseros... Después, al llegar aquí, me he puesto a examinar la biblioteca y he descubierto este libro, de cuando iba al colegio, creo... ¿Recuerdas el principio? El médico ve una rata muerta en el rellano del edificio donde vive, y entonces todo el mundo comienza a quejarse de las ratas moribundas que salen de todos los agujeros de la tierra y de las sombras para morir al sol. Las descripciones de la ciudad me recuerdan a Miami. Entonces la gente empieza a caer como moscas...

—¿Por qué estaban tan enfadados los médicos?

—Porque cuando hemos abierto a ese hombre de negocios, aquel del que te he hablado esta mañana, en la exploración, lo que hemos encontrado no era nada bueno. El cáncer se había extendido por todo el estómago. Han intentado extirpar el cáncer, pero estaba por todas partes. Lo tenía todo negro y rojo, horrible; es inconfundible. —Su voz sonaba cada vez más tensa.

—¿Y? —la interrumpí—. ¿Qué ocurrió?

—Murió.

—Oh —murmuré—, lo siento.

—Está bien —dijo—. He llorado antes, cuando se lo han comunicado a la familia. No sé por qué. Es sólo que a veces me afecta y quiero estar sola. Entonces me he encerrado en el almacén del laboratorio y me he desahogado un poco. Ahora estoy bien.

Cuando colgué el teléfono me sentí un poco culpable porque el no tener que consolarla me producía cierto alivio. «A veces —pensé—, ella se permite el lujo de ser demasiado sensible.» Pero no debía reprochárselo; tal vez eran sus sentimientos, junto con su eficiencia, los que la hacían una buena enfermera.

Alcé la mirada y vi a Nolan junto a la puerta, haciéndome señas levantando la mano con el pulgar y el meñique extendidos, en ademán de beber. Tomé mi chaqueta y salí tras él.

El bar estaba en Biscayne Boulevard. Era un lugar frecuentado por periodistas y hombres de prensa que se apretujaban ante la barra en una incómoda tregua.

Nolan y yo llevamos nuestras copas a un reservado y nos sentamos en los asientos tapizados de escay rojo. Un momento después, Porter se reunió con nosotros.

—Y bien, ¿qué pensáis? —preguntó Nolan—. ¿Qué vendrá después? ¿Qué otras historias relacionadas con el caso podemos publicar?

Porter se encogió de hombros.

—Tal vez detengan a alguien.

—Hoy he conseguido que nos concedan otra vez la primera plana —dijo Nolan—. Pero pasado mañana, a menos que descubramos algo, la historia volverá a la sección local. Después pasará a las páginas interiores y finalmente desaparecerá. ¿Qué os parece?

Medité por un instante.

—Tal vez sea lo mejor —dije. Miré a Porter, pero estaba ocupado bebiendo cerveza—. Sé que esto ha causado un gran revuelo, pero, por otro lado, eso sucede con casi todos los crímenes, especialmente cuando nos tocan de cerca. Es probable que éste sea uno de esos casos destinados al olvido, a menos que se practique una detención.

—Supongo que tienes razón —suspiró Nolan—. No me atrae la idea de enterrar el asunto tan rápidamente. ¿Por qué no intentas hablar mañana con algunos médicos, para ver si podemos trazar una especie de perfil psicológico del asesino?

—No lo sé. Los policías no parecen muy interesados en el aspecto psicológico. ¿Sabes? Esa familia debe de estar en muy buena posición. Tal vez haya sido un secuestro frustrado.

—No lo creo —repuso Porter—. Podría equivocarme, pero creo que no tiene mucho sentido. Si ése fuera el caso, habría sido más fácil para los secuestradores arrojar su cadáver a algún pantano de los Everglades; habrían pasado semanas antes de que lo hallaran. Tal vez nunca habría aparecido, habrían clasificado el caso como el de otra adolescente fugada. Fugada, pero no olvidada. Y es probable que los asesinos le pidieran un rescate a la familia, que no estaría al corriente de su muerte. No tendrían nada que perder.

—No está mal tu teoría —opinó Nolan—. Volvamos al aspecto psicológico. Eso mantendrá la historia en el periódico otro día, aunque no en primera plana. —Dirigiéndose a mí, agregó—: Trata de sonsacar información a Martinez y a Wilson. Yo conozco a esos tipos. Seguro que ocultan algo.

Porter se puso de pie para traer tres cervezas más. Lo seguí con la vista mientras se alejaba en la penumbra entre el rumor de la gente que bebía y el tintineo de la caja registradora. Oí una risa procedente de algún rincón del bar.

—¿Cómo van tus cosas? —preguntó Nolan.

—Bien —respondí—. Ah, Christine te manda saludos.

—Salúdala de mi parte. Me refería al funeral, tu familia, todo eso...

Nolan estaba inclinado sobre la mesa con los ojos fijos en los míos, como si pudiera leer en ellos.

—Gracias por tu interés —respondí—, pero en realidad no hay nada que decir.

—Está bien. Lo olvidaré. Sólo quería estar seguro. Cuando regresaste parecías afectado, y no esperaba verte de vuelta tan pronto.

—He dado con una buena historia, ¿no es así?

—Es verdad, una buena historia. Eso ayuda mucho a recuperarse de los males y los golpes de la vida. —Rió—.

Hay muchas cosas que una buena historia puede curar.

—Muchos dolores —dije, levantando mi vaso.

Porter había regresado y se acomodaba en su asiento.

—Por los dolores —brindó.

—Por todos los males del mundo que nos mantienen ocupados —dije.

—Por la buena historia —agregó Nolan.

Entonces, todos bebimos entre carcajadas.

Esa noche, en la cama, Christine dijo:

—Se me olvidaba: ha llamado tu padre. Ha dicho que intentaría hablar contigo mañana. Le he advertido que estás trabajando en una noticia importante, pero lo intentará de todas maneras.

Estábamos desnudos en la oscuridad. Yo había abierto las ventanas y oía el zumbido de los insectos nocturnos y, a lo lejos, el ulular lastimero de una sirena: sonaba muy distante, ajena a la noche inmediata que nos cubría. Christine se había destapado y, a la tenue luz de la luna, yo entreveía sus senos y su vello pubiano. Me acerqué y la acaricié. Ella se volvió hacia mí.

—Nunca sé qué decirle cuando llama —me confesó—. Parece bastante agradable, pero me intimida.

Mientras hablaba, sentí su mano sobre mi hombro y su aliento en mi rostro.

—Son sólo sus maneras de abogado —aseguré—. A veces pienso que nació ya adulto de la frente de su padre, como Atenea, recitando sentencias y dictámenes legales, precedentes y agravios, la esencia de su vida. —Oí la risa de Christine—. Desde que recuerdo, siempre ha sido abogado, siempre ha hablado como tal, actuado como tal. Así es en casa. Está la Ley, y luego la ley. Él las define a ambas.

Me vino a la mente la imagen de mi padre, alto, robusto, trabajando en su estudio los domingos, ante tacos de papeles amarillos llenos de notas garabateadas, libros abiertos dispersos en torno a él como cadáveres en un campo de batalla. Podía imaginarlo así, inalterable a lo largo de los años, ante mis ojos de niño, de adolescente y, finalmente, de adulto.

—¿Por qué no estudiaste derecho? —preguntó Christine.

—Se daba por sentado que eso era para el mayor. Le ha ido muy bien.

—¿Qué quería tu padre que estudiaras?

—Nada.

—No te entiendo.

—Para él sólo existen las leyes —contesté—. Aparte de eso, no hay nada. No fui yo quien estudió derecho, sino mi hermano, de modo que no me quedaban carreras importantes que elegir. Bueno, no quiero decir que él no respete mucho la profesión de periodista. Sólo que no es lo mismo que la abogacía.

—Debe de ser triste para ti.

Christine me daba masaje en los hombros. Me volví hacia ella.

—Es algo que ya no me afecta —mentí.

Entonces me atrajo hacia sí, acariciándome la espalda, arañándome ligeramente. Solté un quejido y ella dijo:

—¿Ves cuánto sabemos las enfermeras acerca del cuerpo?

Christine se fue por la mañana. Había recibido una llamada muy temprano, según escribió en el espejo del baño con carmín. Yo me lo tomé con calma: preparé café, tostadas y tocino, y leí el periódico. La noche anterior, los Red Sox habían derrotado a los Yankees. Luis Tiant había jugado como lanzador durante todo el juego, torciéndose, girando y levantando la pierna con su estilo inimitable, para lanzar finalmente hacia la base del bateador pelotas rápidas con efecto.

Pensé en lo mucho que me gustaba observar a los lanzadores, porque eran ellos quienes marcaban el ritmo del partido.

En la oficina, sobre mi máquina de escribir, me habían dejado el mensaje de que el forense había intentado comunicarse conmigo y que mi padre había telefoneado. Me olvidé de ambos por el momento y descolgué el auricular para llamar al psiquiatra. Era una eminencia, procedente de Nueva York, que trabajaba durante buena parte de su tiempo en los tribunales penales. Había colaborado conmigo en otros artículos como experto, así que pensé que le gustaría que le pidiese su opinión sobre este crimen. Sin embargo, estaba con un paciente, de modo que le dejé un mensaje. Luego me dispuse a leer el *Post* antes de entregarme a la rutina diaria de hacer llamadas y recabar información.

Advertí que ya habían trasladado la historia a una página interior y que aportaban poca información nueva. Después de su derrota inicial, daba la impresión de que habían arrojado la toalla. Mejor así, pensé.

Mientras leía, sonó el teléfono en mi escritorio. Recuerdo que no contesté de inmediato, como lo hacía siempre. Supongo que pensé que sería mi padre. En cambio, consulté el reloj y vi que eran las diez de la mañana. Luego, mis ojos se fijaron en el mapa del huracán, al fondo de la habitación. Reparé en que la tormenta había desviado su curso —ahora se dirigía a América Central—

y contemplé por unos segundos la fotografía del árbol doblado por el viento. Al fin, levanté el auricular.

—Anderson, del *Journal*.

—Hola —dijo una voz—. Sólo quería que supiera que he estado leyendo sus artículos sobre el asesinato. Me gustan mucho.

—Gracias —respondí.

Mi interlocutor tenía una voz juvenil y hablaba pausadamente. Me formé la imagen mental de alguien de menos de treinta años, que rondaba mi propia edad.

—Quiero decir —prosiguió— que me parecen muy precisos. Y descriptivos.

—Bueno, gracias otra vez —dije. Ya era tiempo de cortar—. Oiga, le agradezco su llamada, pero en este momento estoy un poco ocupado...

El hombre me interrumpió sin abandonar su tono tranquilo, sereno, directo.

—Verá usted —dijo—, tengo un interés especial en sus notas.

Hablaba con un deje amistoso, despreocupado. En general, a quienes llaman para felicitar se les nota el entusiasmo o la vergüenza. Este hombre parecía tenaz y, al mismo tiempo, tranquilo.

—¿Cómo? —pregunté—. ¿Por qué es tan especial para usted este asunto?

Titubeó apenas un segundo.

—Porque —respondió el hombre— yo la maté.

4

De pronto sentí calor, como si el bochorno exterior hubiese atravesado abruptamente las paredes del edificio. Mi mano derecha se lanzó en un acto reflejo en busca de papel y lápiz para tomar notas.

El silencio se había impuesto a ambos lados de la línea.

Aproveché esos momentos para recobrarme de la confusión y garabatear en una hoja de papel gris las palabras: «Tengo un interés especial en sus notas porque yo la maté.»

Miré las palabras que había escrito, sin despegar la oreja del auricular, del que no salía sonido alguno. Por un momento tuve la impresión de que mi interlocutor ya no estaba allí, casi como si nunca hubiese estado. Me esforcé por pensar alguna pregunta. A posteriori, me resulta extraño que, en esos instantes en que mil posibilidades se arremolinaban en mi mente, se me olvidasen por completo los fundamentos de mi profesión. Tardé segundos en recurrir a las preguntas más simples, más obvias, y un rato más en recobrar el escepticismo. Durante la prolongada pausa, él aguardó pacientemente.

—¿Con quién hablo? —pregunté, al fin.

El hombre soltó una risita.

—No esperará que conteste a esa pregunta, ¿verdad?

—No —respondí—, pero puede darme alguna idea de quién es usted.

—Está bien —accedió—. Me parece justo. —Entonces titubeó por un instante, como si meditase su respuesta—. Soy un hombre común y corriente. Provengo de una familia americana típica. Sé desenvolverme en cualquier ambiente, en cualquier lugar; me siento cómodo en todas partes. Me adapto a mi entorno como un camaleón. Soy el estadounidense medio.

—Los estadounidenses medios —repliqué— no asesinan a jovencitas.

—¿Ah, no? —preguntó.

Entonces volvimos a quedarnos callados por un momento.

—Dígame por qué lo hizo —le pedí.

—Es una pregunta difícil de responder.

Hizo otra pausa, como si pusiese en orden sus pensamientos antes de hablar.

Se trataba de un hombre cauteloso. Su voz era profunda pero clara. Lo imaginé encerrado en una habitación, con la mirada fija en las paredes desnudas, las ventanas cerradas y el acondicionador de aire funcionando a todo trapo para mantener fresco el ambiente. Era una voz que parecía indiferente a la tensión, a las emociones, como si ni la llamada ni lo que había detrás se saliesen de la normalidad. Por primera vez tuve la sensación de estar tratando con una malevolencia excepcional.

—Ya antes de llamarle había previsto que me haría esta pregunta —prosiguió—. He pasado algún tiempo pensando qué le respondería. Podría decirle que cometí el asesinato por diversión, sólo por la descarga de adrenalina, y no le estaría mintiendo del todo. Podría decirle que fue el primer acto de un experimento de terror, como el que llevaron a cabo Leopold y Loeb en los años veinte, y eso también sería cierto en parte. Podría decirle que la escogí y la ejecuté arbitrariamente y de nuevo estaría diciendo la verdad, pero aún le faltaría una explicación completa, una visión de conjunto. Podría añadir que la chica fue una víctima de la venganza, de una *vendetta* personal, y entonces se aclararían algunos puntos más del cuadro.

»Tampoco le mentiría, aunque seguramente le confundiría, si le dijera que no la conocía antes de esa noche, que no conozco a su familia y que no tengo nada contra ellos.

»Por cierto, me conmovió la descripción que hizo usted de su dolor, y los acompaño en el sentimiento. No siento más que compasión por todas las víctimas. De modo que usted podría pensar que ella fue asesinada como un símbolo; yo podría confirmarlo y, una vez más, habríamos descubierto un dato concreto.

»Mírelo de esta manera: yo podría decir cualquiera de esas cosas y todas serían hitos en el camino que conduce a la verdad. Pero usted no lo comprenderá hasta que llegue al final de ese camino. Además, si yo le dijera ahora, de entrada, todo lo que tengo en mente, le privaría de la emoción del descubrimiento. Por otra parte, usted podría dudar de mi sinceridad; después de todo, apenas nos conocemos. De hecho, el propósito de esta llamada es averiguar algo sobre usted además de hacerle saber que existo, que estoy aquí y que todo esto apenas ha comenzado.

Anoté fragmentos de lo que decía. Parecía un hombre distanciado de la realidad de lo que había hecho. Era como si hablara de un libro o de política, no de un asesinato. Entonces adopté una actitud escéptica.

—¿Por qué habría de creerle? —pregunté—. ¿Acaso puede demostrar que en verdad es usted el asesino?

—¿Quiere pruebas?

—Sí —respondí—. Y no comprendo por qué me ha llamado. Ni por qué la mató, si es que realmente lo hizo.

—Ah. —De nuevo oí aquella risa breve y repentina, un sonido frío, falto de jovialidad—. El periodista escéptico. Esperaba eso.

—Bien —dije—. Pruebas. ¿Cómo sé que no es usted algún chiflado? No sería tan raro. Todos los días hay gente que confiesa crímenes que no ha cometido. Llámelo un complejo de culpa mal canalizado, o llámelo locura.

—No estoy loco —me cortó—. Quiero que eso quede claro desde el principio. —Por primera vez percibí en su voz un auténtico matiz de furia. Recalcaba cada palabra con aspereza—. ¿Entiende?

Decidí provocarlo.

—Digamos que mantengo la mente abierta durante algún tiempo.

Nuevamente se produjo un silencio.

—Está bien —dijo. Su tono había cambiado abruptamente; la ira había cedido el paso a la resignación—. También había previsto esta respuesta. Digamos, por el momento, que le he proporcionado una prueba de que soy quien digo ser. Llegaremos a eso en un momento. En cuanto a mis motivos para llamarle y para llevar a cabo la ejecución, se harán patentes en breve. Ya le he dado algunas de las razones, pero en forma abstracta. Sólo tendrá que comenzar a resolver el puzzle. Después de todo, para eso le paga el *Journal*, para resolver puzzles.

—¿Cómo sé que está diciendo la verdad? —inquirí.

Estaba impaciente. No quería perder tiempo con un tipo excéntrico, por muy bien que se expresara. Si realmente era quien decía ser, yo estaba ante una noticia sensacional, extraordinaria. Si no lo era, bueno, ya había perdido tiempo antes; no sería nada nuevo.

—Está bien —dijo—. Supongo que tiene usted contactos en la policía. Esta pista es muy simple: pregúnteles qué llevaba ella en su bolsillo trasero derecho. ¿Lo ha entendido?

—En el bolsillo trasero derecho. ¿Qué es? ¿Una nota o algo parecido?

—Usted pregúnteles. Volveré a llamarlo dentro de treinta minutos y entonces podremos hablar un poco más. No se aparte de su teléfono. Si me contesta otra persona, colgaré.

—El bolsillo trasero derecho —repetí.

—Quédese junto al teléfono. Treinta minutos.

—De acuerdo.

—Bien —respondió—, ahora sí nos entendemos.

Entonces la línea quedó muda. Oí un ligero chasquido cuando colgó el auricular y, por un momento, mantuve el mío pegado al oído, atento a la ausencia de sonido. Colgué lentamente, pensando en el bolsillo trasero derecho de la muchacha. Me asaltó un recuerdo fugaz y vi en mi mente el sol y el verde de la maleza. Vi a todos los hombres que rodeaban el cadáver que yacía entre los arbustos. Vi a la muchacha tendida y me concentré, como la lente de una cámara, en sus piernas y su espalda. Recordé sus pantalones vaqueros, tan desteñidos que eran de color azul celeste, e intenté visualizar los bolsillos traseros.

Entonces levanté la vista y la pasé por la redacción. Había periodistas trabajando en todas partes y tomé conciencia del ruido de las máquinas de escribir y los teléfonos, de las voces que resonaban en la oficina. Miré a Nolan, que estaba sentado a su escritorio, trabajando entre papeles y con el rostro bañado en el brillo grisáceo de la pantalla de vídeo. Por un momento pensé en referirle la conversación, pero descarté la idea con la misma rapidez. Sabía que hallaría la respuesta a la pregunta más importante si llamaba a Martinez y a Wilson.

Volví a levantar el auricular, pensando que, de alguna manera, yo estaba conectado al teléfono, como si éste fuese un cordón umbilical que me unía al mundo. Marqué rápidamente y de memoria el número de homicidios y esperé a que contestasen los detectives. Primero oí la voz de Martinez y noté que Wilson también escuchaba.

—No hay novedades —aseveró Martinez, anticipándose a mi primera pregunta—. Ojalá tuviera algo que decirte, como que hemos atrapado al tipo y le hemos arrancado una declaración firmada. Pero no tenemos tanta suerte. Creo que nos llevará un tiempo. Tal vez deberías empezar a ocuparte de otra noticia.

Rió. Decidí saltarme los preliminares.

—Habéis estado ocultándome algo —afirmé.

—¿Qué diablos quieres decir con eso? —preguntó Wilson, levantando la voz.

—¿Qué te hemos estado ocultando? —inquirió Martinez. Ya no reía.

—El bolsillo trasero derecho —dije.

Se quedaron callados. Los imaginaba mirándose por encima del escritorio. Martinez fue el primero en hablar, haciendo un evidente esfuerzo por controlarse y revestirse de aquella calma premeditada que formaba parte de su armadura y de su arsenal.

—¿Qué hay con el bolsillo trasero derecho?

—Dímelo tú —respondí, subiendo el tono a mi vez.

—¿Quién te ha hablado de eso? —intervino Wilson, también pugnando por no perder la serenidad. Se notaba la tensión, el ansia en su voz.

—Responderé a vuestras preguntas después de que vosotros contestéis a las mías. Ahora contadme lo del bolsillo.

—Maldición —exclamó Martinez.

—¿Quién te lo ha dicho? —me acució Wilson—. Escucha, maldita sea, nos encontramos ante un asesinato, un homicidio en primer grado, y tú quieres jugar con nosotros. ¡Habla! ¿Quién te lo ha dicho?

—¿Qué había en el bolsillo? —insistí, intentando mantener la voz tranquila y firme.

—Maldición —farfulló de nuevo Martinez—. Escucha, Anderson, esto no es un juego; aquí no estamos holgazaneando. Si tú nos ayudas, nosotros te ayudamos. Siempre ha sido así, ya lo sabes...

Wilson lo interrumpió, gritando.

—¿Quién te lo ha dicho? ¿Cómo lo sabes?

—Primero contadme qué había en el bolsillo —me planté—. Ése es el trato.

—Espera un segundo —dijo Martinez.

La línea quedó en silencio. Supuse que Martinez había cubierto el micrófono con la mano mientras hablaba con Wilson. Al cabo de un momento, volví a oír sus voces.

—Está bien —dijo Martinez—, intercambiaremos información. Pero no debes publicarlo, ¿de acuerdo?

—No puedo asegurártelo hasta saber de qué se trata.

—Mierda —soltó Wilson—. ¿Qué te pasa? ¿Quieres sembrar el pánico? ¿Es eso lo que quieres? ¡Demonios!

No respondí. Sentía correr el sudor desde mis axilas,

por debajo de la camisa. Apreté los brazos contra los costados mientras volvía a hacerse el silencio al otro lado de la línea y los detectives hablaban entre sí. Cuando Martinez se puso de nuevo al aparato se oía al fondo la respiración agitada de Wilson.

—Está bien —dijo el primero—. Como ya sabes, forma parte del procedimiento registrar el cadáver. Eso incluye la ropa y cualquier orificio corporal, por lo general, eso se lleva a cabo durante la autopsia, en condiciones controladas y en presencia de un fotógrafo para obtener pruebas gráficas que más tarde pueden presentarse en el juicio. El otro día, cuando trajimos el cadáver de la muchacha, procedimos al registro. Mientras el forense la abría, nosotros revisamos la ropa. En su bolsillo trasero derecho encontramos lo que sospechamos que es un mensaje, aunque no queda del todo claro.

—¿Qué tipo de mensaje?

Mi nerviosismo se había disipado. Ya comenzaba a entusiasmarme. Ya pensaba en la próxima llamada del asesino.

—Un mensaje muy breve —dijo Martinez. Titubeó—. En realidad, no estamos seguros de lo que significa, aunque al parecer no se trataba de nada bueno.

—¿Qué es? —Apenas lograba contener la excitación.

—Estaba escrito en una pequeña hoja de papel —continuó Martinez—, de las que se pueden comprar en cualquier papelería. Estaba plegada varias veces, formando un cuadrado pequeño. En el centro había dos palabras escritas con lápiz, con letra de imprenta, repasadas varias veces. Eso hace imposible cualquier análisis grafológico.

—Demonios, Martinez, ¿qué decía?

Vaciló de nuevo. Supe que estaba pensando como todo policía: con precisión y con todo detalle, tal vez evocando la imagen de la nota, el momento en que palparon por primera vez el bulto en el bolsillo trasero de la chica, la cuidadosa extracción con pinzas y la suavidad con que desplegaron el papel, todo bajo las potentes luces fluorescentes de la sala de autopsias.

—Decía «Número uno». Es todo.

—Escucha... —dijo Martinez.

Podía imaginar su alta figura inclinada sobre el escritorio, con el auricular pegado al oído; brillantes luces de la oficina de homicidios, que iluminaban las monótonas hileras de escritorios y archivadores, proyectaban sombras sobre los rostros de las fotografías clavadas a la pared. Martinez, al igual que su socio y tantos otros detectives, era un hombre pulcro. Me pregunté si él también estaría sudando.

—Mira —prosiguió—, en un caso como éste, ese mensaje podría significar casi cualquier cosa, si es que realmente se trata de un mensaje. El papel aún está en el laboratorio y lo están analizando. Eso no significa necesariamente que vaya a haber un número dos o algo así. Me refiero a que el asesino podría haberlo metido allí tanto para distraernos como para advertirnos. ¿Entiendes?

—¿Se lo habéis mostrado a la familia? Quiero decir...

—¿Crees que somos estúpidos? —saltó Wilson—. Claro que se lo mostramos. Y, por supuesto, no lo reconocieron ni sabían de dónde pudo sacarlo la chica. Tampoco sus amigos. De modo que todo apunta a que fue el asesino quien lo escribió. Estamos bastante seguros de no habérselo dicho a nadie más, así que ¿cómo diablos te has enterado tú?

Pensé en mentirles, a pesar de que sabía que los detectives no tardarían en adivinar la verdad. Además, una mentira podía costarme la relación de colaboración con Martinez y Wilson. Resolví la ecuación en mi mente con rapidez, consciente de que debía mantener a los detectives de mi lado sin proporcionarles demasiada información. Si la historia que tenía entre manos era tan importante como creía, necesitaría su ayuda.

—He recibido una llamada —dije.

—¿Qué clase de llamada? —preguntó Wilson.

—Por teléfono. Una voz. La de un desconocido.

—¿Qué te ha dicho exactamente?

—Bueno, no he tomado notas —mentí.

Miré las hojas de papel en las que había garabateado mis frases.

—¿Qué te ha dicho? —insistió Wilson, con impaciencia.

—Me ha dicho: «Yo la maté.» Luego me ha indicado que os pregunte qué llevaba la chica en el bolsillo trasero derecho. Me ha dicho que ha estado leyendo mis artículos en el periódico. Después de divagar un poco, ha colgado. No sabía cómo interpretar eso, y por eso os he llamado.

—¿Volverá a llamar? —inquirió Wilson, de nuevo con un deje de furia en la voz.

—No lo sé —mentí.

Una mentirijilla sin importancia, pensé. En realidad no estaba seguro, a pesar de que el asesino lo había prometido.

—Demonios —masculló Wilson—. ¿Alguna idea...?

—No —respondí, interrumpiéndolo—. No tengo la menor idea de quién es ni de dónde llamaba. Hablaba con voz suave, serena. Es probable que la haya falseado para que yo no pudiera reconocerlo. Lo siento, sé que eso no os sirve de mucho.

—¿Qué más? —preguntó Martinez.

Oí a Wilson murmurando obscenidades.

—Ya os lo he dicho, se ha puesto a divagar. Sigo sin encontrar sentido a sus palabras. Eso es todo.

—Esfuérzate más —me apremió Martinez—. Cualquier cosa podría servirnos, lo que sea.

—Lo sé —dije—. Intentaré reconstruirlo en mi mente y volveré a llamaros.

—Mierda —soltó Wilson.

Colgué el auricular y miré el reloj de pared. Sólo faltaban unos minutos para que se cumpliera el plazo de media hora y el asesino volviera a llamarme. Salté de la silla y corrí al escritorio de Nolan. Él levantó la vista de los papeles que estaba leyendo y la posó en mí. Por un momento clavé los ojos en el cúmulo de palabras impresas que había frente a él, como si no supiera leer.

—Nolan, el asesino me ha llamado.

Lo dije tan exaltado y tan atropelladamente que otros periodistas y redactores alzaron la mirada hacia mí. Yo sonreía, balanceando los brazos adelante y atrás, como si el movimiento me ayudase a hablar más deprisa.

—Volverá a llamar en unos minutos. Tengo que conseguir una grabadora, una de esas que se pueden conectar al teléfono. Tengo que grabar lo que diga ese tipo sin que él se entere.

Observé que la expresión de Nolan pasaba de la sorpresa al entusiasmo. Luego sonrió.

—¿Estás seguro de que es el asesino?

—Sí —respondí.

Le dije que se lo explicaría más tarde; el plazo estaba a punto de vencer. Nolan asintió y segundos después nos hallábamos en la biblioteca, abriendo un armario para sacar una grabadora. Regresamos rápidamente a la redacción mientras yo preparaba el aparato. Lo conecté al teléfono mientras intentaba responder a las preguntas de Nolan. Quería asegurarse de que quien me había llamado era realmente el asesino. Le hablé de la primera conversación y le mostré las notas que había garrapateado. Las estudió con atención y luego arqueó las cejas y manifestó su curiosidad por saber qué tenía la chica en el bolsillo trasero derecho. Le conté lo que había dicho el asesino y luego le referí la conversación que había mantenido con los dos detectives. Yo consultaba continuamente el reloj, nervioso, esperando que el minutero llegase a la marca de los treinta minutos. Oí que Nolan murmuraba más para sí mismo que para mí «Número uno», sacudiendo la cabeza.

El minutero llegó a la marca.

El segundero pasó por ella. Diez segundos. Veinte segundos.

El teléfono sonó.

Miré a Nolan, que asintió. Pulsé la tecla del grabador y levanté el auricular.

—Anderson —contesté con suavidad.

—Hola —dijo el asesino—. Supongo que temía que no volviese a llamar.

—No las tenía todas conmigo —admití.

Se rió.

—He aprendido que la certeza es algo que poca gente tiene en el mundo.

Se produjo un instante de vacilación.

—¿Ha hablado usted con la policía? —preguntó.

—Sí. El bolsillo trasero derecho.

—¿Y bien?

—¿Por qué no me dice usted lo que me han respondido?

—¡Ah! Cautela —dijo. Volví a oír aquella risita impersonal. Me pareció horrible—. Está bien —prosiguió—. No lo culpo por querer estar seguro. Lo que la policía encontró en el bolsillo trasero derecho de los pantalones de la señorita fue una hoja de papel blanco plegada. Papel de notas, común y corriente. En ella había dos palabras escritas. Las palabras eran «Número uno», ¿correcto?

—Eso es lo que me han dicho —confirmé.

—¿Está convencido ahora?

—Sí.

—Bien. Ahora podemos continuar.

—¿Qué es lo que quiere? —pregunté.

Él debió de contener el aliento, porque momentos después soltó bruscamente el aire. Otra vez parecía estar poniendo en orden sus pensamientos. Me volví hacia Nolan, que tenía la vista fija en la grabadora y recordé que él no podía oír al asesino.

—Le necesito a usted —aseveró—. Necesito al periódico.

—No le sigo —dije.

—La gente tiene que entender.

—¿Entender qué?

—Por qué hubo un número uno. Por qué habrá un número dos. Por qué habrá un número tres. Cuatro. Cinco. Seis. Podrá contarlos usted mismo.

Tomé un trozo de papel y escribí: «Habla de más asesinatos.» Le pasé la hoja a Nolan, que la miró por un instante. Luego tomó el lápiz, escribió «¿Por qué?» y lo subrayó tres veces.

—Dígame por qué —pedí.

Hizo otra pausa para meditar y, un momento después, comenzó a hablar en tono bajo y sereno.

—Cuando era niño, vivíamos en Ohio, en una zona

rural de tonalidades verdes y marrones. Aún recuerdo los campos en primavera, hectáreas y hectáreas de tierra parda llena de surcos abiertos por los arados de los que tiraban los tractores. A veces, camino de regreso de la escuela, me detenía a observar a los granjeros montados en las máquinas, conduciéndolas en interminables líneas rectas por los campos, volviendo de vez en cuando la mirada atrás, como si quisieran leer el futuro en las huellas que dejaban.

»Era una época repleta de sensaciones, la de la siembra. Los árboles se cubrían de hojas, y el gris y el negro del invierno se desvanecían bajo el verdor. Los días eran templados, y yo contemplaba a los agricultores, esperando a que terminaran. Recuerdo el estruendo distante de las máquinas que cruzaban los campos de un lado a otro durante todo el día.

»Vivíamos en una casa pequeña, contigua a una enorme granja. El autobús escolar me dejaba a más de un kilómetro, y tenía que hacer el resto del camino a pie.

»En casa sólo éramos tres: mi madre, mi padre y yo. Él era maestro y trabajaba en la escuela a la que yo asistía, pero enseñaba a niños mayores que yo. Sólo había dos dormitorios en la casa y recuerdo que, por las noches, oía correr el agua del baño e intentaba imaginar si sería mi madre o mi padre quien se había levantado a orinar. Él me pegaba casi siempre, a veces con razón, a veces sin ella. Era un hombre pequeño, fuerte, musculoso. No tenía aspecto de maestro, sino más bien de peón de granja. Por las noches se sentaba a leer junto a la lámpara de la sala. Casi siempre leía grandes obras: Tólstoi, Dostoievski, Dickens, Melville. De cuando en cuando, se detenía y leía algún pasaje en voz alta.

»Entonces me miraba fijamente y me hacía repetir las

palabras que había oído, para poner a prueba mi memoria. Cuando me castigaba, lo hacía en la cocina. Tenía una vara, una vieja palmeta que guardaba de la época en que estaba permitido su uso en el distrito escolar. Mi madre se mantenía a un lado, a menudo removiendo la cena lentamente, observando, sin abrir la boca. Él me obligaba a confesar mi falta: regresar tarde, irme por ahí con amigos con los que él me prohibía juntarme, alguna travesura, lo que fuese; lo que hacen los niños pequeños.

»Siempre me avisaba cuántas veces me golpearía. Llegué a conocer bien mi tolerancia, de modo que podía calibrar si valía o no la pena exponerme a un castigo por una travesura determinada. Siempre me propinaba los golpes con la misma fuerza; ninguno dolía más que el otro. A medida que me los daba, me hacía contarlos en voz alta. Era un hombre muy estricto. Aún hoy, emplea siempre un tono de desaprobación al hablar. Mientras me pegaba, yo miraba por la ventana de la cocina. Recuerdo que alcanzaba a ver un árbol y, entre sus ramas, el cielo. El dolor me resultaba más llevadero en esas ocasiones en que dejaba que mi imaginación se evadiese hacia el cielo azul, gris, negro o del color que fuese.

»Los castigos se endurecieron el verano en que cumplí trece años. Aumentó el número de palmetazos contra mi espalda, y el tono de mi padre se volvió más severo. Ese verano crecí mucho, demasiado para él. De pronto, era más alto y más corpulento, y mi voz se volvió profunda como la de él. Una vez levantó la vara y nuestras miradas se encontraron. Le dije "Basta"; él dejó la palmeta y asintió. Creo que ésa fue la primera vez que me tuvo miedo. Entonces miré a mi madre. Ella sonrió y dijo "Bien" con su voz débil.

»Esa noche, en la cama, esperaba oír correr el agua del

baño, pero eso no sucedió. Me sumí en un sueño inquieto hasta momentos antes del amanecer, cuando desperté sobresaltado por una pesadilla. No la he olvidado: en ella mi padre me castigaba con la vara y, con cada golpe, crecía y se hacía más fuerte y más duro. En el sueño, me invadía un terror implacable que me impedía respirar; sentía que los varazos me dejaban sin aire en los pulmones y que me ahogaba mientras mi madre observaba con expresión benigna.

»Esa tarde me entretuve al volver de la escuela en casa de un amigo y llegué tarde para la cena. Mi padre me gritó y me insultó y protestó, pero no volvió a empuñar la vara. Recuerdo que tuve una sensación de pérdida, como si contara con recibir mi castigo y, curiosamente, lamenté el haberme librado de los golpes. En los días siguientes intenté algunas cosas más, maniobras simples que normalmente habrían provocado la reacción de él.

»Ninguna tuvo éxito. Era como si en esos momentos hubiese dejado atrás mi niñez. Después de eso, jamás volví a dormir bien. Las noches convertían la oscuridad en pesadilla. Me despertaba sudando, con las sábanas húmedas y frías arrebujadas en torno a mí. A veces permanecía despierto, aguzando el oído, con los ojos muy abiertos. Cada sonido se me antojaba un alarido estridente, por débil que fuese. Esa inquietud no me abandonó cuando nos mudamos a la ciudad. A veces, por las noches, tenía la impresión de que oía crecer mi cuerpo e intentaba encerrarme en mí mismo, ahuyentar todas las pesadillas.

»Más tarde, en Vietnam, me dejaban solo en el puesto de escucha del perímetro en las horas más oscuras de la noche, porque el teniente sabía que, de todos modos, yo apenas podía dormir y que mis oídos eran sensibles al menor ruido. De modo que, en cierta manera, eso contribuía a que los demás descansaran mejor porque sabían que yo los alertaría a tiempo de la proximidad de zapadores enemigos o de cualquier otro peligro.

»Yo me tendía con las piernas extendidas, con la espalda recostada en la pared de tierra de la trinchera y la cabeza echada hacia atrás, escuchando. La mayor parte del tiempo miraba hacia el cielo. Recuerdo que me parecía extraño que tuviese el mismo aspecto en ese país que en Ohio, que estaba a tantos años y miles de kilómetros de distancia. De vez en cuando, me revolvía en la trinchera tal como lo habría hecho en mi cama, en casa, y escrutaba la oscuridad del perímetro. Para algunos, la jungla cobraba vida por la noche y se rebullía, amenazadora. Pero para mí era acogedora. Yo no tenía miedo, a diferencia de los demás. Por alguna razón, a mí me agradaba estar allí y, mientras esperaba, acariciaba la boca de mi fusil.

»Ésa fue una época tranquila para mí. Supongo que en eso residía la paradoja esencial: en el hecho de que lo que aterrorizaba a los demás me produjese a mí una sensación de placidez. Eso es lo que siento ahora. Recuerdo que, más tarde, cuando sobrevino el verdadero horror, pensé que me encontraba en medio de una representación teatral, de un ejercicio dramático, que el horror que veían mis ojos no era real. Pero ya hablaré de eso más tarde. Fue entonces cuando decidí que había que hacer algo. ¿Quiere saber por qué? Todo esto no es más que teatro. Es una obra. Quiero brindarle a toda la gente de esta ciudad bien iluminada la oportunidad de saber lo que es el vacío de la noche. De conocer la pesadilla.

Entonces se interrumpió.

Yo oía su respiración regular. Mientras hablaba, su

tono apenas había cambiado. Por un momento intenté pensar en algo que decir, en una pregunta. Luego me di por vencido y me quedé escuchando el sonido de la grabadora y contemplando las bobinas que giraban lentamente.

—¿Por qué ha llamado? —pregunté.

—Usted —dijo con su voz clara, serena, cruel— es mi medio de expresión. Sus artículos, publicados en el periódico de la comunidad, transmiten mi mensaje. Bienvenido —hizo una pausa— a los parámetros de la pesadilla.

5

De nuevo se impuso el silencio al otro lado de la línea, salvo por su respiración. Antes de que yo pudiera abrir la boca, él prosiguió.

—Imagine por un momento lo que sintió la primera víctima: la intensidad de los sentimientos y las emociones que experimentó en sus últimas horas. Ella y yo hablamos durante un buen rato. Incluso llegamos a llorar juntos. En algunos momentos deseé que la noche no terminase jamás.

»Al principio, supongo que ella sólo estaba asustada, pero conservó la calma de manera notable. Me preguntó adónde la llevaba y se sobresaltó cuando le respondí que iríamos a un lugar donde pudiésemos estar solos. Creo que se temió que la violaría, de modo que le dije que no pensaba tocarla, que lo único que quería era hablar un poco con ella. Eso pareció tranquilizarla, así que calló. Quería que le desatara las muñecas, pero le dije que no podía, que era una cuestión de confianza; más tarde, tal vez. Ella quiso saber si se trataba de un secuestro y le respondí que sí, en parte porque en cierta forma era verdad, en parte porque supuse que estaría más tranquila al tener una idea concreta a la que aferrarse. Recuerdo el viaje en coche a través de la noche. Yo había cerrado las ventanillas, pero el automóvil no tenía aire acondicionado, y yo notaba que el calor de la noche, una especie de calor oscuro, se filtraba desde el exterior. Las luces de la calle arrojaban sombras grotescas sobre el camino; tenía que luchar contra el impulso de esquivarlas.

»Cuando nos detuvimos, en un lugar solitario, no lejos del agua para que percibir el olor del mar le sirviese de consuelo, me preguntó por qué estaba haciendo eso, y le contesté que sólo era el primer acto de un espectáculo más prolongado. Le costaba entenderme: supongo que yo siempre hablaba en términos abstractos y el pánico no le facilitaba precisamente su comprensión. Con todo, insistía, hacía preguntas y me pedía que definiese mis condiciones. ¡Dios mío, qué hermosa estaba, recostada contra el costado del coche, con el rostro inclinado hacia el sonido de mi voz, tratando de oír, tratando de sentir el mar!

»Entonces me invadió una profunda sensación de paz y, con ella, vinieron las lágrimas. Me pregunté si todas las víctimas serían tan serenas, tan tranquilas. Rompí a llorar, y ella también; creo que intentaba consolarme un poco. Le hablé de la guerra y entonces me contó el caso de su hermano, que estuvo allí más o menos al mismo tiempo que yo. Charlamos sobre los problemas de la adolescencia y nos reímos mucho al respecto, porque ella comentó que, por buenos que sean tus padres, siempre te sermonean, y yo estuve de acuerdo. Era una jovencita estupenda. Por un momento, contemplé la posibilidad de abandonar.

Otra vez quedó callado, como si estuviese evocando de nuevo los recuerdos de aquella noche. Mientras él hablaba, yo me había puesto a pensar en todos los sitios del condado, sitios oscuros cerca del mar, adonde él podría haber llevado a la chica. Había miles.

—¿Sabes? —continuó—. Los mismos sentimientos que me empujaban a suspender el plan fueron los que me revelaron que ella era la víctima perfecta. Tuve que desechar la idea de dejarla con vida. Recuerdo que caminé hasta la orilla y metí la mano en el agua. Estaba tibia, como un baño de medianoche. Oía las olas que chapaleaban en la bahía y rompían suavemente en la costa. Las luces de la ciudad y las del cielo, las estrellas y la luna, se reflejaban en la superficie. Regresé, me senté frente a ella y la observé en la penumbra. Creo que ella no me veía. Forcejeaba un poco, intentando desatarse.

»Esperé casi hasta el amanecer. En Vietnam ésa era siempre la hora en que todos estaban más asustados. Éramos gente diurna. La luz nos infundía cierta seguridad, del todo injustificada, supongo, pero siempre estábamos ansiosos por que llegase la mañana. Los australianos (tenían tropas allí, ¿lo sabía?) siempre se ponían en movimiento antes del amanecer. Todo el mundo se levantaba, preparaba las armas y registraba el perímetro. Y nunca los pillaron desprevenidos.

Titubeó mientras hacía memoria.

—En los últimos momentos de oscuridad nos desplazamos hasta el campo de golf. Creo que esto la confundió un poco, porque no paraba de preguntar qué hacíamos allí. Me pareció que otra vez tenía miedo de que la violara, así que la tranquilicé. Cuando llegamos a los arbustos, donde hallaron el cadáver, le indiqué que se arrodillara de cara al este. Entonces le dije que quería que observara la salida del sol, que sería como una explosión de luz. Una vez que se puso en posición, le apunté con la .45 con el cañón ligeramente inclinado hacia arriba para preservar la expresión de su rostro. Le dije: «Mira, está saliendo el sol», y cuando ella se inclinó hacia delante para ver mejor, disparé.

»Ella no sintió el menor dolor, de eso estoy seguro. Y en sus últimos momentos no estaba asustada.

»Tal vez incluso me habría perdonado, si lo hubiera sabido. —Hubo otro instante de silencio—. Cuando leí su artículo, acerca de la familia y de quién era ella, comprendí que había tenido una suerte extraordinaria: había hecho una elección perfecta al escoger a mi primera víctima.

—¿Cómo fue...? —comencé a preguntarle.

—Muy fácil —dijo—. Ella estaba caminando y yo detuve el coche con el pretexto de pedirle indicaciones para llegar a cierto lugar. Fue fácil obligarla a subir al automóvil y atarla.

Mi mente quedó en blanco. Las palabras y las imágenes que se habían agolpado en ella mientras el asesino hablaba se borraron de golpe cuando el silencio se apoderó de la línea telefónica. Finalmente, después de algunos segundos, dije:

—Aún no entiendo...

—A cualquiera le costaría. —Volvió a reflexionar por unos instantes—. Cuando yo estaba en el extranjero hubo una ocasión... una ocasión en que sufrí suspensión súbita de la razón. Una ocasión en que participé en un acto de salvajismo. Aún no puedo describirlo. Pero durante años ese episodio ha estado allí, pudriéndose en mi mente, como un cáncer. Ninguna de las emociones comunes, la culpa, la ansiedad, el dolor y demás, me ayudaron a conjurar esas imágenes. Me atormentaron como mis pesadillas de niño, incluso más, porque éstas eran reales y dominaban mis horas de vigilia.

»Y luego, esta primavera, esa estación tan sensual, vi en la televisión que todo se venía abajo allí. Las imágenes no mostraban más que a hombres y mujeres aterrorizados que pataleaban y se aferraban a los patines metálicos de los helicópteros con la esperanza de que los transportasen a algún lugar seguro. Vi que abandonaban el país. Entonces pensé en todos los horrores. Vi en las pantallas los rostros desencajados por el miedo.

»Nadie lo sabe, pensé. Nadie comprende lo que ocurre, en realidad. Para ellos es sólo una noticia del telediario, un titular de un periódico, una fotografía gris y granulosa.

»Entonces decidí compartir mi horror con todas aquellas personas complacientes, con aquellos que me enviaron ahí en vano.

»Ése es el propósito de todo esto. —Se rió—. Suficiente. Me pondré en contacto con usted después del Número Dos.

—Espere... —dije.

Pero había colgado.

Dejé el auricular en su sitio y apagué la grabadora. La mayoría de los presentes me observaban fijamente. Me recosté en la silla: en mi cabeza se arremolinaban confusamente las palabras del asesino.

Nolan miró la cinta y señaló una sala de conferencias que había al fondo de la redacción. Nadie abrió la boca mientras nos dirigíamos a la sala vacía. Por un instante, divisé el paisaje que se dominaba desde las ventanas de la redacción. El sol bañaba la ciudad en un calor tropical; la luz se reflejaba en los edificios céntricos pintados de blanco, cegadora, como un cúmulo de explosiones pequeñas. A mi espalda oí que se reanudaba la actividad de la oficina: voces, teléfonos sonando, máquinas de escribir.

Me esforzaba por controlar mis emociones. Mientras Nolan escuchaba la grabación, yo me paseaba por la pequeña oficina, redactando mentalmente la crónica del día siguiente. Nolan, con la barbilla apoyada en el pecho, absorto, se sumergía en las palabras, dejando que la voz del asesino se fijara en su memoria. Ocasionalmente, tomaba un lápiz y hacía una anotación en una libreta que tenía frente a sí. Yo apenas oía las palabras, debido a mi creciente entusiasmo. Comenzaba a impacientarme, esperando a que Nolan respondiera. Poco antes de que la cinta llegase al final, sonó el chasquido que indicaba el fin de la llamada, seguido del tono continuo de la línea.

—Esto —murmuró Nolan, irguiéndose en su silla— es algo extraordinario.

Se desperezó, enlazó las manos detrás de la cabeza y se reclinó hacia atrás, haciendo equilibrios sobre las patas traseras de la silla. Espiró lentamente, y el sonido de su exhalación llenó la pequeña oficina. Encendió un cigarrillo y soltó una bocanada de humo, siguiendo con la mirada las volutas que se formaban.

—No es una decisión fácil —dijo.

Yo estallé.

—¡Decisión! ¿Qué decisión? ¡Diablos! Tenemos que publicar esta historia. ¿No has oído todo lo que ha dicho ese tipo? ¡Joder, qué historia! La ciudad entera se conmoverá cuando lea sus declaraciones.

—Ése es el problema —dijo Nolan.

—Dios, ¿pretendes ocultarlo?

—No te he dicho que vayamos a ocultarlo —repuso con un deje de irritación—. Pero trata de dominar tu entusiasmo por un momento.

—Yo... —Pero me interrumpí.

Guardamos silencio un instante. Observé el humo de su cigarrillo que ascendía hasta el techo. Luego tomé aliento, intentando disimular la exaltación.

—Yo opino que deberíamos publicar la historia.

—La publicaremos —aseveró Nolan—. Ésa no es la cuestión, sino cómo.

—Nolan —le dije—, no es más que una buena historia.

—Es verdad. Una buena historia... que cambiará las cosas. —Hizo otra pausa para meditar. Finalmente, sacudió la cabeza—. Bueno, pues adelante. Ojalá fuese tan sencillo como tú pareces creer.

Antes de que yo pudiera responder, sonó el teléfono en la oficina. Me sobresalté, pero Nolan levantó el auricular y se lo acercó al oído. Escuchó por un momento y luego se volvió hacia mí.

—Tus amigos Martinez y Wilson están aquí. Vienen con como-se-llame, el detective jefe. —Luego dijo al teléfono—: Enteténgalos. Dígales que estamos reunidos y que tardaremos unos diez o quince minutos. Deles café, invítelos a ponerse cómodos. Asegúreles que iremos, pero avíseles que tendrán que esperar un poco. Sean amables.

Entonces dirigió la vista hacia mí una vez más.

—Las cosas comienzan a moverse con rapidez. Llevaré la cinta para que la escuchen los superiores. Tú empieza a trabajar en el borrador de un artículo. Utiliza las notas que tomaste en la primera conversación. Le pediré a una secretaria que transcriba la grabación para que no haya discusión. Presiento que al final tendremos que desistir.

Ya había terminado de poner por escrito la primera conversación cuando vi a los dos detectives y a otro hombre corpulento acercarse desde el fondo de la redacción. Martinez me saludó con un gesto de la mano; era el tercero de la fila. Entraron en el despacho del jefe de redacción. Instantes después, un asistente me llamó para indicarme que me reuniera con ellos.

El jefe de redacción y Nolan me recibieron fuera del despacho. Vi a los dos detectives incómodamente sentados en el gran sofá de cuero.

—Vamos —dijo Nolan.

Seguimos al jefe hasta una habitación contigua. Cerró la puerta. Era un hombre bajo, con una espesa cabellera gris que llevaba severamente apartada de la frente. Tenía las gafas apoyadas en la punta de la nariz y, cuando se entusiasmaba, miraba por encima de ellas, como para ver las cosas desde una perspectiva totalmente distinta. Entre los periodistas, tenía reputación de un hombre exigente con los artículos pero indulgente con el personal. Era habitual que se acercara a felicitar a los periodistas por su trabajo; eran momentos breves y casi embarazosos que sin embargo significaban mucho para los empleados.

Posó en mí los ojos y me sonrió.

—Si se me permite emplear una frase hecha —dijo—, parece que estamos entre la espada y la pared.

Nolan rió y yo le devolví la sonrisa.

—Muy bien —prosiguió el jefe—, un par de preguntas rápidas. ¿En algún momento le ha prometido usted al asesino que protegería su identidad, que no hablaría con la policía, que su conversación con él era algo extraoficial o confidencial?

—No —respondí.

El jefe pareció aliviado.

—Eso habría sido un obstáculo. ¿Y le ha prometido que escribiría su historia o que lo citaría de alguna manera especial?

—No. Apenas me ha dejado decir palabra. Me ha dado la sensación de que él presuponía que no pasaríamos por alto que nos estaba concediendo una exclusiva.

—Bueno —contestó, sonriendo, el jefe de redacción—, pues estaba en lo cierto.

—¿Tienes algún inconveniente en trabajar con la policía? —preguntó Nolan.

Lo miré.

—Sí —respondí—. Pero depende del alcance del trabajo.

Nolan asintió.

—Yo también —agregó.

El jefe de redacción negó con la cabeza.

—Necesitamos más tiempo para tomar algunas decisiones. Pero hay una que tomaré ahora mismo. Les entregaremos una copia de la cinta con la condición de que nos garanticen que no caerá en manos de la competencia. En cuanto a nosotros, publicaremos la historia. —Se volvió hacia mí—. Necesitamos a esos policías, ¿de acuerdo?

—Son ellos quienes llevan la voz cantante en este asunto —observé—. Si es verdad que el asesino planea matar a más gente, podrían dejarnos fuera de juego.

—Correcto —dijo—. Eso es lo que yo pensaba. Muy bien. —Batió palmas como un maestro de primaria, en señal de entusiasmo—. Negociaremos un poco. No abran la boca sin consultarme primero.

Saludé a ambos policías con un movimiento de cabeza y estreché la mano del jefe. Tras un momento de tenso silencio, el jefe de redacción les preguntó qué era exactamente lo que deseaban.

—Queremos tomar declaración a este empleado suyo —señaló el detective jefe— y echar un vistazo a todas sus notas. Queremos su cooperación. Después de todo, estamos investigando un asesinato y no veo la necesidad de solicitar una orden judicial.

El jefe de redacción se desperezó e hizo un gesto de asentimiento.

—Yo tampoco veo esa necesidad, pero no podemos entregarles las notas. Antes de que se enfaden, déjenme decirles algo. Hemos grabado una segunda conversación con el asesino. Les facilitaremos una copia de esa cinta para que avancen en su investigación, pero sólo si aceptan ciertas condiciones.

—¿Qué condiciones?

—Queremos los derechos exclusivos de difusión —respondió el jefe de redacción—. Que ustedes no filtren esa información a otros periódicos ni a la televisión. Además, queremos ser los primeros en enterarnos de los sucesos relacionados en el caso. Después de todo, el asesino podría volver a llamar.

El policía guardó silencio por un momento.

—Creo que puedo aceptar eso —decidió al fin.

—Bien —dijo el jefe de redacción, poniéndose en pie.

—Después de todo, somos miembros de la misma comunidad.

—Es verdad —convino el jefe.

—También lo es el asesino —señaló Martinez.

Mientras regresaba a mi escritorio, Wilson me abordó. Me sujetó el hombro con una mano y yo la miré fijamente hasta que la retiró.

—Escucha —susurró—, sigue siendo importante para nosotros conocer más detalles de la primera conversación. Ésta es una calle de doble dirección, ¿sabes?

—Está bien —accedí—. Te llamaré cuando haya escrito lo que recuerdo.

No me esforcé demasiado. El hecho de revelar información, la información que yo había conseguido, me perturbaba, me resultaba extraño. En eso estriba la hipocresía inherente a la profesión periodística: en que recogemos pero no damos.

Al poco rato, una de las secretarias se acercó a mi escritorio con una transcripción a máquina de la cinta. Repasé las palabras escritas, intentando recordar el tono con que el asesino las había pronunciado. Una vez más, me puse a imaginar las circunstancias de la llamada: la habitación, el teléfono, tal vez la pistola sobre la mesa, frente a él.

Nolan pasó por allí.

—Mantén esa cosa conectada al teléfono en todo momento. Ten siempre lista una cinta en blanco.

Por un momento me pregunté adónde llegaría todo eso, cuánto daría de sí la historia. Luego sacudí la cabeza, miré las notas y la transcripción, coloqué una hoja de papel en la máquina de escribir y comencé a construir el artículo:

El asesino de la adolescente Amy Hooks ha llamado al *Miami Journal* y ha asegurado que la muerte de esa muchacha de la zona suroeste no es más que el primero de una serie de asesinatos que planea cometer. «Bienvenido —dijo el asesino por teléfono— a los parámetros de la pesadilla.»

Una vez escritas las primeras líneas, el resto del texto fluyó con facilidad. Me basé principalmente en las palabras del asesino y expuse parte de su propio razonamiento. Sólo me referí indirectamente a la larga historia que contó de su pasado. Sentí remordimientos al reproducir las frases que describían los últimos momentos de la muchacha. Me vino a la mente la imagen fugaz de la madre y el padre en medio de la sala de su casa, rodeados de fotografías de su hija muerta. Me pregunté cómo reaccionarían al leer la crónica. Cerré los ojos por un momento, pensando en ese nuevo dolor que les causaría; luego, con la misma rapidez, dejé a un lado este pensamiento y me centré de nuevo en las declaraciones y comentarios del asesino.

Nolan leyó con atención el artículo en la pantalla que tenía delante.

—Joder —exclamó.

—¿Qué?

—Fíjate en esto, en su manera de hablar. Sus descripciones, las frases que construye, las ideas que expresa. No hay oraciones incompletas ni vacilaciones. ¿Conoces a alguien más que hable así?

—Bueno, es inteligente —admití—. ¿Y qué?

—No lo sé —dijo Nolan, clavando en mí la vista—. Pero ten cuidado, Malcolm, ¿eh?

—Claro —respondí, pensando: «¿Cuidado con qué?» Nolan se volvió hacia la pantalla.

—Me pregunto cómo terminará todo esto —murmuró.

6

A la mañana siguiente se publicó la noticia con grandes titulares: EL ASESINO ANUNCIA UNA «PESADILLA»; PROMETE MÁS ASESINATOS.

Mi teléfono sonó a las 5.30 de la mañana, la hora en que la edición principal del periódico, con la crónica impresa justo debajo de la cabecera, pasaba de la imprenta a los camiones de reparto. La primera llamada fue de un periodista de la oficina de Associated Press en Miami. Christine intentó explicarle que yo aún dormía, pero me incorporé y respondí sus preguntas medio atontado. Esa noche había soñado varias veces que perseguía a mi tío por toda la ciudad. En ese sueño, las formas y las sombras aparecían deformes y extrañas, como vistas en un espejo curvo. Dalinianas.

Mientras yo hablaba, Christine se sentó a beber café y a leer el periódico desplegado ante ella sobre la mesa. La luz de las primeras horas de la mañana inundaba la habitación. Cada pocos segundos, Christine me miraba y sacudía la cabeza. Yo sorteé las preguntas como buenamente pude. Todos querían una copia de la cinta. Terminé con el de AP, y sólo un par de minutos después volvió a sonar el teléfono. Era un reportero del *Miami Post* que preparaba su artículo para la primera edición. Parecía furioso porque el asesino se había puesto en contacto conmigo y no con él. Me libré de él lo más rápidamente posible. Al cabo de otro minuto o dos, llamaron de United Press International para asediarme con las mismas preguntas y peticiones. Yo les contesté que podían leer toda esa información en el periódico y aprovechar lo que quisieran. Pero ellos querían entrevistarme. Los de UPI incluso pretendían que les facilitase una fotografía. Les dije que no. Luego dejé el teléfono descolgado. Por un rato emitió un pitido electrónico que tenía algo de grito y finalmente enmudeció. Christine levantó la vista del periódico.

—Esto es apenas el comienzo, ¿sabes? —dijo.

Posé las manos sobre sus hombros y se los masajeé por un momento; luego las deslicé bajo su bata y las coloqué sobre sus senos. Sentí que los pezones se endurecían al contacto de mis dedos, pero ella me agarró los brazos y los apartó.

—Lo siento —dijo—, pero leer esto me quita las ganas. No sé cómo tú puedes soportarlo. Creo que a mí me habrían entrado ganas de chillar. —Reflexionó por un instante—. ¿Le pediste al tipo que se entregara?

—No. —La idea me pilló por sorpresa—. No se me ocurrió. Hablaba con demasiada serenidad; daba la impresión de haberse preparado muy bien, de estar muy inmerso en lo que hacía y decía. No hablaba como un hombre dispuesto a entregarse.

—Otros lo han hecho. Me refiero a los que se han entregado a algún periodista porque temían que la policía les hiciese daño. O a lo que ocurrió en Attica, donde querían observadores.

—No les sirvió de mucho, ¿verdad?

—No —admitió—, pero tú sabes a qué me refiero.

—Ojalá se me hubiera ocurrido. Me pregunto cómo habría reaccionado él.

—¿Qué crees tú?

—Creo que se habría reído.

Christine guardó silencio por un momento, pensativa. Se puso de pie y se dirigió a la ventana. De pronto, su rostro quedó enmarcado por el resplandor que le iluminaba los pómulos y hacía brillar sus ojos. Traté de pensar en algo que decir para arrancarla del estado de ánimo en que se estaba sumiendo. No entendía que se sintiese oprimida; esa historia se estaba convirtiendo en la más importante de mi vida. Yo estaba entusiasmado. Creo que, en el fondo, no quería que atraparan al asesino ni que éste se rindiera... Aún no, pensé. Christine debía de estar pensando lo mismo, porque preguntó:

—¿Crees que lo hará? ¿Cometerá más asesinatos?

—No veo por qué no —respondí.

Ella se volvió.

—¿Quieres que lo haga?

Me encogí de hombros.

—Si lo hace, la historia será más sensacional, ¿verdad? —añadió.

—Sí —reconocí. No podía negarlo.

—Tal vez ganarías un premio.

—Es probable.

—Quizás incluso conseguirías el sueño dorado de todo periodista, ¿eh? El Pulitzer. ¿Has pensado en eso?

—Oh, vamos —la reconvine—, no te entusiasmes tanto.

Pero lo cierto es que lo había pensado. Christine se rió, pero su risa era amarga. Creo que sabía que estaba mintiendo.

—¿Eso no te molesta?

Volví a encogerme de hombros, pero ella continuó acosándome a preguntas.

—¿No se te ha pasado por la cabeza que tal vez ese tipo necesita la atención que le dedican la prensa y la televisión? ¿Que sin ella se sentiría vulgar y olvidado? ¿Que el interés que despierta lo incitará a cometer actos más graves y más impactantes?

—Sí —respondí—, esas ideas me han pasado por la mente. Pero ¿qué se supone que debo hacer? ¿Ignorarlo? Además, ¿quién sabe?, él podría continuar con los crímenes a pesar de lo que escriba yo o cualquiera.

—¿No te importa? —insistió.

—Aún no.

Me detuve en el aparcamiento del *Journal*. El cielo era de un color celeste virulento: no parecía tener fin ni límite de altura. Andrew Porter me divisó y se acercó a grandes zancadas.

—Así que también los famosos tienen que venir a trabajar —comentó con una carcajada.

—¿De qué hablas?

—Ya lo verás.

En la entrada principal había al menos media docena de cámaras de televisión.

—Hasta luego —dijo—. Recuerda: no dejes de sonreír. —Y se perdió entre la multitud que me rodeaba.

Intenté llegar a las puertas; noté que el calor aumentaba bruscamente debido a los focos. Me detuve cuando vi ante mí el primero de varios micrófonos. Las preguntas llegaron en oleadas rápidas, incesantes, incoherentes. Apenas alcanzaba a responder una cuando ya me lanzaban otra.

—¿Cómo hablaba?

—¿Especificó cuándo comenzarían los asesinatos?

—¿Por qué cree que le llamó a usted?

—¿Cree que está loco?

—¿Cree que volverá a llamar?

—¿Por qué está haciendo esto?

Finalmente, levanté la mano.

—Lo siento —dije—, pero todo lo que sé está en la crónica publicada en el *Journal* de hoy: no hay nada que pueda agregar. No tengo idea de lo que ocurrirá ahora.

Entonces me excusé y entré en el edificio. Había algunas periodistas más, esperando junto a las puertas. Entre risitas, me hicieron la misma broma que Porter. Sonreí.

—Es sólo mi manera de conseguir un aumento de sueldo.

En el fondo, me complacía ser el centro de atención. Me di cuenta de que me había gustado verme rodeado de cámaras, acribillado a preguntas. Mientras me dirigía a mi escritorio, pasé junto al jefe de redacción.

—Magnífica historia —aseveró—. Continúe con ella. —Y me dio una palmadita en la espalda.

Nolan me sonrió desde el otro extremo de la oficina.

—Buen trabajo —dijo en voz alta—. Ahora tal vez quieras un contrato en la televisión.

El resto de la redacción rió con él.

Me senté a mi escritorio mientras echaba un vistazo a la primera edición del *Post*. Allí también la llamada del asesino era la noticia de portada. La firmaba el periodista que me había telefoneado antes. Después de las citas del asesino, extraídas de mi artículo, había varias citas mías.

Anderson, de 27 años, periodista del *Journal* desde hace tres, declaró que la calma y la clara determinación que demostraba el asesino lo habían sorprendido. «Hablaba con mucha franqueza y seguridad en sí mismo», ha dicho esta mañana el periodista.

Leí el texto una y otra vez.

Sonó el teléfono.

Por un momento, el tiempo pareció detenerse.

Dejé el periódico, sintiendo que se me aceleraba el pulso. Pulsé la tecla de grabación y levanté el auricular.

—Anderson, *Journal*.

Con la misma rapidez con que me había asaltado, la emoción se disipó. Noté que mi organismo recuperaba su ritmo normal. Era la operadora de la centralita.

—Señor Anderson —dijo, mientras yo apagaba la grabadora—, ¿qué debo hacer con todas las llamadas?

—¿Qué llamadas?

—Tengo mensajes para usted de periodistas de una docena de periódicos —me informó—. Además, la gente no para de llamar a la centralita para preguntar por usted. Creo que quieren hablar del artículo de hoy. —La operadora tenía una voz lastimera y metálica.

Durante la hora siguiente, respondí a preguntas y atendí a lectores furiosos. Hacia el mediodía empezó a amainar el chaparrón de llamadas. Cada vez que sonaba el teléfono ponía en marcha la grabadora y cada vez tenía que borrar la cinta. Sin embargo, tomé notas. Planeaba escribir un breve artículo sobre los que llamaban y su ira.

Nolan quería una crónica sobre el efecto de la noticia en la opinión pública. Envió a unos periodistas a realizar encuestas en la calle. Encargó a otros que telefoneasen a ciudadanos prominentes de Miami para conocer sus impresiones sobre el asunto. Yo debía coordinarlo todo; según dijo Nolan, era una decisión de arriba. Los artículos llevarían mi nombre, con el propósito de que el asesino pensara que yo seguía cubriendo el caso. Nolan temía que el asesino llamara al otro periódico, a la radio o, peor aún, a las cadenas de televisión.

—No hay que soltar a este tipo por nada del mundo —dijo Nolan.

El día transcurrió con increíble velocidad.

Concerté una entrevista con el psiquiatra para esa tarde. Por un momento, me inquietó la idea de ausentarme de la oficina. No quería que el asesino llamase y, al no encontrarme, decidiera romper el contacto conmigo. Después de reflexionar un poco, concluí que nada podía hacer para evitarlo.

Intenté llamar a Martinez y a Wilson, pero estaban trabajando fuera.

Miré el teléfono sobre mi escritorio. Era un aparato negro, común, simple. Yo había repasado algunos de los números con un bolígrafo. Tenía una grieta a un costado, consecuencia de una airada conversación con un político a la que yo había puesto fin colgando el auricular con tal furia que el aparato había caído al suelo. Me daba la sensación de ser una criatura viviente, que respiraba y aguardaba sobre el escritorio con tanta paciencia como yo. Fijé en él la vista por unos instantes antes de partir, como para ordenarle que no sonara mientras yo no estuviera allí.

Cuando entré en el despacho del psiquiatra, éste estaba comiéndose un sándwich.

—No le importa, ¿verdad? —preguntó, señalándolo—. Es mi hora del almuerzo.

Negué con la cabeza y miré alrededor. La oficina se encontraba en un centro sanitario del centro, una zona de rascacielos acristalados que reflejaban el sol. Advertí que desde su escritorio se alcanzaba a ver Miami Beach al otro lado de la bahía y, más allá, el océano.

Era un despacho pequeño, con una pared cubierta de diplomas y un retrato a plumilla de Freud colocado en un rincón. En otra pared había unos estantes con varias hileras de libros. Un grabado de Picasso, *Los músicos*, una de las primeras incursiones del artista en el cubismo, estaba colgado sobre un diván de cuero.

Tomé asiento frente al escritorio del doctor, que me observó mientras paseaba la mirada en torno a mí.

—¿Lo pone nervioso? —preguntó.

Reí y no respondí.

—La gente tiene ideas extrañísimas acerca de cómo debe ser la decoración de la consulta de un psiquiatra —aseguró—. Bueno, saben que debe tener un diván en alguna parte, pero en cuanto al resto... —Dejó la frase inconclusa—. Tenía el presentimiento que vendría usted. Supongo que desea averiguar algo acerca del individuo que lo llamó, ¿verdad?

—Correcto —contesté.

—Difícil —dijo—. Muy difícil.

Continuó comiendo. Era un hombre bajo y llevaba gafas de montura metálica y un traje azul marino con el que imaginé que debía de pasar mucho calor al aire libre. Tenía el cabello gris, aún abundante, apartado de la frente de modo que daba a su rostro un aspecto infantil, abierto y discreto. Nos habíamos visto antes, habitualmente en los tribunales, donde él emitía su dictamen como perito para varios de los jueces.

—¿Le serviría de algo escuchar la cinta? —pregunté.

Sonrió.

—¿Qué cree usted?

Extraje la cinta y una grabadora. El doctor se sacó una pluma del bolsillo y colocó frente a sí una hoja en blanco. Asintió y puse en marcha el aparato.

«He aprendido que la certeza es algo que poca gente tiene en el mundo», decía la voz del asesino.

En el despacho sonaba débil pero resuelta; en cambio, la mía sonaba vacilante.

Durante los minutos siguientes, lo único que oí fue la voz del asesino mezclada con el sonido de la pluma del doctor al desplazarse sobre el papel. No dejaba de tomar notas; sólo de cuando en cuando levantaba la vista y la posaba en mí. Una sola vez enarcó las cejas, sorprendido ante una declaración del asesino.

Me volví y contemplé un enorme buque petrolero que surcaba el azul transparente de la bahía; los colores del Picasso en la pared se parecían mucho a los del agua. El barco se dirigía al puerto de Miami, con la línea de flotación baja, pues no llevaba carga. Al fondo, la voz del asesino continuaba hablando, imprimiendo una fría pasión a sus palabras.

Cuando la cinta terminó, miré de nuevo al psiquiatra. Soltó el aire como si durante todo ese tiempo hubiese estado conteniendo el aliento. Eso me trajo a la memoria un extraño recuerdo de un viaje con mi padre y mi hermano en el coche familiar. En una ocasión mi padre me dijo que si uno lograba aguantar la respiración durante todo el tiempo que tardara en atravesar un túnel, se le concedería un deseo. Jamás especificó quién lo concedería (supuse que algún genio de los túneles o algo así), pero recuerdo que durante años yo contenía el aliento automáticamente cuando el coche quedaba envuelto en la oscuridad, esforzándome en silencio por aguantar lo máximo posible. En los alrededores de Nueva York eso resultaba particularmente difícil; los túneles Lincoln y Holland resultaron ser demasiado largos para mis pequeños pulmones. Siempre experimentaba una breve sensación de derrota cuando expulsaba de golpe el aire de mi cuerpo.

—Bien —dijo el psiquiatra, titubeante—, esto es un problema.

—¿En qué sentido?

—Le diré algo extraoficialmente. —Cuando asentí con la cabeza, prosiguió—: Sé que la policía ya ha llamado a dos de mis colegas para que escucharan la grabación. Hablé con ellos anoche, pues sabía que usted vendría hoy. Verá, yo tengo la costumbre de estar en desacuerdo con mis colegas. —Soltó una carcajada y luego sonrió por unos instantes—. Pero no en esta ocasión.

—¿Cuál es el veredicto? —pregunté—. O sea, ¿qué puede decirme acerca de este tipo? No quiero parecer demasiado simplista, pero mi instinto me dice que ese hombre habla en serio. Y que es peligroso.

—Bueno —volvió a comenzar el doctor—, está en lo cierto en ambos aspectos. —Echó una ojeada a sus notas—. Me temo que es demasiado pronto para colocarle una etiqueta que pueda usted ofrecer a sus lectores. En realidad, no hay suficiente material para formarse una idea precisa, aunque la cinta es notable.

»A menudo empleamos los términos psicótico, psicópata, sociópata. Los dos últimos significan más o menos lo mismo. Hablamos de perversiones sexuales, conducta aberrante, paranoia, esquizofrenia, todos los términos conocidos para usted y muchos otros profanos en la materia. Este asesino parece tener varios rasgos dominantes que se prestarían a varias interpretaciones psiquiátricas. Yo no he detectado síntomas evidentes de paranoia, pero eso no significa que él no padezca el trastorno. De hecho, la parte de su discurso en que habla de la víctima parece indicar que lo padece. Es obvio que está muy desequilibrado, al borde de la psicopatía... —El doctor vaciló de nuevo y clavó en mí una mirada intensa—. Pero dejémonos de palabrería y vayamos al grano, ¿de acuerdo?

Asentí otra vez.

—Por regla general, quienes ejercemos la psiquiatría no emitimos juicios sobre la posible peligrosidad de los diversos trastornos. Sin embargo, en mi opinión, este asesino es sumamente peligroso. También creo que volverá a matar. Más de una vez. —Ojeó sus notas. «La gente tiene que entender», leyó en voz alta—. Bueno, esto parece expresar su necesidad de aceptación; lo importante que es para él justificarse por lo que él mismo considera una conducta fuera de lo normal.

»Luego se extiende en una larga relación de su niñez atribulada en una granja de Ohio. El hecho de que hable con tanta frialdad de los malos tratos de que fue objeto resulta insólito; por lo general, la mente bloquea esos recuerdos. Él asegura que lo castigaban de forma irracional. Sospecho que el abuso que sufrió fue mayor y más arbitrario que el que describió. Después se produce una crisis; todos sus sentimientos respecto de la culpa, el castigo, el bien y el mal, todos se invierten: sus esquemas se rompen. Fíjese en que él recuerda que su padre lo obligaba a contar en voz alta los golpes; ahora vemos ese aspecto repetido en su numeración de la víctima. Ella es el Número Uno.

»También me llama la atención la imagen que él da de

la madre. Ella parece una no-persona; se limita a observar todo el tiempo. Dudo de que realmente haya sido así; creo que es probable que ella también haya tenido un comportamiento aberrante, pero no es más que una especulación.

»Luego él habla de un largo período de inquietud, de noches en vela. Desde el punto de vista psiquiátrico, esa época corresponde al momento de su despertar sexual. Pero a estas alturas él está tan confundido... Me pregunto si realmente oía correr el agua del baño o si se trataba de algún otro sonido nocturno relacionado con sus padres. Claro que sólo estoy haciendo conjeturas.

»Después vienen esas declaraciones tan notables. Mire, lo he anotado: "Intentaba ahuyentar todas las pesadillas. Más tarde, en Vietnam, me dejaban solo en el puesto de escucha del perímetro..." ¿Lo ve? Pasa bruscamente del tema de su niñez al de la guerra. Vietnam. Así pues, cabe la posibilidad de que acuse los efectos de un tipo de fatiga de combate. Durante la década de los cincuenta, después de la guerra de Corea, colaboré en algunos estudios. Descubrimos síntomas de psicosis que surgían bajo ciertos tipos de tensión y fatiga. Bien. En general, no duraban mucho tiempo y se disipaban cuando el sujeto se apartaba de la situación de tensión. Sin embargo, algunos de mis colegas que han trabajado con veteranos de Vietnam dan cuenta del mismo síndrome, sólo que en un grado más agudo: en esos casos, los síntomas no desaparecen con tanta rapidez. Hay muchas teorías que intentan explicar el fenómeno en función de la naturaleza de la guerra, la contrainsurgencia, el salvajismo, la falta de un enemigo definido, la ausencia de un frente y la absurdidad de todo, especialmente en combinación con las contradicciones de la guerra. Me refiero a que eran hombres que estaban en campaña y realizaban tareas rutinarias que a veces tenían consecuencias terribles: temían pisar una mina terrestre, perder las piernas o los genitales; extraviarse en un entorno ajeno; encontrarse de pronto en medio de un fuego cruzado, incapaces de ver o de combatir al enemigo, rodeados de muerte. Entonces, momentos después, subían a la cima de alguna colina, descendía un helicóptero y todo el mundo bebía Coca-Cola fría o una cerveza, casi como si estuvieran en casa. Eso resulta increíblemente desorientador. En efecto, no sabían dónde estaban. Y en medio de todo aquello, nuestro hombre halla paz. "... fue una época tranquila para mí..." Extraordinario.

»Pero —continuó el psiquiatra—, y éste es un pero muy importante, sucede algo. En cierto momento alude al "verdadero horror". Lo ve como una especie de obra de teatro, una manera de describir lo que nosotros llamamos reacción disociativa, que consiste en verse a sí mismo como desde fuera. Y luego dice que hablará de eso más tarde.

»Supongo que ésa es la clave. Si yo fuese aficionado al juego, apostaría a que la serie de asesinatos en la que parece haberse embarcado es, en su mente enmarañada, una suerte de reconstrucción. En efecto, él está reproduciendo una experiencia personal. Es como esos casos tan sonados de veteranos de guerra que disputan con la gente en la calle; reconstrucciones inconscientes de momentos vividos en la guerra. La mente se confunde; la paz del hogar se convierte a sus ojos en escenario de guerra. Y el soldado que llevan dentro reacciona.

»Creo que nos ayudaría mucho a comprender la forma de pensar del asesino el que usted averiguase la naturaleza de ese "horror". Pero tenga cuidado: la mente del hombre aún puede adaptase. Él todavía aprecia el simbolismo. No le propondrá necesariamente un trato equitativo.

El psiquiatra giró en su silla y se puso de pie. Se dirigió a la ventana panorámica y dirigió la vista a la bahía. Levantó las manos en un movimiento reflejo para apartarse un mechón de la frente. Sin dejar de mirar al exterior, prosiguió:

—Recuerdo cuando estuve en el ejército, en una unidad psiquiátrica a las afueras de Vacaville, en California. Allí tratamos miles de hombres aquejados de fatiga inducida por las condiciones de batalla, secuelas de la guerra de Corea. Dios mío, cuesta creer que haya pasado un cuarto de siglo. La mayor parte de los casos permanecen frescos en mi memoria. Eran como piezas en una cadena de montaje, ensambladas con rapidez y eficiencia, pero con algún defecto interior que no saltaba a la vista pero que les impedía funcionar de manera apropiada.

»En un pabellón teníamos que mantener las luces encendidas durante toda la noche porque los hombres tenían un miedo atroz a la oscuridad; eran hombres fuertes, que habían pasado por experiencias terribles y sobrevivido, pero, de pronto, no podían controlar sus temores cuando se apagaban las luces. Hay un caso que recuerdo particularmente. No estoy seguro de que venga a cuento: júzguelo usted mismo.

»Él llegó poco después de la invasión china, cuando los chinos cruzaron el río Yalu y dejaron divisiones enteras aisladas antes de que el mando estuviese centralizado y las líneas se formasen de nuevo. Tal vez usted no lo recuerde y, por cierto, pocas personas en Estados Unidos llegaron a enterarse de lo inesperado y aterrador que resultó ese ataque. En ese entonces prevalecía el racismo que aún encontramos hoy, en menor grado, en la guerra de Vietnam; el miedo derivado de la propaganda acerca del peligro amarillo y los orientales insensibles y bestiales. Todavía imperaban en buena medida el patrioterismo y el sentimiento antioriental de la Segunda Guerra Mundial. Bueno, basta decir que era una época difícil.

»La desorientación y la consiguiente proyección de emociones que veo en el asesinato me recuerda a uno de los pacientes que traté entonces. Era un hombre joven, rubio, de pómulos altos, con un semblante que denotaba una buena educación. Por cierto, procedía de buena familia; la madre pertenecía a la alta sociedad de Nueva York, y el padre era lo que podríamos llamar un magnate de la industria. El hijo se había criado en un ambiente de colegios privados, chóferes, profesores de piano y ópera. A los diecisiete años ingresó en Harvard, donde se licenció en historia y ciencias políticas. Estaba destinado al servicio diplomático, al menos al principio; tal vez a la facultad de derecho, o quizás a emprender una carrera política. Un muchacho muy valioso, ¿verdad?, con un potencial tremendo. Me hablaba mucho de una conversación que había mantenido con su padre acerca del futuro, y de que ambos convenían en que servir en el ejército durante un tiempo sería una experiencia muy valiosa, incluso imprescindible. Otro paso en el camino al éxito.

»Poco después de su graduación, el joven obtuvo un cargo de oficial en el ejército. Se ofreció voluntario para la guerra de Corea después de largas discusiones con su familia; pensaba entrar en combate un par de veces y quizá conseguir una o dos medallas. El padre había prestado servicio militar en tiempos de paz, entre las dos guerras mundiales. Ninguno de ellos era consciente de lo peligrosa que era la situación en que se estaba poniendo el muchacho. No tiene usted idea del grado al que llegaba su ingenuidad; se manifestaba constantemente en nuestras conversaciones. Por tanto, cuando los chinos cruzaron el Yalu, este joven estaba al mando de una compañía de fusileros, cerca de la línea del frente.

»Fueron aislados, rodeados por una fuerza superior y masacrados. El joven estaba con un pelotón que acabó acribillado por las armas automáticas. Cuando el fuego cesó, él era el único que quedaba con vida. Entonces advirtió que los chinos recorrían el escenario de la carnicería, revisando sistemáticamente los cuerpos. En una fracción de segundo decidió que, para evitar que lo capturasen o lo matasen, tendría que hacerse el muerto. Mojó los dedos en la sangre de sus hombres y se manchó la ropa con ella. Según me contó, obró con rapidez, mecánicamente, sin pensar realmente en lo que hacía. Al final, cuando sus heridas parecían auténticas, colocó dos cadáveres de modo que él quedaba medio oculto debajo de ellos. Su último acto fue tomar un puñado de sangre y materia cerebral de un cadáver y embadurnarse la frente y la cabeza. Luego cerró los ojos y esperó, temeroso de que el aire frío delatara su respiración, sintiendo el peso muerto de los hombres que tenía encima.

»Entonces sufrió una alteración de la percepción; sus sentidos quedaron reducidos al oído y el olfato. Era como un ciego; cada sonido se le figuraba una nota de terror extraña, aterradora. Me dijo que oyó voces que se acercaban y pies que se arrastraban. En un momento, alguien habló en inglés, a lo que siguieron respuestas guturales en chino. Luego sonaron disparos, cada vez más cercanos. El joven sintió que el frío del suelo penetraba como la muerte misma en su cuerpo, ya sepultado bajo los cadáveres de sus soldados, los hombres que él había tenido a su cargo y a quienes había conocido apenas unas horas antes. Tenía las extremidades paralizadas de terror, pues creía que de un momento a otro lo sumirían en una oscuridad más profunda que la que encerraban sus párpados apretados. Finalmente, oyó pasos cerca de él y notó que los cuerpos bajo los que yacía se movían, como si alguien los empujase con la punta de un arma. Luego las pisadas se alejaron y él permaneció inmóvil durante horas, en espera de otro sonido. Me aseguró que tuvo que reunir todo su valor para abrir los ojos y mirar en torno a sí. Estaba solo, salvo por los muertos.

»Pasó dos días aislado tras las líneas enemigas. Vagó por allí, escondiéndose entre arbustos y árboles. Por las noches, se resguardaba de la nieve con ramas lo mejor que podía. No comía: no encontraba nada. Al tercer día se topó con un grupo de hombres que también habían quedado aislados pero que habían logrado establecer contacto por medio de la radio. En pocas horas, estuvo a salvo tras nuestras líneas. Presentó un informe a sus superiores describiendo el ataque y la pérdida de sus hombres con todo detalle. Según creo, los nombró a casi todos de memoria. Lo examinó un médico, que dictaminó que se encontraba en buen estado de salud a pesar del duro trance por el que había pasado, y poco después lo enviaron de regreso a Estados Unidos. El ejército le otorgó la Medalla al Servicio Distinguido.

»En su primera noche en casa, despertó gritando que no podía respirar, como si algún peso le aplastara los pulmones. Se echó a temblar descontroladamente a pesar del calor que hacía en la habitación y de las mantas sobre la cama. Lo aterrorizaba cerrar los ojos, porque temía no poder volver a abrirlos. Pocos días después, mientras disfrutaba una comida con su madre, su padre y algunos invitados, cerró los párpados con fuerza durante un minuto, tal vez dos, y cuando los abrió había perdido la vista. Estaba ciego. Poco después, me lo enviaron a Vacaville.

»El diagnóstico oficial fue reacción histérica. Una sencilla conversión de la experiencia que había vivido: la ceguera equivale a la muerte. Así pues, la atrajo sobre sí para compensar el haber sido el único superviviente de su compañía.

»Hablamos. Trabajamos. Él no ocultaba los hechos, incluso logré convencerlo del origen psiquiátrico de su pérdida de visión, pero no la recuperó. Entonces me pregunté qué castigo más severo estaría infligiéndose.

»Le concedieron la licencia. Llegó a su apartamento en Nueva York, besó a su madre, estrechó la mano de su padre, anunció que quería cambiarse (palabras proféticas, ¿verdad?) y se dirigió a su dormitorio. Dejó el bastón, sacó un revólver que guardaba desde hacía años y se pegó un tiro. Exactamente en el mismo punto donde se había aplicado la sangre de sus compañeros.

El psiquiatra me miró. Fuera, el sol se reflejaba en la superficie de la bahía y una bandada de gaviotas volaba sobre las aguas.

—Por eso —prosiguió el doctor—, no subestime la fuerza de un trauma inducido por la batalla combinado con una enfermedad mental más primaria.

—¿Pronóstico?

—Muy malo. Malo para las víctimas, malo para el asesino. Y otra cosa...

—¿Qué?

—No podrán atraparlo.

—¿De qué habla?

—Los asesinos de esa clase son los más difíciles de capturar. La policía siempre tiene muchos problemas para echar el guante a los asesinos psicópatas. Recuerda a Jack el Destripador: jamás lo atraparon. Verá, ellos eluden los métodos habituales de detección debido a la irracionalidad esencial de sus actos. Sus motivos se hallan dentro de su mente, no en la codicia ni la furia, ni en ninguna de las emociones habituales con las que los policías están familiarizados y que suelen ser motivo de homicidio.

Fijé la mirada en el psiquiatra. Él se volvió hacia la bahía.

—A menos que el asesino cometa un error como los que cometería un criminal común, será casi imposible capturarlo. Existe la posibilidad de que alguien lo reconozca, o que la policía identifique y localice su arma. Eso podría conducir a su detención. Pero no cuente con ello.

»Verá, una de las paradojas esenciales que envuelven a este tipo de asesino es que, si bien experimenta satisfacción al burlar a la policía y desafiar a la comunidad a que lo encuentre (ése es el impulso subyacente a la llamada telefónica), inconscientemente desea ser detenido. Sin embargo, su mente consciente no pasa por alto el menor detalle. Pensará detenidamente en todas las precauciones que debe adoptar para evitar la captura. Dígame, ¿cómo puede la policía manejar un caso así?

—No lo sé —contesté—. ¿Cree que cometerá algún desliz por teléfono?

—Tal vez. Tal vez no.

Sonó un timbre bajo el escritorio del psiquiatra. Se inclinó, accionó un interruptor y me miró de nuevo.

—Un paciente —me informó.

Recogí la grabadora. Él me acompañó hasta la puerta.

—¿Sabe? —dijo—, espero equivocarme. Y no dé por sentado que todo lo que le he dicho sea la verdad absoluta. Estamos hablando de un individuo gravemente desequilibrado: es capaz de casi cualquier cosa. Quizás esto le parezca terrible, pero no hay que descartar la posibilidad del suicidio. Una persona que dice lo que hemos oído siente un odio profundo hacia sí mismo. De sus palabras se desprende que se considera lo peor del mundo. Tendremos que esperar.

—Gracias por su ayuda.

—Ha sido un placer —respondió.

Mientras cerraba la puerta, eché una última ojeada por la ventana al azul de la bahía.

Más tarde, comencé a redactar el artículo sobre la reacción del público. Otros periodistas dejaban notas sobre mi escritorio: en general, declaraciones mecanografiadas de funcionarios o gente de la calle. Muchas de ellas reflejaban escepticismo, una actitud retadora. Era como si la gente quisiera obligar al asesino a cumplir con su palabra o a callar: una especie de desafío macabro. Intercalé las opiniones del psiquiatra con las impresiones de las demás personas.

«Ese chalado no me asusta...» Un adolescente, junto a un campo de juegos.

«Yo creo que sólo es un tipo que quiere llamar la atención. Dudo mucho que cumpla su amenaza...» Un hombre de negocios, en la calle.

«Confío en que la policía lo pillará pronto...» Una ama de casa de los suburbios.

«Todos los agentes han recibido instrucciones de estar atentos a comportamientos extraños. Se han anulado todos los permisos innecesarios. Se enviarán coches patrulla de refuerzo a zonas de alto riesgo...» Un jefe de policía local.

Intenté imaginar los semblantes que acompañaban a las palabras, las expresiones de furia o de miedo. Me sentía oprimido entre las palabras del asesino y las de la comunidad. Continué escribiendo con rapidez, deteniéndome sólo de vez en cuando para transcribir una cita de las páginas de notas. No levanté la vista hasta que oí gritos procedentes del fondo de la redacción. Al girar en la silla, vi a un muchacho de veintitantos años que intentaba soltarse de las manos de uno de los guardias de seguridad del *Journal*.

Los ojos de todos los presentes se volvieron hacia el alboroto y, de pronto, percibí los gritos con la claridad de una imagen bien enfocada. El joven gritaba: «¡Quiero hablar con el tipo que escribió esto. ¡Déjame en paz, maldita sea!» El guardia de seguridad lo tenía agarrado por el brazo, intentando arrastrarlo hacia la puerta. Yo sabía que era conmigo con quien quería hablar. De reojo, vi que Andrew Porter se había asomado desde el laboratorio fotográfico, atraído por el ruido. Logré llamar su atención con las manos e hice un gesto con ellas como si tomase una fotografía. Él asintió y reapareció un momento después con su cámara. Hizo girar la lente y comenzó a tomar fotos de la manera más discreta posible. Para entonces, el joven ya se había calmado un poco y discutía con el guardia, que aún lo sujetaba por el brazo. Yo atravesé la oficina; ambos hombres me miraron.

—Creo que quieres hablar conmigo —dije, con la mayor suavidad posible.

El muchacho tenía los ojos enrojecidos. Su cabello

rubio le caía sobre las orejas, desgreñado. Me contempló por un momento y pareció derrumbarse, como si una cuerda se hubiese roto bruscamente. Dejó caer los brazos a los costados y cesó de forcejear. El guardia, un cubano fornido de espeso bigote, me dirigió una mirada inquisitiva. Yo asentí y él soltó al chico. Sin embargo, se quedó cerca de nosotros, con los músculos tensos.

—¿Es usted Anderson? —preguntó el muchacho.

Moví la cabeza afirmativamente.

—Yo soy el hermano de ella —dijo.

—Lo suponía —contesté.

—¿Por qué?

Me encogí de hombros.

—Sentémonos.

El joven inclinó la cabeza y le señalé un escritorio desocupado. Se dejó caer sobre la silla como si estuviese exhausto.

—No lo entiendo —se lamentó—. He leído esto una y otra vez, y aún no lo entiendo. ¿Qué mal hizo ella? ¿Por qué tuvo que pagar por algún... oh, no sé... por algo que ocurrió en otro lugar? Quiero decir, ¿qué culpa tenía?

—Debes de haberla querido mucho —observé.

Él me miró fijamente.

—Ella era muy... —Entonces vaciló. Advertí que buscaba las palabras adecuadas—. No lo sé. Era... tenía algo especial. Todos la queríamos. Era la pequeña de la familia.

Los ojos se le llenaron de lágrimas otra vez.

—¿En qué puedo ayudarte? —pregunté.

—No sé por qué he venido —dijo—. Supongo que por un momento pensé que usted y él eran la misma persona, ¿sabe? Usted es su contacto; él lo llamó, así que se me ocurrió venir a hablar con usted como si fuera él. —Hizo una pausa—. Eso no tiene mucho sentido, ¿verdad? Quiero decir, ahora veo... —Paseó la vista por la sala, por los reporteros y redactores—. ¿Volverá a llamar?

—Creo que sí —respondí—. Es difícil saberlo.

—Ojalá pudiera pasar al menos cinco minutos a solas con ese tipo. No me importa cuánto entrenamiento haya recibido él, en el ejército o donde fuese. Me da igual que lo hayan convertido en una especie de máquina de matar. ¡Le juro que podría con él! Sólo quiero una oportunidad. Oiga. —Su voz empezaba a reflejar entusiasmo—. Voy a dejarle mi dirección. Désela al asesino, ¿de acuerdo? Si realmente quiere iniciar una cadena de asesinatos, bueno, ¿por qué no trata de empezar por mí? Entonces veremos quién será el primero en caer.

El joven tomó un trozo de papel del escritorio y un lápiz y se puso a escribir con furia.

—Dele esto —me indicó, entregándome el papel.

Leí la dirección. Era la casa familiar en la zona sur de la ciudad.

—De acuerdo —accedí. Mentía.

El muchacho se sentó de nuevo, más sereno.

—Sólo cinco minutos —dijo. Clavó los ojos en mí—. Dígame por qué. Usted habló con ese tipo. Dígame por qué.

Sacudí la cabeza.

—Está loco. Los locos cometen locuras. ¿Qué puedo decirte?

Me encogí de hombros de manera exagerada, consciente de que mentía otra vez.

—Me da igual que sea un enfermo —aseveró el joven—. Quiero verlo muerto. Del mismo modo que él mató a mi hermana.

—No me extraña...

Se secó los ojos y, durante largo rato, se los frotó con las manos.

—No me parece justo. ¿Cómo pudo Dios hacer esto? Ella nunca hizo daño a nadie en su vida. Incluso participó en una manifestación por la paz cuando tenía diez años. ¿Puede creer eso? Desfilaba, corriendo para no quedarse atrás, gritando: «¡Queremos paz! ¡No a la guerra!», con su vocecita de niña. Volvió a casa con lágrimas en los ojos porque los policías eran tan malvados. ¿Puede creer eso? Malvados, ésa es la palabra que empleó. Y lo eran; eso es exactamente lo que eran. Ella no tenía miedo de nada. Apuesto a que ni siquiera tuvo miedo cuando llegó su hora.

—Seguramente tienes razón.

El joven echó un vistazo alrededor.

—Estoy haciéndole perder el tiempo —dijo—. Supongo que está trabajando en otro artículo, ¿verdad?

—Sí —respondí—, sobre la reacción de la gente. Saldrá en el periódico de mañana.

—Bien —murmuró poniéndose de pie—, cuando ese cabrón llame, dígale que Jerry Hookes quiere vérselas con él. Plantéeselo como un desafío de verdad: dígale que lo espero. —Cerró el puño y lo agitó en el aire—. Lo mataré con mis propias manos.

—Se lo diré —aseguré.

«Quizá sí —pensé—, quizá no.»

—Está bien —dijo y, dirigiéndose al guardia de seguridad, añadió—: Discúlpeme.

El guardia asintió, impasible.

—Perdóneme —se disculpó el joven, volviéndose hacia mí—. Por haberlo molestado así. Creo que todo esto me ha trastocado un poco. —Me tendió la mano y se la estreché—. No lo culpo —agregó.

Luego se marchó, acompañado por el guardia. Nolan se acercó.

—Un momento intenso —comentó.

Me mostré de acuerdo con él.

—Escríbelo. Palabra por palabra. Que sea el núcleo del artículo sobre las reacciones.

Asentí.

—Muy bien.

—Es un material estupendo —prosiguió Nolan—. Diablos, ese pobre chico debe de estar realmente alterado con todo esto. Pobre diablo. —Me miró con fijeza—. Descríbelo todo: su expresión, el ansia con que escribió esa dirección. No te dejes un detalle. Fenomenal.

Regresé a mi escritorio, pero antes de comenzar a escribir repasé en mi mente una y otra vez las palabras finales del joven. Resonaban en mis oídos, acusadoras. Sacudí la cabeza con fuerza, como para desecharlas, y procedí a reconstruir toda la conversación. Menos las últimas palabras.

Cuando llegué a casa, Christine me esperaba. El cielo había adquirido un intenso color púrpura violáceo. Las últimas luces del día iluminaban los gigantescos cúmulos que flotaban sobre los Everglades, al oeste.

—Te he visto en la tele —dijo—. En las noticias locales. Cronkite, Brinkley y Chancellor también te han mencionado. Tu padre también te ha visto. Ha llamado hace unos minutos. —Me echó los brazos al cuello—. No sé muy bien si debo estar orgullosa o asustada. Creo que me siento un poco de las dos maneras.

Fui a la cocina y abrí una botella de cerveza. Christine se sirvió una copa de vino y nos sentamos a conversar. A ella le agradaba pasarse los dedos por el cabello, levantando los mechones y echándoselos hacia atrás, como para apartárselos de las orejas. La cerveza estaba fría y yo sentía como si se extendiese por todo mi cuerpo; refrescante. Me aflojé la corbata, me recosté y levanté mi vaso.

—Por ti —dije.

Christine chocó su copa con mi vaso.

—Y bien —dije—, ¿cómo te ha ido el día?

—Ha sido un día común y corriente. Nos han traído un chico. No, un chico no; un muchacho en esa edad difícil en que la voz no es aguda ni grave. Recordarás la época en que, en cuanto te enamoras, te sale un grano en medio de la frente.

Sonrió y me reí.

—¿Y?

—Bueno, ha sido alegre y triste al mismo tiempo. A veces me preocupa que me afecten demasiado los casos de los pacientes que ingresan en el pabellón. ¿Sabes?, el director me ha preguntado si yo estaría dispuesta a trasladarme a la sala de terminales. Lo único que ellos tienen es esperanza. A veces, ni siquiera eso. Le he contestado que no. Al menos en mi pabellón la gente tiene posibilidades de recuperarse. Escasas, pero son posibilidades al fin y al cabo.

—¿Y el muchacho?

—Tenía un tumor muy grande en el tobillo. No sabremos lo grave que es hasta que lo abran. Es decir, las radiografías te muestran que está allí y te dan una idea del tamaño y todo eso, pero la gravedad sólo se aprecia cuando se examina el tumor al descubierto bajo las luces del quirófano. Los tumores tienen una fealdad, una malevolencia propia.

»El caso es que trajeron al muchacho... Lo que nunca deja de sorprenderme de los chicos de esa edad es que se comportan como si fuesen inmortales. Uno puede darles la peor noticia del mundo, decirles que les quedan días, horas, minutos de vida, y ellos siguen pensando que tienen toda la eternidad por delante. Demuestran una confianza increíble en su propio cuerpo. Son demasiado jóvenes para saber que el organismo puede ser muy traicionero.

»El muchacho pasó la noche correteando por todo el pabellón. La enfermera nocturna me ha contado que, incluso sedado, se pasó casi toda la noche despierto y hablando. Ella le hizo compañía durante un par de horas. Le interesaba el béisbol, según me ha dicho ella; él quería hablar de los Yankees y los Red Sox. Ojalá hubieras estado allí. Podrías haberle dado conversación.

»Bueno, por la mañana ya estaba preparado. La enfermera de turno lo ha llevado al quirófano en silla de ruedas. Él se ha quedado mirando al médico y le ha dicho: "Confío en usted, pero no se emocione demasiado." Entonces se ha echado a reír y todos nos hemos reído con él. Yo estaba de pie detrás de su cabeza para evitar que se pusiera nervioso, pero el chico estaba más tranquilo que yo. Se ha dormido enseguida, en cuanto le ha hecho efecto el pentotal. Recuerdo que en el momento en que le extirparon una sección del tumor para realizar la biopsia, he rezado por que el resultado fuese negativo.

»Este trabajo me está convirtiendo en una fanática religiosa. Continuamente mantengo conversaciones en mi mente, y pienso cosas como: "Oye, Dios, éste es un buen chico. Dale una oportunidad, ¿vale?" Sea como fuere, esta vez ha funcionado: el tumor era benigno. El patólogo ha vuelto al quirófano con una sonrisa de oreja a oreja, y todos hemos sonreído al conocer el resultado. Es gracioso ver sonreír a los médicos detrás de la mascarilla; sólo se intuye la forma de la sonrisa.

»Pero la mala noticia es que, para extirparlo todo, hemos tenido que fracturarle la pierna. El cirujano se ha esforzado durante una hora por extirparlo antes de recurrir a eso. Maldecía y se quejaba; él tiene un hijo de la misma edad.

»Al chico le ha costado mucho comprenderlo. Al despertar parecía muy decepcionado; no hablaba más que de su equipo de la liga juvenil y de que se iba a perder la temporada. Estaba confundido porque no acababa de entender por qué todos estábamos tan contentos. Lo estábamos porque el tumor era benigno y él no había perdido toda la maldita pierna. Lo único que entendía era que tenía una pierna rota, y ni siquiera podía jactarse de habérsela roto robando una base o completando una carrera.

Christine apuró la copa y volvió a llenarla. Me miró desde el otro extremo de la habitación.

—¿Recuerdas tu pubertad? No logro imaginarte a esa edad.

Reflexioné por un momento. En lugar de una imagen de mí mismo, visualicé a un chico delgaducho en un camino de macadán, andando entre las sombras una tarde de primavera. No podía concentrarme en el rostro del asesino, pero vi una habitación pequeña y una tabla, y oí la respiración agitada del padre mientras le propinaba a su hijo golpes en el trasero hasta dejárselo ensangrentado.

—¿Jugabas al béisbol? —preguntó Christine.

—En el campo corto —respondí—. Mi hermano era receptor. —Me vino a la mente un sol brillante. Verano. Reí en voz alta—. Una vez estábamos en un partido muy reñido y uno de los tipos del otro equipo bateó con mucha fuerza y la pelota salió disparada hacia mi derecha, entre la tercera base y yo. Ellos tenían un tipo en la tercera. El chico arrancó a correr hacia la base del bateador. Habían puesto fuera ya a dos jugadores, ¿sabes? La consigna era correr cuando se presentase la ocasión. Yo pegué un buen salto, tal vez no muy alto, pero a esa edad todo parece más grande y acelerado, y atrapé la pelota. Lo más probable es que la pelota cayese en mi guante por casualidad. De todos modos, cuando se es un chaval se tienen instintos casi perfectos para el béisbol. Sólo después, con el entrenamiento, se echan a perder. Me puse de pie y lancé la pelota hacia la base del bateador. En la actualidad no podría hacer un lanzamiento más perfecto. A la altura de la cintura, con mucha fuerza. Llegó casi tres metros por delante del chico del equipo contrario que estaba corriendo. Y mi hermano la dejó caer. No le hablé durante una semana.

Sonreí, pero Christine frunció el ceño.

—Eso parece cruel —comentó.

—La pubertad es cruel.

Pensé de nuevo en el asesino. No tan cruel, decidí. Sonó el teléfono y fui a contestar.

—Tal vez sea tu padre —señaló Christine.

Se dirigió a la cocina y comenzó a preparar un sándwich.

—Te he visto en las noticias —dijo mi padre y soltó una carcajada—. Parecía que te sacaba de quicio el ver que se había vuelto la tortilla.

—Bueno, creo que al principio, sí.

—Seguro que te ha pillado por sorpresa. ¿Ha vuelto a llamarte el asesino?

—Aún no —respondí—, pero sospecho que lo hará.

—Debe de ser emocionante. Me pregunto si saldrá algo en el *Times* mañana.

—Bueno, uno de sus periodistas me ha telefoneado.

—¿Y bien? —inquirió—. ¿Cómo sienta esta fama repentina?

Varias respuestas cruzaron mi mente. Pensé en decirle que no me afectaba, que seguía siendo el mismo periodista objetivo a pesar de lo sensacional de la noticia y la atención que estaba recibiendo. O que era sólo una crónica más y que en realidad no creía que a la larga tuviese grandes repercusiones. Sin embargo, habría sido una mentira descarada. Por eso opté por contestar que en efecto era emocionante y que disfrutaba el hecho de haberme convertido en el centro de todas las miradas.

—No es distinto de lo que te sucede a ti —dije—, cuando intervienes como abogado defensor en un caso muy sonado. De pronto te encuentras en medio de la sala y todo el mundo está pendiente de tus palabras. Supongo que lo que me ocurre a mí es parecido; por primera vez noto que lo que he escrito realmente produce efecto en la gente. El asesino dijo un par de veces que pretende montar una obra, un teatro; creo que es más que evidente que ahora yo represento un papel en ella.

—Ah —murmuró mi padre—. Así que lo disfrutas.

—A decir verdad —admití—, sí.

Meditó por un momento.

—En cierto modo, esto me trae a la memoria una época en que yo era más joven y trabajaba para aquella gran empresa de Wall Street; tú la recuerdas: Clay, Michaels y Black. Habitualmente, la firma prestaba servicios gratuitamente a organizaciones sociales; en general, demandas colectivas y cosas por el estilo. Eso era a principios de los cincuenta, la época en que el viejo Joe

McCarthy acaparaba todos los titulares. Bueno, nos pidieron que representáramos a un joven acusado de homicidio y me asignaron el caso. Era un trabajador portuario desempleado, un tipo rudo, miembro del Partido Comunista. Recuerdo que me contó que su hermano mayor había muerto luchando con la brigada Lincoln en España. A él lo habían acusado de matar a otro hombre en una pelea, de un puñetazo en la mandíbula. El problema era que el otro hombre era hermano de un policía, de modo que los fiscales estaban presionados para conseguir una condena muy severa. Nada de acuerdos. Tuve que salir solo a la arena; los periódicos daban mucha publicidad al caso. Decidimos alegar defensa propia. Recuerdo lo que sentí en la sala. Era apenas mayor de lo que eres tú ahora. El caso, el juicio, el alegato, todo parecía secundario en comparación con la atención pública. Era una sensación electrizante, emocionante, como la que uno tiene después de estar con una mujer hermosa. —Rió al recordarlo.

—¿Y qué sucedió?

—Oh, ganadores y perdedores. El jurado lo absolvió del cargo de asesinato pero pidió para él una condena por homicidio sin premeditación.

—¿Y?

—Fue triste. —La voz de mi padre se alteró ligeramente—. El juez cedió ante tanta presión y condenó al chico. Murió en una pelea en el patio de Sing Sing un año después. —Guardó silencio por unos instantes—. Te diré algo: no quisiera estar en la piel del fiscal del caso ni del defensor si llegan a atrapar a este tipo. Aunque... —hizo una pausa— no creo que lo pillen.

—¿Por qué no?

—Parece demasiado desequilibrado, demasiado astu-

to. Una mala combinación. Deberías ir con cuidado.
—Hizo otra pausa—. La notoriedad no significa nada
—aseveró—. Yo lo lamenté más tarde. Tú también lo
harás.

—Tal vez —dije.

Pero no estaba seguro. Me imaginé a mi padre ante su
escritorio, en su estudio, en casa. Estaría bebiendo un
martini; habría libros de derecho apilados frente a él, papeles llenos de notas y reflexiones suyas. Era un hombre
dedicado a las complejidades de la ley. Su enfoque de los
códigos y reglamentos era similar al de un cirujano que
trabaja con tejidos vivos. Era un mundo que yo conocía
sólo indirectamente; había visto a menudo los libros y a
mi padre trabajando. Una vez intenté leer un alegato
suyo. Yo era pequeño y pensé que, puesto que lo había
escrito él, seguramente versaba sobre sus inquietudes e
intereses, y que leerlo me permitiría conocer un poco
mejor a aquel hombre tan reservado. Durante días batallé
con cada página, cada cita, cada nota al pie, buscando a
mi padre en el texto. En cierto modo, como descubrí más
tarde, lo encontré, aunque en ese momento no era consciente de ello. Él era el motivo por el que yo me había
hecho periodista. Había aprobado todos los cursos sin
mucho esfuerzo gracias a mi habilidad para escribir. Un
día, él me preguntó: «¿Qué has aprendido?» «No gran
cosa», respondí. «Escribes bien», dijo. «Es verdad», asentí. «Pues dedícate a una profesión en la que tengas que
escribir mucho», me recomendó. Una semana después,
él regresó de la oficina después de pasar por la biblioteca local. Traía consigo un ejemplar del Anuario de
Editores, que contenía listas completas de periódicos
y ejecutivos del mundo de la información de todo el
país.

—Otra cosa —dijo ahora—. No me acabo de creer toda esa historia de Vietnam.

—¿Cómo es eso?

—Es una excusa demasiado manida. Parece que todo el mundo quiere culpar a esa maldita guerra de todo: la economía, la recesión, la inflación. Todo es culpa de Vietnam. El Watergate, el maldito presidente. Vietnam, dicen. Ahora este tipo piensa que puede ir por ahí matando gente y achacarle sus crímenes a la guerra. No lo veo lógico. Tu tío pasó momentos muy duros en la guerra. Fueron tiempos muy difíciles. Y cuando regresó, no se puso a matar gente.

—Excepto a sí mismo.

Las palabras brotaron de mi boca antes de que pudiera contenerlas. Mi padre vaciló.

—Sí, tal vez sea verdad.

Entonces le pregunté por mi madre, mi hermano y mi hermana, y conversamos durante un rato. Antes de colgar me aconsejó:

—No te vuelvas demasiado dependiente de ese tipo, y ten mucho cuidado.

Comprendí la segunda parte del mensaje, pero no la primera.

Esa noche, en la cama, Christine intentó disculparse por no mostrarse muy comprensiva conmigo los últimos días. Me explicó que la proximidad del asesino la preocupaba demasiado. Luego apoyó las manos sobre mi pecho y comenzó a acariciarme lenta, hábilmente. Finalmente me atrajo sobre sí y, con el mismo movimiento, dentro de sí, tomando el control de la relación sexual. Después se durmió, pero yo me quedé inquieto. Recordé las conversaciones con el psiquiatra, con el hermano de la víctima, con mi padre. Me acerqué a la ventana y miré al exterior. Más allá de los árboles, entreví la calle vacía. A lo lejos oí una sirena, cuyo aullido lastimero ahogaba el zumbido de los insectos nocturnos. Las luces callejeras brillaban débilmente, y la de la luna, más intensa, lo bañaba todo en un resplandor pálido. Pensé en la ciudad, iluminada por la luna, y me pregunté si el asesino también estaría despierto.

Vislumbré a un hombre que caminaba lentamente por la calle. Observé su silueta en la oscuridad. Parecía estar buscando una dirección y se detuvo cerca de la fachada de mi edificio. Alzó la mirada, pero nuestros ojos no se encontraron. Luego se alejó despacio, sin dejar de mirar. Lo seguí con la vista hasta que desapareció tras el brillo amarillento de una farola. Pensé en el teléfono de mi escritorio, en la oficina, y me pregunté si volvería a sonar.

Entonces comprendí que quería que el asesino llamara. Imaginé la serie de artículos, los destellos de las cámaras frente a mis ojos, los micrófonos ante mi boca. Reí en voz alta ante la novedad de todo aquello.

Llama, maldito seas, pensé.

Haz lo que tengas que hacer, pero llama.

Pero no llamó. Durante tres días, el teléfono permaneció mudo. Escribí dos artículos: uno sobre la investigación policial, con un perfil de Martinez y Wilson; el otro sobre las reacciones de gente de la calle. Al tercer día, Nolan se acercó y dijo:

—Diablos, creo que el asesino no aguantaba el calor y se ha ido de viaje. —Miró la grabadora, aún conectada a mi teléfono—. Veremos.

El timbre del teléfono me sobresaltó.

Aguardé un instante; dejé que sonara una, dos veces, y lo levanté en mitad de la tercera.

—Anderson, *Journal*.

Silencio.

Me puse tenso y comprobé que la grabadora estuviese funcionando bien. Tomé aliento y repetí el saludo. Oía una respiración. Agarré un lápiz y una hoja de papel.

—¿Quién es? —pregunté.

Y entonces oí una risita aguda.

—¡Christine!

—Lo has adivinado —dijo.

—¡Maldición! ¿Qué pasa contigo? —Apagué la grabadora—. ¿Por qué haces esto?

—Oh, trata de calmarte un poco, ¿quieres?

—Joder, Christine, esto es algo serio.

Estaba furioso. Mientras hablaba descargué varios golpes sobre el escritorio con el puño apretado para subrayar mis palabras.

—Lo sé, lo sé —respondió—. Lo siento. Es sólo que... bueno, estás tan inmerso en todo esto... Sólo quería que... no lo sé... que no te lo tomaras tan en serio.

—¡Es que es un asunto muy serio! Maldición, llevas días con la misma cantinela.

—Lo sé —dijo—. Pero eso no es lo único que te importa, ¿verdad?

—En estos momentos, no hay mucho más.

—No digas eso. —Su voz se había apagado un poco—. Oh, Malcolm, no es el fin del mundo. Es sólo otra noticia. Tú mismo lo dijiste.

—Pues entonces me equivoqué.

—Hipócrita.

No era un exabrupto, sino, más bien, la constatación

de un hecho. Sentí que los músculos de mi cuello y mi espalda se relajaban.

—Lo soy —admití—. Tienes razón.

—Lo siento —se disculpó—. No debería haberte llamado así. Pero parece que no puedes apartar la mente de eso, ni siquiera por un momento.

Había tristeza en cada palabra.

—No pasa nada —dije.

Entonces colgó y yo me concentré de nuevo en mi trabajo. Estaba nervioso, sudando. El teléfono sonó varias veces más. En cada ocasión, yo extendía la mano, como alguien que se ahoga e intenta agarrarse a una cuerda. Apenas podía disimular la decepción cuando comprobaba que no se trataba del asesino. Esa noche, en casa, Christine me observó mientras yo atendía una llamada telefónica; en un instante, mi cuerpo se tensó; momentos después, frustrado, colgué el auricular de un golpe.

—Me alegro —comentó—; nadie ha muerto.

Puso algo de música en el estéreo, música country. Me hizo levantarme del sillón y comenzó a bailar alrededor de mí.

—«Do, si, do —canturreaba—. Un paso a la derecha, un paso a la izquierda. Saluda a tu pareja. Giro a la derecha, giro a la izquierda.»

Yo estaba de pie en el centro de la habitación mientras ella daba vueltas en torno a mí sin soltarme la mano.

—Oh, vamos —me rogó—. Trata de relajarte. Sólo un poco.

Se detuvo y me abrazó.

—«Quédate junto a tu hombre» —cantó, aunque la letra no concordaba con la música.

Entonces, incapaz de contenerme, dejé escapar una carcajada. En su rostro se dibujó una amplia sonrisa.

—Vaya —exclamó—. ¡Eh, fijaos! ¡La octava maravilla del mundo! ¡Aquí, en nuestra sala! ¡El gran periodista cara de piedra, alias «Sólo los hechos, señora, sólo los hechos», ha sonreído! ¡Todo un hito en la historia médica!

Y nos reímos juntos.

Pero esa noche, en la cama, con Christine dormida a mi lado, yo no podía pensar más que en el asesino. Intenté enviarle un mensaje telepático: llama, maldición, aunque sea para anunciar que todo ha terminado. Extendí la mano y le acaricié la espalda a Christine; ella emitió un leve gemido y cambió de posición. «Ambos —pensé— somos amantes desdeñados.»

La tarde del día siguiente, mientras el cielo cambiaba de color y el calor comenzaba a remitir, el teléfono volvió a sonar. Era la cuarta llamada sucesiva; había recibido dos de un par de chiflados y una de un político. Contesté, irritado.

—Anderson —dije, mientras encendía la grabadora y mantenía el dedo sobre la tecla, listo para apagarla de inmediato.

—He puesto a prueba su fe, ¿verdad? —dijo la voz.

Un escalofrío me recorrió la espalda.

—Creí que no volvería a llamar —respondí.

—Le dije que esto no había hecho más que empezar.

Se quedó callado por un momento.

—Lo vi en la tele —prosiguió—. Bien, muy bien. He decidido que ahora estamos sólo usted y yo.

—¿Qué quieres decir?

—Las explicaciones, más tarde. Primero la acción, como en el ejército. Disparar primero, preguntar después.

—No lo entiendo —dije.

—Ya lo entenderá. Anote esta dirección: Nautilus Avenue, 2295, en Miami Beach.

—¿Qué hay con eso?

—Bueno —dijo—, en realidad, usted no tiene que hacer nada. Supongo que dentro de uno o dos días los vecinos comenzarán a sospechar. Luego irán a llamar a la puerta. Entonces tal vez perciban el olor. Es un olor extraordinario: tiene cierta dulzura y, al mismo tiempo, te atraviesa el cuerpo y te quema las entrañas. Una vez que lo has olido, nunca lo olvidas. Y lo más extraño es que, cuando lo hueles, identificas enseguida su origen, aun sin verlo, sin saberlo de antemano. —Otra vacilación—. Volveremos a hablar pronto —agregó—. Hasta luego.

Luego oí el clic en la línea y después sólo un vacío.

7

El caso dio un vuelco cuando se descubrieron los cadáveres de la pareja de ancianos. Sus muertes también modificaron mi punto de vista sobre los hechos acaecidos ese verano. Gran parte del entusiasmo y el placer que había experimentado al convertirme en el objeto de tanta atención (las entrevistas en la televisión, mis palabras citadas en el periódico de la competencia y en la radio) se desvanecieron entre las sombras de una calle tranquila de la zona más antigua de Miami Beach. Hasta ese momento, había tomado al asesino por un simple desequilibrado. Ahora, su crueldad se hizo evidente.

El asesinato de la pareja de ancianos también tuvo un efecto extraño sobre la comunidad; comencé a apreciar las primeras señales de tensión y pánico. Creo que yo, como la mayoría de la población de Miami, pensaba que el asesino elegiría exclusivamente a chicas adolescentes como víctimas, que la raíz del impulso de matar estaba en algún instinto sexual retorcido, inexplicable. La muerte de los ancianos conmocionó a toda la comunidad, como un temblor de tierra que sacude los cimientos y produce náuseas. Era como si a todo el mundo lo hubiese asaltado el mismo pensamiento: «Dios mío, yo podría ser el próximo.»

Cuando sonaba el teléfono en mi escritorio, la redacción se sumía en un silencio inoportuno. Yo notaba que los redactores y los demás periodistas se volvían hacia mí y me observaban mientras hablaba para detectar alguna reacción. Me sentía cada vez más aislado, como si estuviese solo con el asesino.

Después de la llamada, me puse en pie de un salto y atravesé la redacción hasta el despacho de Nolan. Él levantó la vista y reparó en la expresión de mi rostro.

—¿Otra vez?

—En Miami Beach —dije—. Creo que ha vuelto a matar. Me ha dado una dirección: Nautilus Avenue 2295.

Nolan vaciló.

—Busca a Porter y poneos en camino. Yo llamaré a Homicidios.

Momentos después, Nolan estaba hablando con Martinez y Wilson. Lo oí indicarles que se encontraran conmigo en la esquina de la Veintidós con Nautilus. No les explicó por qué, pero supuse que a nadie le cupo la menor duda. Se volvió hacia mí de nuevo, agitando la mano.

—Vete, vete, vete —me apremió.

Porter y yo tomamos el paso elevado Venetian, que cruzaba la bahía hasta Miami Beach. Contemplé las aguas a través de la ventanilla; la brisa formaba palomillas en la superficie. En medio de la carretera, había personas que intentaban pescar en el agua poco profunda. Vi a una anciana negra inclinada sobre el borde, haciendo girar el carrete de la caña de pescar; la punta de ésta se curvaba y se agitaba cuando el pez que había atrapado luchaba por soltarse del anzuelo. La mujer reía, y su voz se coló en el coche a través del calor de la tarde.

Esperamos durante algunos minutos a que llegaran los dos detectives. Mientras tanto, Porter preparaba su equipo. Tenía dos cámaras colgadas del cuello: una con flash para tomar fotos en interiores y la otra cargada con película rápida para exteriores. Me hizo varias preguntas, con la intención de averiguar cuánto sabía yo acerca del lugar adonde íbamos, tratando de imaginar lo que veríamos, lo que tendría que fotografiar.

—Me encanta la emoción de saber que algo está a punto de ocurrir —dijo—, el instante que se da después del pitido del árbitro pero antes de la patada inicial. Es como esa vez que fotografié esa gran tormenta en el Caribe. No había teléfonos ni medios de comunicación. Yo tenía un Land Rover desvencijado y viajaba de ciudad en ciudad. La tormenta había arrasado con todo. Había árboles partidos por la mitad, casas derrumbadas o con el techo arrancado. Siempre, cuando llegaba a la última curva antes de entrar en un pueblo, había un momento en que se me hacía un nudo en el estómago al pensar en lo que vería; me preguntaba cuántos cuerpos habría tendidos en la calle. Se hinchan con el sol, ¿sabes? Así me siento ahora, como si estuviera a punto de tomar la última curva.

No dije nada; miré el papel que tenía en la mano. Había escrito dos nombres: señor Ira Stein, señora Ruth Stein. Aparecían en la guía telefónica. Era una calle tranquila, típica de la zona. Las casas, casi todas construidas en la década de los treinta, tenían las paredes estucadas y estaban situadas a varios metros de la calle. Eran edificios bonitos, de estilo español, con arcos en la entrada y árboles frutales. Miré hacia un lado de la calle y no vi a nadie. Había algunos automóviles aparcados frente a las casas, pero en general reinaba el silencio. La brisa hizo susurrar las hojas de una palmera cercana.

—Allí están —señaló Porter.

Los dos detectives descendieron de un coche camuflado. Habían colocado una luz intermitente sobre el salpicadero pero no habían encendido la sirena. Los técnicos encargados de recoger pruebas permanecieron en el interior del vehículo.

—Y bien —dijo Martinez—, ¿qué ocurre?

—El asesino ha vuelto a llamar. Me ha dado una dirección. —Apunté hacia el otro lado de la calle—. Es allí.

Wilson siguió con la mirada en la dirección de mi dedo.

—Muy bien. Echemos un vistazo. —Dirigiéndose a Porter, dijo—: Puede entrar, pero debe informarme de lo que fotografíe. No quiero abrir el periódico mañana y ver en primera plana pruebas clave para la investigación.

Porter asintió.

—Entendido.

Subimos a los automóviles y nos pusimos en marcha hacia la casa. El número 2295 era el último edificio del lado izquierdo. Porter detuvo el coche justo enfrente.

—Vamos —dije—, quiero echar un vistazo.

Atravesamos una pequeña extensión de césped, pasamos junto algunos arbustos y llegamos a la puerta principal. El asesino tenía razón: podía olerlo. Me detuve y esperé a los detectives. Wilson se quedó junto a mí por un momento y luego se volvió hacia Martinez.

—Pide que manden a un forense —le indicó.

Luego hizo señas a los técnicos. La puerta estaba entreabierta; uno de ellos sacó un cortaplumas y la abrió por completo.

—No toquen nada —nos advirtió Wilson—. Mantengan las manos en los bolsillos. Si tienen que vomitar, háganlo fuera. —Extrajo un pañuelo—. ¿Tienen uno?

—preguntó—. ¿No? Tomen, usen estos de papel. Respiren a través de ellos; tal vez eso les sirva. ¿Listos? —Se volvió hacia Porter—. Qué trabajo tan glamuroso, ¿verdad?

No esperó respuesta.

En el interior, la pestilencia me aturdió; como si me hubiesen colocado una mascarilla impregnada de ese olor. El hedor de los cadáveres no era una novedad para mí, pues había cubierto muchos otros crímenes, pero nunca había olido algo así. Todas las ventanas estaban cerradas; reinaba un ambiente sofocante y cargado. El asesino estaba en lo cierto: era un olor dulzón. Nos encaminamos a la sala.

No habría podido prepararme para lo que vi. Ni siquiera en una pesadilla.

Había sangre por todas partes: en las paredes, el suelo, el sofá, las alfombras, el resto de los muebles. En una de las paredes había un enorme espejo. En él, escritos con sangre marrón oscura, estaban los números dos y tres. A primera vista, parecía la escritura de un niño.

Los dos ancianos yacían en el suelo, uno junto al otro. Estaban desnudos. Bajo su cabeza se había formado un charco de sangre seca. En un rincón, vi una esponja común y corriente, apenas reconocible, pero del mismo color. Los dos cadáveres estaban abotagados y rígidos.

—Dios mío —murmuró Martinez.

Estaba detrás de mí. Porter se acercó la cámara a los ojos una vez y luego la bajó. Se esforzó por recobrar la compostura y levantó de nuevo la cámara. Esta vez el resplandor del flash iluminó la habitación. Oí que el motor de la cámara hacía correr la película con un zumbido veloz. El flash destelló otra vez, luego otra, y después una cuarta. Wilson se dio la vuelta, furioso.

—Basta de fotos —farfulló—. Por Dios, miren este lugar. —Se volvió hacia mí—. Echad una buena ojeada, luego salid y dejad trabajar a los técnicos. No es muy agradable, ¿verdad?

No le respondí. Obligué a mi mente a concentrarse en los detalles de esas muertes. Tomé nota de la posición de los cuerpos y las manchas de sangre. Tenían las manos atadas, al igual que la muchacha. Había un cuadro de un ave en pleno vuelo, una gaviota sobre las olas. Observé los muebles antiguos, las chucherías y los recuerdos de toda una vida. Luego le hice una seña a Porter.

—Está bien.

Una vez fuera, aspiré el aire fresco a grandes bocanadas, notando el sabor del mar, sacudiendo la cabeza para deshacerme del olor.

Porter comenzó a moverse de un lado a otro, fotografiando a los policías que entraban y salían. Me percaté de que varios ancianos habían salido de sus casas para mirar. A lo lejos, oí sirenas, tal vez de la policía local, de ambulancias o del forense. Probablemente se trataba de mandamases de la policía. Me dirigí al buzón de la pareja de ancianos. Había una carta enviada desde la ciudad de Nueva York. Los nombres correspondían a los que había hallado en la guía telefónica.

—Son ellos —dije a Nolan por la radio del coche.

Oí interferencias por unos instantes, y luego su voz.

—¿Y?

—Bien muertos. Desde hace al menos un par de días. Tal vez más. La peste era increíble. Estaban desnudos y había sangre por todas partes. Me han entrado náuseas.

—Dios mío. —Por un momento me extrañó que reaccionara igual que todos, invocando el mismo nombre—. Habla con los vecinos; trata de averiguar quiénes eran, ya sabes a qué me refiero. Retrasaremos el cierre de edición, así que avísame lo antes posible.

La radio se apagó. Al volverme, vi que había llegado el forense. Me avistó y me saludó desde lejos.

—Tenemos que dejar de encontrarnos en estas circunstancias —comentó, sonriendo.

Entró en la casa. Yo tomé mi libreta y comencé a entrevistar a los vecinos. Su sorpresa cedía el paso al horror cuando comprendían lo que había ocurrido tras las puertas cerradas de aquella casa tan cercana a la suya. Me quedé cerca del escenario del crimen hasta que sacaron los cuerpos, en bolsas negras idénticas a aquella en la que habían metido a la muchacha. Para entonces, ya se había congregado en el lugar la gente enviada por las cadenas de televisión, la competencia y las radios, además de periodistas independientes y fotógrafos. La mayoría de ellos querían saber si el asesino me había llamado. Les respondí que sí, que él me había dado la dirección. A ratos sentí el calor de los focos de la televisión, cuyos haces recorrían el grupo de periodistas, buscándome. No le conté a nadie que había estado dentro; sólo que sabía que había dos muertos y que era un espectáculo dantesco.

Mientras esperábamos, reparé en una anciana que estaba de pie, a un lado. Advertí que sus ojos seguían a los policías y se posaban de cuando en cuando en los miembros de la prensa reunidos allí. Llevaba un vestido blanco que caía en amplios pliegues desde su cuello y sus hombros. El viento se lo pegaba al cuerpo de modo que se le marcaban los huesos y la figura envejecida. Vi que sus labios se movían, rezando una plegaria. El *Kaddish*, supuse. Varios mechones grises ondeaban sobre su frente. Una vez que se llevaron los cuerpos, ella dio media vuelta y se marchó andando lentamente, sola por la calle, bamboleándose por el esfuerzo, con pasos cortos y vacilantes. Pensé en los cadáveres que ahora estaban en las bolsas: a causa de la hinchazón, costaba apreciar su fragilidad. Pero supuse que eran débiles, demasiado para resistir la fuerza y la furia del asesino. Evoqué la imagen de los cuerpos desnudos tendidos uno junto al otro. Me pregunté cuántas veces, con cuánta pasión, habrían buscado solaz y placer en la desnudez del otro.

Al salir, el forense había perdido el buen humor.

—Esperen a que tenga los resultados de la autopsia —le espetó a la multitud de periodistas.

Me miró, sacudió la cabeza y se acercó a su coche sin abrir la boca.

Martinez y Wilson se vieron rodeados con la misma rapidez. Aquella turba se me figuraba una bandada de gaviotas, luchando por unos cuantos restos de comida. Martinez hizo un resumen para los reporteros y describió brevemente la escena del interior. No quiso entrar en detalles y agitó la mano como para espantar las preguntas que le lanzaban. Subió al coche, junto a Wilson, y el motor se puso en marcha. Observé su vehículo mientras se alejaba por la calle. Después busqué a Porter y nos marchamos. Él se pasó todo el trayecto mascullando y maldiciendo. Yo contemplaba las olas mientras recorríamos la carretera elevada. La noche se avecinaba, y las luces de la ciudad se reflejaban ya sobre la superficie de la bahía.

Los dos detectives me esperaban en la redacción.

—Queremos oír la cinta —exigió Wilson—. Queremos oírla ahora mismo.

Asentí y me siguieron hasta la oficina.

Nolan nos vio entrar; salió a toda prisa de su despacho y nos interceptó en medio de la redacción. Los demás periodistas dejaron de trabajar para mirarnos.

—¿Quieren la cinta? —preguntó Nolan.

Wilson asintió.

—Les mandaré una copia —aseguró, extrayendo la cinta de la grabadora—. Queremos cooperar.

Se la entregó al chico de los recados, nos volvió la espalda y le dio instrucciones, mientras los dos detectives se sentaban frente a sendos escritorios desocupados. Me llamó la atención el nerviosismo que provocaban cuando entraban en la redacción. Estábamos acostumbrados a trabajar con ellos, puesto que la crónica negra era una parte esencial del periódico y, sin embargo, su presencia constituía una intrusión en nuestro territorio, una pequeña invasión. Era como si quisiéramos evitar que conociesen las interioridades del periódico, mantener el proceso de edición envuelto en el misterio. Observé a Wilson mientras guardaba su arma en la pistolera: era una Magnum .357 de cañón corto. Su bruñida culata marrón sobresalía de la funda junto a su cadera, imponente y amenazadora.

Nolan se sentó delante de ellos.

—No estarán pensando en intervenir la línea, ¿verdad?

Wilson levantó la vista, sorprendido.

—¿Para qué? Usted nos dará una copia de la grabación.

—No lo sé —respondió Nolan—. ¿Para intentar rastrear las llamadas del asesino tal vez?

Ambos detectives se rieron. Martinez se recostó en el respaldo de su asiento, sonriendo, y Wilson soltó otra carcajada breve.

—Ve usted demasiada televisión —señaló—. ¡Rastrear la llamada!

—No le entiendo —dijo Nolan.

—Bueno —contestó Wilson, con voz serena, como si hablase con una criatura. Noté que Nolan comenzaba a irritarse—. Es probable que en este edificio haya... ¿cuántas? ¿Dos mil extensiones? Piense en todos los teléfonos que tienen en cada departamento: distribución, publicidad, redacción... Tendríamos que poder localizar el cable que conduce a este teléfono en particular, a este escritorio, la línea que utiliza el asesino. —Gesticulaba con la mano mientras hablaba—. Además, aun suponiendo que lo consiguiéramos, tendríamos que enviar gente a todas las centrales telefónicas de la ciudad para averiguar cuál está conectada a esta línea.

»Sería una tarea imposible. Incluso si el asesino hablara durante, digamos, seis u ocho horas seguidas y tuviésemos un hombre de guardia, nos llevaría el mismo tiempo aislar el número y luego localizarlo. Por otra parte, no tenemos ningún indicio de que él llame de una línea privada. Hipotéticamente, si todo saliese a la perfección, podríamos rastrear la llamada hasta una cabina telefónica. Pero ¿de qué nos serviría eso? Escuche, aun con los ordenadores y todos los sofisticados equipos electrónicos que se desarrollaron durante la guerra, tendríamos más probabilidades de localizar al tipo si interviniésemos llamadas al azar por toda la ciudad. Así que no se preocupen: nadie les pinchará los teléfonos. Excepto tal vez el asesino.

El chico de los recados regresó con la cinta, y Wilson se la guardó en el bolsillo. Los detectives se pusieron de pie para marcharse.

—¿Por qué estaban desnudos? —pregunté.

Martinez se encogió de hombros y desvió la mirada. Wilson clavó en mí los ojos y dijo:

—Yo creo que no es más que un sádico. Nada de sexo, pero tal vez quería humillarlos. Claro que es sólo una hipótesis.

Asentí.

Me costó mucho tiempo redactar la crónica. Nolan pasó un rato rondando la máquina de escribir, juzgando los adelantos, y luego regresó a su oficina. Estuve dándole vueltas al tema principal, escribiendo una y otra vez la misma combinación de palabras; pareja de ancianos, escena sangrienta, asesinatos estilo ejecución, llamada telefónica. No oía más que la voz del asesino al darme la dirección. No veía más que los dos cuerpos tendidos en el suelo.

Me puse a pensar en las víctimas, el señor y la señora Stein. Él era dueño de una tienda de ropa y accesorios para caballero en Long Island y ella era ama de casa. Tenían dos hijos; uno de ellos era médico y vivía en Nueva York. Ellos se habían retirado a Miami Beach doce años antes, cuando empezaron a sentir que el viento del nordeste les helaba los huesos. Pensé en lo comunes, lo aterradoramente típicas que eran esas dos personas.

Andrew Porter salió del estudio fotográfico y se dirigió hacia mí. Tenía el rostro impasible, el ceño fruncido y un brillo de furia en los ojos. Se detuvo por un momento al otro extremo de mi escritorio, con la vista fija en la hoja escrita que sobresalía de la máquina de escribir.

—Toma —dijo—. Esto te ayudará a describir la escena.

Dejó caer un puñado de fotos sobre mi escritorio. Nolan se acercó y, unos segundos después, estábamos rodeados de reporteros y redactores. Miré las fotos; eran las que Porter había tomado en el interior de la casa. En blanco y negro, aquellas imágenes resultaban aún más impactantes. Si hubiesen sido en color, habrían tenido un aspecto surrealista, irreal, pero los implacables tonos de gris transmitían todo el horror.

Se oyeron algunas exclamaciones, palabrotas ahogadas, silbidos de impresión mientras las fotos pasaban de mano en mano. Había una de los dos cadáveres, otra de las manchas de sangre en la pared, otra de las heridas en la parte posterior del cráneo de los ancianos y una, tomada desde un lado para reducir al mínimo el reflejo del flash, de los números escritos en sangre en el gran espejo. Nolan la levantó.

—Publicaremos ésta —dijo. Se volvió hacia Porter—. Supongo que estás revelando algunas más que podremos sacar en el periódico, ¿no?

Porter hizo un gesto de asentimiento.

—Está bien —dijo Nolan—. El plazo de entrega se nos viene encima. —Me miró—. Vamos.

Me incliné una vez más sobre la máquina y coloqué una hoja en blanco en el rodillo. La multitud que rodeaba mi escritorio se dispersó rápidamente y, por un momento, sentí que iba a la deriva, mientras las palabras se arremolinaban en mi mente. Poco a poco se aclararon y comencé a mover los dedos con rapidez sobre el teclado, viendo las palabras saltar a la hoja. Ahuyenté los pensamientos de los últimos minutos de vida de los ancianos y los reemplacé por una sucesión de oraciones breves. Era como si al describir lo que había visto, lo que había olido, lo que había oído, la realidad de todo eso quedase circunscrita al artículo, bien presentada y lista para su consumo por parte de los cientos de miles de lectores que aguardaban en la creciente oscuridad de la noche.

Estaba escribiendo de nuevo. A salvo.

Esa noche, antes de volver a casa, fui al bar con Nolan, Porter y otros colegas. Nos adueñamos de un par de mesas en un rincón, lejos de la máquina de discos de la que salía música country a todo volumen. Había algunos hombres de prensa y conductores de reparto sentados a la barra. Vi que nos miraban con curiosidad antes de devolver su atención a las latas de cerveza que tenían frente a sí y a la música, con la vista perdida en la oscuridad. La camarera trajo las copas a la mesa y sorteó el comentario de un redactor acerca de sus piernas con una breve sonrisa y las cejas arqueadas. Hubo un estallido de risas; yo me recosté en la silla y me llevé la botella de cerveza a la frente, notando el frescor que penetraba en mi piel. Cuando tomé el primer trago, el líquido se deslizó por mi garganta con rapidez y me hizo sentir extrañamente bien, aliviado.

—¿Creéis que le estamos dando alas a este tipo? —preguntó Nolan—. ¿Que, cuanta más publicidad le demos, más alicientes tendrá para matar?

Varias voces respondieron al mismo tiempo. Cerré los ojos, escuchando las palabras, meciéndome en la silla.

—Claro que no —repuso alguien—. Sólo estamos cubriendo la noticia como debe cubrirse.

—No lo sé —replicó otra persona—. ¿La estamos cubriendo o estamos participando en ella?

—Os diré algo —intervino Porter—, a juzgar por la escena de hoy, todo lo que ha hecho este tipo hasta ahora no es más que un precalentamiento.

—Pero ¿qué insinúas? —protestó una de las voces—. ¿Que debemos dejar de informar sobre esto para no darle alicientes al asesino? Demonios, no me importa si se carga a mil personas; nosotros tenemos que cumplir con nuestro deber como periodistas. Por Dios, no somos policías.

—Sin embargo —terció Nolan—, en los secuestros, por ejemplo, siempre cooperamos. Ocultamos los datos hasta que se captura a los culpables o hasta que se rescata a la persona (o ésta aparece muerta). Pero colaboramos con ellos para asegurarnos de no poner en mayor riesgo a los secuestrados. Imaginaos que dejamos de publicar artículos sobre este caso: continuamos con la investigación y con las entrevistas, pero no las sacamos en el periódico. Luego, cuando atrapan al tipo, lo escribimos todo. ¿Qué tendría eso de malo?

Varios de los presentes hablaron al mismo tiempo.

—La competencia, la televisión, la radio, todo el mundo lo publicaría. Nos quedaríamos solos en esto.

—No lo sé —dijo Nolan.

—Además, el asesino podría llamar a otro periódico —señaló alguien—. Y dejarnos fuera de juego.

Entonces se impuso el silencio. Sólo se oía la música y el entrechocar de vasos en la barra. Este último argumento, pensé, tenía sentido para todos. Abrí los ojos.

—Generosidad de cara a la galería —murmuré.

Nolan se volvió hacia mí.

—¿Qué?

—Generosidad de cara a la galería, o como quieras llamarlo; da igual. A fin de cuentas, el fondo del asunto es que, con independencia de cuántos asesinatos cometa este tipo, de lo repugnantes que sean los crímenes y de lo estrecha que sea nuestra conexión con ellos, el periódico siempre cubrirá la noticia. No podemos hacer otra cosa. No estamos equipados para reaccionar como una organización responsable, como la burocracia o como la policía. Las cosas suceden, nosotros las difundimos. Para nosotros, siempre habrá otra historia más importante, más escandalosa, que provocará más crispación o alarma. Tal vez eso no suceda dentro de un mes o dentro de un año, pero ocurrirá. Y entonces todos nos volcaremos en esa historia y nos olvidaremos por completo de ésta. Hace un año, en Washington, el *Post* acabó con el presidente, pero ahora todo el mundo se pregunta: «¿Qué han hecho últimamente?» Ésa es la esencia de esta profesión: el preguntarte qué has hecho últimamente. Tenemos suerte de que haya locos como este asesino que, de vez en cuando, nos ayudan a hacer nuestro trabajo.

Finalicé mi discurso y me serví la cerveza que quedaba en la botella. Contemplé la espuma, que subió por un instante y luego empezó a deshacerse, dejando un cerco blanco en el borde del vaso. En torno a mí se oyó un coro de voces, que en su mayor parte expresaban aprobación. No obstante, Nolan me miró fijamente por encima de su vaso.

Más tarde, salimos los dos solos.

—¿De veras eres tan cínico? —preguntó.

—¿Tú qué crees?

—Es lo que pareces. Y también eres un mentiroso.

—¿Y eso? —inquirí, con una risotada.

Él no se rió.

—Te he visto esta noche, con la mirada clavada en las hojas. Sabía lo que pasaba por tu mente en ese momento. Estabas buscando la escalera, el pasadizo. Cuando un policía llega al escenario de un crimen, bromea, ríe, hace comentarios sarcásticos: es su manera de crear una barrera mental arbitraria entre sí mismo y la escena, como diciendo: «Yo no pertenezco a ese mundo.» Para nosotros es más fácil. Lo hacemos con palabras. Recuerdo que cuando yo trabajaba para *Los Angeles Times*, teníamos un corrector de estilo, un viejo de aquellos que van por ahí con quemaduras de cigarrillo en los pantalones y migajas en la camisa, ya sabes a qué me refiero. Él sostenía que no necesitaba ver el accidente, o el asesinato, o la persona ahogada, o lo que fuera, para describirlo, decía que su mente se representaba el entorno y las imágenes adecuadas. Hablaba con algunas personas por teléfono y luego se dirigía a su máquina de escribir; de allí salía la prosa más cuidada y precisa. Se entregaba totalmente a su trabajo; iba de su pequeño apartamento en el centro al periódico todos los días, cinco días a la semana, durante años, y tenía el estilo más depurado y vívido del periódico. Creo que todos querríamos ser como ese tipo, únicos e inimitables.

Hizo una pausa para reflexionar. La luna había salido temprano y su pálido resplandor parecía fundirse con la luz fluorescente del aparcamiento, tiñendo el mundo de un azul purpúreo.

—Tienes razón, nosotros nunca dejaríamos de lado la noticia, nunca lo ocultaríamos, aunque ese asesino te llamara mañana y dijera que lo único que lo impulsa a continuar es la publicidad. Supongo que en eso reside el dilema principal, lo más irónico de esta existencia. La complejidad de todo.

»Pero me pregunto hacia dónde estamos yendo cuando comenzamos a justificar nuestra complicidad encogiéndonos de hombros y diciendo: "El negocio de la prensa es así." Y no me repliques: estoy convencido de que somos cómplices. Después de todo, él nos envió a nosotros al escenario del crimen, no a la policía, ni a los bomberos, ni a nadie más.

»Sin embargo, pase lo que pase, sigue siendo una buena historia.

Nos quedamos callados durante uno o dos minutos. Las luces de la autopista brillaban en el crepúsculo.

—Nos vemos mañana —se despidió Nolan—. Tal vez él llame.

Luego se encaminó hacia su automóvil. Yo permanecí inmóvil en la penumbra, volviendo el rostro de modo que lo refrescase la brisa. Pero no la había; lo único que sentía eran los restos del calor diurno que irradiaba la acera y me envolvían como un manto.

Cuando entré, Christine estaba en la sala, frente al televisor.

—Date prisa —dijo—, el telediario acaba de empezar.

Me dejé caer sobre una silla y escuché al presentador dar la historia. Christine iba en ropa interior; había arrojado a un lado su uniforme de enfermera. Mientras el presentador hablaba con voz monótona, admiré sus piernas.

—Ahí estás —señaló, entusiasmada.

Miré la pantalla. En efecto, ahí estaba yo, rodeado de micrófonos, bañado por la luz de los focos. Soplaba el viento y yo levanté una mano para apartarme el cabello de la cara. Hice algunas declaraciones sobre la última llamada y entonces la imagen cambió de pronto a una de los dos cadáveres metidos en bolsas. Después se veía a Martinez abriéndose paso entre la multitud de periodistas en dirección al patrullero. El periodista de la cadena, dirigiéndose a la cámara, concluyó con una descripción de los últimos asesinatos y, finalmente, con una afirmación misteriosa: «Nadie sabe cuándo acabará todo esto.» Solté un gruñido y me puse de pie para apagar el aparato. Christine enlazó las manos detrás de su cabeza y se desperezó. Estudié su cuerpo con atención, inspeccionando sus piernas, su vientre, sus hombros.

—¡Qué calor hace esta noche! —exclamó—. Creo que has estado bien. ¿De verdad ha sido tan terrible?

—En realidad los de la tele no han dicho gran cosa sobre lo que ocurrió ahí dentro —respondí.

—Bueno, los mató como a la muchacha, ¿no?

—Sí y no. Tenían las manos atadas como ella, y les había pegado un tiro en la nuca, pero allí termina la similitud entre los crímenes.

—¿Por qué?

—Por la sangre, supongo.

Christine se cubrió la boca con la mano.

—¿Qué ocurrió?

—El lugar estaba hecho un asco. Había sangre de las víctimas por todas partes. Parecía una carnicería. Y los dos yacían ahí desnudos. Daba la impresión de que él se había vuelto loco después de matarlos. Me sorprende que ningún vecino haya oído nada.

Christine había palidecido.

—¿Por qué? —preguntó.

—Eso es lo que todos queremos saber.

—Pero tú deberías saberlo. Has hablado con él. ¿Qué crees?

—¡Él habla, yo lo escucho! —repliqué—. ¡Eso es todo! No se molesta en darme todos los detalles. ¿Cómo quieres que lo sepa? No soy experto en el tema.

—Tal vez él te explique la razón.

—Eso espero, joder, eso espero. —Las palabras salieron antes de que tomara conciencia de lo que decía.

—¿Y entonces?

—¿Y entonces qué?

—¿Qué harás si te lo explica? ¿Intentarás detenerlo?

—Ése no es mi trabajo.

—Es repugnante —espetó.

La tomé del brazo y ella lanzó un quejido cuando la sacudí.

—¿Qué quieres decir con eso?

Se soltó y se puso uno de los almohadones sobre la falda, como para cubrir parte de su desnudez.

—Quiero decir que ese hombre anda por ahí, matando gente. Matando, por Dios. Y tú eres la única persona que él ha elegido como confidente. Y tu idea del civismo, de la solidaridad, es tomar notas y escribir artículos que quizá sólo sirvan para alentar a ese demente a otra vez. ¿Qué demonios pasa contigo?

—No me pasa nada —repuse, levantando la voz, casi gritando—. Es mi trabajo. No soy policía, no soy médico. No hay nada que pueda hacer para devolverles la vida. Lo único que hago es informar sobre lo que veo y oigo.

—Un robot.

—No, maldición, la gente depende de mí tanto como ti. Necesitan información, estar enterados de lo que ocurre. ¿De qué otra manera pueden protegerse?

—Ah —dijo—, ¿eres el salvador de las patrullas ciudadanas?

—¿Sabes que lo que dices tiene sentido?

Christine me volvió la cara y agarró un vaso de vino que descansaba en una mesita. No me había percatado de que estaba bebiendo. Tomó un trago largo y luego apoyó la cabeza en el respaldo del sofá. Contemplé su largo cuello, los músculos y el contorno de su garganta, claramente definido. De pronto, se despertó en mí un deseo ardiente. Me senté junto a ella.

—Lo siento —murmuré—. No sé qué más decirte.

Me miró y apoyó la mano en mi brazo.

—Lo que no entiendo —dijo— es por qué crees que el hecho de ser un... observador te vuelve inmune.

Medité sobre ello. En realidad no había respuesta.

—Creo que todos en esta profesión nos sentimos protegidos por una especie de coraza. A nadie le gusta pensar en el peligro. Actuamos como si no existiese. Durante la guerra, varios corresponsales murieron. Algunos simplemente partieron un día y nadie los volvió a ver. Sean Flynn, el hijo del actor, estuvo en Camboya como fotógrafo. Oyó que se estaban librando combates cerca de allí y se alejó hacia allí en una motocicleta. Lo acompañaba otro tipo. Jamás regresaron. Hay un viejo periodista del *Journal* que cubrió la intervención en República Dominicana; ¿recuerdas cuando enviaron a los marines? Lo hirieron de gravedad. Le organizaron un homenaje en el periódico, pero luego optaron por retirarlo. La presencia de los guerreros heridos puede amedrentar a los que siguen en activo, y eso no es bueno para el negocio. Todos pensamos que el hecho de investigar y difundir noticias nos confiere cierta protección. Eso es porque se supone que somos objetivos, que no tenemos intereses personales en los sucesos que cubrimos. Pensamos que las balas pasarán de largo, en busca de alguno de los verdaderos participantes.

—Tú estás hablando de guerra —objetó Christine—. Yo hablo de un loco.

—Pero eso no es precisamente lo que él está haciendo —repliqué—. Intenta hacernos pensar que estamos en guerra.

Christine guardó silencio por un momento.

—Bueno —dijo finalmente—, creo que lo está logrando. Yo estoy asustada. Temo por ti, y por mí. Tengo la sensación de que somos más vulnerables.

—¿Por qué?

—Por ti. ¿Cómo sabes que se conformará con llamarte? Parece querer implicarte en esto. ¿Cómo puedes estar tan seguro de que no vendrá a por ti al final? Además, supón que escribes algo que no le gusta. ¿Qué crees que hará entonces?

—No puedo pararme a pensar en eso. Si lo hiciera, no podría escribir.

—Ah —dijo—, tu amigo el psiquiatra llamaría a eso negación.

—Es la base de la profesión —aseveré.

—¡Pues vaya profesión! —exclamó ella. Luego, con una carcajada, añadió—: Sírveme más vino.

Pero en lugar de alargarme su vaso, me echó los brazos al cuello y apoyó la cabeza en mi pecho. Intenté mirarla, pero lo único que alcanzaba a ver era la luz que se reflejaba en su cabello y hacía resaltar su color. Al abrazarla, sentí su aliento. Luego ella se incorporó, me entregó su vaso y dejó caer el almohadón.

Sin embargo, hicimos el amor con torpeza, descoordinadamente, como si nuestros cuerpos no estuviesen sincronizados. Después, ella se quedó tendida boca arriba, mirando por la ventana del dormitorio. Yo me senté al borde de la cama, con la vista fija en ella. No dije nada, pero momentos después se colocó de costado y apagó la luz. Fui a sentarme en una silla junto a la ventana y dejé que las formas de la noche crecieran en torno a mí. Pensé en el señor y la señora Stein y en mi vacilación ante la máquina de escribir. Intenté imaginarlos vivos, caminando hacia la playa cercana, deteniéndose cada pocos metros con esa brusquedad típica de la ancianidad, levantando sus rostros hacia el sol. La imagen de los dos en el suelo de su casa me asaltó de nuevo. Me pregunté quién habría muerto primero y qué habría pasado por la mente del otro durante sus momentos finales. ¿Había aguardado con ansia el estampido, el impacto en la nuca y la oscuridad? ¿O se había aferrado a sus últimos segundos de vida, aun cuando su cónyuge yacía terriblemente masacrado a su lado? Se me ocurrió preguntárselo al asesino cuando llamara. Entonces volví a recordar los cadáveres, pero esta vez los imaginé con los brazos extendidos, como intentando abrazarse. Amantes.

8

El titular, de dos líneas, en letra redonda de 48 puntos, se extendía sobre las seis columnas de la primera plana: EL ASESINO ATACA DE NUEVO: PAREJA DE ANCIANOS ASESINADA EN LA ZONA DE LA PLAYA. Debajo del título aparecía mi nombre en negrita y una fotografía a cuatro columnas: la del espejo con los números escritos con sangre. Debajo de ésta había una imagen del personal de rescate saliendo de la casa con las bolsas de los cadáveres, en dirección a la ambulancia que los llevaría a la morgue.

El artículo complementario también comenzaba en la primera página. Era el texto que yo había escrito basándome en las declaraciones de los vecinos que manifestaban la misma conmoción e incredulidad que había suscitado la muerte de la muchacha. Sin embargo, las palabras eran diferentes. Reflejaban la forma de hablar de los ancianos, así como su vulnerabilidad. Estaban más asustados, pensé. Tenían la muerte más cerca; la sentían con mayor intensidad. Era como si para ellos arrancarle la vida a quienes les quedaba tan poco tiempo constituyese el peor de los crímenes.

Ambos artículos continuaban en el interior, donde había toda una página con más palabras y fotografías.

Christine estaba vestida de blanco.

—Hoy no habrá intervención quirúrgica —dijo—. Gracias a Dios. Después de leer todo esto, no creo que hubiese podido soportarlo.

Estaba bebiendo café y leyendo el periódico.

Yo busqué la sección de deportes y me concentré en el cuadro de resultados. Los Red Sox parecían estar cobrando fuerzas y habían ganado por uno a cero en Baltimore. Lanzaba Jim Palmer, y sólo tres bateadores de Boston habían conseguido golpear la pelota, pero uno de ellos fue Lynn, cuya posición era exterior centro. Lynn había comenzado a jugar en las grandes ligas ese año y ya estaba arrasando. Una vez yo lo había visto jugar, antes de que nadie lo conociera. Corría con agilidad por el exterior centro, y alzaba el brazo en el último segundo para atrapar la pelota, como un mago, pero al revés. Siempre parecía moverse a la misma velocidad, con independencia de lo apremiante que fuese la jugada: siempre llegaba una fracción de segundo antes que la pelota.

—Oh —comentó Christine—, esto es horrible.

Por primera vez ese día percibí la influencia omnipresente del asesino en la ciudad. Llenaba el aire como el viento que anuncia una tormenta que sopla en ráfagas descontroladas, sin dirección.

Ese día no pasé mucho tiempo en la oficina. Nolan me llamó a su despacho muy temprano y me indicó que saliese a averiguar qué pensaba la gente, cómo se sentía. Ambos nos volvimos y miramos el teléfono que descansaba sobre mi escritorio, preguntándonos si el asesino llamaría, pero Nolan dijo que no podríamos quedarnos paralizados esperando. Se aflojó el nudo de la corbata.

Hacía eso siempre que estaba inquieto. Cuando se acercaba la hora del cierre de edición, esa corbata parecía más bien un lazo. Sugirió que dejáramos mi teléfono descolgado para que el asesino, si llamaba, pensara que la línea estaba ocupada. Asentí, pero me invadió una especie de sentimiento de culpa al levantar el auricular. El teléfono emitió un pitido corto y quedó en silencio, inerte sobre mi escritorio. Entonces Porter se reunió conmigo y salimos del edificio.

El día estaba lleno de voces. Las figuras y los rostros de la gente se confundían a causa del calor y el sol.

Tomamos el autobús, y el conductor, un hombre negro de rizos grises, se volvió hacia mí y me dijo:

—¿Por qué habría de temer a ese hombre? No hay ninguna razón, pero le temo. Me fijo en la cara de la gente que sube a mi autobús y me pregunto: ¿serán ellos los próximos? ¿Seré yo? Pienso en la gente que viaja en el autobús, los extraños que suben y dejan su dinero en la caja. Miro a los jóvenes y pienso: tal vez sea éste.

El conductor, de brazos grandes y musculosos, conducía el vehículo por las congestionadas calles céntricas con facilidad, como si estuviese en trance. Movía el volante sólo con la palma de la mano derecha y sacaba el codo izquierdo por la ventanilla.

—La gente —prosiguió—, todos los pasajeros parecen más nerviosos. Desde un autobús se puede ver el mundo entero con sólo recorrer la misma ruta varias veces en un día. La gente no se sienta junto a otros pasajeros. Lo he notado, ¿sabe? Parecen querer aislarse.

Caminamos por Little Havana, observando los rostros de los ancianos, que llevaban el cabello peinado hacia atrás y, en los bolsillos de sus guayaberas, las formas alargadas de cigarros puros. Los hombres clavaban la vista en nosotros con la habitual mezcla latina de desconfianza y curiosidad. Algunos nos miraban por encima de sus vasitos de café negro cubano, como para aspirar el aroma y el vapor mezclados con el calor del día mientras nos observaban a Porter y a mí.

Caminamos por la calle Ocho, la vía principal del barrio cubano, leyendo los letreros en castellano, hablando con los ancianos que jugaban al dominó a la sombra, en los pequeños restaurantes.

—La muerte —sentenció un anciano en su inglés vacilante— nos llega a todos tarde o temprano. ¿Por qué preocuparse? —Se levantó los faldones de la camisa para mostrarnos una cicatriz rojiza que tenía bajo las costillas—. Playa Girón —explicó—, La Brigada. —Escupió en la acera, y su saliva dejó una marca negra sobre el cemento blanco—. Ojalá pudiéramos mandar a este hombre a La Habana para que hiciese algunos trabajitos por allí.

Sus compañeros se rieron. El viejo dirigió la mirada más allá de los edificios, hacia el cielo.

—A nosotros no nos asusta ese tipo —aseguró—, pero algunos chicos y mujeres sí. Preguntan: «¿Se pasará por aquí, para hacernos lo mismo que a esos viejos de Miami Beach?» Digo yo: ¿cómo podemos adivinar lo que hará un hombre así? Muchos están preocupados, creen que ese hombre no se dará por vencido hasta conseguir lo que busca. Por lo que a mí respecta, no lo sé, pero creo que pronto lo matarán o que su dolor será demasiado para él y se suicidará.

El viejo se encogió de hombros y se volvió de nuevo hacia la mesa cubierta de fichas de dominó. Tomó una del montón y la colocó de canto, de modo que se balanceó por unos instantes. Luego el viejo le dio un golpecito con el dedo y la hizo caer. La colocó en su lugar sobre el tablero y la partida se reanudó.

Esa tarde nos dirigimos al sur, a un centro comercial situado a pocos kilómetros de donde vivía la familia de la primera víctima. Yo casi había dejado de pensar en ellos. Por un momento me pregunté cómo se sentirían ahora y si serían conscientes de que el caso había adquirido mayor envergadura. Por otro lado, ¿qué podía tener mayor envergadura para ellos que la muerte de su hija?

Entramos en una armería, un local llamado el Gran Nivelador. Había media docena de personas esperando a que las atendieran. Cuando pregunté por el dueño, el vendedor señaló la trastienda. Encontré al dueño allí, sentado a una mesa cubierta de trapos que despedían un olor penetrante a líquido limpiador. Sobre la mesa había una automática de pequeño calibre desmontada. El hombre sonrió cuando me presenté y le expuse el motivo de mi visita.

—Estamos en una zona residencial —dijo—. Siempre que sucede algo inexplicable, la gente se pone nerviosa. Y siempre que la gente se pone nerviosa, va y compra un arma. Para responder a su pregunta, le diré que desde que ha salido la noticia esta mañana he vendido bastante. Creo que antes de cerrar por la noche habré vendido incluso más. Mañana será aún mejor. Y si ese tipo va y mata a alguien más, bueno... —El dueño hizo una pausa y sonrió—. Sé que esto suena fatal, pero haré un negocio tremendo.

Era un hombre delgado con enormes patillas y el cabello engominado; un nostálgico de los años cincuenta.

—Casi todos se quejan de la regla de los tres días; ya sabe a qué me refiero: uno compra una pistola el lunes y tiene que esperar hasta el miércoles para llevársela. Mucha gente dice: «Pero ¿y si ese tipo viene esta noche?», y yo les contesto: «No, ésa no es su forma de actuar. Puede usted estar tranquilo.» En general, eso parece aliviarlos, aunque no comprendo por qué creen que yo sé algo al respecto.

El armero hizo una pausa y echó un vistazo a la gente que esperaba. Se oían continuamente chasquidos metálicos, causados por los clientes al inspeccionar el mecanismo de las armas que les mostraban. El hombre agarró la automática y comenzó a frotarla cuidadosamente con un paño humedecido.

—Vi muchas cosas extrañas cuando serví en el ejército. Conocí a muchos tipos que estaban un poco tocados; ya me entiende, les faltaba un tornillo. Recuerdo a un tipo que realizó conmigo la instrucción básica, en Fort Dix, Nueva Jersey. ¡Joder, qué frío hacía! Todo el maldito tiempo; llegué a pensar que jamás volvería a sentir calor.

»Bueno, desde el principio el sargento instructor nos ordenaba: "¡En voz alta! ¡Griten! ¡Quiero oír la voz bien clara!" Y allí estaba ese chico, de diecisiete o dieciocho años, flacucho, que jamás había salido de su casa, supongo. Durante la primera semana el sargento la tomó con él. Entonces el chico comenzó a levantar la voz. Gritaba: "¡Sí, señor! ¡Sí, señor!", más y más fuerte. Y empezó a desgañitarse también en los barracones. No se podía hablar con él: respondía a voz en cuello. Finalmente, después de un par de días, el sargento cayó en la cuenta. Para entonces, el chico andaba siempre marcando el paso con la vista al frente, aunque no creo que viese nada en realidad. Se lo llevaron y nunca volví a verlo. Pero el otro día me puse a pensar en ese chico, después del primer asesinato. Pensé que, bueno, si se envía a un chico así a un lugar como Vietnam... ¿Sabe? Mi hermano menor estuvo allí, dice que era terrible... Bueno, quién sabe qué puede ocurrir, ¿no cree?

El hombre se quedó callado por un momento para escuchar el sonido de las armas.

—Por eso todos quieren sentirse protegidos —continuó—. Venir a mi tienda es sólo una de tantas soluciones. Estoy seguro de que si fuera usted a la perrera municipal le dirían que han vendido todos los perros grandes que tenían. Llame a las empresas de seguridad. Apuesto a que también están haciendo negocio. Comprarse una pistola no es la peor solución. Y le diré algo: la que tiene ese tipo es una pieza magnífica. Tal vez de las automáticas calibre .45 que usan en el ejército. ¿Sabe por qué se inventó esa pistola? Fue a principios de siglo, cuando enviamos a los marines a las Filipinas para aplastar una revuelta de nativos. Bueno, los soldados llevaban fusiles y bayonetas y, cuando algún salvaje saltaba de entre los arbustos, se las arreglaban bastante bien; ya sabe, a tiros y golpes de bayoneta.

»Pero todos los oficiales llevaban Colt .38, los viejos revólveres que usaban los vaqueros. Bueno, demonios, la mitad de ellos moría porque algún nativo se abalanzaba sobre ellos desde la espesura con una espada; podían pegarle tres tiros en el pecho y matar al tipo, pero éste no se detenía, porque con el impulso que llevaba, la espada acababa por cortar al soldado en pedacitos. Entonces tuvieron que diseñar enseguida una pistola que los parase en seco, que los dejara tiesos. Y ésa fue la Colt .45 automática. Joder, todavía la usan en el ejército. Es lo mejor que se ha inventado. Bueno, ahora una Magnum, una .357 o una .44 es igual de eficaz, y por eso las usan los policías, pero esa automática es algo especial. Los policías jamás podrán localizar esa arma ni las municiones. Debe de haber miles iguales por allí. Diablos, es probable que la mitad de los veteranos de la Segunda Guerra Mundial de esta ciudad tenga una guardada en algún cajón olvidado. —El hombre me observó mientras yo tomaba notas en la libreta—. ¿Alguna vez ha disparado con una de ésas?

Negué con la cabeza.

—Bien —dijo, sonriendo—, pues ésta es su oportunidad.

Nos guió a un cobertizo contiguo. Allí había una diana rodeada de sacos de arena y las paredes estaban insonorizadas. Abrió un baúl.

—Tome esto —dijo, alargándome un par de protectores auditivos—. Y aquí está el objeto de tanta atención.

Entonces sacó la automática. Por un segundo, la luz fluorescente del lugar se reflejó en los costados del arma; luego la vi de frente, negra, amenazadora. Me la entregó y apoyó las manos en mis hombros para situarme frente al blanco. Era una silueta humana, como aquellas que utilizan los policías en sus prácticas. La pistola me pareció extraordinariamente pesada y, por un momento, no estuve seguro de poder sostenerla. El armero me enseñó la postura adecuada, que consistía en sujetar el arma con ambas manos. Ensayé una vez, apuntando con el cañón corto. Entonces me pareció que mi campo visual se reducía hasta abarcar únicamente la diana. El comerciante me entregó el cargador con las balas y sonrió. Lo inserté en el arma y noté que el peso de ésta aumentaba; me produjo cierto placer oír el chasquido que emitió el cargador al encajar en la culata.

—Muy bien —dijo el hombre, junto a mi codo—. Dispare. Apriete con suavidad, ¿entiende?

Afiancé los pies en el suelo y disparé.

El estampido retumbó en la habitación y percibí el olor a pólvora. Era como si alguien me hubiese golpeado la mano con un martillo; los dedos me hormigueaban, como electrizados. Dejé caer la mano que empuñaba la pistola a un costado y me quité los protectores.

—No está mal para un principiante —comentó el armero.

Tomó la pistola y le quitó el cargador. Volvió a guardarla en la caja y luego señaló el blanco.

—¿Qué le parece?

Mi disparo le había volado la parte superior de la cabeza a la figura. La contemplé por un momento; luego di media vuelta y seguí al hombre al interior de la tienda.

—¿Ve a qué me refiero? —dijo—. Ésa es un arma seria, no como esas pistolas para mujeres, una .25 automática o alguna de esas armas baratas que se consiguen en cualquier parte. Una .45 sólo sirve para una cosa: para matar a la gente con rapidez y eficiencia.

El hombre nos acompañó casi hasta la puerta de la tienda. Se detuvo junto a la caja registradora para hablar con un hombre de traje que examinaba una pistola grande.

—Ésa, señor, es el Cadillac de las armas —aseveró—. Una Colt Python, de cañón largo. Es lo máximo en precisión y control, y su impacto es más fuerte que el puñetazo de un peso pesado. Casi todos los policías que se pasan por aquí compran esa pistola, en su versión de cañón corto. La equipan con cartuchos Magnum o con balas comunes del calibre .38 para las prácticas. Supongo, señor, que esta pistola es para usted, ¿verdad?

El hombre de negocios negó con la cabeza.

—No —respondió—. En realidad, buscaba algo para mi esposa.

El dueño lanzó una mirada fría al vendedor, que estaba tras la caja registradora.

—Entonces, señor, usted necesita algo que la dama pueda manejar. Supongo que ella no es particularmente corpulenta.

—Es verdad —dijo el hombre—, es más bien menuda. Tiene miedo, y quiero comprarle algo que la haga sentirse más tranquila. —El hombre de negocios se volvió hacia mí y hacia algunas de las demás personas que esperaban ser atendidas—. Creo que está preocupada por estos asesinatos.

—Y no le falta razón —observó una mujer.

—Todos lo estamos —añadió un hombre con camisa de sport.

—Pero no es sólo este asesino —dijo la misma mujer—. Hay demasiados delitos. Y la policía no parece capaz de hacer nada al respecto. Sólo vienen y toman declaración. Eso es lo que hicieron cuando alguien entró a robar en casa. —Me miró y reparó en que tomaba notas—. ¿Es usted periodista?

—Así es.

—Bueno, puede citarme, pero no quiero que publiquen mi nombre.

El hombre de negocios intervino otra vez en la conversación.

—Lo que me preocupa es que cualquier sinvergüenza que venga aquí en busca del sol y de la vida fácil vea las noticias y decida aprovecharse de la situación. Es decir, ¿quién le impide hacer una de las suyas y luego cargarle el muerto a este asesino? La policía no sabrá qué diablos pensar.

Hubo un coro de asentimientos. El hombre de la camisa de sport nos enseñó un .38 especial.

—Bueno —dijo—, quizás esto ayude a disuadirlo. Y pienso luchar por que eso no cambie. Recuerden que la Constitución dice que todos tenemos derecho a adquirir y portar armas. Bueno, maldición, no pienso dejar que cualquier loco asesine a mi familia sin plantarle cara.

Se oyeron más expresiones de aprobación. El dueño los interrumpió para recuperar la atención del hombre de negocios.

—Si lo desea, señor, puedo mostrarle alguna automática ligera.

El hombre se volvió de nuevo hacia él.

—Sí, está bien. Pero también me llevaré esta Phyton. Y un poco de munición. ¿Adónde puedo ir para practicar? No he disparado un tiro desde que cumplí el servicio militar.

—Bien, señor. —El dueño me miró—. Tenemos un campo de tiro, puede probarla allí. Si lo desea, le reservaré hora en una galería de tiro. Ahora bien —dijo, acercándose a la vitrina—, aquí hay algo para su esposa. —Era una nueve milímetros niquelada—. Pesa un poco más que las que suelo recomendar —prosiguió el armero sin abandonar su tono sereno y servicial—. Pero, por otra parte, corren tiempos especiales. Quizá quiera compararla con ésta.

Le tendió al hombre una automática del calibre .25 con un acabado negro, pulido, brillante.

—Bien —dijo el hombre de negocios. Luego se volvió hacia la mujer que esperaba—. Tal vez usted pueda ayudarme: mi esposa es apenas un poco más menuda que usted.

—Con gusto —respondió la mujer; dio un paso al frente y empuñó las armas.

Supongo que las reacciones que vi en la tienda de armas eran predecibles. También lo era la escena en el parque Morningside, cerca de los columpios donde jugaban los niños. Sus voces parecían elevarse hasta el cielo, transportadas por la brisa que se colaba entre los grandes árboles de la bahía. Había un grupo de mujeres sentadas en bancos cerca de los cajones de arena. Tenían un aire vigilante, receloso, expectante.

—Los niños tienen que jugar —dijo una de ellas, sin quitar ojo a los chiquillos de los columpios—. Ellos no comprenden el peligro como nosotros. Y uno no puede mantenerlos encerrados en casa: eso sólo les provocaría pesadillas. No se les puede explicar, porque esos crímenes son inexplicables, especialmente para un niño. Por eso... —Hizo una pausa y se volvió hacia las otras mujeres, que movían la cabeza en señal de asentimiento—. Por eso traemos aquí a los niños para que jueguen como cualquier día de verano, como si no ocurriera nada malo. Pero la realidad es otra, se respira en el ambiente.

Otra mujer se unió a nosotros, estirándose la manga de la camisa, con ansiedad.

—¿Qué se puede hacer si una tiene hijos mayores? De once, doce años o adolescentes. ¿Cómo hacer que se queden en casa? ¿Cómo protegerlos?

Se apartó de la sien un mechón de cabello entrecano y dirigió la mirada por un momento hacia el agua, más allá de los troncos marrones de los árboles y de las sombras que éstos proyectaban sobre el césped.

—Estoy muy preocupada —prosiguió—. Les advierto a mis hijos que no deben ir solos a ninguna parte. Les digo que regresen antes del anochecer. Les digo que, si no las tienen todas consigo, llamen a casa o a los vecinos y, si ven algo sospechoso, telefoneen a la policía o pidan ayuda o hagan *algo*. Pero usted sabe que todos los consejos, las órdenes y la protección del mundo no bastan para mantener a salvo a un chico de esa edad. Ellos no conocen el miedo. Dios mío, esa pobre muchacha iba caminando sola de noche y subió al coche de ese hombre. ¿Cómo se les enseña a tener miedo?

—Es como una enfermedad —agregó la primera mujer—. Como... como si todos los males que han permanecido ocultos durante los últimos años de pronto se hubiesen desatado aquí. Nada menos que en Miami. Uno pensaría que estas cosas sólo pasan en Washington, en Chicago o en Nueva York, o tal vez en San Francisco... pero Miami parece un lugar tan inocente... —Levantó la vista hacia el sol—. ¿Cómo puede ser capaz un hombre de hacer algo así? —preguntó—. Y ¿cuántas veces lo repetirá?

Porter alzó la mirada de sus cámaras y lentes.

—¿Por qué iba a detenerse?

—¿Cómo dice? —inquirió la primera mujer.

—Él quiere que tengamos miedo. Quiere que todo el mundo tenga pesadillas. Por eso hace lo que hace. Mientras usted y yo y todos en esta ciudad reaccionemos como personas normales, con temor y aprensión, con... oh, maldición, con miedo, usted me entiende. Él cuenta con eso. —Se volvió hacia mí—. ¡Y no hay más que ver cómo lo ayudamos!

En el trayecto de regreso, en el coche, le pregunté qué lo había movido a cambiar de actitud.

—Creía que esto no era más que una noticia para ti. ¿Qué ocurre?

—Me estoy volviendo cínico —respondió—. Más de lo que jamás pensé que podría llegar a ser.

—Eso fue lo que me llamó Nolan —dije—. Cínico.

—Tiene razón. Todos lo somos. Pero no tengo por qué sentirme orgulloso.

—Te volverás loco —señalé.

Aferró el volante con fuerza y viró a la derecha para adelantar a otro automóvil, luego aceleró y regresó al carril izquierdo. Circulábamos a toda velocidad por Biscayne Boulevard entre los edificios de oficinas, los árboles de las urbanizaciones exclusivas. Era una zona de contrastes: un centro financiero por el que iban y venían hombres atildados y mujeres con ropa de diseño daba paso a un conjunto de moteles con letreros que proclamaban que disponían de camas de agua y un circuito cerrado de televisión en el que emitían películas porno. Me fijé en una prostituta que estaba en una esquina. Llevaba una peluca con un moño algo deshecho, cuyos rizos le caían como una cascada oscura sobre los hombros. Llevaba una blusa rosa con un escote por el que prácticamente se le salían los pechos y pantalones cortos rojos que dejaban al descubierto parte de las nalgas. Se percató de que la miraban justo en el instante en que el semáforo cambiaba de color. Me sonrió y me hizo señas con el dedo para que me acercara. Sacudí la cabeza y ella frunció los labios.

Porter pisó el acelerador a fondo y dejamos atrás el cruce rápidamente.

—Supongo que sí —dijo—. A veces, los contrastes son demasiado fuertes para mí. —Vaciló y me miró de reojo—. ¿Sabes qué estaba haciendo antes de que vinieses a buscarme al cuarto oscuro para que te acompañase a Miami Beach? Estaba revelando mi encargo anterior.

Eran fotos para la sección de vida y estilo; creo que el artículo se titulaba «Moda para el calor veraniego». Las tomé en un parque. Estaba allí con el redactor de la sección, tres modelos y un par de relaciones públicas. Las muchachas llevaban puestos trajes de baño y pareos. Tratábamos de fotografiarlas en poses provocativas pero que no resultaran ofensivas para los lectores de nuestro «periódico familiar». —Pronunció las dos últimas palabras con sarcasmo—. Más tarde me reí al pensar el cuidado exquisito que puse en sacar fotos de buen gusto de aquellas chicas tan guapas para después asistir a la escena más repugnante que jamás haya visto. Y eso está bien, es material de primera plana. Sé que parece una hipocresía, pero fotografiar a esos pobres ancianos tendidos en el suelo me hizo sentir sucio. Me hizo sentir que el demente era yo, por enfocar sus cadáveres con mi cámara y robarles la poca dignidad que les quedaba. A veces pienso que soy un parásito. Todos lo somos.

—Escucha —dije—, si quieres dejar esta noticia, puedo hablar con Nolan. Él convencerá al jefe de fotografía.

—No —contestó, en un tono repentinamente despreocupado—. ¿Lo ves? Eso es lo más absurdo de todo. No quiero dejarlo. No soportaría no enterarme de lo que pasa, no estar allí. —Se rió—. Todos nos estamos volviendo locos. Con una historia como ésta, no se puede evitar. Nadie puede. ¿Te has fijado en ese tipo que estaba comprando armas? Es probable que acabe tiroteándose con su esposa alguna noche, después de una discusión y unas copas de más. Al menos estarán bien armados. ¡Dios mío! ¿Crees que el asesino es consciente de todo esto?

—Sí.

—Sí —convino Porter—, seguro que sí. —Luego añadió—: ¿Lo ves? Nadie tiene el menor escrúpulo.

Estacionó el coche con facilidad en el aparcamiento del *Journal*. Guardó su equipo y cerró el maletero de un golpe.

Detrás del edificio se divisaban las aguas de la bahía. Pensé en la sensación de estar en un barco, navegando frente a Miami Beach por Goverment Cut, el canal donde juegan los grandes delfines y hienden la superficie con su lomo gris.

Les gusta saltar detrás de los barcos de los pescadores deportivos que van en busca de peces grandes. Los delfines giran sobre sí mismos y súbitamente atraviesan la estela, se retuercen y caen ruidosamente: luego dan media vuelta y se lanzan otra vez a través de la estela. A veces, las aguas parecen vivas cuando se agitan contra el azul del cielo matutino.

No había vuelto a navegar desde finales de primavera, el fin de semana en que cayó Saigón, a miles de kilómetros de aquí. Nolan estaba allí, y también otros colegas. Por la mañana, topamos con una manada de delfines grandes, minutos después de cruzar la aparente línea de demarcación que se aprecia en el agua y que señala la corriente del Golfo. Estábamos sentados en las sillas de pesca, hablando de béisbol y de la guerra, bebiendo cerveza a pesar de que aún era temprano. El sol brillaba ya sobre nosotros y el aire salado parecía adherirse a mi piel, mezclándose con el sudor y el frío de la lata de cerveza. Los sedales estaban sujetos por dos profundizadores que emitían un sonido agudo al soltarse, un sonido que se elevaba por encima del constante ruido de los dos motores diesel que nos propulsaban a la velocidad adecuada para la pesca al curricán.

El delfín había venido y probado la carnada. Para cuando los sedales se tensaron, los peces habían iniciado su danza entre las olas. Eran hermosos: con su cabeza achatada y gruesa, su largo cuerpo azulplateado y verde nadaban justo por debajo de la superficie y saltaban proyectando en todas direcciones gotas de agua que destellaban al sol. Conseguimos subir esos dos a bordo y luego a tres más, antes de perder el cardumen. Tenían buen tamaño; pesaban entre seis y nueve kilos cada uno. Nos dimos palmaditas en la espalda, bebimos más cerveza y reanudamos la conversación en el punto en que la habíamos interrumpido. Más tarde, picó el pez vela.

Nolan acababa de finalizar una perorata sobre la cobertura informativa de la caída de Saigón: era un discurso emotivo acerca de las imágenes impactantes de esos días. Habíamos publicado en primera plana una foto de gente colgada de los patines de un helicóptero que despegaba de la azotea de la embajada estadounidense.

Una figura se aferraba con un solo brazo, pataleando como si intentara nadar en el aire, mientras pugnaba por agarrarse también con el otro brazo. Parecía obvio que el hombre caería, pero él debía decidir en qué momento soltarse, y se apreciaba que ese cuerpo que se retorcía en el aire estaba dominado por el pánico. La fotografía había molestado a la gente: el periódico había recibido a lo largo de la mayor parte del día llamadas de lectores molestos o enfurecidos, y sólo unos pocos habían telefoneado para charlar.

Yo escuchaba la voz de Nolan, que se confundía con el ruido del motor, y observaba cómo el cebo rebotaba sobre la superficie, dejando atrás una pequeña estela, y en sus costados plateados relucía el sol. Era una imagen hipnótica, y comencé a sentir que la cerveza se me subía a la cabeza. Al principio no me fijé en la figura que seguía a la carnada: parecía una mancha oscura en el agua. Entonces vi emerger la larga espada y el capitán rompió a gritar: «¡Miren, miren, maldita sea, un pez vela grande! ¡En el profundizador derecho, en el derecho, muévanse!»

El sedal saltó del profundizador y los gritos se intensificaron.

Comencé a soltar hilo.

—¡Ya está! ¡No sueltes más! —bramó el capitán—. ¡Es hora de sacarlo del agua!

Accioné el freno del carrete y puse el dedo en el sedal. Sentí que el pez volvía a mordisquear la carnada: luego hubo una explosión de agua, y de pronto el pez saltó desde el azul, recortado contra el cielo: su vientre brillaba.

—¡Buen pez! —exclamó el capitán.

Yo eché el cuerpo hacia atrás con fuerza, para clavar el anzuelo. El pez vela continuaba saltando y retorciéndose; el sol se reflejaba en el agua que le escurría por los costados.

Entonces, con la misma rapidez, se sumergió.

—¿Por dónde se ha enganchado? —le preguntó el capitán al oficial de cubierta.

Éste se volvió hacia el puente, protegiéndose los ojos del sol con la mano.

—No veo la aleta dorsal —respondió con tristeza—. Creo que se ha enganchado por el vientre.

—Oh, maldición —masculló el capitán. Su voz había perdido el entusiasmo y ahora reflejaba furia.

—Oh, no —dije—. Espero que no.

Sentía que el pez tiraba del sedal, los metros de delgado filamento que lo sujetaban, con todo su peso, torciendo la cabeza; lo notaba en las sacudidas de la caña. Pasaron cinco minutos, luego otros cinco. Vi que el sedal comenzaba a aflojarse.

—Está subiendo —señaló el oficial—. Demasiado pronto. Mierda.

—¿Qué significa eso de que se ha enganchado por el vientre? —preguntó Nolan.

El oficial de cubierta se lo explicó rápidamente.

—Significa que el pez se ha tragado la carnada entera y que el anzuelo se le ha clavado en el estómago, no en la boca. Significa que, si llegara a soltarse, moriría desangrado. Y significa un dolor insoportable para él; está subiendo, y un pez grande como éste tiene mucho aguante. Maldición.

Continué recogiendo hilo y en cuestión de segundos vislumbré la forma azul en el agua. Debía de medir más de un metro ochenta y pesar más de cuarenta y cinco kilos.

—Mierda —barbotó el oficial de cubierta, inclinándose sobre el espejo de popa, con la mirada fija en el pez. Se dirigió al costado y agarró un arpón.

—¡Apártense de la borda! —gritó el capitán—. ¡Cuando salga se moverá como un condenado!

Tiré un poco más del pez y el capitán hizo girar el barco para colocar al oficial en posición. Éste era un hombre delgado, de piel bronceada, una melena rubia que le llegaba hasta los hombros y largos músculos en los brazos.

—Cuando suba —me indicó—, levántese de la silla enseguida.

Hubo unos instantes de silencio.

—Ya se ve la sutileza —señalé.

La parte más fina del sedal estaba sólo unos centímetros por debajo de la punta de la caña.

El oficial de cubierta agarró el mango del arpón e hizo girar el garfio, de modo que el sol le arrancó un destello.

Extendió la mano hacia la sutileza, murmuró «Allá vamos» y de pronto el arpón surcó el aire con violencia en dirección al pez. Se produjo una lluvia de agua marina y oímos que la cola del pez vela golpeaba el costado del barco. Se levantó una gran ola que empapó la cubierta y al oficial.

—¡Mierda! ¡Mierda! ¡Mierda! —bramó.

Mientras su voz se elevaba por encima del rumor del oleaje salté de la silla y escudriñé el verde y azul de la corriente del Golfo.

Alcancé a divisar al pez vela, que chorreaba sangre y descendía hacia el frío y la oscuridad. El oficial de cubierta tenía en la mano el arpón roto.

—Irá a morir allá abajo —dijo—. Un triste fin para un hermoso pez. Servirá de alimento a los tiburones, a todos los peces. —Dirigiéndose al capitán, añadió—: Se ha movido en el último momento y le he dado al sedal con el arpón.

El capitán asintió con la cabeza.

—Lo siento —me dijo el oficial.

Me encogí de hombros.

Parecía injusto; no para mí, sino para el pez. Si el anzuelo se le hubiese enganchado en la boca, él habría luchado, se habría retorcido y saltado, sacudiendo la cabeza, y habría tenido una buena posibilidad de salvarse. Un fallo mínimo en el sedal o en el carrete le habría permitido liberarse y regresar a la fresca seguridad de las profundidades.

Me pregunté si el pez sabría que moriría, o si buscaba la oscuridad por instinto. Lo imaginaba surcando las aguas, con su espada apuntando al frente y su pequeño cerebro de pez sumiéndose en las tinieblas debido a la proximidad de la muerte.

El asesino no llamó ese día, ni el siguiente.

Sin embargo, Christine había perdido todo su optimismo. Decía que él llamaría, que estaba jugando con nosotros, que le gustaba comprobar que cada día se hablaba menos de él en el periódico para luego actuar de nuevo y volver a los titulares. Me contó que el asesino era el tema de conversación favorito de los pacientes del pabellón: se sentían a salvo porque sabían que él no podía traspasar aquellas paredes blancas ni penetrar en los limpios pasillos del hospital. En el quirófano, los médicos también hablaban del asesino. Los más jóvenes describían las heridas de bala que habían visto durante su período de servicio en Vietnam o de prestación social en los hospitales de los guetos, en el norte. Christine decía que había descubierto una nueva clase de temor: no el pánico súbito que se siente cuando uno ve que un coche se le echa encima, sino una tenue aprensión que hacía que cada acto que ella realizaba durante el día, por insignificante que fuese, como lavarse las manos, le pareciera más importante. Cada bocanada de aire se le antojaba cargada de sustancia, y el esfuerzo de respirar, una decisión consciente. Era como si estuviese pendiente del tiempo, esperando el momento en que avanzara la acción de la obra y el telón se levantara para dar comienzo a una nueva escena.

Para mí la rutina ya no existía. Cada vez que sonaba el teléfono, me ponía rígido. Cuando no sonaba, estaba tenso. A veces dejaba el aparato descolgado y salía a recorrer la ciudad con una libreta en el bolsillo.

Cuando Porter me acompañaba, realizábamos entrevistas en la calle y todas las voces se elevaban hacia el cielo azul.

La ciudad era una bestia que despertaba de un largo período de hibernación; sus sentidos adormecidos comenzaban a afinarse y a ponerse alerta.

Estábamos hablando de mi familia; de mi padre, sus libros, sus leyes.

—Este asesino ha acabado con el imperio de la ley —dije—. No se puede dictar ninguna disposición adecuada para la situación que ha creado.

Christine se mostró de acuerdo. La observé estirar los brazos, con los dedos extendidos, echar la cabeza hacia atrás.

—Me pregunto si, en este tipo de situación, la gente tiende a unirse o a distanciarse aún más.

Me puse de pie y atravesé la sala hacia ella. Cuando me senté a su lado, Christine apoyó la cabeza en mi regazo.

Le acaricié la espalda y, por un momento, ella se quedó callada.

Entonces sonó el teléfono.

—No contestes —dijo Christine—. Ésta es nuestra casa.

Continuó sonando, tuve la sensación de que el volumen de los timbrazos iba en aumento.

—Por favor —insistió—. Déjalo.

Pero me puse de pie y fui a contestar. Vacilé por un segundo, sintiendo la vibración del auricular bajo mis dedos.

Luego lo levanté.

—¿Diga?

Silencio.

—¿Quién es? —pregunté.

Pero lo adiviné.

—Ha llegado la hora otra vez —dijo el asesino.

Y supe que nada había cambiado.

9

—He leído su artículo, el de las reacciones de la gente —dijo—. Me ha gustado en particular la parte sobre la armería. Me pregunto cuántas de esas personas se las ingeniarán para pegarse un tiro mientras intentan aprender a manejar su arma. Eso es algo que vi en la guerra; a veces, el miedo era tan fuerte que superaba la aversión natural al dolor autoinfligido. Sucedía en los campamentos, esos lugares polvorientos, calurosos y desagradables donde nos sentábamos a esperar la próxima incursión en la selva, que era un sitio aún peor. En los campamentos, el tiempo transcurría muy lentamente; uno siempre tenía la impresión de que tardaba el doble en hacer cualquier cosa, por el calor tan intenso. El sudor me chorreaba por los brazos.

»Como decía, en los campamentos reinaba una especie de quietud militar. Se oían los sonidos comunes: helicópteros que llegaban o partían, voces que protestaban. Periódicamente, sonaba un ruido más claro, más retumbante, más familiar: el disparo de un M-16. Luego gritos de alguien que pedía un médico y, a veces, alaridos de dolor. Siempre encontrábamos al soldado herido con un agujero de bala en el pie izquierdo o con un dedo menos. Yacía en su litera, rodeado de trapos que olían a líquido limpiador. Sus primeras palabras eran: "Estaba limpiando esta jodida cosa cuando se ha disparado sola." Entonces venían los asistentes sanitarios y se lo llevaban. En realidad, todos sabíamos lo que había ocurrido. Pero a nadie le importaba. Al menos, a mí no. Yo cerraba los ojos y escuchaba los sonidos de la base, los gritos y todo eso, y dormía. Nunca llegué a tener tanto miedo.

Mientras él hablaba, yo gesticulaba frenéticamente, simulando escribir en el aire, para que Christine me trajese papel y lápiz con que tomar notas. Ella asintió impasible. Al cabo de unos segundos volvió a mi lado con una docena de hojas y un bolígrafo. Escribí en la primera página:

EL ASESINO

Luego la subrayé tres veces y se la entregué. Christine se llevó la mano a la boca en un movimiento rápido y reflejo, y vi que los ojos se le llenaban de lágrimas. Se sentó a la mesa, frente a mí, y no dejó de observarme a lo largo de toda la conversación, según me contó más tarde, pues yo me había concentrado en el teléfono y en las hojas en blanco. Comencé a llenarlas cuando el asesino continuó hablando.

—Bueno, como le decía, he leído su artículo con interés. Toda esa gente preocupada... Piense en todo el gasto de energía que inspira el simple temor a lo desconocido, a lo inmanejable. Supongo que todos los aficionados a la psicología y a la criminología piensan que eso me confiere una sensación de poder. Pues bien —rió—, están en lo cierto. Es verdad; me encanta. —Con un deje de furia en la voz, agregó—: Toda esa gente me da asco. Esos tipos presuntuosos de los barrios residenciales que compran armas (como si supieran usarlas), toda esa gente que habló con usted en la calle, todos los tópicos que soltaban, su pánico ante la amenaza que pende sobre sus vidas mediocres y confortables... Ojalá pudiera matarlos a todos... —Vaciló—. Bueno, tendré que conformarme con lo que pueda, ¿verdad? Pero quiero que toda esa gente empiece a sentir en el estómago la peor clase de miedo, ese contra el que no se puede luchar. El miedo perfecto. Quiero que me consideren un cáncer en la sociedad, una lacra que está destruyendo sus vidas. —Inspiró profundamente—. Los odio a todos. Ni siquiera encuentro palabras para expresar lo que siento.

Yo oía su respiración, agitada pero regular, como la de un corredor en mitad de una carrera.

—Usted es escritor. Exprésela usted.

—¿Y si dejamos de escribir sobre el tema? —pregunté—. ¿Y si el periódico deja de publicar las notas? ¿Qué pasaría si dejáramos de hacernos eco de lo que usted dice?

El asesino hizo otra pausa.

—Bueno —respondió al fin—, estoy seguro de que a los canales de televisión les encantaría emitir mi voz en antena. —Soltó una risotada—. Aunque a decir verdad, prefiero que las noticias sobre mí tengan más sustancia, ver mis pensamientos y mis palabras impresas. El periódico está allí, todo el día, a la vista de todos. No es como un noticiario de televisión, que dura muy poco y se acaba de golpe. Por eso prefiero contar con su cooperación. Pero no es esencial.

Por la ventana de la cocina vi que oscurecía. El teléfono era un modelo de pared con cable largo. Me dirigí al fregadero, para alejarme por un momento del papel y las notas, con la intención de poner en orden mis pensamientos. Atisbé la palidez de la luna a través de las ramas: el árbol estaba bañado en un resplandor tenue.

El asesino prosiguió.

—Mientras leía su artículo se me ha ocurrido otra idea, muy extraña. Me he puesto a pensar en mi niñez, especialmente al leer los párrafos en que usted describía a esas mujeres y los niños en los columpios. Cuando era pequeño, mi madre me llevaba al parque a jugar. Entonces vivíamos en un pueblo y recuerdo que los niños se turnaban para columpiarse, y balanceaban las piernas adelante y atrás lo más rápidamente que podían. Yo también lo hacía, y aún recuerdo que el arco de la parábola que describía mi columpio se hacía más amplio a medida que imprimía más fuerza al movimiento. Las manos, los dedos se me ponían blancos de aferrar las cadenas. Cuando alcanzaba el punto más alto del arco, echaba la cabeza hacia atrás y miraba el cielo por un momento, como si volara; luego, cuando el columpio comenzaba a descender, cerraba los ojos. Entonces experimentaba lo más próximo a una sensación de ingravidez, o eso imaginaba yo. A veces revivo esa sensación cuando apunto a la cabeza de alguien con la .45. La tuve por primera vez en Vietnam. Ahora la tengo aquí, en mi país, exactamente la misma sensación de la niñez, el delicioso vértigo que provoca el no estar en contacto con la tierra. ¿Alguna vez ha sentido algo similar?

La pregunta me desconcertó y respondí lo primero que me pasó por la mente.

—Quizás al estar con una mujer, a veces.

Soltó una carcajada: un brusco sonido ronco.

—¿Y por qué no? —dijo—. Con una mujer, sí. La sensación de dejarse llevar, de volar en libertad. No está mal, no está mal en absoluto. ¿Sabe, Anderson? —dijo, y su voz pasó de un tono vagamente jovial a uno de ira—. Estuve con una mujer por primera vez cuando servía en el ejército. Ya había cumplido diecinueve años y era un soldado entrenado para matar. Cuando era niño y vivíamos en la granja, observaba aparearse a los animales con cierta fascinación, de envidia por su falta de pudor, porque simplemente seguían su instinto. Cuando era muy pequeño, había una niña que vivía en la casa de al lado, y a menudo (ya sabe, antes de que tuviésemos conciencia de que hacíamos algo malo) ella y yo jugábamos en el bosque cercano a las casas. En realidad, no era un bosque, sólo un grupo de árboles y arbustos silvestres que habían crecido como una especie de seto a un costado de las casas.

»Allí no había mucho espacio; la maleza estaba muy crecida y formaba matorrales muy densos. Era un lugar perfecto para los niños; nos deslizábamos por debajo y alrededor de los arbustos y los árboles, ocultos a la vista de nuestros padres.

»Ella era adoptada. Yo pensaba que la amaba y que algún día nos fugaríamos juntos. Yo tenía seis años; ella siete, y jugábamos juntos en esa arboleda. Al principio eran simples juegos de niños: el escondite, ese tipo de cosas. Luego ella empezó a traer sus muñecas; tenía dos muñecas de trapo hechas en casa, que siempre estrechaba en sus brazos. Decía que eran nuestra familia y que allí estábamos en nuestro hogar. El sitio se convirtió en una casa imaginaria. En el verano nos tendíamos bajo los árboles, escondidos, y planeábamos nuestra huida para cuando fuéramos un poco mayores.

»Íbamos completamente desnudos. Me acuerdo de cada centímetro de su cuerpo, la piel bronceada de sus brazos y sus piernas, pero rosada en las partes que le cubría el vestido. Nos tendíamos juntos, a veces nos abrazábamos, y no he olvidado la sensación de su cuerpo junto al mío, agradable, cálido, a la sombra de los árboles y arbustos. No me cansaba de mirarla, de contemplar todos los rincones secretos de su cuerpo. A veces extendía los dedos y la acariciaba suavemente, procurando no molestarla de ningún modo. Era como tocar la luz, y recuerdo que yo temblaba, de veras, temblaba de emoción, al mirar sus ojos cerrados...

Se interrumpió y la línea quedó en silencio.

—¿Y qué sucedió? —pregunté.

—Mi madre nos descubrió. Lo recuerdo como una sucesión de fotogramas. Primero yo, incorporándome de pronto al oír un sonido extraño procedente de los arbustos, luego apresurándome por recoger mi ropa. Mi madre gritando, furiosa, con una voz atronadora como un disparo. La niña llorando. Me escabullí entre las zarzas y, esa noche, cuando regresé a casa, mi madre me obligó a quitarme la ropa para que mi padre viese los arañazos y cortes que me había hecho al tratar de escapar de ella.

—¿Y?

—Me pegaron. —Su voz sonó como si estuviese encogiéndose de hombros—. A ella también. Las dos familias se pusieron de acuerdo para arrancar los arbustos y cortar algunos árboles. «Sacaremos buena leña de aquí», recuerdo que dijo mi padre mientras levantaba el hacha por encima de su cabeza y descargaba un golpe en la base de un abedul.

»La otra familia se mudó a otra parte poco después.

Nunca supe por qué. Otro empleo, otra oportunidad. ¿Quién sabe?

—¿Nunca lo averiguó?

—Yo la amaba —dijo—. No, nunca lo averigüé.

Entonces se impuso el silencio, y mi mente comenzó a trabajar a toda velocidad. Pensé en los cambios de humor que manifestaba el asesino; su estado de ánimo pasaba de una cordialidad jocosa a un odio oscuro y profundo. Pero cuando hablaba de su familia, de su infancia, adoptaba un tono vago y suave. Era como si hablar de sus recuerdos aplacara su furia.

—Un buen día, poco después de que la niña y su familia se marcharan, mi madre se atragantó. Hacía calor como ahora en esta ciudad, un calor que prácticamente impide pensar en otra cosa y un sol que pega como el estallido de explosivos potentes. Mi padre había salido: tal vez estuviese en la escuela. En general, se llevaba su almuerzo y no regresaba hasta avanzada la tarde, incluso durante el verano, cuando no daban más que clases de refuerzo para los niños que no pasarían de curso.

»Por eso, mi madre y yo estábamos solos en la casa, sofocándonos de calor. Las ventanas estaban abiertas de par en par, pero no corría aire. Era la hora de almorzar, y observé a mi madre levantarse del diván donde había estado descansando. Llevaba una de esas batas de estar por casa pasadas de moda, de las que se abrochan al frente. La tela era floreada.

»Ella había estado tendida en el diván, quejándose del bochorno, con un vaso de agua a su lado y un pañuelo mojado sobre los ojos. A lo lejos se oían los toques de silbato de una estación de ferrocarril que estaba a pocos kilómetros de allí. El sonido parecía flotar suspendido en el aire. Mi madre se había desabrochado la bata. Tenía la piel enrojecida, con algún tipo de sarpullido, supongo. Se había abierto la bata de modo que apenas le cubría los senos. Miré su pecho, que subía y bajaba con el esfuerzo de respirar aquel aire estancado. Vi las gotitas de sudor que se habían formado entre sus senos y se deslizaban hasta su vientre. Cuando ella oyó el primer pitido, bajó las piernas del diván y, por un momento, permaneció sentada, bamboleándose ligeramente como si estuviese mareada. Tomó el pañuelo, lo mojó en el vaso de agua y luego lo escurrió sobre sí; el agua se mezcló con su sudor y goteó sobre su regazo.

»Luego se puso de pie, me lanzó una mirada extraña y se lamentó: "Dios mío, ojalá viviéramos en algún lugar donde soplara la brisa. Cerca de un lago o en las montañas. ¡Te juro que nunca volveré a sentir fresco!" Echó la cabeza atrás, como si buscara alguna señal de viento. Yo permanecí en mi silla, con la vista fija en ella. Me preguntó si me había portado bien. Luego, con el mismo tono infantil, que ella sabía que ya no era adecuado conmigo, dijo que prepararía algo de almorzar. Se dirigió perezosamente a la cocina, y yo la seguí.

»Allí hacía también mucho calor. Nos sentamos a la mesa de la cocina. "Ven aquí", me dijo, "frótale un poco en la frente a tu madre". Cerró los ojos, inclinó la cabeza hacia atrás y comencé a acariciarle la frente. Ella murmuró algo y vi que sonreía. Su cuerpo se relajó. Después de un momento, abrió los ojos y me miró. "Serás un chico mejor", dijo, "entonces serás mío para siempre". Para siempre. ¡Qué palabras tan vacías!

»Se puso de pie y abrió la pequeña nevera. Había rosbif que había sobrado de la cena. Ella cortó dos rebanadas, una para sí, la otra para mí y las sirvió frías en un plato. Cortó la suya en grandes trozos y comenzó a llevárselos a la boca rápidamente, masticando con avidez.

»Por un momento, sus mandíbulas dejaron de moverse, y recuerdo el cambio que se produjo en su rostro, al que asomó una repentina expresión de sorpresa, de asombro. Ella emitió un quejido agudo, mezcla de gorjeo y grito, y se puso más pálida de lo que nunca la había visto. Respiraba con dificultad, y me percaté de que tenía un trozo de carne atascado en la garganta. Echó los brazos hacia atrás como si fuesen alas, tratando de golpearse la espalda para expulsar aquel pedazo de comida. Me indicó por medio de gestos que la ayudara, mientras se metía los dedos en la boca. Yo estaba clavado en la silla.

»Entonces, mientras yo la observaba, ella se levantó de un salto y se arrojó violentamente contra la pared. Sólo cuando cayó al suelo me puse de pie y me acerqué a ella. Le di un puñetazo en el centro de la espalda y esperé un segundo. Su respiración sonaba más entrecortada, así que volví a golpearla. Luego otra vez, y otra y otra más, hasta que advertí que ella aspiraba aire a grandes bocanadas y que el trozo de carne se había desatascado. Cerré los ojos. Ella se quedó tendida en el suelo, con la bata desabrochada, caída hasta la cintura.

»Me arrodillé junto a ella, sin apartar la vista de su cara, esforzándome por no mirar las partes de su cuerpo que habían quedado al descubierto. Ella tomó aliento lenta y profundamente. Nos quedamos así durante un rato. Luego ella abrió los ojos, extendió la mano y me acarició la mejilla. "Gracias", dijo. Supongo que pensó que mis golpes la habían salvado, aunque yo creo que no. ¿Quién sabe? Me rodeó con los brazos y me estrechó con fuerza. Entonces sentí que era yo quien, de pronto, se ahogaba, quien no podía respirar. Sentía el sudor de su cuerpo contra mis labios. Era como estar en una habitación en la que se apagan las luces inesperadamente. Cerré los ojos y escuché palpitar su corazón. A veces, cuando por las noches el fuego defensivo de artillería, pasaba silbando muy alto y explotaba a cien metros de distancia, la tierra se estremecía. El sonido me recordaba a los latidos del corazón de mi madre.

Noté que estaba bañado en sudor y el auricular se adhería a mi oreja.

—¿De dónde llama? —pregunté.

Guardó silencio por unos instantes y luego se rió.

—Es sólo un teléfono —respondió—. ¿Sabe cuántas cabinas telefónicas hay en esta ciudad? Cientos. Tal vez miles. Hay docenas de lugares tranquilos desde donde puedo llamar. Claro que podría estar mintiendo. Podría estar sentado en mi propia habitación, acostado en mi cama, con la mirada fija en las marcas familiares del techo mientras hablo con usted. —Hizo una pausa y dijo—: ¿Se ha dado cuenta del silencio que impera aquí? No hay manera de que usted sepa dónde estoy.

—¿Por qué ha llamado aquí?

—Porque he sentido la necesidad apremiante de hacerlo —dijo—. Quería que usted fuera consciente de que sé dónde está. De que estaba pensando en usted. De que siento estos impulsos en los momentos más extraños.

—¿Qué impulsos?

—Los dos que le conciernen —contestó—. El impulso de matar y el impulso de hablar.

No supe qué decir. Me invadió la sensación de que las palabras no llegaban a través del teléfono sino que él me las susurraba directamente al oído.

—Yo tenía diecinueve años —prosiguió— la primera vez que estuve con una mujer, y también la primera vez que maté un hombre. La mujer era una prostituta; no, creo que «puta» es una palabra más adecuada. El hombre apenas lo era; más bien era un muchacho, tal vez de mi misma edad. Ella trabajaba en una zona de bares, moteles y cines porno cercana a Fort Bragg, en aquel pueblecito de Carolina del Norte que no recuerdo cómo se llama. Allí hice la instrucción básica. Sólo al final nos permitían ir al pueblo a disfrutar de los placeres que había allí. Como todo en el ejército, eso se hacía de manera ordenada; nos metían en autobuses, a los que subíamos entusiasmados como los adolescentes que éramos.

»Había un maravilloso simbolismo en aquellos permisos. Dudo que los idiotas que estaban al mando tuvieran idea de ello, pero lo que había que hacer para que te concedieran una licencia era pasar la prueba de los M-16 en el campo de tiro. Aprender a disparar con un arma antes de tener la oportunidad de disparar con otra.

Imaginé su sonrisa al otro lado de la línea.

—Recuerdo los rostros de aquellos que no sabían manejar bien sus armas; se ponían en posición, con la mejilla pegada a la culata, los ojos clavados en el blanco, apuntando con el cañón largo, rezando por darle a algo. Para mí eso no suponía un problema. Cuando era niño y vivíamos en la granja, mi padre me enseñó a disparar. Él tenía un viejo .22, un Remington de un solo disparo y acción de cerrojo. Los sábados íbamos al descampado de al lado y pasábamos una o dos horas practicando. En Fort Bragg, agazapados en aquel campo de tiro, esperando la orden de disparar, me venía a la memoria aquella granja, el blanco clavado a una vieja tabla que se alzaba sobre el horizonte. Tengo los ojos grises. ¿Sabe que dicen que los que tienen los ojos grises son los mejores tiradores? Daniel Boone los tenía, según creo. Y también el sargento Alvin York.

Anoté el dato enseguida: ojos grises. Para la policía, pensé.

—Era extraño —continuó—: tuve la misma visión en el campo de prácticas y me asaltó el mismo recuerdo meses más tarde, cuando encañoné a mi primera víctima. Él estaba corriendo a unos treinta metros de mí, al borde de un arrozal, y su camisa negra se recortaba contra los árboles. Debía de ser joven y bastante inexperto: un verdadero soldado no se habría puesto en peligro de ese modo. Pensé en la granja y en las tardes con mi padre, en su voz áspera y exigente, gritándome: «¡Aprieta, maldita sea!» Entonces apreté el gatillo, sonó un disparo y, cuando levanté la vista, vi la figura trastabillar y caer. En torno a mí, el resto de la patrulla gritaba y aullaba con entusiasmo. No tuve problemas para pasar la prueba del campo de tiro. Me dieron una medalla por mi destreza como tirador antes de que abandonase el campamento. Entonces, un sábado al atardecer, todos nosotros, vestidos con ropa limpia y planchada y con la gorra ladeada sobre la frente, subimos a unos autobuses verde oliva que nos llevaron al pueblo.

»Había un bar: Friendly Spot, se llamaba. Un anuncio de cerveza en la ventana invitaba a entrar. Había una máquina de discos contra la pared y una mesa de billar al fondo, con una larga cicatriz en el centro, donde el tapete estaba rasgado. Sobre la mesa sólo estaba la bola blanca, y no vi ningún taco. En la máquina ponían música country, y de vez en cuando alguna canción de rock and roll. Willie Nelson y los Rolling Stones. Cuando entré estaba sonando *Simpathy for the Devil*. Tuve que parpadear porque estaba oscuro, y mis ojos tardaron unos minutos en adaptarse. El barman era un tipo grande, de aquellos que se ponen el paquete de cigarrillos en la manga enrollada de la camisa. Llevaba barba. No hablaba mucho. Su idioma era el sonido de la caja registradora. Las chicas estaban sentadas a la barra. Cuando atravesamos la puerta, se levantaron de sus asientos y fueron a nuestro encuentro: nos tomaron del brazo y condujeron a algunos de nosotros hacia los taburetes de la barra, y a los demás hacia los reservados del fondo. Éramos cinco, y comenzamos a beber, reír y bromear. Recuerdo que ella era rubia, y que me quedé mirándole la papada durante largo rato. Tenía los senos caídos, como si hubiesen pasado por demasiadas manos. Parecía vieja.

Se quedó callado de nuevo.

—¿Y qué pasó?

Se rió.

—¿Usted qué cree?

Su tono había vuelto a cambiar y había recobrado un matiz de furia.

—No lo sé —respondí.

—Use su imaginación.

Más silencio en la línea.

—¿Por qué me cuenta estas cosas? —pregunté.

—Quiero que lo sepa.

—¿Por qué?

—Quiero que todos sepan con quién se enfrentan.

—¿No teme que algo de lo que diga ayude a la policía a rastrearlo?

—No.

—¿No?

—¿Qué es realidad? ¿Qué es ficción? —dijo—. ¿Cómo se puede distinguir entre ambas?

—Suponga que lo pillan...

—No lo harán.

—¿Por qué no?

—Porque no son lo bastante listos.

—¿No estará subestimándolos?

—Lo dudo. Pero si es así, supongo que quedaré como un tonto.

—¿Y eso no le preocupa?

—No.

—¿Por qué no?

—Porque ya estoy muerto —contestó.

Escribí esta frase textualmente. Alcé la vista y vi que Christine me observaba, a mí y al teléfono. Le alcancé la hoja para que la leyera. Abrió los ojos desorbitadamente.

—¿A qué se refiere con esto? —pregunté.

—A que me siento como un espectro, como una enfermedad sin sustancia. Mis entrañas están frías, ennegrecidas como si se hubiesen chamuscado. No queda vida dentro de mí. Sólo odio. Que es como la muerte.

—No lo entiendo —dije.

—No espero que lo entienda —replicó—. Al menos, aún no. Tal vez llegue a comprenderlo más adelante.

Empezaba a exasperarme.

—Escuche, maldita sea, usted no hace más que jugar conmigo; me cuenta cientos de recuerdos de su pasado, me habla de incidentes ocurridos durante la guerra. ¿Para qué? ¿Qué intenta demostrar? ¿Por qué hace esto?

—Recuerdo —dijo con mayor dureza— que un día estaba en la selva. Me encontraba con una patrulla a pocos kilómetros del campamento con mi pelotón; éramos media docena, y avanzábamos a duras penas entre los arbustos. Yo iba en cabeza; eso me gustaba, ¿sabe? Todos los demás lo detestaban, porque el que va delante es el primero en atraer la atención de lo francotiradores... y el primero en pisar las minas. Todos tenían miedo de las minas, más que de cualquier enemigo. No se podía confiar ni en la tierra que uno pisaba. Nunca se sabía cuándo estaba uno a punto de dar el último paso. Los del Vietcong sembraban unas minas que explotaban con sólo tocarlas y te volaban los pies. Eso no era tan malo; las que más odiábamos emitían un pequeño chasquido y después un rugido ensordecedor. Verá, las minas tenían dos cargas; la primera lanzaba el dispositivo principal, hacia arriba, más o menos a la altura de la cintura, donde explotaba, destrozándote rodillas, muslos, testículos, pene, estómago. Todos los puntos más horribles en los que puedes herir a un hombre. A veces, la explosión partía al tipo en dos, matándolo al instante. Sin embargo, a veces sólo lo mutilaba, lo convertía en carne picada, y él se quedaba sentado en el suelo de la selva, mirando su ingle con incredulidad, viendo manar sangre de donde, segundos antes, estaban sus genitales.

»Pero a mí me gustaba ir en cabeza, más cerca del peligro. Supe que era un hombre afortunado el día que pasé por encima del alambre, sin siquiera verlo; estaba mirando hacia arriba, a través de las copas de los árboles, al cielo gris, y ni siquiera lo rocé. El tipo que me seguía no tuvo tanta suerte. Oí el chasquido, luego el rugido, y sin volverme supe de qué se trataba.

»Era un chico joven; hacía una o dos semanas que estaba allí. Era poco tiempo, y la fatiga no le hubiese arrebatado el ánimo. Lanzó un chillido y luego se sentó, o se cayó a causa de la explosión. Parecía que alguien hubiese derramado un plato de espagueti con salsa de tomate sobre su regazo. El médico corrió hacia él y el encargado de la radio comenzó a pedir ayuda y a gritarle al micrófono de la radio que necesitábamos un helicóptero.

»El chico me miró y murmuró: "Estoy herido", y yo asentí. Entonces dijo: "Voy a morir", y yo volví a asentir. Entonces se puso a proferir alaridos, y el médico le inyectó morfina. Recuerdo que el sargento soltaba obscenidades todo el tiempo. El estampido de la deflagración había hecho que todas las aves remontasen el vuelo y se alejaran por la selva. Yo me senté a observar y esperar, ¿durante cuánto tiempo, diez minutos? Tal vez menos. Se veía claramente que la vida se le escapaba por momentos. Cuanto más frenética era la actividad del médico, peor se ponía el chico: era como si estuviesen descoordinados. Momentos después, el chico murió, justo cuando oímos el zumbido del helicóptero. Los sonidos que producían las aves de la jungla al batir las alas y el del helicóptero no eran muy distintos. El médico también gritaba, golpeando el pecho del chico, intentando que su corazón volviese a latir. Era un día común y corriente, sólo uno de trescientos sesenta y cinco. —Hizo una pausa. Después de un instante, prosiguió—: Déjeme hablarle de la pareja de ancianos. Supongo que le interesará oírlo.

—Sí —dije.

—Muy bien. Fue un momento extraño.

—¿Por qué ellos? ¿Qué le habían hecho?

—Usted no lo entiende —repuso, irritado—. Ninguna de las víctimas me ha hecho nada. Son inocentes. ¿Es eso lo que quiere oír? ¡Sé que no tienen culpa alguna! De eso se trata, precisamente.

—¿Por qué la sangre? Estaba por todas partes.

—Para aumentar el horror.

Anoté esto.

—Bien —dije—, si ellos son símbolos para usted, ¿por qué no me explica qué representan? No entiendo el significado.

—Ya lo entenderá —dijo—. Una muchachita. Una pareja de ancianos. Fíjese en las víctimas que elijo. Ya le he dicho que se trata de una recreación. Algo ocurrió cuando estaba en el extranjero, un incidente. Eso es lo que estoy reproduciendo aquí. ¿Recuerda, durante la primavera de 1971, cuando los Weathermen se manifestaron en Washington? Corrían por las calles arrojando cubos de basura y desperdicios, gritando imprecaciones, tratando de alterar el orden social. Pensaban que el pueblo estadounidense era demasiado conformista respecto a la guerra, que no comprendía lo que estaba sucediendo allá. ¿Cómo podían identificarse con la destrucción de la sociedad vietnamita si no la habían vivido de cerca? El propósito de las manifestaciones era «traer la guerra a casa», para despertar la conciencia de todos a través de una recreación simbólica. Yo había regresado de Vietnam y caminaba con ellos por las calles, observando y escuchando. Vi que, en realidad, no servía de nada. La gente lo veía como una molestia, no como un símbolo. Bueno, a los Weathermen les faltaba mi determinación. La gente no puede pasar por alto lo que yo estoy haciendo.

—Pero la guerra ya terminó —objeté—. Se acabó. *Kaput.* Fue un desastre pero ya forma parte del pasado. Todo el mundo está de acuerdo en eso.

—Para mí, nunca terminará. —Hablaba lenta y concienzudamente—. La veo en sueños todas las noches, cada mañana al despertar. A veces miro el sol y me parece que estoy otra vez allá, no aquí. Jamás terminará para mí.

Otro silencio.

—¿Y esos ancianos? —pregunté.

—¿Se refiere a los abuelitos? —Soltó una risotada.

—Oiga —dije, clavando la vista en Christine, que me miraba—. Usted necesita ayuda. Hay programas, centros de atención a los veteranos afectados por la guerra. Yo puedo ayudarle...

Era una sugerencia muy poco convincente, y sabía cómo reaccionaría él.

—¡Mierda! ¡Mierda! ¡Mierda! ¡Todo es pura mierda! ¿Ha visto alguno de esos centros? ¿Se ha apuntado a alguno de esos programas? Lo dudo. ¿Sabe cómo es un hospital de ésos por dentro? Se lo diré. Son paredes y más paredes frías, de color verde pálido. A veces me parecía ver cicatrices en las paredes, las marcas de los gritos de todos los hombres que habían pasado por ese corredor. Hileras e hileras de camas y mesitas de noche cubiertas de colillas y cenizas, de desperdicios y de desechos humanos. Lo sé muy bien; yo estuve allí; yo lo sé. Y jamás volveré. Usted piensa que estoy loco; se nota. Leí el artículo en que cita a los psiquiatras. Son muy comprensivos. Enfermo, dicen, perturbado pide ayuda a gritos. No es más que la estúpida palabrería de su inútil profesión. Bueno, tal vez esté enfermo, tal vez esté perturbado, pero estoy mucho más vivo que cualquiera de ellos. —Tomó aire con un prolongado resuello—. Y antes de que acabe mucha gente deseará estar a salvo de mí. No estoy loco. ¡Maldición! ¡El mundo entero está loco! La gente anda por ahí y actúa como si nada estuviera pasando. No son capaces de ver más allá de su reducido mundo. ¡Pues yo sí! Creo que soy el único cuerdo que queda —dijo, bajando la voz—, la única persona que comprende que a cada acción corresponde una reacción en sentido contrario. Pues bien, la sociedad me envió allí para actuar como un asesino; ahora que he vuelto, la reacción: estoy haciendo lo que mejor me enseñaron.

Se detuvo de nuevo para tomar aliento.

—¿Y usted? —preguntó.

—¿A qué se refiere?

—¿Estuvo allí? Creo que tenemos más o menos la misma edad, por eso se lo pregunto. ¿Estuvo en Vietnam?

—No —respondí—. No fui a la guerra.

—¿Por qué no?

Me pasaron por la cabeza varias respuestas, conversaciones con mi padre y con compañeros de la universidad. Recordé que me había dejado crecer el cabello, llevaba vaqueros y lucía símbolos de la paz, me manifestaba y cantaba. Parecía haber pasado mucho tiempo desde entonces. Pensé en hablarle de la prórroga por estudios, de la inmoralidad de la guerra, de que me oponía a ella, de que habría preferido huir a Canadá. Eso es lo que él esperaba oír.

—Porque tenía miedo —dije sin embargo.

—¿De qué?

—No estoy seguro. —Titubeé—. De matar. De que me mataran.

—Era nuestra guerra —dijo, con voz serena.

—Lo sé.

Pensé en el retrato de mi abuelo, vestido con su uniforme verde oliva, y el ceñido cuello militar abrochado. Desde la fotografía, él miraba en silencio y en paz, como miembro del Cuerpo Expedicionario norteamericano. Fue teniente a los veintidós años, con el batallón 77. Combatió en Château-Thierry y más tarde en Argonne. Yo lo veía con ojos de niño. Él hablaba poco de la guerra. Cuando regresó, estudió derecho y se convirtió en juez de las faltas ajenas desde un asiento en el tribunal. Cuando yo tenía ocho años, me llamó a su estudio. Estábamos a principios del otoño, y él comentó que el tiempo le recordaba los días nublados de Argonne.

Antes del amanecer el cielo se iluminaba a medias como si fuese a desatarse una tormenta, decía, y entonces comenzaban los cañonazos, unos sonidos retumbantes que hacían añicos el alba. Cuando rompía el día, los destellos del fuego de artillería atravesaban la tierra de nadie hacia las líneas alemanas, y el cielo adquiría una tonalidad más cálida. La tierra entera se estremecía con las detonaciones. Las armas generaban su propio calor y su viento, como si tuviesen más poder que la naturaleza. Mi abuelo, mirándome fijamente desde el otro lado del escritorio, me entregó un regalo. Era su viejo casco de acero, tan pesado que yo apenas podía sostenerlo. Lo colocó sobre mi cabeza, retrocedió un paso y saludó. «La guerra que acabaría con todas las guerras, así la llamábamos entonces», dijo. El casco me ensuciaba el cabello; me lo quité y sacudí la cabeza. «Esa tierra es francesa —señaló—. Llevaba allí cuarenta y tantos años.»

Había otra fotografía en la casa donde crecí; ocupaba un lugar sobre la repisa, junto al retrato de mi abuelo. Era una imagen granulosa, ligeramente desenfocada, de un grupo de hombres arrodillados en la superficie asfaltada de una pista de aterrizaje. Detrás de ellos, asomaba la nariz de un bombardero mediano, un Mitchell B-25. Los hombres parecían relajados; cada uno había escrito su nombre debajo, con tinta blanca. El tercero por la izquierda, situado justo debajo del dibujo de una mujer ligera de ropa con un rayo en cada mano que adornaba el morro del avión, era mi padre. Llevaba una gruesa chaqueta de aviación y la gorra echada hacia atrás. Tenía un brazo sobre los hombros de otro hombre vestido con el mismo uniforme de caqui y cuero. Mi padre llevaba un cinturón con una pistola. Era, tal vez, una .45 como la que usaba el asesino.

—En la primera y segunda guerras mundiales, incluso en Corea, todo estaba muy claro —dijo el asesino—. Pero con nuestra guerra, las cosas no fueron tan simples.

—¿Cómo podíamos saberlo? —inquirí.

—Tiene razón. ¿Cómo íbamos a adivinarlo? Yo fui. Mi viejo fue. Su padre fue antes que él. Creo que era algo aceptado por todos. ¡Dios mío, qué equivocados estaban!

—¿Su padre y su abuelo? —pregunté, sorprendido.

—Sí. No es que fuese una familia de militares. Sólo era algo aceptado. Y después me llegó el turno.

Me vino a la memoria una imagen de mi padre. Él estaba hablando, yendo y viniendo por la habitación, intentando mantener la compostura.

—A mí me pasó lo mismo —dije.

—Pero no fue a Vietnam.

—No.

—¿Participó en manifestaciones?

—Sí. Todos lo hacían. Era fácil.

—Supongo que sí —convino.

Guardamos silencio por un momento. Luego, agregó:

—¿Sabe? Apuesto a que tenemos más cosas en común de las que usted cree.

Su voz interrumpió mis pensamientos. Volví a ver en mi mente a los ancianos.

—Hábleme de los asesinatos —pedí.

—Fue fácil —respondió, remedando mis propias palabras. Lanzó una carcajada—. Les gustaba salir a pasear por las noches, temprano, para mantenerse en forma. Los observé durante unos días; recorrían siempre el mismo camino al mismo paso. Se detenían en los mismos sitios a tomar aliento. Iban del brazo. Eso me gustó. Mucha gente no demuestra su afecto como lo hacían ellos.

—No entiendo...

—Esa noche los seguí hasta su casa —me interrumpió—. No me vieron hasta que les di alcance en la entrada. No había nadie más en la calle y ellos estaban demasiado sorprendidos y asustados para gritar siquiera. Les dije una frase críptica y aterradora, algo así como: «Al menor ruido os mato»; le tapé la boca a la mujer, los obligué a entrar en la sala de su casa y cerré la puerta detrás de mí. Fue así de sencillo. De pronto, ya no hacía calor y el silencio lo envolvió todo, como si el hecho de cerrar la puerta hubiese cercenado el día como una cuchillada y sólo quedáramos en el mundo ellos y yo.

»Les acerqué la pistola a la cara por un instante. El viejo estaba aterrado. Se interpuso entre su esposa y yo y dijo: "¡Llévese lo que quiera, jovencito, pero deje de asustarnos!" Y luego reunió el poco coraje que le quedaba y me soltó: "Los he visto más rudos que usted." Yo le sonreí y les indiqué por señas que se sentaran en el sofá de la sala. Me dejé caer en un sillón y, sin dejar de apuntar con la pistola, dije: "Ah, ¿sí? ¿Dónde?" Y el viejo se estremeció. "En Auschwitz", respondió. Levantó el brazo; la manga se deslizó hacia abajo, dejándole al descubierto la muñeca huesuda, en la que tenía un número tatuado.

»Yo me quedé perplejo, por decirlo suavemente. No podía creer en mi suerte. "Hábleme de eso", le pedí, y el viejo tomó la mano de su esposa. Ella no había abierto la boca hasta ese momento; miraba al frente con los ojos vidriosos. "¿Qué quiere que le diga?", preguntó él. "¿Ha visto las fotografías?" Yo asentí. "Todos entramos. Algunos salimos. No muchos. ¿Qué más se puede decir? ¿A quién le gusta recordar esas cosas? Pero usted no me asusta, ni siquiera con esa pistola." Eso me enterneció. ¿A quién no lo hubiera enternecido? Al cabo de un minuto, dijo: "¿Ha venido a robarnos, o qué? ¿Cree que somos ricos? Si lo fuéramos, no viviríamos aquí." Negué con la cabeza. "Así que no se trata de un robo", dijo, "¿Qué otra cosa puede ser? ¿Un asesinato? ¿Con qué objeto? ¿Una violación? Somos demasiado viejos. ¿Qué otra posibilidad queda?"

»Pero yo no respondí. Era un viejo orgulloso; estaba sentado con la espalda muy recta y no me quitaba la vista de encima. Con un brazo rodeaba los hombros de su esposa, como un ave cubriendo a sus crías con un ala. La había tomado de la mano. Vi que sus ojos se posaban en la pistola. Entonces sonrió. "Una .45, tal vez?", preguntó, y asentí. "Esto empieza a tener sentido", dijo.

»Entonces se volvió hacia su esposa y le habló en voz tan baja que apenas pude oírlo. "Ruth", le dijo, "sabes que te he amado todos estos años. Ahora todo terminará. Éste es el hombre de los periódicos, el que mató a esa joven tan bonita. Piensa matarnos a nosotros, también." Al oír esto, ella se puso rígida y abrió muchos los ojos. Me recordó un poco a un animal, ya sabe, a un perro o a un conejo. Pero él la calmó enseguida. "Somos viejos. ¿Qué nos importa? ¿Por qué habríamos de tener miedo?" Su voz era maravillosa: suave, tranquila, casi hipnótica. Observé el efecto que producía en su esposa. Ella se relajó perceptiblemente y se arrimó más a él. Cerró los ojos y asintió, y el anciano se volvió hacia mí. "Bien", dijo. "Haga lo que tenga que hacer."

»"Hábleme de su vida", le pedí. Pero él se encogió de hombros y dijo: "¿Qué quiere que le diga? Nacimos. Nos conocimos, nos enamoramos. Sobrevivimos. Seguimos adelante. Y ahora vamos a morir." Sacudí la cabeza. "Por favor. Quiero saber", insistí. Entonces su esposa abrió los ojos. Le dio un ligero codazo en las costillas.

"Anda, cuéntaselo", lo animó. "Yo también quisiera oírlo." Entonces el viejo le dedicó una especie de sonrisa y comenzó a contarme la historia de su vida. Debimos de estar allí sentados durante... oh, no lo sé... una hora, dos horas, tres. Cuando uno escucha una historia como ésa, pierde toda noción del tiempo.

»¿Sabía que después del fin de la Segunda Guerra Mundial, a los supervivientes de los campos alemanes los encerraron en otros campos de concentración dirigidos por los británicos y los estadounidenses? Campos de internamiento, los llamaban. ¿Sabía que Estados Unidos (sí, nosotros, usted, yo, nuestros padres) fijó un cuerpo de refugiados y no permitió que muchas de las personas desplazadas por la guerra entraran en el país? El viejo me lo contó todo. Me habló de cuando vinieron aquí; fueron de los pocos a quienes permitieron entrar. Eso fue porque él tenía un primo que ya vivía aquí, un hombre a quien no veía desde la infancia y que se responsabilizó de él ante las autoridades. El viejo llegó al puerto de Nueva York un día muy frío; había carámbanos que colgaban de los muelles. Aun así, según dijo, se quitó la chaqueta y aspiró el aire. Me aseguró que podía saborearlo, que le hacía sentir vértigo.

»Creo que llevaron una buena vida. Nada excepcional. A sus hijos les fue mejor que a él, y él se enorgullecía de ello. Había visto crecer a sus nietos, si no hasta la edad adulta, al menos hasta la adolescencia. Dijo que había trabajado duro y que había disfrutado cada momento de ello. Confeccionaba y vendía ropa: una profesión honorable. "Vestir a la gente", lo llamaba él. Era ropa de calidad, me dijo; diseños resistentes y prácticos de buena calidad. Cuando la gente le compraba un traje, sabía que las prendas le durarían muchos años. Luego se volvió hacia su esposa y dijo: "Como nosotros. Hemos durado mucho." Ella simplemente apoyó la cabeza sobre su hombro y sonrió, con los ojos cerrados. ¿Sabe? Era obvio que aún estaban enamorados, seguramente tanto como en cualquier momento de todas las décadas que llevaban juntos. "¿Cómo se conocieron?", le pregunté, y la mujer levantó la cabeza. "A la antigua usanza", respondió, "por medio de una casamentera.» Me habló un poco de su noviazgo y de su boda. Estuvieron en campos separados, pero después se reencontraron. Tardaron seis meses, pero ella dio con él. Según me contó, en ningún momento dudó que él había sobrevivido, pues los dos estaban demasiado llenos de vitalidad. Mientras refería su historia, sonreía; de cuando en cuando se inclinaba y tocaba a su marido. Entonces me miró y dijo: "Usted debe de ser un joven muy triste para hacer estas cosas tan terribles." ¿Sabe una cosa? Le di la razón. Hice un gesto de afirmación con la cabeza y noté que se me saltaban las lágrimas. "Es doloroso", les dije, y ambos asintieron sabiamente. Me preguntaron por mis padres, y les hablé de mi niñez. Sólo un poco, para mantenerlos interesados. Les hablé de la granja, de la ciudad y de las diferencias entre ambos lugares.

»¿No le parece notable? Cada segundo, cada minuto que pasaba los acercaba a la muerte y, al mismo tiempo, nos acercaba como personas, a medida que nuestra relación evolucionaba de un trato superficial a la amistad. Sucedió lo mismo con la muchacha. Siento que sólo puedo conocer a la gente, conocerla de verdad, a las puertas de la muerte. Entonces caen las máscaras, se deja de lado toda la hipocresía, y sólo queda algo puro, prístino. Perfecto.

»Entonces los tres lloramos un poco. Finalmente, me enjugué los ojos y les agradecí que compartieran sus recuerdos conmigo. Advertí que el temor asomaba al rostro de la anciana. Tenía el cabello blanco peinado hacia atrás, y se le había soltado un mechón que le caía sobre la frente. Sacudió la cabeza para apartárselo de los ojos. "¿Aún piensa...?", preguntó, y la hice callar. "Nada cambia", le respondí. "No tema." Vi que se estremecía ligeramente y se acercaba más a su esposo. Él me miró. "¿Va a atarnos, o qué?" Entonces yo saqué la cuerda de mi bolsillo.

—¿Cómo es que estaban desnudos? —lo corté.

—Muy sencillo —contestó—. Simplemente les dije que sería como dormirse, y les indiqué que se prepararan para irse a la cama.

»Ella tuvo que ayudar al viejo a quitarse la camisa. "La artritis", me explicó con una mueca. Él dejó caer sus pantalones al suelo, luego su ropa interior, y quedó desnudo.

»No intentó cubrirse. Tengo que admitir que el viejo se movió con elegancia todo el tiempo. Ayudó a la anciana a despojarse de la blusa y luego la falda. Ella vaciló por un instante antes de quitarse la enagua y luego se la pasó por encima de la cabeza. Las medias, la ropa interior de encaje; todo quedó amontonado en el suelo. Ella miró la pila de ropa por un instante; luego se inclinó, recogió las prendas y las dispuso pulcramente sobre el sofá. Supongo que es difícil desprenderse de los viejos hábitos. El viejo la observaba con una media sonrisa. Yo jamás había visto dos ancianos desnudos. Los estudié con atención. El pene del viejo se había encogido, marchitado. Vi que el vello se le había puesto gris. A ella también; tenía los pechos casi planos y los pezones de color marrón oscuro. Ambos tenían el pecho hundido. Sin embargo, él henchía el suyo de aire y me miraba fijamente. "¿Quiere darse prisa ahora?", me apremió. Les indiqué que se dirigieran al centro de la habitación y en un segundo estuvieron arrodillados el uno junto al otro.

»Les até las manos rápidamente; dudo que fuese necesario, pero me preocupaba que uno de ellos fuera presa del pánico entre un disparo y otro. En ningún momento perdieron la dignidad, aunque percibí un leve temblor en los hombros de la anciana. "Acabe conmigo primero", dijo el viejo, "pero envíenos al otro mundo juntos". Me sentí como en un sueño; ellos cooperaban, sin alzar la voz. Era como si yo no fuese más que el instrumento de un suicidio. "Muy bien, díganse lo que quieran", les dije. Juntaron las cabezas, se dieron un ligero beso en los labios y sonrieron. "Ya no tenemos palabras", dijo el viejo.

»Los dos cerraron los ojos. Tomé un almohadón de un sillón. Era como si yo me mirase desde fuera mientras preparaba la ejecución. Coloqué el cojín contra la cabeza del viejo y contemplé la .45 por un momento. Vi mi dedo apretar el gatillo. Cada micrómetro del movimiento tardaba segundos, minutos. Entonces sonó una detonación y sentí la sacudida familiar que me recorría el brazo. Los dedos me hormigueaban, insensibles. El viejo se desplomó hacia delante. Vi que la mujer apretaba los dientes. Supuse que estaría rezando una oración; se le movían los labios. Me situé tras ella casi antes de que cesaran las convulsiones del viejo en el suelo. Esta vez mis movimientos me parecieron acelerados, como una película proyectada a cámara rápida. Le apoyé el almohadón contra la nuca y la encañoné; luego sentí el retroceso del disparo y ella también cayó de bruces.

»Creo que en ese momento enloquecí y me puse a jugar con la sangre. Fui a la cocina y encontré una esponja: la empapé en la sangre del suelo y escribí los números con ella. No sé cuánto tiempo pasé allí. Tal vez cinco minutos. Tal vez una hora. Bailé alrededor de los cuerpos hasta que la oscuridad inundó la habitación y apenas podía ver. Entonces salí de la casa y dejé la puerta entreabierta. Caminé por la calle hasta mi coche; la sangre brillaba sobre mi ropa. Me había vuelto invisible. Nadie salió de su casa, no había un alma en la calle, no pasó ningún automóvil. Llevaba la .45 en la mano, y la noche parecía haber detenido su avance mientras yo me alejaba de allí. —Vaciló—. Eran totalmente inocentes —agregó.

Completamente agotado, dejé que el silencio creciera en la línea hasta llenar la habitación. Mis ojos se resistían a fijarse en las páginas cubiertas de notas y citas que había garabateado a toda prisa. Mi propia escritura se me antojaba desconocida, extraña.

—Me siento —concluyó el asesino— como un hombre sediento después del primer trago de agua fría. Volveré a llamarlo pronto. Tal vez a su casa, tal vez a su oficina. Depende, todo depende.

Y entonces colgó el auricular.

10

Christine se puso a bailar. Era su manera de liberar la energía generada por el temor. A veces, la encontraba por la mañana en el suelo de la sala, abrazada a un almohadón, durmiendo. En la cadena de música sonaba jazz suave; ella prefería a Miles Davis y Keith Jarret. Sin embargo, a veces escuchaba cuartetos de cuerda a un volumen tan bajo que apenas se distinguía el ritmo. Bailaba desnuda y arrojaba su bata al suelo; arqueaba el cuerpo hacia atrás, dejándose llevar por el sonido. Creo que sentía que la música se mezclaba con los sonidos nocturnos de las cigarras y del tránsito lejano. Bailaba hasta caer exhausta; luego se acurrucaba en el suelo y dormía profundamente hasta la mañana.

Por la mañana, sus ojos no mostraban el menor indicio de falta de sueño y ella hablaba con voz clara. Su trabajo en el hospital tampoco se resentía de su actividad nocturna: trabajaba tres días a la semana en el quirófano, donde sus manos tomaban los instrumentos y los entregaban a los médicos con la seguridad de un crupier de Las Vegas; dos días en el pabellón, controlando el estado en que se encontraba la enfermedad de los pacientes;

todas las variedades de cáncer que asomaban por debajo de las sábanas cuando ella pasaba, esplendorosa en su uniforme blanco. Había cánceres de la sangre, cánceres de los órganos, cánceres que retrocedían y cánceres que avanzaban sin freno. Ella hablaba a menudo de las enfermedades que trataba en el pabellón, las etapas que atravesaban, los pronósticos, para cada una. Apenas mencionaba al asesino, salvo para señalar que, si conocía nuestro número telefónico, entonces también sabía dónde vivíamos. Cuando unos agentes de policía vinieron a instalar el dispositivo de grabación en nuestro teléfono, ella los observó con una especie de temor indiferente y la misma expresión de preocupación que, supuse, adoptaba cuando, al pasar junto a la cama de un paciente de su pabellón, reparaba en alguna nueva manifestación de la enfermedad.

En cuanto a mí, comencé a fijarme en la gente por la calle. Clasificaba a los transeúntes en dos categorías: la de víctima en potencia o la de asesino en potencia. Cada vez que alguien pasaba a mi lado, yo me preguntaba: «¿Quién eres? ¿En qué piensas? ¿Serás tú el próximo? ¿Eres él?» A menudo, abordaba a personas al azar, extraía mi libreta del bolsillo mientras me presentaba y los entrevistaba. En su mayoría se negaban a dar su nombre, como si temieran que el asesino los identificara y los castigara por haber expresado sus temores. Cuando Porter iba conmigo, le volvían la cara, y él bajaba la cámara, frustrado. Los comentarios y citas que yo recogía comenzaban a parecerse mucho entre sí; eran variaciones de los mismos temas: temor, furia y perplejidad. La gente criticaba cada vez más a la policía por no atrapar al asesino. Empecé a notar un nuevo deje de recelo en las voces y descubrí que la gente me rehuía la mirada.

Tomé la costumbre de conducir por la ciudad de noche, intentando descubrir qué había cambiado y qué seguía igual. En los suburbios y en los barrios residenciales se apreciaba cierta indecisión; las casas parecían recogerse en la oscuridad. Pese a que era verano, había pocos niños en las calles; a medida que se acercaban los días tórridos de agosto, cada vez era menos frecuente oír las risas y los gritos de chiquillos enfrascados en sus juegos. Todo estaba cerrado; la gente salía de casa lo menos posible.

Claro que había excepciones. Los borrachos y los vagabundos que proliferaban en el centro de Miami continuaban en las calles, protegiendo sus pocas posesiones, juntando centavos para el próximo trago. Hablé con algunos, que aparentemente no se habían enterado del asunto o no estaban preocupados por él. Un viejo barbudo y sucio me miró y dijo: «¿Por qué se iba a cargar a uno de nosotros? ¿Qué diablos demostraría con eso? Nos estamos muriendo de todos modos.» Los hombres que lo rodeaban, al ver que yo anotaba sus palabras en mis libretas, lo felicitaron. Esa noche escribí un artículo sobre ellos y sobre su falta de miedo. Porter había tomado buenas fotografías y a Nolan le encantó la crónica.

—Estupendo, estupendo —dijo—. Así me gusta.

Al día siguiente, entrevisté a una pareja de adolescentes que estaba comiendo hamburguesas y bebiendo batidos en un McDonald's. Esto provocó que Porter se echara a reír y comentara: «Vaya topicazo. ¿Puedes creértelo?» Los jóvenes, ante nuestra insistencia, nos contaron que el sábado anterior, por la noche, habían asistido a una «fiesta del Asesino de los Números». Había bebidas alcohólicas y música, y todos participaron en un juego. Se elegía a uno de los asistentes para que interpretase el papel de asesino y se le daba una lista de todos los jóvenes con números asignados a cada uno. En el transcurso de la fiesta, el «asesino» los mataba a todos uno por uno, figuradamente; los pillaba a solas y, con un rotulador rojo, les marcaba la frente. Los jóvenes, cada vez más entusiasmados al recordar el juego, nos explicaron que dos de ellos habían sido designados policías y tenían que descubrir quién era el asesino. Había sido divertido, aseguraron, porque el asesino se las ingenió para liquidar a una docena de invitados antes de que lo descubrieran entre risas y copas. «Sólo espero que no fuera algo profético», dijo la muchacha. También escribí un artículo sobre eso, en el que describía la fiesta y mi conversación con el chico que había encarnado al asesino. «Fue fácil —me dijo—. Nadie sospechó de mí porque era el que más repetía que había que pillar al asesino.» Le pregunté si estaba asustado, pero respondió que no. Más tarde, su padre me llamó y me rogó que no publicáramos el nombre de su hijo. Lo discutí con Nolan y acordamos nombrarlo sólo por sus iniciales. A Nolan también le encantó esa crónica.

No hubo tiempo de incluir la noticia de la última llamada del asesino en el periódico del día siguiente. Cuando él colgó y me volví hacia Christine, era casi la una de la mañana, demasiado tarde para la edición de ese día. La primera tirada ya había salido de imprenta y los atados de papel de periódico se dirigían sobre cintas transportadoras hacia el almacén de carga situado en el sótano del edificio del *Journal*. Para cuando logré comunicarme con Nolan, las rotativas estaban funcionando ya a todo tren. Eran unas máquinas Goss Metro enormes que escupían periódicos a un ritmo aproximado de uno por segundo. Cuando las rotativas estaban en marcha, se sentía en todo el edificio. El suelo de la redacción temblaba y vibraba, y mis oídos alcanzaban a percibir un rumor distante.

A veces, cuando me quedaba en el edificio trabajando hasta tarde, me levantaba de mi escritorio e iba a observar los preparativos de la impresión. La habitación enorme y cavernosa se llenaba de prensistas con camisas azules y los tradicionales gorros de papel que les protegían la cabeza de las salpicaduras de tinta. Éstas se habían reducido mucho con las nuevas rotativas de alta velocidad, sofisticadas y controladas electrónicamente, pero los prensistas se aferraban con tenacidad a los usos de su profesión y lucían los pequeños gorros con orgullo. Había relojes en las paredes, y un timbre insistente señalaba el comienzo de la tirada.

Yo me mantenía a un lado mientras los hombres colocaban enormes rollos de papel en las máquinas, las ponían en marcha y se apartaban. Entonces se oía un zumbido acompañado de una vibración que se hacía más intensa hasta que, finalmente, las rotativas trabajaban a toda velocidad y un torrente de periódicos brotaba de ellas. Unas pocas noticias habían ocasionado que se parasen las máquinas: se trataba de momentos extraordinarios. En esas ocasiones el timbre emitía tres pitidos cortos seguidos por uno largo. Los prensistas se miraban por un segundo, se acercaban a las máquinas y, poco a poco, todo se paralizaba, como detenido por una mano gigante. Me recordaba los momentos angustiosos que se viven en un quirófano cuando el corazón del paciente deja de latir, para luego comenzar de nuevo, con fuerza renovada.

—Mantendremos oculta la nota —dijo Nolan, todavía medio dormido—. La dejaremos para el periódico de mañana, así tendremos tiempo de hacerla bien. ¿De acuerdo?

Respondí que sí.

—Ahora bien, lo importante es que la radio, el *Post* y los canales de televisión no se enteren de esto. —Vaciló—. Tenemos que hablar con los policías. Ésa fue nuestra parte del trato. Pero asegúrate de que ellos cumplan con la suya y no lo divulguen. Esta primicia es nuestra. —Hizo una pausa—. ¿Has tomado muchas notas?

Le hablé de las páginas y más páginas que había llenado de citas.

—Bien —dijo Nolan—. No se las entregues. Deja que te interroguen, presta declaración, haz lo que haga falta. Pero no te desprendas de esas notas por nada del mundo. ¿Qué te ha dicho el tipo?

—Que siente impulsos muy fuertes de matar y de hablar.

—Increíble. Creo que ése será el tema principal. ¿Qué más?

—Me ha contado muchas cosas de su vida; anécdotas, en realidad. No sé muy bien con qué objeto. Después ha descrito el asesinato de los ancianos.

—¿En detalles?

—Con pelos y señales.

—Dios mío —exclamó Nolan—. ¡Qué noticia!

Christine quería acompañarme a la jefatura de policía. Dijo que no soportaba la idea de quedarse sola, que tenía la sensación de que, de alguna manera, el asesino rondaba cerca. Le dije que si venía se aburriría y que tenía que trabajar por la mañana. Esperé mientras ella se preparaba para irse a dormir; la observé quitarse la ropa y dejarla en el suelo. Pensé en su desnudez y, por un instante, pasó por mi mente la imagen de los ancianos. Luego, con la misma rapidez, la deseché y le cubrí los senos con las manos, apartando la fina sábana bajo la que dormíamos. Ella cerró los ojos y se tendió de costado, vuelta hacia mí. Le acaricié el cuello; luego extendí el brazo y apagué la luz.

—Ojalá pudieras acostarte junto a mí —dijo—, aunque sólo fuera para abrazarme. No sé si podré dormir.

—No seas tonta —repliqué en la oscuridad.

Antes de irme echaría el cerrojo a la puerta. Además, regresaría por la mañana. Examiné a la luz mortecina que se colaba desde la calle por la ventana los contornos de su cuerpo. Me pregunté por qué no me sentía más excitado; luego ahuyenté este pensamiento. Salí del dormitorio, cerré la puerta y volví a la sala. Mis ojos recorrieron la habitación en busca de mis notas.

Esa noche, Martinez me aguardaba en el vestíbulo del edificio de la jefatura. Llevaba un traje azul, sin corbata; la camisa abierta, dejaba al descubierto el vello de su pecho. Cuando entré, me sonrió.

—Una azafata —dijo.

—¿Qué? —pregunté, mientras le estrechaba la mano.

—Rubia. De National Airlines. Unos veintitrés años. Estaba enseñándome a volar. —Sonrió de nuevo.

—Lo siento —dije.

Se encogió de hombros.

—El trabajo antes que el placer. De todos modos, jamás debí darle su número a Wilson. Apuesto a que él le encanta eso de levantarse de la cama en mitad de la noche.

Subimos al ascensor con un par de agentes de uniforme. Me miraron por un momento y luego me dieron la espalda. Hablaban de una pelea en la que habían tenido que intervenir esa noche. Uno de ellos se quejaba de un desgarro muscular en la espalda; el otro no lo compadecía demasiado.

—Por aquí —me indicó Martinez cuando las puertas se abrieron en la tercera planta.

Por un instante, las luces me cegaron y tuve que parpadear. El departamento de homicidios estaba en una oficina grande dividida en docenas de compartimentos más pequeños mediante tabiques que no llegaban al techo. Dentro de cada uno, había un par de escritorios orientados en direcciones opuestas, otras tantas sillas y teléfonos. Los escritorios eran viejos, de metal gris, y tenían marcas de cigarrillos.

Los detectives, de pie en las puertas, nos miraban pasar por los pasillos. Sus trajes y corbatas de alguna manera resultaban incongruentes con el marco deprimente que los rodeaba. Vi a un hombre negro con las manos esposadas a la espalda sentado en uno de los reducidos despachos. Estaba recostado en la silla, oyendo hablar a un detective. Tenía una mueca de desdén permanente en el rostro y, periódicamente, sacudía la cabeza. Me fijé en las paredes. Eran verdes y reflejaban la luz fluorescente. En ellas había colgadas fotografías de criminales y carteles de personas buscadas por la justicia, una lista de guardias y un gran letrero escrito a mano que decía: «Todos los agentes asignados al caso del Asesino de los Números deben presentarse a diario ante el sargento Wilson o el oficial de servicio.» Seguí a Martinez por la oficina y me detuve para echar un vistazo a un escritorio.

Sobre él había docenas de fotografías en color. Advertí que se trataba de imágenes del escenario de un crimen.

En ellas aparecía un cadáver cubierto de sangre, encogido dentro del maletero de un coche. Martinez se detuvo al verme. Entró en el despacho y tomó una de las fotografías.

—¿Alguna vez habías visto los destrozos que hace una pistola de calibre doce disparada a bocajarro? No es muy bonito, ¿verdad? Esto es cosa del hampa. La noticia apenas llegó a publicarse en la sección local del *Journal*. Como ya te imaginarás, el crimen no desaparece cuando hay un psicópata suelto. Tenemos que encargarnos de esos casos también.

Estudié la fotografía. El rostro ensangrentado de la víctima estaba paralizado en una expresión de horror, con la boca abierta y los ojos en blanco. El disparo lo había alcanzado en el pecho, que ahora estaba hecho un revoltijo de entrañas y sangre. Cerré los ojos y devolví la foto. Por un segundo me sentí mareado.

—¿Habéis detenido al culpable? —pregunté.

—Sólo es cuestión de tiempo. Tenemos a un sujeto en una celda que aún no se decide a hablar. Él conducía el coche en el que los asesinos se dieron a la fuga. No creo que le atraiga mucho la idea de pagar por lo que hicieron ellos.

Seguimos caminando hacia el fondo entre el murmullo de voces y los timbrazos de los teléfonos. Se oía una docena de conversaciones al mismo tiempo; el ruido parecía un telón de fondo para la actividad, como en la redacción. Los detectives entraban y salían de la oficina: algunos llevaban hojas de papel, otros se ajustaban la pistolera. El ulular de sirenas penetraba desde el exterior a través de la pared y se elevaba sobre el zumbido de los acondicionadores de aire.

Pasamos junto a un despacho que tenía la puerta cerrada, pero en ella había una ventanilla. Martinez se asomó.

—Ah —dijo—, la hora de la confesión

Eché una ojeada y vi a otro hombre negro. Estaba fumando un cigarrillo. Había dos detectives con él; uno de ellos tomaba notas. En el rincón había un taquígrafo. Sus dedos se movían sobre el teclado.

—Mató a su esposa —explicó Martinez—. Ella había estado tomándole el pelo. Se hallaban en casa, y él decidió demostrarle quién mandaba allí. La molió a golpes.

Seguimos caminando y vi a Wilson esperando a la entrada de una oficina.

—Gracias por venir —dijo—. ¿Habías estado aquí antes?

—No.

—No es muy bonito, ¿verdad?

Negué con la cabeza.

—Escucha, quiero que nos cuentes qué te dijo el asesino, y después, cuando el taquígrafo termine su trabajo en la otra sala, lo mandaremos llamar y podrás contarlo de nuevo. A veces, la segunda vez se recuerdan más cosas. ¿Tomaste notas?

Vacilé.

—Sí. Pero las necesito para mi artículo.

Wilson clavó la vista en mí.

—¿Y una copia?

Me encogí de hombros.

—¿Por qué no? Es lo mismo que si fuera una cinta.

Me vino a la memoria lo que me había dicho Christine. Yo también era un ciudadano. Y no le había prometido al asesino que no cooperaría con la policía.

—Pero no olvidéis nuestro pacto —señalé—. Nada de filtraciones a otros periódicos. No quiero tener que atender llamadas telefónicas del resto de los medios antes de publicar la historia en mi propio periódico.

—De acuerdo —dijo Wilson—. Comprendo. —Parecía furioso—. Todo el mundo tiene que sacar tajada de esto.

—¿Y qué esperabas? —repliqué.

Desvió la vista.

—¿Qué importa?

Entramos en el despacho y nos sentamos en silencio. Mis ojos recorrieron la habitación hasta posarse en una pizarra con algunos nombres escritos. Wilson siguió la dirección de mi mirada.

—¿Sabes cuántas personas están trabajando en esto a jornada completa? Treinta detectives. Más de un tercio del personal. —Se puso de pie y se dirigió a la pizarra—. No has visto esto —me advirtió—. Si alguien se entera puede costarme caro.

Martinez cerró la puerta.

—No sé por qué te ayudo —murmuró Wilson, pasándose los dedos por el cabello corto.

Había cuatro listas de nombres en la pizarra, detectives divididos en cuatro grupos: EJÉRCITO-VIETNAM, HOSPITALES PSIQUIÁTRICOS, DETALLE SEXUAL, CALLE. En otra parte de la pizarra había otras listas de nombres con los encabezamientos: BALÍSTICA, ESCRITURA, VOZ. Encima de la pizarra, en la pared, había fotografías ampliadas de los fragmentos de bala extraídos de los cadáveres. Había varios puntos de comparación numerados y escritos con lápiz rojo.

—Verás —dijo Wilson—, estamos estudiando todo este material. Cada equipo trabaja en una tarea específica durante las veinticuatro horas del día. Por ejemplo, estamos revisando el historial de todos los pacientes que han tenido los hospitales para enfermos mentales de Ohio, Chicago y Florida. Suponemos que la ciudad a la que se mudó el asesino es Chicago, pero es sólo una conjetura. Estamos examinando los registros de oficinas de reclutamiento, escuelas y demás, tratando de encontrar algo a lo que agarrarnos.

—¿Habéis conseguido algo?

Wilson apartó la mirada.

—Todavía hay demasiadas alternativas. Conocemos el arma; estamos recorriendo todos los establecimientos donde se venden municiones de ese tipo. Compilamos listas, ideas, lo que sea. Pero nada nos servirá de mucho hasta que tengamos un perfil más definido. Pero de momento no tenemos nada; ningún nombre, ninguna identidad.

Eché un vistazo a mis notas.

—Dice que tiene los ojos grises.

La expresión de Wilson cambió rápidamente. Adquirió una especie de intensidad. Martinez sacó una libreta de su bolsillo.

—¿Te lo dijo él? —preguntó Wilson.

—Dijo que es buen tirador, de ojos grises. Como Daniel Boone.

Wilson asintió.

—Eso servirá. Especialmente para afinar la búsqueda de los registros del ejército.

Volví a mirar mis notas.

—Dijo que en 1971 ya no estaba en el ejército y que estuvo ingresado en un hospital para veteranos.

—¿Ah, sí? —dijo Wilson, entusiasmado—. Muy bien, muy bien.

—Esto nos será útil —aseguró Martinez, con la misma sonrisa con que había mencionado a la azafata.

Le entregué las hojas.

—Cópialas y las repasaremos línea por línea. Veremos cuánto recuerdo de la conversación; el tipo hablaba muy deprisa.

Wilson posó la mano en mi hombro.

—No te preocupes —dijo—. Tienes mi palabra de que no revelaremos nada a los demás periódicos.

Pensé en la voz del asesino; sus recuerdos, su arrogancia. Tenía la impresión de bascular entre él y la policía, aunque me inclinaba más hacia ellos. Tenía motivos para sentirme eufórico. En cambio, me sentía incómodo. No sabía con seguridad por qué.

La noticia, claro está, eclipsó a todas las demás en el periódico del día siguiente.

Todavía era de mañana cuando salí de la jefatura de policía. Martinez me acompañó a la salida.

—Sigue tirándole de la lengua a ese pardillo —dijo—, tal vez se le escape una pista clave.

Me estrechó la mano. Contemplé la fachada del edificio; las ventanas me miraban como los ojos sin vida del hombre asesinado de la fotografía. Martinez dio media vuelta y se despidió de mí con un gesto mientras yo me encaminaba a mi coche. Sentía un ligero mareo, que atribuí a la noche que había pasado en vela. El sol de la mañana brillaba cada vez con mayor intensidad, y el calor del día empezaba a hacerse notar.

Cuando me senté ante mi escritorio, cerré los ojos, disfrutando con aquella familiaridad sensual, tan parecida a la de meterse en la cama junto a un cuerpo conocido; las curvas, el contacto con mi piel, todas esas sensaciones eran reconfortantes, conocidas. Deslicé los dedos por el teclado de la máquina de escribir, rozando apenas las teclas.

Nolan se acercó.

—¿Cómo te ha ido con los policías?

—Dicen que les he sido de gran ayuda —respondí—. El asesino me contó varias cosas que podrían contribuir a su identificación.

—¿Cómo te encuentras?

—Bien, creo —dije—. Sin embargo, me siento como si estuviese haciendo algo que no debo.

—¿Por qué? —preguntó Nolan—. Siempre intercambiamos información con la policía. ¿Qué nos diferencia del resto de los ciudadanos de esta ciudad? Si tú o yo presenciáramos un crimen, ¿no tendríamos la misma obligación de denunciar al criminal? ¿Qué nos hace diferentes?

—No lo sé —contesté—, pero me siento extraño.

Nolan se rió.

—Eres como cualquier periodista —señaló—. No soportas compartir la información. —Extendió la mano y tomó mis notas—. Debe de haber hablado durante un buen rato.

Asentí.

—Bien —dijo Nolan—. Escríbelo y después vete a casa a dormir un poco. Si hay algún problema te llamaré esta noche.

No fue difícil escribir el artículo. En general, utilicé la voz del asesino. Comencé por la información más sensacional: las frases sobre sus impulsos y su descripción del asesinato de los ancianos. Añadí que había hablado con voz serena, incluso entusiasta, durante toda la conversación, pero no mencioné sus cambios de humor, sus arranques de furia. Además, en lo que se refería a su historia personal, en lugar de emplear sus propias palabras las parafraseé y las condensé en una narración. Se me ocurrió que quizá, de alguna manera, estaba protegiendo los recuerdos del asesino, tratando de no exponerlos con crudeza, como si debieran seguir siendo privados.

Nolan examinó las páginas que le entregué. Era un artículo largo, pero yo sabía que le parecería bien. Observé su bolígrafo rojo moverse entre las oraciones, corrigiendo alguna frase, cambiando alguna palabra.

—Bien —dijo—, esto les abrirá los ojos a algunas personas. Llámame cuando hayas dormido un poco.

Pero más tarde no había mucho que decir. El artículo fue diagramado y preparado para su publicación. El titular abarcaba de nuevo las seis columnas, en primera plana, justo debajo del antetítulo: VUELVE A LLAMAR EL ASESINO: «SIENTO IMPULSOS», DICE.

Vi mi nombre debajo del titular y luego leí el texto:

El hombre que la policía local llama «el Asesino de los Números» ha telefoneado de nuevo a este reportero del *Journal* para referir los espeluznantes detalles del reciente asesinato de una pareja de ancianos de Miami Beach.

Ira y Ruth Stein, dijo el asesino con voz desprovista de emoción, eran «totalmente inocentes». Una vez más, el asesino prometió continuar con su serie de crímenes: una recreación, dijo, de un episodio violento aún no especificado ocurrido en Vietnam durante el conflicto.

Mientras tanto, la policía ha renovado sus esfuerzos por identificar y detener al asesino.

Al continuar leyendo, se me nubló la vista; las palabras parecían derretirse y formar una enorme masa gris sobre la página que tenía frente a mí. Sentía una agradable calidez, la satisfacción de ver el artículo en un lugar tan destacado. Solos él y yo, pensé. Eso fue lo que dijo. Juntos, estábamos reconstruyendo la historia, lentos pero seguros. Me pregunté si comenzaba a necesitarlo tanto como él me necesitaba a mí.

Unos días después de la llamada del asesino, me entrevisté de nuevo con el psiquiatra para ver si tenía algún consejo que darme. Pareció alegrarse de verme; me tendió la mano y estrechó la mía con afecto. Me indicó que tomara asiento frente a su escritorio e hizo una pausa para encender una pipa, recostado en su silla, manteniendo el equilibrio sobre las patas posteriores como un funámbulo. Caía la tarde y el sol entraba por la ventana.

—He leído todos los artículos con sumo interés —aseveró—. Permítame felicitarlo. Creo que están muy bien escritos.

Asentí a manera de agradecimiento.

—Y bien —prosiguió—, ¿qué lo trae por aquí? Bueno, no necesita responderme; lo sé. Necesita más interpretaciones instantáneas. —Se rió.

—Sólo quería conocer sus impresiones —respondí—. Tal vez se le haya ocurrido algo: alguna pregunta que yo pueda hacerle al asesino para obtener más información acerca de él.

—Bien —dijo el psiquiatra, dejando escapar el humo entre sus labios—, no creo que sea posible hacerlo estallar con una sola pregunta. En realidad, eso sólo sucede en las películas: el gran descubrimiento, la revelación, la confesión sincera en un mundo de mentiras. —Negó con la cabeza—. Ojalá las cosas funcionaran como en Hollywood. Tal vez todos deberíamos mudarnos allí. No —insistió, dando otra profunda calada a la pipa—, aun cuando se produce una revelación, una repentina catarsis, habitualmente ésta va acompañada de negación, un mecanismo mental para compensar la admisión que se acaba de hacer. Siempre es un proceso lento. Pero no me malinterprete: hay victorias y días de grandes progresos, si bien no se dan con tanta rapidez como uno quisiera. —Hizo otra pausa—. De todos modos, al leer sus artículos, especialmente el del otro día, en que describía el segundo asesinato, me dio la impresión de que usted está obteniendo de ese sujeto más información de la que necesita.

—No lo entiendo —dije—. Él menciona una y otra vez un incidente que se produjo durante la guerra, o en su adolescencia. Todo resulta muy confuso.

—¿Preferiría tratar con alguien totalmente sereno, racional y servicial? La gente así rara vez comete asesinatos en serie. Y, por cierto, tampoco llaman por teléfono para dar pistas a la prensa, a la policía y al público en general.

—De acuerdo —dije, riendo. El doctor sonrió conmigo—. Saque usted las conclusiones por mí.

El psiquiatra reflexionó por un momento, haciendo girar ligeramente su silla; de repente se detuvo y se volvió hacia mí.

—No creo que la situación haya cambiado mucho desde la primera vez que hablamos. El asesino se cree invulnerable pero, al mismo tiempo, proporciona pistas acerca de su identidad. Una parte de él quiere que lo capturen; otra parte está fascinada con la idea de jugar con el mundo entero. Esas dos partes se mezclan en sus conversaciones con usted porque están confundidas en su mente. Los motivos por los que disfruta con el acto de asesinar están, en su mayor parte, arraigados en su niñez. Una madre seductora, o tal vez algo peor; un padre que alternaba exigencias con castigos. Una sensación de aislamiento, de alienación. Él crece con una furia implacable en su interior. Luego se alista en el ejército (o al menos eso dice) y aprende a matar. Dice: «Ya soy un buen tirador» o, en otras palabras: «Ya soy un asesino.» Sin embargo, tengo mis dudas. Es un hombre inteligente. ¿Realmente estuvo en Vietnam? ¿O acaso está aprovechándose de la culpa colectiva nacional para desviar la atención de los sentimientos que ya tenía, del curso que ya había tomado?

—Sus descripciones son muy precisas —lo interrumpí—. Sus conocimientos de la guerra parecen muy reales, muy familiares...

—Casi demasiado, diría yo —observó el psiquiatra.

—Me cuesta creerlo.

—Claro que es sólo una teoría, una posibilidad. Hay tantos indicios de que me equivoco como de que estoy en lo cierto. En realidad, en buena medida sólo estoy lanzando hipótesis. La función de la psiquiatría no es hacer predicciones.

—El pasado es el prólogo —dije, citando a Shakespeare.

El doctor rió.

—*Touché.* —Se quedó pensando por un instante—. Supongamos que él dice la verdad, que realmente hubo un incidente. Le advierto algo: tenga cuidado, porque lo que es verdad para un psicópata no es necesariamente cierto para un periodista. Yo sospecharía que ese incidente guarda relación con alguna experiencia que tuvo aquí, de niño. —Agitó la mano—. Lo sé, lo sé; la gente que lee el periódico no quiere saber nada de la latencia ni de las fases ni de ningún otro concepto relacionado con la prea-dolescencia, que constituye la piedra angular de mi pro-fesión. Pero si escarba en ella, le ayudará.

Hizo otra pausa y giró para mirar por la ventana.

—Creo que para él no es más que un juego. Sigo pen-sando que no lo atraparán, por más información que le proporcione.

—Sigue siendo pesimista —dije.

Se echó a reír.

—Eso forma parte de la profesión.

Le pedí su opinión sobre las reacciones que había observado en la calle: la preocupación, el miedo, inclu-so la actitud desafiante.

—Creo que la gente continuará temiendo a este hom-bre. En cuanto a si puede tratarse de síntomas de histe-ria..., ¿quién sabe? Un colega me ha contado que uno de sus pacientes no habla de otra cosa, hora tras hora. Sos-pecho que eso es la excepción, más que la regla. Y no subestime la capacidad de la gente para hacer caso omi-so de aquello que tiene delante. ¿Ha leído a Poe?

Asentí.

—*La máscara de la muerte roja*. Muy adecuado, bai-lar mientras la muerte entra en el salón. —Se puso de pie y se dirigió a la ventana—. Miami es una ciudad muy protegida —dijo—. Tenemos el sol, el agua, los deportes acuáticos, el tenis, actividades al aire libre, la playa. Aquí la comunidad tiene muchas oportunidades para evadirse. Aquí no hay invierno. ¿Cuándo pasó por aquí la última tormenta realmente grande? En el treinta y siete, aproxi-madamente. Muchos ni siquiera la recuerdan. En esta ciudad resulta más difícil creerse la muerte de esos ancia-nos, creer que bajo el sol y en el aire cálido acecha algo malo. Bueno, no me malinterprete: vaya donde vaya, verá temor. Usted, libreta en mano, se lo recuerda a la gente. Pero ¿realmente podemos comprender lo que hay ahí fuera? No lo sé.

Guardó silencio. Se volvió hacia mí.

—Debo de estar envejeciendo. Hablo demasiado. Paso tanto tiempo escuchando que, cuando se me presenta la ocasión de hablar, no puedo parar. Perdóneme. —Volvimos a estrecharnos la mano—. Todo esto me interesa mucho —afirmó—. Aquí estaré si me necesita.

Durante casi dos semanas, no tuve noticias del asesino.

El tiempo transcurría con lentitud infinita, segundo a segundo. Estaba convencido de que él volvería a actuar pronto, y cada minuto me parecía interminable. Miami atravesaba el mes de agosto, al paso que le dictaba el calor: cansino, irritante. Un hombre resultó muerto en una pelea con alguien que había chocado contra el guardabarros de su coche. El agresor acabó llorando junto a los vehículos abollados, esperando a la policía, mientras la víctima se ahogaba en su propia sangre. Se cometieron varios atracos a comercios, dos de los cuales tuvieron como consecuencia la muerte de los dependientes; el tercero terminó cuando un escuadrón especial de la policía abatió a tiros a los atracadores adolescentes. Se destapó un escándalo relacionado con el gobierno local: un contable descubrió un agujero considerable en un fondo para gastos menores, y la fiscalía citó a declarar al alcalde y dos comisionados. No me asignaron ninguna de esas noticias. Nolan me mantuvo en la oficina la mayor parte del tiempo.

Escribí un largo artículo en el que detallaba las actividades policiales, en especial las de un equipo que trabajaba con registros del ejército que se habían solicitado a Fort Bragg, Carolina del Norte, y al Pentágono, en Washington. También traté otros temas. Una noche acompañé a dos agentes en su ronda en coche patrulla. Me dijeron que habían percibido cambios muy sutiles. Al principio, había menos gente en las calles por la noche; luego, menos adolescentes. Los barrios estaban mucho más tranquilos. El oficial habló con furia del asesino; comentó que le gustaría encontrarse a solas con él durante unos minutos y tener la oportunidad de resolver el asunto a tiros. Ambos eran jóvenes y habían servido en Vietnam. Claro que esa guerra no fue nada buena, dijo uno de ellos, pero ya había terminado y todos habían vuelto a casa. Su compañero se mostró de acuerdo y gruñó mientras conducía en el coche por calles oscurecidas, pasando por casas que parecían cerradas, clausuradas.

Durante esas dos semanas hablé con Wilson y Martinez a diario, algunos días hasta dos veces, tratando de desarrollar artículos a partir de la información que me facilitaban. En su trato conmigo a veces se mostraban abiertos, a veces circunspectos; me hablaban de algunas áreas de investigación, de las pruebas balísticas, de sus pesquisas en las armerías para averiguar quién había comprado balas de calibre .45 en los últimos meses. Los noté más reacios a tocar el tema de la investigación de los registros del ejército. Sospechaba que habían encontrado pistas nuevas, que incluso habían obtenido algunos nombres, pero no querían decírmelo. Transmití mis sospechas a Nolan, que presionó a su contacto, el teniente de homicidios, para que lo averiguase. Sin embargo, el contacto sólo reveló que habían avanzado un poco en la investigación, pero que no había nada concreto. Mis recelos no se dispararon.

Entonces Nolan decidió que debíamos dejar de apoyarnos tanto en la policía, de modo que me puse a trazar un perfil del asesino basándome en las cintas y en las notas de las conversaciones. Cerca del fin de la segunda semana, mientras completaba esta tarea, el jefe de redacción me mandó llamar para preguntarme si creía que el asesino se había marchado. Se puso de pie y se dirigió a la ventana de la puerta de su oficina para observar la actividad que reinaba en la redacción.

Admitió que le preocupaba la posibilidad de que el periódico estuviese prolongando el clima de temor con los artículos diarios acerca del asesino y los progresos de la policía.

—Aparquemos el tema —dijo— hasta estar seguros de que ese sujeto sigue por aquí.

Como estaba vuelto hacia la ventana, tuve que esforzarme para oír sus palabras. Era un hombre pulcro que vestía con trajes de alta confección. Sin embargo, siempre llevaba la camisa arremangada y a menudo tenía las manos manchadas de tinta.

Nolan estaba allí, escuchándolo, y vi que asentía. Después reconoció que estaba indeciso. Se podía argumentar que, al continuar con los artículos, tal vez evitaríamos que se cometieran más asesinatos; que el asesino parecía reaccionar con mayor violencia a la falta de noticias que al flujo constante de ellas. Cada vez que el flujo se reducía, él actuaba; al menos, eso decía. El jefe de redacción estuvo de acuerdo en que eso ponía al periódico en una situación difícil, pero añadió que no podíamos permitir que un demente tomase las decisiones por nosotros.

—Está bien —cedió Nolan—, veremos qué pasa.

En cuanto a mí, no creía que el asesino hubiese desaparecido. Intuía que no estaba lejos.

El perfil constaba simplemente de una serie de notas, pues lo había elaborado sin intención de publicarlo. Como decía Nolan, era un retrato robot para nuestro uso particular. En él había escrito:

Hijo único.
Maltratado.
Humillado.
¿Seducido?

Fui a la biblioteca a consultar un anuario y una enciclopedia. Busqué la entrada sobre Ohio. Los contornos de aquel estado cuadrado y sólido como la expresión firme de alguien del Medio Oeste, aparecieron ante mí. Mis ojos siguieron los caminos que cruzaban el territorio en una y otra dirección y se detenían en los puntitos que correspondían a las poblaciones. Al ver el recorrido sinuoso del río Ohio intenté imaginar una llanura que se extendía desde sus orillas hacia el interior, con campos sembrados cuyas plantas crecían hacia el sol, bajo el cielo de agosto.

Porter pasaba por allí y se detuvo a mirar el mapa por encima de mi hombro.

—¿Has estado allí alguna vez? —preguntó.

Negué con la cabeza.

—Hace frío en invierno. Calor en verano. La gente es muy conservadora. Estuve en la Universidad Estatal de Kent cuando los soldados de la Guardia Nacional mataron a los estudiantes. Era un día claro, soleado, brillante. Recuerdo que todo parecía más bien un simulacro: la multitud huía, coreaba consignas, gritaba, lo habitual. Recuerdo el maldito momento, después de los disparos yo no sabía qué había ocurrido, pero estaba aturdido. Era como si la certeza de que habían abierto fuego contra la multitud estuviese en mi cabeza, luchando por penetrar mi conciencia, como los últimos minutos de sueño por la mañana. Se oyó un grito o, más bien, un alarido (me recordó al que soltaban las mujeres árabes de *La batalla de Argel*) y entonces comprendí, sin verlo, lo que había sucedido. Eché a correr, por supuesto, como todos. Pasé junto a los cadáveres. Aún recuerdo la sangre sobre el asfalto negro. ¿Sabes?, hay una escultura en medio del campus, de líneas muy angulosas y precisas. Está hecha de una especie de acero que parece bronce. Tiene un agujero de bala en una de sus esquinas; un pequeño círculo por el que apenas pasa un dedo. Perfectamente redondo.

Regresé a mi escritorio y escribí:

La ciudad.
El ejército.
La guerra.
El incidente.

¿Cuál era el incidente? En la oficina de prensa de mi universidad, teníamos enmarcada la famosa fotografía de My Lay 4. Era un póster de dimensiones exageradas, amarillo y verde, en cuyo centro aparecía una maraña de cuerpos bañados en el rojo de su propia sangre. Recordé también otras fotografías: la muchacha que corría desnuda hacia la cámara, huyendo de los bombardeos de napalm, con la boca abierta en un gesto de terror; la expresión vacía de la muerte en el rostro de un nativo del Vietcong en el microsegundo en que su cabeza estallaba al recibir el impacto de la bala disparada por el jefe de policía.

¿A qué incidente aludía el asesino? ¿Qué había hecho?

Escribí:

Edad, de 25 a 30.
Pasó una temporada en hospital de veteranos.
Ojos grises.

Me pregunté si él me había dicho la verdad. «¿Qué es realidad? ¿Qué es ficción?», me había dicho por teléfono.

El teléfono sonó cuando yo salía de la ducha. Oí que Christine lo atendía. Agarré una toalla y comencé a secarme a toda prisa. Oí un golpe en la puerta tan leve que prácticamente lo absorbió el vapor. Christine abrió la puerta, tenía los ojos muy abiertos.

—Es él —dijo—. Estoy segura. Ha vacilado por un momento cuando he contestado y luego ha preguntado por ti. Está esperando.

Me puse una bata y me froté ligeramente la cabeza con la toalla. Cuando levanté el auricular, aún me notaba la espalda mojada.

—Ésa debe de ser su novia —dijo la voz—. Parece muy simpática.

—¿Dónde ha estado? Han pasado casi dos semanas.

—Aquí y allá —respondió—. En el centro, en los suburbios, por toda la ciudad.

»Dígale a la policía que siga revisando esos registros; seguramente hallarán algo. Conocen el dato de los ojos grises; ¿qué más? Ah, sí, lo de la buena puntería, la medalla que obtuve. Dígales que investiguen eso; así reducirán un poco el campo de búsqueda. La diligencia tiene su recompensa; recuérdeles eso. —Titubeó de nuevo—. Pero eso no les servirá de nada. —Una pausa—. Jamás me atraparán. Por más que yo les ayude. —Otro silencio—. Usted debe de estar ansioso por poner manos a la obra —dijo el asesino—. Bien, aquí tiene un trabajo: Número Cuatro.

—¿Dónde?

—Hacia el oeste, cerca de Krome Avenue, en el límite de los Everglades. Es una zona maravillosa, tranquila, desierta. Allí se puede pensar; no hay más sonidos que los de los animales y algún que otro avión que pasa. Al salir de la autopista, avance unos cinco kilómetros por Krome. Hacia la izquierda verá un camino de tierra. Tómelo y siga recto un kilómetro. Deténgase y camine unos cien metros por entre los arbustos. Hallará un claro. Más vale que se dé prisa, porque le espera una sorpresa.

Y entonces colgó.

Sólo eran las ocho de la mañana. Oí que Christine arrimaba una silla a la mesa de la cocina y se sentaba en ella.

—Ha vuelto a matar —dije.

Ella no respondió.

—Tenías razón, era él.

Posé la mirada en el teléfono. Más valía que me diese prisa; eso había dicho el asesino.

Wilson no tardó mucho en contestar. Lo imaginé al otro lado de la línea, con el rostro crispado de furia, enrojeciendo hasta la base de su corto cuello.

—¿Otra vez? —preguntó, como si tuviese un presentimiento, en cuanto descolgó el auricular.

—Por Krome Avenue, hacia los Glades —le indiqué—. Me ha dicho que había una sorpresa, además del Número Cuatro.

—¿A qué se refiere con la sorpresa?

—¿Cómo quieres que lo sepa? Él juega conmigo tanto como con vosotros.

—Es una zona muy extensa —protestó Wilson, pero lo interrumpí.

—Oye, mejor escúchalo tú mismo.

Rebobiné la cinta de la grabadora que la policía había conectado a mi teléfono. Luego coloqué el micrófono del auricular contra el altavoz y reproduje la grabación para que la oyera Wilson. Las palabras del asesino llenaron la habitación. Me volví hacia Christine; estaba sentada, sacudiendo la cabeza.

Terminó en lo que pareció un segundo. Detuve la cinta y llevé el auricular a mi oído.

—¿Lo has entendido? —pregunté a Wilson.

—Hijo de perra —masculló.

Esperé.

—Maldito hijo de perra —prosiguió—. Lo atraparé. Lo atraparé yo mismo. —Cambió el tono de voz—. Gracias por llamar. Te veré allí.

Después de colgar el teléfono, me acerqué a Christine por detrás, apoyé la mano en su hombro y se lo apreté, tratando de transmitirle una sensación de calma. Ella me tomó de la mano pero no dijo nada, sólo continuó meneando la cabeza. Sin embargo, mi mente ya había vuelto a la conversación e intentaba imaginar lo que nos esperaba en Krome Avenue. Fui al dormitorio y comencé a vestirme.

Pasaron varios minutos hasta que advertí que había olvidado llamar a Nolan y avisar a la redacción. Lo recordé de repente y sentí una especie de pánico, como un colegial a quien el profesor le hace una pregunta inesperada cuando no está prestando atención.

Mientras me remetía la camisa en los pantalones,

marqué el número de la redacción. Mientras esperaba a que Nolan contestara, me asaltó la imagen del jefe de imprenta, vacilando en el último segundo, recorriendo con la vista la gran habitación y las máquinas que esperaban, antes de oprimir el botón que las ponía en marcha y llenaba el aire de ruido.

11

La «sorpresa» del asesino fue un acto de extraordinaria crueldad.

Provocó una ira generalizada por toda la ciudad y, al mismo tiempo, aumentó el temor que estaba ya tan extendido. Por primera vez, la gente comenzó a formar grupos; las asociaciones cívicas celebraban reuniones y se organizaron patrullas. La publicidad del caso también se intensificó; *Time* y *Newsweek* dedicaron considerable espacio al asesino y a su serie de crímenes y llamadas telefónicas. Cada revista publicó una fotografía mía y ambas me citaron. También me entrevistaron para las noticias de televisión, pero eso ya se había convertido casi en una rutina. El *New York Times* y el *Washington Post* enviaron a sus corresponsales locales a hablar conmigo y luego publicaron extensos artículos. El *Chicago Tribune* mandó a una periodista a Miami. Ésta se alojó en uno de los hoteles de Miami Beach y yo la llevé a recorrer los lugres donde se habían descubierto los cadáveres. Publicaron la historia en la parte inferior de la primera plana; algunos días más tarde, ella me envió una copia. Comencé a recortar los artículos (los míos y los que veía en la prensa nacional) para guardarlos en mi escritorio, en un archivo que crecía a diario.

Había intentado atravesar la ciudad sorteando el tráfico con la mayor rapidez posible, hacia la autopista. Había atascos en la dirección contraria en las calles que conducían a la bahía y el centro de Miami, de modo que no me resultó difícil rebasar el límite de velocidad, con la ventanilla bajada de modo que el aire caliente entraba a raudales. La luz cegadora del sol se reflejaba en el asfalto, de modo que mantuve una mano sobre el volante mientras, con la otra, sacaba de su estuche mis gafas de sol. Advertí que un automóvil se acercaba rápidamente desde atrás. Era Porter, conduciendo muy por encima del límite de velocidad, cambiando continuamente de carril, sin preocuparse por los obstáculos. Me saludó con un gesto al pasar y yo aceleré para no quedar atrás.

Ambos íbamos a más de ciento cuarenta. Pronto llegamos a la salida de Krome Avenue y, al enfilar la calle de dos carriles, vi un coche policial verde y blanco que nos adelantó con un rugido. Fue entonces cuando oí las primeras sirenas y supe que formábamos parte de una oleada de vehículos que descendía hacia los Everglades. Avisté un grupo de garzas blancas que levantaban vuelo desde el pantano; media docena de aves cuyas plumas brillaban al sol, alejándose en el cielo azul. Detrás de nosotros venía una ambulancia, con sus luces intermitentes rojas y amarillas y su sirena ululando con estridente apremio. Aminoramos la marcha para dejarla pasar y luego volvimos a acelerar. Sabía que no estábamos lejos. Segundos más tarde, vi una docena de automóviles y coches camuflados aparcados desordenadamente al costado del camino; sus luces de posición destellaban en una discordante sinfonía visual. La ambulancia llegó tan lejos como pudo; luego se detuvo y sus ruedas despidieron grava y tierra. Tres hombres del equipo de rescate, vestidos de amarillo, saltaron de la ambulancia, cargados con una camilla. Uno de ellos llevaba un maletín de médico y un estetoscopio colgado del cuello. Aparqué y los seguí, observando a los agentes uniformados que guiaban al equipo de rescate por la ciénaga. Porter se volvió hacia mí y gritó: «¡Vamos, vamos!», caminando rápidamente en pos de los policías, que estaban abriendo un sendero en medio de la maleza. Mientras lo seguía, llegaron dos furgonetas de la televisión y un coche del *Post*.

El terreno era un lodazal, y resbalábamos al correr. Los arbustos parecían extender sus ramas para hacernos tropezar. A cada lado del sendero por el que nos alejábamos del camino había pantanos cenagosos; nosotros avanzábamos por la única franja de tierra relativamente seca. Más adelante, vislumbré una pequeña isla, un trozo de tierra firme cubierto de juncias y matojos. Allí estaban reunidos los policías. Y desde allí nos llegó el primer grito.

Era un chillido agudo, inarticulado, que reflejaba soledad y desesperación. No reconocí lo que era; creo que Porter sí, pues se volvió por un instante hacia mí. Subimos un pequeño terraplén. Cuando nos vieron varios de los oficiales uniformados, nos prohibieron seguir avanzando. Porter ya había comenzado a tomar fotografías con un teleobjetivo.

—Allá —dijo, enfocando con la cámara.

Seguí la dirección de la lente y vi un cuerpo inclinado hacia delante, oculto a medias por el follaje. Había un solo agente junto a él, en actitud de protegerlo. Pero los ojos del policía estaban fijos en la multitud de personal de rescate y otros agentes que estaban a poca distancia. Divisé una especie de cobertizo tosco e improvisado que se alzaba en medio de la multitud. Entonces volví a oír el llanto desgarrador que traspasó el calor de la mañana.

—Dios mío —exclamó Porter, bajando por un instante la cámara—, es una criatura.

Los policías retrocedieron y los vi darse palmadas en la espalda y estrecharse las manos. Los tres hombres del equipo de rescate dieron media vuelta y regresaron a la carrera hacia el sendero atestado de periodistas y camarógrafos. El que venía al frente llevaba al bebé en brazos, envuelto en una tosca manta azul, estrechándolo contra su traje amarillo. El hombre sonreía y le hablaba con suavidad, escudándolo de las cámaras y las luces.

—¿Qué edad tiene? —le pregunté al pasar.

—Un año, tal vez —respondió—. Dieciocho meses.

—¿Está herido?

—Es una niña, y creo que sólo sufre los efectos de la exposición a la intemperie.

Continuó abriéndose paso entre el gentío hacia la ambulancia, susurrándole a la criatura.

—Dios mío —repitió Porter—. ¿Puedes creer eso?

Durante casi dos horas, la policía no nos permitió llegar hasta el escenario del cuarto crimen. A esa hora, el sol ya estaba bien alto y la mañana se había disuelto bajo el calor sofocante. Como siempre, los demás periodistas me interrogaron. Les confirmé que el asesino me había llamado y proporcionado instrucciones para llegar hasta allí. Aproximadamente una hora después, informaron por medio del equipo de onda corta de una furgoneta de televisión de que la niña parecía estar bien y se hallaba en el pabellón de pediatría de un importante hospital céntrico. Les expliqué a los otros periodistas que el asesino había prometido una «sorpresa» y que suponía que se refería al bebé. Las preguntas terminaron y nos pusimos a esperar. Me senté junto al sendero, sobre el suelo húmedo, observando a los técnicos del laboratorio criminológico que registraban el área y al asistente del forense que se ocupaba del cuerpo. Porter se quejó de que no le dejaran acercarse para tomar fotografías y se puso en pie de un salto cuando trasladaron el cadáver a la ambulancia. Recuerdo que pensé que era la cuarta bolsa negra que veía ese verano y me pregunté si se trataría de una de las mismas bolsas que habían utilizado para las otras víctimas.

Finalmente, vinieron Wilson y Martinez para informar a la prensa, incluido yo mismo. Aparentemente, el bebé y la víctima (una mujer blanca de entre veinticinco y treinta años) habían permanecido junto al asesino en ese claro durante uno o dos días. Había residuos, dijeron, que indicaban que habían comido varias veces. No quisieron revelarnos el nombre de la víctima. Martinez asintió cuando le pregunté por la causa de la muerte y el estilo del asesinato: el cadáver tenía las manos atadas y una herida en la nuca. Wilson señaló que se había usado el mismo tipo de nudo para atar las manos de la mujer que para construir el pequeño refugio. Era evidente que se trataba de algo improvisado para proteger a la niña del sol. Wilson anunció que no haría más comentarios. Me miró por un momento, pero sus ojos no me dijeron nada.

En fila india, nos guiaron a todos los periodistas y camarógrafos hasta el escenario del crimen. Nos advirtieron que no tocásemos nada, y todos guardamos silencio durante la mayor parte del tiempo. Vi las manchas de sangre en la hierba sobre la que había estado tendida la mujer. Un técnico estaba registrando y etiquetando una pila de artículos. Vi cajas de hamburguesas vacías, varias botellas de plástico, algunos pañales y varios paquetes de cigarrillos estrujados. Me detuve junto al refugio. Las paredes estaban hechas de tablas y trozos de madera, y la techumbre era de paja y hojas de palma, todo ello sujeto con cuerda. Me dio la impresión de que un poco de viento bastaría para echarlo abajo.

La prensa en conjunto entrevistó a los dos policías (agentes que realizaban su ronda habitual por el campo) que habían encontrado el refugio y el bebé. Les habían ordenado proteger la zona para cuando llegaran los detectives, pero uno de ellos había oído lo que le pareció un grito, y los dos habían atravesado la maleza hasta dar con el cobertizo y la criatura. En sus rostros había una combinación de orgullo y furia: los complacía haber salvado a la niña, pero estaban confundidos y furiosos por las circunstancias.

—¿Qué clase de persona —preguntó uno de ellos, un joven rubio de bigote poblado— abandonaría así a un bebé después de asesinar a su madre?

Ésa, claro está, era la pregunta que todos nos hacíamos.

Mi padre llamó poco después de que aparecieran los artículos en los semanarios. Contesté el teléfono con vacilación, con una incertidumbre provocada por mi falta de contacto con el asesino. Me había adaptado, sólo en parte, a mi dependencia del teléfono. Cada vez que sonaba, me invadía una oleada de excitación, pensando que tal vez sería él. Cuando comprobaba que no lo era, sentía una mezcla de decepción y alivio. Hasta entonces no me había percatado de la frecuencia con que sonaba el teléfono ni de hasta qué punto había llegado a afectar mi vida.

—He visto tu fotografía —dijo mi padre—. Estás convirtiéndote en toda una celebridad.

No respondí.

—Me parece una manera terrible de darte a conocer —agregó—. ¿Crees que la policía está más cerca de atrapar a ese tipo?

Le dije que no lo sabía. El asesino parecía estar jugando con la policía, con sus descripciones parciales de sí mismo, que ni siquiera eran totalmente fidedignas.

Continuamos conversando acerca del trabajo de mi hermano como abogado, de los estudios de mi hermana, de mi madre. Ella había conseguido un empleo como asistente social en un hospital local, según me informó mi padre; en un pabellón de psiquiatría, un lugar muy interesante. Dijo que ella estaba preocupada por mí, especialmente por la relación que parecía haberse establecido entre el asesino y yo.

—¿Qué relación? —pregunté—. Yo estoy en este extremo de la cuerda. Él tira, yo respondo. Él llama, yo escribo. La distancia sigue siendo infinita.

—No —repuso mi padre y, de pronto, advertí que él estaba tan preocupado como mi madre—. Te equivocas. Con cada llamada, en cada conversación, él estrecha el vínculo contigo. Creo que la distancia disminuye.

—No tengo miedo.

—Deberías tenerlo.

«La distancia —pensé— siempre ha sido importante para mi familia.»

Mi padre debió de pensar lo mismo, porque se quedó callado. Al cabo de un momento, prosiguió:

—De pequeño, y también durante la adolescencia, eras

el silencioso de la familia. Tu hermano, tu hermana, ambos se enfrentaban a los hechos con mayor facilidad. Tú siempre vacilabas. Supongo que ya entonces sabía que serías periodista. Pasabas mucho tiempo observando a los demás.

—Estaré bien —le aseguré, pero mi voz sonó como un eco en un cañón.

Todos mis pensamientos se centraron en la historia. No se identificó a la mujer ni a la niña sino hasta varios días después. A todos los periodistas de Miami que trabajaban en ello les irritaba aquel misterio; no podían dar a la mujer asesinada un pasado, un perfil que la hiciese más real a ojos de los lectores. A medida que transcurrían los días, aumentaban las especulaciones. Nos preguntábamos de dónde había salido ella, si habría tenido alguna conexión especial con el asesino, cuál había sido su papel en la recreación simbólica. Una amante, pensaban algunos; una mujer que conocía su identidad; una hermana, tal vez. Barajábamos todas las posibilidades, haciendo su muerte más importante que su vida.

Escribí y reescribí una y otra vez cada nueva partícula de la historia que descubría. La reunión con Nolan y el jefe de redacción quedó en el olvido; el caso volvía a ser de plena actualidad. Los titulares adquirieron un tono muy sensacionalista; las expresiones «búsqueda masiva» e «investigación imparable» aparecían con frecuencia en el cuerpo de la noticia. Todos los tópicos de los crímenes de las grandes ciudades estaban allí. Nosotros alternábamos los sobrenombres; a veces lo llamábamos «el Asesino de los Números», y otras veces «el Asesino del Teléfono». No obstante, todo el mundo sabía a quién nos referíamos.

Un cine local puso en cartel un programa doble: *Crimen perfecto* y *Sola en la oscuridad*. La sala siempre estaba llena. Pasé una noche hablando con la gente que hacía cola para la siguiente sesión.

—Es increíble —me dijo una muchacha. Era rubia y se aferraba al brazo de su novio fingiéndose asustada—. Parece cosa de Hollywood y, sin embargo, realmente está ocurriendo.

Utilicé su frase para la entradilla de un artículo.

Hablé con muchos otros. Pasé otra noche recorriendo la zona sur de la ciudad: hilera tras hilera de casas bajas y blancas, de clase media. Esta vez no fui con la policía sino con un grupo de vecinos. Habían formado una «asociación» entre cuyas actividades estaba el patrullaje de la zona. La primera noche habían frustrado un atraco, según dijo el conductor. El otro hombre que iba en el automóvil, corpulento, de brazos fuertes y patillas que se curvaban a los lados de su rostro, se volvió hacia mí.

—La policía dice que no debemos portar armas —susurró—, pero...

Levantó su camisa y me mostró la culata nacarada de un Colt .32 que sobresalía de la cintura del pantalón. Se rió, y su voz llenó el interior del vehículo para luego salir por las ventanillas hacia la oscuridad.

Él también se convirtió en parte del artículo.

Asistí a una reunión de un grupo cívico: todos los oradores, uno tras otro, pusieron en duda los esfuerzos de la policía por encontrar al asesino. La reunión se celebró en el gimnasio de un instituto. Levanté la vista hacia el techo y, a través de las luces, vi colgada una enorme pancarta de la temporada de campeonatos. Todas las palabras parecían iguales esa noche; iguales que las que había oído de boca de la gente en la calle, de los hombres del automóvil, de todo el mundo. Una mujer se puso en pie y miró a la multitud. Vi que su rostro se contraía mientras luchaba con sus pensamientos. Finalmente, habló.

—¿Qué podemos hacer? —preguntó.

Yo pensé: nada. No se puede hacer nada. Anoté sus palabras en mi libreta y mantuve mi pesimismo fuera del artículo.

Los políticos locales también tuvieron su oportunidad de hablar. Hubo una serie casi interminable de conferencias de prensa y un gran despliegue publicitario; acompañaban a la policía, portaban armas en las reuniones en el ayuntamiento. Ellos también llegaron a formar parte de la historia.

Además, estaba el papel que yo desempeñaba.

En una reunión similar había una mujer menuda (debía medir un metro cincuenta) pero con una voz aguda y potente que contrastaba con su estatura. Tenía el rostro crispado, y las arrugas de su frente parecían trazadas con un bolígrafo. Cuando le formulé una pregunta, me miró fijamente, con la boca abierta, como si estuviese haciendo memoria.

—¡Usted habló con él! —exclamó finalmente.

Asentí, y ella prosiguió:

—¡Es a usted a quien llama!

Volví a asentir.

Su voz se elevó por encima del bullicio del auditorio; se congregó una multitud y sentí una repentina oleada de calor cuando los cuerpos comenzaron a apiñarse en torno a mí. Porter estaba cerca; podía oír el sonido de su cámara.

—¿Por qué no le dice que deje de matar? —inquirió la mujer—. ¿Por qué no lo hace parar?

Su voz se había convertido en un chillido al que se

sumaron las expresiones de aprobación de quienes la rodeaban.

—Lo he intentado —respondí.

—¡Pues vuelva a intentarlo! —gritó—. ¡Siga intentando!

—¿Cómo? —pregunté.

Pero la mujer había apartado la mirada; temblaba de furia y lloraba. Un hombre corpulento blandió el puño.

—¡Dígale que lo esperamos! ¡Dígale que no tenemos miedo!

Pensé en lo simple que era todo. El miedo engendra esas reacciones básicas: el hombre amenazado responde con agresividad, se pavonea; la mujer, realista a su manera, responde con angustia.

Porter hizo un comentario muy acorde con mis pensamientos.

—Por una vez —dijo, sonriendo—, quisiera ver a un tipo retorciéndose las manos, con lágrimas en los ojos, gimiendo: «¿Qué puedo hacer?», mientras su esposa da un paso al frente, agita el puño ante nosotros y dice: «Estoy lista para plantarle cara a ese desgraciado, maldito sea. ¡Que venga!» —Soltó una carcajada y continuó tomando fotografías de la reunión.

Esa noche, frente a mi máquina de escribir, me vinieron a la cabeza las palabras de la mujer. «Vuelva a intentarlo, insista.» Pero ¿cómo podía hacer eso? Lo borré de mi mente y comencé a escribir el artículo del día siguiente.

Wilson llamó una noche, mientras me disponía a marcharme de la oficina.

—Tengo algo que tal vez te interese ver —dijo.

Salí a la oscuridad de las calles de Miami. La negrura

parecía brillar, viva en medio de las leves ráfagas de viento. Tuve la impresión de que podía extender la mano y tocar la noche, tomar grandes puñados de aire. Atravesé el centro de la ciudad; las luces delanteras del automóvil se mezclaban con las de la calle, abriendo claros de luz entre las sombras. Wilson me esperaba a la entrada de la jefatura.

—Vamos —dijo—. Es hora de que amplíes tus horizontes.

Rió de la frase hecha y me guió a través de la entrada. La intensidad de las luces fluorescentes me deslumbró por un instante, y parpadeé mientras nos dirigíamos a un ascensor. Las miradas de los policías me siguieron por el vestíbulo.

Salimos del ascensor en la planta del departamento de homicidios pero, en lugar de entrar en la oficina principal, Wilson me llevó por un pasillo lateral. Las paredes estaban pintadas de blanco y no había señales ni letreros, nada que indicara adónde conducía. Seguí al detective por el centro del pasillo, pues él no dejaba espacio suficiente para que pudiese caminar a su lado. Finalmente, se detuvo frente a una puerta marrón sin identificación alguna.

—Bien —dijo—, no hagas nada hasta que todo haya terminado. No hagas movimientos bruscos, ni enciendas ningún cigarrillo. Limítate a observar, ¿vale? Escucha y aprende.

Abrió la puerta rápidamente y ambos entramos en una habitación en penumbra. Había sólo una luz, tan tamizada que apenas se distinguían las sombras de los hombres que estaban allí. Vi una mesa sobre la que había una grabadora. Un hombre estaba sentado junto a ella, observando girar las bobinas, pero mi atención se dirigió de inmediato a la ventana. Medía aproximadamente medio metro por uno y, a través de ella, se podía ver una habitación contigua inundada de luz.

—Es un espejo unidireccional —murmuró Wilson.

En ella había un joven sentado a una mesa. Tenía cabello largo, castaño rojizo, una barba rala y los ojos oscuros. Se secaba la nariz constantemente con el dorso de la mano, restregándose el rostro en un movimiento lento y mecánico. Al hablar, sacudía la cabeza, intentando seguir la mirada de los dos detectives que estaban con él. Uno de ellos era Martinez, que tenía la corbata floja y el primer botón de la camisa desabrochado. Su chaleco entreabierto dejaba al descubierto su pistolera vacía. El otro detective, también en mangas de camisa, estaba sentado en una silla, recostado en el respaldo, con los brazos cruzados y una expresión escéptica y furiosa.

—Muy bien —dijo Martinez—, cuéntanoslo todo de nuevo, ¿quieres, Joey?

Comenzó a pasearse por la habitación, a espaldas del joven; se detenía y luego continuaba, variando la velocidad, mirando hacia el techo, hacia el suelo, clavando la vista en el hombre que estaba sentado a la mesa.

—¿Qué es lo que quieres de mí? —soltó el hombre—. Yo lo hice. Yo me cargué a todos y cada uno de ellos. ¿Qué más necesitan?

Su voz sonaba entrecortada, tensa, y adquiría un timbre metálico al salir por el altavoz instalado en el techo.

—Primero a la chica, después a los viejos, ahora a la mujer y la criatura. Ya me he cansado de esto.

—¿Por eso te has entregado? —preguntó Martinez.

—Sí.

—¿Dónde está la pistola?

—La arrojé a un canal.

—¿Qué canal?

—No lo sé. ¿Cómo quiere que lo recuerde?

—¿Cuándo?

—Antes de venir aquí.

—¿Y no lo recuerdas? Vamos, Joey.

—Les digo que no lo recuerdo.

—¿Cómo has llegado aquí?

—Caminando.

—¿Por dónde?

—Desde los suburbios.

—Por allí no hay canales.

—Sí, había uno —insistió, en tono suplicante.

—Está bien, Joey; háblame de la muchacha.

—¿Qué quiere que le diga? La maté.

—Tienes que esforzarte un poquito más.

—Muy bien —dijo el hombre, después de un momento—. También la violé.

Martinez negó con la cabeza.

—¿Por qué llamaste al periódico, Joey?

—Quería contárselo. Quería que todos se enterasen.

—¿Por qué?

—Para que supieran que soy importante.

—¿Matar te hace sentir importante, Joey?

—Así es.

—¿Te sientes importante ahora?

El hombre vaciló y se frotó la nariz con fuerza.

—Claro —respondió.

Sonrió a los detectives. Vi que Martinez hacía una señal a su colega con la cabeza. De pronto, éste estalló; levantó el brazo y descargó un golpe en la mesa, a pocos centímetros de las manos de Joey. La palmada resonó en la pequeña habitación.

—¡Mentiroso! —gritó el detective—. ¡Maldito mentiroso! ¡Nos haces perder el tiempo!

Joey se echó hacia atrás en la silla, levantando las manos para protegerse el rostro.

—¡No! —gritó—. Es verdad. Lo juro.

—¡Mentiroso! —repitió el detective.

Martinez se había retirado al fondo de la habitación y estaba recostado contra la pared, encendiendo un cigarrillo, como si allí no sucediera nada. El otro detective se puso de pie y rodeó la mesa hasta llegar junto a Joey. Se inclinó hacia éste, que se encogió, atemorizado.

—¡Sólo has venido a contarnos una sarta de gilipolleces! ¡Eso es lo que son! ¡Gilipolleces! —El detective alzó la mano—. Debería darte una...

Luego se detuvo. Se impuso el silencio en la habitación, excepto por la respiración agitada de Joey. El detective se situó detrás de él y el joven giró sobre su silla, tratando de no perderlo de vista. De pronto, el detective se agachó hasta que su boca quedó a apenas unos centímetros del oído de Joey.

—¡Maldito mentiroso! —gritó.

Joey se estremeció, como si lo hubiesen golpeado. El detective aferró el respaldo de la silla y le dio una fuerte sacudida; el hombre estuvo a punto de caer al suelo. Vi que Martinez daba una larga calada a su cigarrillo y hacía un gesto con la mano al otro detective, que asintió, volvió a inclinarse, gritó «¡Jodido mentiroso!» al oído de Joey y luego salió de su campo de visión.

—Bien, Joey —dijo Martinez muy despacio—, ¿por qué no volvemos a intentarlo?

Joey rompió a llorar y Martinez esperó con paciencia a que los sollozos cesaran.

—Lo siento —dijo Joey—. Todo era mentira.

Martinez se puso en pie y se desperezó. Tomó otro cigarrillo, lo encendió y se lo alargó al hombre.

—¿Aún puedo pasar la noche en la cárcel? —preguntó Joey, fumando agradecido.

Martinez se echó a reír y, segundos después, se oyeron también las carcajadas del otro detective.

Finalmente, también se rió el joven, pero su risa era vacilante y él no dejaba de volverse con nerviosismo, buscando al detective con la mirada.

Wilson me tocó el brazo.

—Vámonos.

Nos encontramos con Martinez en el corredor.

—Todo un espectáculo —le comenté.

Sonrió.

—Ha sido fácil, no era ningún desafío. Pero esto se está volviendo muy molesto. Éste es el quinto que ha venido esta semana. Se presentan y dicen que son el asesino y que quieren descargar la conciencia. A veces tardamos una hora, dos, tres, en hacerle cambiar de idea, aunque desde el principio sabemos que no es él. No tienen la información ni la personalidad que lo acreditarían como el asesino. Y, lo que es más importante, no cuentan con la prueba principal: el arma.

Los detectives me acompañaron a la puerta. Después de estar en la pequeña habitación, fue un alivio para mí mirar el cielo oscuro. Les pregunté si habían avanzado en la investigación de los registros.

—No disponemos de ordenadores —dijo Martinez—. Tienen que revisar a mano cada dossier. Es un trabajo duro y lento.

Wilson me miró.

—¿No ha vuelto a llamar?

—Aún no —respondí—. ¿Qué otros datos necesitáis?

—¿Qué te parecen las fechas en que se alistó y en que se licenció, el rango que alcanzó? Eso serviría de mucho.

—Lo intentaré —dije.

Últimamente hacía esa promesa muy a menudo. Los dos detectives regresaron al edificio, y yo a la oficina. Mi descripción de la falsa confesión se convirtió en un artículo más. A Nolan le gustó, y también a los de la redacción. La publicaron en un rincón de la primera página.

Christine sólo estaba dispuesta a hacer el amor con el teléfono descolgado. Me explicó que no soportaba la idea de que el asesino llamase mientras estábamos, como decía ella, ocupados. Yo me encogía de hombros y accedía a sus deseos, pero después me levantaba de la cama y volvía a colocar el auricular en su lugar, preguntándome si en ese lapso habría perdido alguna oportunidad de contacto.

—¿Es que no puedes pensar en otra cosa? —preguntó.

—Tú no entiendes —repliqué—. Una historia como ésta lo es todo. No puedo dejarlo de lado ahora, en la fase en que se encuentra. No soy el único. Cualquier periodista haría lo mismo.

Christine sacudió la cabeza.

—No lo creo —repuso.

Me dirigí a una ventana y dirigí la vista al exterior. Se formó una imagen en mi mente: yo, a los once años, mirando por la ventana del primer piso de mi casa. Estaba observando a los demás, mi padre, mi madre y mis hermanos en el patio, sentados cerca de una mesa de pícnic. Mi hermano y mi padre se pusieron de pie y empezaron a arrojarse una pelota mientras mi hermana se sentó más cerca de mi madre. Entonces las cosas se sucedieron en etapas. Mi mano se cerró; oí el crujido del cristal al romperse. El dorso de mi mano sangraba, y en el marco quedaban trozos de vidrio. Me volví con un grito de niño y corrí al baño. Sumergí la mano en agua y me fijé en que el borde del lavabo se teñía de rosa y luego de rojo a causa de la sangre. Al cabo de un momento el dolor remitió un poco y me enrollé una toalla en la mano. Poco después, dejó de sangrar y vi que tenía un corte irregular sobre los nudillos y otro más profundo en el dedo índice. Con la mano bien envuelta en la toalla, regresé a mi habitación. No me asomé para ver si habían oído el estrépito. Tampoco levanté la mirada cuando, una hora después, mi padre asomó la cabeza por la puerta, echó un vistazo a la ventana y se sentó al borde de la cama. Recordé la sensación de su mano apoyada en mi frente, fresca, como una compresa fría.

Christine reparó en mi expresión, se levantó de la cama y me abrazó. Apoyó la cabeza en mi hombro y sentí que me acariciaba la nuca, casi como si me hubiese convertido de nuevo en aquel niño.

Anochecía cuando, una semana después del cuarto asesinato, Wilson me llamó. Oí voces al fondo y el tintineo de una caja registradora.

—Wilson al habla —anunció—. Sabemos quién es ella.

—¿Quién? —pregunté, mientras buscaba papel y lápiz.

—Si quieres saberlo, reúnete conmigo aquí. Si no, espera a que se emita el comunicado de prensa esta noche.

Se encontraba en un bar llamado The Alibi, en un hotel que se alzaba frente a los tribunales del condado. Yo ya había estado antes en ese lugar, oscuro como la mayor parte de los bares, y con una decoración muy austera, excepto por las botellas de licor alineadas detrás de una barra de imitación caoba. Había reservados donde se podía conversar en voz baja, atendidos por mujeres de falda corta y medias negras de red. Era un sitio frecuentado por detectives, abogados defensores y fiscales, un lugar donde se prescindía de las formalidades, donde se cerraban tratos y se intercambiaban insultos. Siempre estaba lleno y siempre reinaba el bullicio. Avisté a Wilson en un reservado, en un rincón. Martinez estaba con él, con la cabeza echada hacia atrás y las piernas estiradas.

—¿Qué quieres beber? —preguntó.

Pedí una cerveza. Miré a los dos detectives, esperando.

—Mierda —exclamó Martinez, enderezándose en la silla—. Aquí lo tienes.

Vi que Wilson seguía con la vista la mano del joven detective, que extrajo del bolsillo de su chaqueta un papel blanco. Me lo entregó y luego ambos hombres clavaron los ojos en mí mientras lo leía.

El encabezamiento de la página, sobre el sello del condado, rezaba: COMUNICADO DE PRENSA. Más abajo, se leían las palabras:

La cuarta víctima en el caso del Asesino de los Números ha sido identificada como Susan Kemp, de 29 años, residente en el edificio 6, puerta 110, en el complejo de apartamentos Fontainebleau Park. La niña ha sido identificada como su hija Jennifer, de 21 meses. La criatura se mantiene en condición estable en el hospital Jackson Memorial. La investigación continúa.

—Esto no me dice gran cosa —señalé—. ¿Cómo habéis realizado la identificación? ¿Cómo la eligió el asesino?

—Esperábamos —dijo Martinez lentamente— que a estas alturas tú pudieras darnos esa información.

—¿Por qué no llama ese condenado? —espetó Wilson, y bebió un largo sorbo de su vaso.

Me encogí de hombros. Martinez miró de reojo a Wilson y prosiguió.

—No sé por qué la eligió, ni cómo. Es obvio que usaron un vehículo para llegar a los Glades. Además, a juzgar por los desperdicios que dejaron, resulta evidente que pasaron allí algún tiempo, tal vez toda la noche. Pero Dios sabe por qué.

—¿Cómo la habéis identificado?

Martinez se volvió hacia Wilson. Éste asintió y tomó otro trago.

—No llevaba ninguna identificación, ninguna tarjeta con su nombre, ni permiso de conducir, nada. Tampoco el bebé. Pero esta mañana una mujer ha llamado a la oficina. Ha dicho que vive en ese complejo urbano, y que su vecina de al lado se ajusta a la descripción que publicaron los periódicos; no la había visto desde hacía días y estaba preocupada. Hemos ido a verificarlo; es un procedimiento de rutina, hay que hacerlo. El administrador nos ha dejado entrar en el apartamento; por lo visto él también estaba preocupado. Cruzamos la puerta y allí, en la pared, había una foto de la mujer y la niña. Tal vez haya sido tomada hace un mes. No hay duda de que se trata de ella.

—¿Quién es?

Martinez se recostó y se llevó el vaso a la frente.

—Nadie especial —respondió—. Acababa de divorciarse. Era profesora de cuarto grado y estaba de vacaciones.

—¿Estaba casada?

—Su marido es un hombre de negocios de Tampa. Ha

llegado esta tarde y ha identificado el cadáver. Se llevará a la niña, cuando se recupere de la impresión.

—¿Dónde está?

Wilson levantó la mano y Martinez lo cortó antes de que empezara a hablar.

—Oh, por favor —dijo el detective, sacudiendo la cabeza—. ¿No te parece que el hombre ya ha tenido suficiente por un día?

—Tal vez quiera declarar algo —repliqué—. En general, es así.

Wilson apoyó la cabeza contra el respaldo y cerró los ojos.

—Te propongo algo —dijo—. Se lo preguntaré. Le daré tu número de teléfono. Dejemos que él lo decida.

Asentí. De todos modos, era probable que el hombre estuviera en un cuarto de ese hotel. No resultaría difícil verificarlo.

—¿Aún no tenéis idea de cómo la raptó el asesino?

—No —respondió Martinez—. Nadie en el complejo de apartamentos advirtió nada raro. Nadie vio a ningún extraño rondar por ahí. Nada.

—¿Y los registros del ejército?

—Solicitamos los del período comprendido entre 1963 y 1973. Como mínimo, estamos hablando de varios miles de nombres..., además de aquellos que hay que examinar con más atención por el color de ojos. Después tenemos que buscar sus direcciones. Nos llevará muchísimo tiempo. —Hablaba con voz monótona, deprimida—. Tenemos más probabilidades de que alguien descubra algo aquí. A menos que él mismo revele algo más.

—El psiquiatra con quien hablé piensa que seguirá proporcionando información. Como un juego, para desafiarnos.

Wilson cerró los ojos.

—Eso es lo que más me irrita —murmuró.

Parpadeó, abrió los ojos y me miró a través de la penumbra del bar.

—¿Sabes? Hoy he decidido enviar a mi esposa y a mis hijos a casa de sus abuelos. En la maldita Minnesota, por Dios. Tal vez esté lo bastante lejos. —Soltó una risotada, o más bien una especie de bufido—. Martinez no tiene por qué preocuparse. Con tantas amiguitas, diablos, no echará de menos a una o dos.

Martinez esbozó una sonrisa, pero no se rió. Wilson continuó hablando, interrumpiéndose sólo para pedir otra copa.

—Salimos a patrullar las calles, a hablar con confidentes, con cualquiera que pueda darnos una pista. En las últimas tres semanas he retorcido más brazos que en los últimos años. Nadie sabe nada. Joder, los drogadictos de Liberty City tienen tanto miedo como las madres de Kendall.

—Todos los días —dijo Martinez— recibimos llamadas, a veces cada hora, especialmente cuando ya ha salido la primera edición del *Journal*. Alguien que quiere delatar a su vecino, que actúa en forma sospechosa, o alguien que cree haber visto una pistola calibre .45 en casa de su cuñado. Tomamos nota de la información y luego vamos a verificarla. Lo verificamos todo: cada detalle, lo que sea. Y no hemos avanzado nada.

—Algo aparecerá —dije.

—Sí, claro. —Martinez resopló—. Como que el maldito deje tirado el próximo cadáver a la entrada de la jefatura. Al menos, así nos enteraríamos antes que el resto del mundo.

Wilson levantó la vista y la fijó en un hombre que se acercaba a nosotros con una copa en la mano.

—Oh, mierda.

El hombre se detuvo por un momento en el límite de la oscuridad. Miró a los dos policías e hizo caso omiso de mí. Se llevó lentamente el vaso a los labios y, sin apartar la mirada de los detectives, lo vació. Luego habló con voz insegura.

—Bien —dijo—. Así que no están de servicio, ¿eh? No hay por qué buscar asesinos cuando se puede tomar un trago, ¿verdad?

Martinez se puso de pie y arrimó una silla de una mesa contigua.

—Señor Kemp —dijo—, siéntese, por favor.

Saqué de nuevo mi libreta.

—No quiero sentarme con ustedes —repuso el hombre, pero se dejó caer en la silla.

—Señor Kemp —dijo Martinez—, éste es Malcolm Anderson. Es periodista del *Journal*.

Asentí con la cabeza, a manera de saludo.

—Usted es el que habla con ese tipo, ¿verdad?

—Así es. ¿La víctima era su esposa?

—Sí.

El hombre llevaba un traje azul muy formal, pero éste parecía colgar de sus hombros, como si, en el transcurso del día, él hubiese empequeñecido.

—Lo siento —dije.

Me fulminó con la mirada.

—No, no lo siente. Y ellos, tampoco...

Me disponía a replicar, pero él levantó la mano en un movimiento que delataba una ligera embriaguez.

—No lo tome a mal —dijo—. En realidad, ¿por qué habría de importarle? ¿Por qué habría de importarle a nadie? —Advertí que se le empañaban los ojos—. ¿Sabe?, lo más gracioso es que hace dos meses, cuando tramitamos el divorcio, nos gritábamos todo el tiempo. Por el bebé, por la casa, el coche, por todas esas tonterías. Debo de haber deseado su muerte una docena, cientos de veces. Y ahora está muerta. —Me miró por un instante, con los ojos llorosos. Luego, muy despacio, se volvió hacia los policías—. Sólo un cadáver más. Seguro que han visto un montón, ¿verdad?

—Señor Kemp... —protestó Martinez, pero el hombre lo interrumpió con el mismo gesto de la mano.

—Oh, no se enfaden por mi actitud —dijo el hombre, sacudiendo la cabeza torpemente—. Ella no era nada especial. No fue una pérdida terrible. Sólo otra víctima de asesinato. Oigan, si les queda un poco de tiempo libre, tal vez encuentren a ese tipo. Sé que tienen mejores cosas que hacer. —Se puso en pie de pronto y su silla cayó hacia atrás con un estrépito que provocó el silencio en el bar e hizo que todos los ojos se volvieran en nuestra dirección—. ¡No, no se levanten! —exclamó al ver que Martinez comenzaba a ponerse de pie—. No se esfuercen demasiado. Sigan con su pequeña investigación, y usted siga escribiendo sus articulitos... —Me miró—. No significa nada. Nada significa nada. —Dio media vuelta, con movimientos inseguros, y se dirigió a los hombres que lo miraban desde otras mesas—. Que os jodan a todos.

Nadie se movió. Sus palabras quedaron flotando en el aire durante unos segundos. El hombre cerró el puño y lo blandió hacia los demás. Luego se detuvo, echó un vistazo alrededor y, con la cabeza escondida entre las manos, huyó del lugar.

En la semioscuridad, me apresuré a garabatear las palabras y notas sobre la actitud, para tenerlo todo en mi libreta. Wilson me observaba.

—¿Lo has anotado todo? —preguntó, con sarcasmo.

Alcé los ojos hacia él y no respondí de inmediato.

—De eso se trata —dije.

Me levanté para marcharme y Wilson me siguió con la vista. Por un momento, nuestras miradas se encontraron y me pareció que él daba vueltas a algo en la cabeza. Finalmente, habló.

—Tiéndele una trampa —dijo.

Martinez también me miró.

—Hazlo —dijo—. Tiéndele una trampa.

—Lo pensaré —respondí.

Les di la espalda y los dejé en el bar. Salí al atardecer, bajo un cielo negro azulado sin nubes. Aspiré profundamente, llenándome los pulmones con el calor residual del día, que desplazó el aire estancado del bar. Sentí un súbito mareo al recordar las palabras de los detectives. Éstas se confundieron con las de mi padre y las de Christine. Vi al marido de la mujer asesinada, tambaleándose de dolor, amenazando al vacío en el bar, confundido por su propia impotencia.

12

Esa noche regresé tarde a la oficina. Al entrar en la redacción, percibí la vibración de las rotativas en el suelo, mientras los ejemplares de la primera edición atravesaban la red de catacumbas de máquinas clasificadoras y montadoras. El temblor continuo ascendía por mis piernas y mi cuerpo; al sentarme frente a mi máquina de escribir, sentí que formaba parte de una enorme maquinaria.

Más temprano, Porter y yo habíamos estado en el apartamento de la mujer asesinada. Llamamos a otras puertas, hablamos con los vecinos. Parecían resignados; había cierta tristeza en sus rostros y voces. Ese mismo día, habían visto a los agentes de policía; habían hablado con los detectives, que les habían formulado muchas de las mismas preguntas que yo les hice entonces. Sabían que la mujer había muerto a manos del Asesino de los Números e intentaban no sucumbir al temor después de lo que había ocurrido tan cerca de ellos.

Era una mujer dulce, amable, decían. Siempre tenía una sonrisa a flor de labios, siempre saludaba amigablemente. Sin embargo, era una mujer que, en general, se ocupaba de sí misma y de su hija. No encontré a nadie en el complejo que fuera su amigo. ¿Recibía visitas?, pregunté. Ninguna, respondió la vecina de al lado, una mujer de mediana edad, con el cabello peinado hacia atrás y recogido con un pañuelo blanco. Su esposo estaba detrás de ella y ambos ocupaban el vano de la puerta, reacios a salir al rellano, como si no quisieran abandonar su santuario. Era callada, dijo el hombre; hablaba poco.

Transcribí sus palabras, decidido a citarlas en la entradilla. Me sentía como si participara en una danza muy refinada, una pieza isabelina llena de saludos, reverencias y floreos. Llamaba a las puertas, anotaba las respuestas. Sabía qué dirían los vecinos; podría haber adivinado sus palabras de antemano. Sin embargo, eso formaba parte del ritual periodístico de la muerte. Los reporteros deben interrogar a los vecinos, que siempre aseguran que las víctimas eran calladas y no hablaban mucho con ellos. Entonces los periodistas incluyen este dato en sus artículos.

Detrás de mí, Porter tomaba fotografías, maldiciendo la iluminación del lugar; el flash resplandecía una y otra vez, otro paso de la danza. No tardamos mucho en localizar al encargado del edificio. Era un hombre mayor; caminaba con lentitud y parsimonia, pasándose la mano por la cabeza para apartar de sus ojos los mechones grises. Me informó de que la mujer pagaba el alquiler con puntualidad, que rara vez se quejaba. Él le había reparado una vez un inodoro obstruido, y ella le había mostrado fotos de su familia, que vivía en la Costa Oeste. Él tampoco había visto nunca que ella recibiese a amigas ni a hombres.

Al principio, se resistió a dejarnos entrar en el apartamento (propiedad privada, decía), pero insistí, intenté engatusarlo y, finalmente, descubrí que lo más eficaz era un billete de veinte dólares.

—Cinco minutos, nada más. Como máximo —nos advirtió mientras se guardaba el dinero en el bolsillo de la camisa—. Lo justo para que echen un vistazo, eso es todo. Y no toquen nada.

Abrió la puerta después de asegurarse de que no hubiese algún vecino en el pasillo. Parecíamos ladrones, ansiosos por robar algunos detalles, un poco de sustancia, para que la mujer pudiera revivir en la mañana, en las columnas impresas del periódico. No bien habíamos entrado, oí el chasquido de la cámara de Porter.

En una pared había una hilera de fotos; la mujer y su hija, bajo un árbol, sobre una extensión de césped. Vi otras, más pequeñas: imágenes de la niña desnuda, gateando; la madre, meciéndola en sus brazos. Había un retrato de la familia: reconocí al esposo y supuse que los demás serían parientes. Todos miraban a la cámara, sonrientes.

Me aparté y examiné el interior del apartamento. Había dos dormitorios pequeños, ambos inmaculados, decorados con encajes y colorines. Un hogar femenino, pensé. Sobre la cuna de la niña colgaba un móvil de animalitos de plástico, leones y elefantes. Junto a la cama de la mujer, había un *best seller* abierto, un libro de autoayuda. Anoté el título, tomé el libro y leí la máxima: «Vive cada día como si fuese un nuevo reto.» También escribí esta frase.

El anciano comenzaba a impacientarse. Me dirigí a la cocina. Había potitos y bandejas de comida preparada dentro de la nevera. Pegado a la puerta de ésta, había un papel con un plan de dieta. En la sala vi una cadena de música, cintas y discos. Les eché una ojeada rápida; databan de finales de los sesenta: el sonido de California, rock and roll. Todo estaba ordenado, cada cosa en su lugar. Los muebles eran modernos pero no llamativos, de los que se compran en los almacenes que venden a precio de fábrica. Había dos pósters en las paredes, con marcos de metal: uno de la activista Corita Kent con el mensaje «Tratad a los demás...» y una reproducción del famoso cuadro de Sacco y Vanzetti pintado por Ben Shahn. Me pregunté si ella sabría quiénes eran.

El encargado estaba en la entrada, haciéndonos señas con las manos para que saliésemos del apartamento. Asentí y crucé la puerta. Porter salió tras él.

—Ha sido difícil —me dijo—, pero he tomado fotos de los retratos de las paredes y de los dos dormitorios. Creo que saldrán bien.

El encargado nos preguntó si deseábamos algo más. Parecía irritado. Le respondí que su noche no había hecho más que comenzar, que pronto sería emitido el comunicado de prensa y que probablemente la gente de televisión invadiría el lugar tratando de llegar antes del plazo de las once de la noche a fin de conseguir material para el último noticiario. Mientras se lo decía, vi que la primera furgoneta de la televisión entraba en el aparcamiento.

Nos marchamos. Sin embargo, antes de subir a nuestros coches, Porter se volvió hacia mí y sacudió la cabeza.

—¿Te das cuenta —dijo— de que todas las víctimas son gente de lo más común y corriente? Salvo para quienes los conocen, creo.

Agachó la cabeza y se sentó al volante. Cerró de un golpe la puerta, que cortó sus pensamientos como un cuchillo.

Entonces supe por qué el asesino había esperado tanto para llamar. Era una prueba. Quería ver cuánto tardaba la policía en identificar a la mujer.

Esa noche, cuando regresé a la oficina, el plazo estaba a punto de cumplirse; no había tiempo para pulir las palabras. Colocaba una hoja en blanco tras otra en la máquina de escribir. Nolan seguía allí, atento al artículo, revisando cada página que salía de mi máquina con el ordenador. Hablaba poco; sólo me exhortaba de vez en cuando a que me diera prisa.

La víctima más reciente del llamado Asesino de los Números ha sido identificada por la policía como una mujer divorciada que residía en un complejo de apartamentos de la zona este.

Los amigos y vecinos de Susan Kemp la describen como una mujer amistosa y sociable, que vivía un tanto aislada en su apartamento. Se volcaba, según dicen, en el cuidado de su hija Jennifer, de veintiún meses.

El ex marido de la víctima, el empresario de Tampa Martin Kemp, llegó ayer a Miami para hacerse cargo de la niña y proceder a la identificación del cuerpo de la mujer.

La policía sigue investigando los medios de los que se sirvió el asesino para raptar a la señora Kemp y los motivos que condujeron al crimen. Por el momento, el asesino no ha vuelto a telefonear para exponer su versión de los hechos, como hizo después de cada uno de los asesinatos anteriores.

El artículo continuaba con una descripción del apartamento y de las fotos en la pared. Intercalé en el texto citas de los vecinos y del marido. Referí su reacción de angustia en uno o dos párrafos en medio de la crónica. Volví a escribir sobre los esfuerzos de la policía y su frustración. Cité a Wilson, pero no mencioné su nombre, y omití las palabrotas.

Para finalizar, describí en el último párrafo los pósters colgados en la pared del apartamento de la víctima, el colorido brillante sobre fondo blanco en la imagen de Corita Kent, y los ojos severos y negros de los dos trabajadores torturados del cuadro pintado por Ben Shahn. Dejé que esa descripción condujera al mensaje del libro que estaba abierto junto a la cama.

Observé los ojos de Nolan mientras leía el final, la última página que había pasado por la máquina de escribir. Vi que movía la cabeza lentamente, en señal de aprobación. Sus dedos se deslizaron por el teclado para hacer una sencilla corrección y luego pulsaron la tecla que enviaba el artículo electrónicamente a los encargados de diagramación. Levantó la mano, en una especie de saludo militar, y sonreí. Miró el reloj de pared.

—Saldrá en casi toda la tirada —dijo—. Tal vez en toda la final y en toda la local. La de la calle ya ha salido, pero... —Se encogió de hombros. Me acompañó a mi escritorio y posó la mano sobre mi hombro—. ¿Por qué no te vas a casa, a descansar un poco?

Pensé en mi padre. Cuando yo tenía diez u once años, a veces venía a jugar al tenis conmigo. Yo estaba aprendiendo; él era un experto. Sus robustas piernas le permitían alcanzar una velocidad notable. Tenía los brazos rápidos. Corría sin esfuerzo, me hacía ir de un lado a otro de la pista hasta que cometía un error inevitable. Entonces bromeaba: «¿Necesitas tomarte un respiro?»

Miré a Nolan y negué con la cabeza.

—Él llamará ahora. Tal vez mañana. Tal vez pasado mañana. Después de que lea la crónica.

—¿Aquí o a tu casa?

—No lo sé. ¿Qué diferencia hay?

—En realidad, ninguna —dijo Nolan—. Pero de todos modos deberías descansar un poco.

Salimos juntos de la oficina, pero no volvimos a hablar esa noche. Me equivocaba. Sí había diferencia.

Entonces yo no sabía que Martinez y Wilson habían recurrido a un juez amigo suyo, ex policía, que les había concedido una autorización para intervenir mi línea telefónica privada. Tampoco sabía que la compañía de teléfonos había desarrollado un sistema lento pero preciso para rastrear las llamadas recibidas por medio de un ordenador en su central principal. Estos hechos me fueron explicados más tarde por Martinez, que me contó algunas cosas que habían ocurrido en mi ausencia. Yo había supuesto tontamente, cuando los detectives me dijeron que no podían rastrear las llamadas realizadas a mi oficina, que esta imposibilidad se extendía a mi teléfono privado. No vi al detective vestido con ropa de trabajo, pantalones color caqui y camisa tejana, que entró detrás de mí en el edificio y se dirigió al sótano, donde se hallaban las terminales telefónicas. Lo conocí más tarde: era un hombre con aspecto de ratón de biblioteca, un técnico con gafas. Él era el escucha; tenía dos cables conectados a la terminal de mi teléfono y uno que lo comunicaba con la jefatura de policía. Otro hombre esperaba en las oficinas de Southern Bell: era el operador que comenzaría a introducir posibles centrales en el sistema informático hasta dar con la correcta. Entonces todo era cuestión de hacer que el ordenador comprobara todas las líneas abiertas en dicha central hasta encontrar la conexión correcta.

Cuando realizaron una prueba, según me dijo Martinez, tardaron poco menos de diez minutos en rastrear un teléfono.

Christine ya no quería atender el teléfono cuando estábamos en casa, por la noche. Alegó que no quería que el asesino supiera que ella estaba allí; no quería que supiese nada. De hecho, apenas toleraba que llamase alguien; en varias ocasiones descubrí que lo había dejado descolgado.

La noche siguiente a la publicación de la última crónica, el asesino telefoneó. Ni siquiera miré a Christine, que, como la vez anterior, estaba sentada a la mesa de la cocina, observando y escuchando la mitad de la conversación, rellenando los huecos que dejaban mis largos silencios con la imaginación. Era casi medianoche cuando sonó el teléfono, y la insistencia de los timbrazos parecía indicar que se trataba del asesino. Puse en marcha la grabadora y levanté el auricular.

—Ten cuidado —me advirtió Christine mientras lo hacía.

—¿Sí? —contesté.

—Soy yo. Supongo que me esperaba.

—Sabía que llamaría.

—Sí. —Su voz sonaba distante, imprecisa, como si pensara mientras hablaba—. Creo que sí. Así que era divorciada. Me dijo que su marido regresaría pronto a casa, que ella debía estar allí para recibirlo. Casi todo el tiempo estuvo histérica, y sólo recobró la cordura cuando la niña comenzó a llorar.

En el sótano, el detective se puso rígido. Por un momento sintió una oleada de calor. Escuchó durante sólo unos segundos antes de marcar el número de la jefatura. Era un hombre joven, excitable. Marcó mal y maldijo; luego lo intentó de nuevo. Según dijo más tarde, la oscuridad del sótano le parecía más profunda que la de la noche. Al cabo de un segundo, contestó un detective de la jefatura.

—Es él —susurró el hombre del sótano—. ¡Están hablando ahora!

Y siguió escuchando la voz del asesino.

—Ella fue la más difícil de raptar, ¿sabes?

Hablaba en un tono sereno y pausado, desprovisto por completo de su jocosidad habitual. Yo tomaba notas con la mayor rapidez posible.

—Tuve que observarla durante varios días para comprender su rutina. Parecía una persona metódica, limpia y ordenada, de esas que recorren el mismo camino todos los días. A media tarde, sacaba a pasear a la niña. Salían del apartamento y doblaban a la derecha, hacia las pistas de tenis. Allí la esperé. Fingí estar reparando mi automóvil, junto a la acera. Tenía el capó y el maletero abiertos. Recuerdo que era un día tan claro que me pareció que el sol era un reflector que me buscaba, iluminándolo todo... cada pequeño movimiento, con su haz. Ella se acercaba. Miré alrededor y no vi a nadie. Preparé la automática. Ella estaba más cerca. Notaba la tensión en mi boca, respiraba el miedo con cada bocanada de aire. Es que nunca había trabajado en pleno día, ¿sabe? Entonces ella llegó junto a mí, me miró y me dedicó una sonrisa tímida, amistosa.

A continuación hizo una pausa, pero yo no llené el silencio con una pregunta.

En la central telefónica, el detective supervisaba el ordenador. Primero introdujo todas las combinaciones de tres cifras con que comenzaban los números de teléfono de todas las zonas de Miami. Él también sudaba, observando cómo el sistema digería los datos y rechazaba cada serie de tres cifras; luego, introducía una nueva.

Wilson y Martinez también aguardaban en el aparcamiento de la jefatura de policía. El motor del coche patrulla estaba encendido y tenían el aire acondicionado a toda potencia. Esperaban que les hablaran por radio para darles una dirección.

—Ella no gritó al ver la automática. Se tapó la boca con la mano, como para ahogar un grito, pero conservó la calma. Le indiqué que subiera al coche con el bebé. Parecía aturdida, de modo que hube de repetírselo. Pero no tuve que tocarla, eso fue lo más extraño. Enseguida comenzó a cooperar; levantó a la niña del cochecito y subió. Plegué el cochecito y lo puse en el asiento trasero, junto con las provisiones que llevaba. Sin soltar la automática, y procurando que ella no la perdiese de vista, arranqué.

De nuevo se quedó callado.

—¿Por qué ella? —pregunté.

—Una madre y su bebé —dijo—. Yo quería una madre con su bebé.

Hizo otra larga pausa y yo cerré los ojos.

—Hay una fotografía muy famosa —prosiguió—, tomada al principio de la Segunda Guerra Mundial. En

Hong Kong, creo. No, era en Shanghai. Cuando los japoneses bombardearon la ciudad. En el centro de la foto aparece un bebé, cubierto de polvo, con la boca abierta, llorando de miedo y llamando a su madre a gritos. Al fondo, lo único que se ven son restos quemados, escombros; el cataclismo causado por las bombas. Recuerdo que, al ver esa fotografía, me pregunté dónde estaría la madre. Y me pregunté qué habría sido de la criatura. Supongo que ambos murieron. Supongo que los niños siempre mueren.

»Esta mujer, la señora Kemp (¿sabe que yo ni siquiera sabía su nombre?), no fue la primera madre que maté. Hubo otra, que también llevaba un bebé, con la misma actitud protectora y asustada. En Vietnam. Como ya le he dicho, se produjo un incidente, y ella desempeñó un papel importante en él.

»Entonces tomó aliento, con una respiración rápida y ronca.

En la central telefónica el detective maldecía para sí. Eso estaba llevando más tiempo que la prueba.

—¿Dónde estamos? —gritó a un técnico que estaba sentado ante una hilera de pantallas llenas de los números electrónicos que arrojaban los ordenadores.

—Cayo Vizcaíno —respondió el técnico—. Centrales siete sesenta y cinco.

Sus dedos introducían números en el teclado. De pronto, él se recostó en su silla y se volvió hacia el detective.

—¡Lo tengo! —exclamó—. Está en el cayo.

El detective se volvió hacia el teléfono y llamó a la jefatura.

—No hablamos —continuó el asesino—. Ella estaba demasiado alterada. Todo el tiempo preguntaba: «¿Qué piensa hacer con nosotros?» Creo que temía que la violase. Intenté decírselo, pero no quiso escucharme. Finalmente, el sol se puso. Entonces la obligué a comer y le indiqué que alimentase a la criatura y le cambiara los pañales. Yo había construido el pequeño refugio para la niña, quien poco después, se durmió. Pero la mujer pasó la noche con los ojos clavados en mí. La luz de la luna le daba en la cara, que parecía inflamada de miedo. Después de mucho tiempo, renuncié a intentar conversar con ella. Me daba igual. Tenía las manos atadas, no podía ir a ninguna parte. Le dije que intentara dormir y la hice apartarse de la niña, hasta el sitio donde ustedes la encontraron. Estaba inquieta, pero el pánico deja exhausta a la mayoría de la gente, y finalmente, de madrugada, se durmió.

»Esperé hasta estar seguro de que ella no sentiría nada. ¿Sabe una cosa? El disparo ni siquiera despertó al bebé. Siguió durmiendo. Sin embargo, las aves levantaron el vuelo de repente, graznando y chillando. En su mayoría eran garcetas y gaviotas; vi sus plumas blancas. —No dijo nada por unos minutos—. Eso es todo —añadió al fin—. Estoy cansado.

—¡No se vaya! —exclamé.

—¿Qué? Volveré a llamarlo. Más tarde.

—Quiero que nos veamos —dije—. Cara a cara.

Silencio. Oí que Christine reprimía un grito y susurraba: «¡No!»

—No sea ridículo —espetó el asesino.

Rió brevemente y colgó. Me volví hacia Christine, pero ella ya estaba llorando, de espaldas a mí. Quería explicarle que ésa era la única oportunidad de atraparlo, pero no pude hallar las palabras, de modo que simplemente me senté frente a ella, sintiendo crecer la distancia entre nosotros.

En el sótano, el detective consultó su reloj.

—¡Mierda! —dijo—. Ocho minutos.

El automóvil de Martinez y Wilson atravesaba rápidamente la oscuridad. Avanzaban por el centro de la ciudad, saltándose los semáforos en rojo. Martinez conducía; más tarde me contó lo excitado que estaba. Pensaba que todo aquello tocaba a su fin. Mientras Wilson ponía a punto su revólver, casi sin advertir la brusquedad con que su colega doblaba las esquinas. El rugido del motor se intensificó después de que pasaran por la cabina de peaje y tomasen la autopista. A ambos lados, la luna se reflejaba en las aguas de la bahía y más allá las luces de los altos edificios de apartamentos que descollaban sobre la costa brillaban como faros. Martinez aceleró a ciento veinte, luego a ciento cuarenta, y las ruedas chirriaron al pasar sobre el puente, dejando atrás las playas desiertas.

En la central telefónica, el detective se enjugó el sudor del rostro.

—Ha colgado —dijo—. ¿Dónde estaba?

El técnico, inclinado sobre la pantalla, observaba la última criba que realizaba el ordenador. Lanzó una pequeña exclamación de alborozo y apretó el puño.

—¡Lo tengo! —gritó. Marcó los números en el teclado, miró la pantalla que centelleaba y luego introdujo una dirección—. ¡La cabina telefónica de la caseta de información turística!

El detective gritó la dirección al auricular y luego se dejó caer sobre la silla.

—Lo tienen —dijo.

La voz de la radio sonaba débil, incorpórea. Les comunicó la dirección a los dos detectives y luego emitió una llamada a todas las unidades del cayo. Martinez soltó una palabrota e hizo dar al vehículo un giro de trescientos sesenta grados: las ruedas chirriaron y el volante vibró bajo sus manos.

—¡Maldición! —dijo Wilson—. Nos hemos pasado.

Los detectives enfilaron el camino de regreso a la carretera, en sentido contrario por la calzada de cuatro carriles.

La caseta de información turística es una construcción pequeña con una ventanilla. Sólo está abierta durante la temporada de invierno. Detrás de ella, hay un teléfono público, a unos treinta metros de la calle, rodeado de palmeras y helechos. Es un lugar solitario.

Para entonces, el sonido de las sirenas inundaba toda la zona. Los dos detectives llegaron primero: su automóvil patinó y se inclinó a un lado bajo la presión de los frenos. Según me contó Martinez, ya había sacado su arma mientras bajaba y se agazapaba en la oscuridad. Wilson corrió con la pistola en la mano hacia la cabina.

Estaba vacía.

—¡Maldición, el puente! —gritó Wilson.

Corrió al automóvil, tomó la radio y ordenó al operador que mandase cortar el tráfico del puente y no dejase salir los vehículos que circulaban por él. Había ya media docena de coches de policía frente a la cabina: sus luces proyectaban sombras sobre los helechos y las palmeras, despidiendo destellos rojos y azules en la oscuridad.

Los agentes regresaron a sus coches y se dirigieron hacia el puente, situado a casi cinco kilómetros de allí. Martinez avistó la barrera al salir de debajo de los árboles, a la tenue luz de la luna. Había cuatro automóviles detenidos, esperando. Él y Wilson bajaron del coche patrulla, empuñando sus armas, y comenzaron a recorrer la fila lentamente, escudriñando en la penumbra a las personas que ocupaban los vehículos.

En el primero, una camioneta, había una familia: un hombre, una mujer y dos niños dormidos en el asiento trasero, cubiertos con una manta. El hombre bajó la ventanilla.

—¿Qué sucede? —preguntó—. Venimos de visitar a unos amigos.

Pero ninguno de los dos detectives le respondió. Siguieron caminando hacia el frente: Martinez del lado del conductor y Wilson del lado del acompañante.

En el siguiente automóvil, un Volkswagen, había dos jóvenes. Se quedaron mirando las pistolas de los policías en silencio, asustados. Martinez oyó detrás de sí el sonido de portezuelas que se abrían y se cerraban mientras los demás agentes hacían bajar a la gente. Era vagamente consciente de la presencia de Wilson, que avanzaba al mismo ritmo, como si marcara el paso con él.

En el tercer automóvil había una pareja de personas mayores; los detectives pasaron de largo. La mujer ahogó una exclamación al ver las armas. Más tarde, Martinez me dijo que el flujo de la sangre en sus oídos, constante, palpitante, le recordaba el rumor de las olas. Sentía calor bajo el cuello de la camisa; era un momento de emoción abrumadora.

En el último coche de la fila había una sola cabeza, la del conductor. Mantenía la vista fija al frente. Martinez notó que los músculos de la mano se le tensaban casi hasta acalambrarse en torno a la culata de su revólver. Por un momento, pensó en la pequeña automática suplementaria que llevaba sujeta a la pantorrilla, bajo los pantalones. Se preguntó si le habría quitado el seguro. No podía recordarlo.

Él y Wilson continuaron avanzando lentamente, con paso vacilante, como si caminaran sobre hielo. A poca distancia de la puerta, Martinez se detuvo.

—¡Usted! —gritó—. ¡El del coche! ¡Policía! ¡Salga con las manos en alto!

Entonces hubo un momento en que Martinez contuvo el aliento. Vio que la figura comenzaba a moverse despacio. El detective advirtió que el arma de su compañero apuntaba a la cabeza del conductor. Observó, con el revólver levantado, que la puerta se abría y salía primero una pierna y luego un torso. Se esforzó por distinguir algo contra la luz de la luna y las de la ciudad, que resplandecían al otro lado de la bahía. El sudor comenzó a caerle sobre los ojos y parpadeó para aclarar la vista. Tenía una linterna en la mano izquierda. Cuando la figura se volvió hacia él, el detective gritó: «¡No se mueva!» Y la encendió. El potente haz de luz atravesó la oscuridad y dio de lleno en la cara del conductor, que se llevó la mano a los ojos. Entonces Martinez oyó la voz de Wilson, atronadora y furiosa:

—Joder, joder, joder. ¡Maldita sea!

El conductor era una mujer; la luz de la linterna brillaba en su cabellera rubia. Martinez dio media vuelta, mientras Wilson comenzaba a dar una explicación, y se acercó al borde del puente. Más tarde me contó que había contemplado las aguas, mareado, afectado aún por la tensión, escuchando el sonido de las olas al romper contra los pilares. Dijo que el sonido se le antojó una risa, las carcajadas del asesino que había escapado y vagaba libre por la ciudad.

13

Nolan escuchó con atención la última grabación. Tenía el tronco ligeramente inclinado y los dedos apoyados sobre la mesa. Seguía con la mirada los ejes giratorios de la grabadora. En dos ocasiones tomó notas en un papel. Cuando la cinta llegó al final, él se enderezó y me miró por un momento antes de hablar:

—Bueno, lo intentaste —dijo.

—Creo que sí. —Me encogí de hombros—. Supongo.

—Me preocupa ese tono —dijo Nolan—. Los cambios respecto a conversaciones anteriores. Es como si ahora tuviese más prisa. No se tomó su tiempo. No mezcló sus sentimientos con las descripciones, como hacía antes. ¿Por qué estaba tan tenso por este asesinato? Me gustaría saberlo.

Rebobinó la cinta y, por segunda vez, la voz del asesino llenó la pequeña habitación.

—Escucha —dijo Nolan—. Parece nervioso. ¿Dónde está su confianza habitual?

«Tuve que observarla durante varios días...»

—La espió —observó Nolan—. Eso no fue espontáneo.

«Me pareció que el sol era un reflector que me buscaba...»

—Entonces, tenía miedo. Miedo de que lo vieran.

«En el centro de la foto aparece un bebé...»

—En ese punto —señaló Nolan—. Lo relaciona con un recuerdo.

«... se produjo un incidente, y ella desempeñó un papel importante en él.»

—¿Lo ves? Habla de la foto y luego de su propio recuerdo.

«No sea ridículo.»

Luego, el chasquido al cortarse la comunicación.

Nolan comenzó a caminar de un lado a otro del despacho con nerviosismo, pasándose la mano por la cabeza. De cuando en cuando, se detenía y echaba un vistazo a los recortes de los artículos que yo había escrito sobre el asesino, que estaban clavados a la pared.

—Creo que está experimentando un cambio —dijo Nolan—. No estoy seguro, es sólo un presentimiento. Tal vez se ha hartado de matar. Supón que estamos frente a un caso de trastorno de personalidad múltiple. Quizás otra de las personalidades esté a punto de aflorar. ¿Se lo preguntaste a tu amigo psiquiatra?

Negué con la cabeza.

—No creo que haya visto indicios de personalidad múltiple en las grabaciones que le puse. Por otro lado, ¿cómo iba a notarlo? Quiero decir, si la personalidad que oía era coherente... Psicópata, dijo. Un asesino nato.

Nolan me miró con expresión de redactor jefe.

—Está bien —dije—. Lo llamaré y se lo preguntaré.

Esa tarde, hice escuchar la cinta al psiquiatra por teléfono. Como siempre, hizo una pausa para pensar.

—Interesante —dijo—. Imagine el conflicto que debe de haber en la mente del asesino: mató a la mujer, dejó con vida al bebé. Me pregunto si, simbólicamente, no estaría matando a su propia madre.

—Nolan cree que el asesino padece un trastorno de personalidad múltiple y que una de ellas comienza a dominar a la que asesina gente. ¿Qué opina usted?

Nuevamente, el psiquiatra vaciló. Imaginé el humo de su pipa formando volutas sobre su cabeza.

—No es imposible —respondió—. No sabemos mucho acerca de esa enfermedad.

—¿Es probable? —pregunté.

—No. Pero tampoco es improbable. En realidad, no es una idea en absoluto descabellada. Pero no habría manera de estar seguro de ello a menos que el asesino comenzara a manifestar distintas personalidades en una situación clínicamente controlada. Supongo que es concebible. En este momento no recuerda ningún caso en que una personalidad fuese homicida y la otra no, pero podría suceder. Una personalidad psicopática, otra suicida, otra homicida y otra más, digamos... propia de un bibliotecario. Todas enfrentadas entre sí. Uno pensaría que provocarían una explosión..., pero estas cosas son sumamente complejas. Dígale a su redactor jefe que es una buena teoría pero, por el momento, resulta imposible de comprobar.

—¿Y la conversación? —pregunté—. ¿No le parece que él muestra una actitud diferente?

—No, de ningún modo. Tal vez parece un poco desilusionado. Este asesinato no le salió tan bien como los demás. Su elección parece haber sido menos acertada; aparentemente, hubo menos interacción entre él y la víctima. Esto debe de haberlo decepcionado.

—¿Alguna predicción?

Se rió.

—¿Con qué? ¿Con mi bola de cristal? —Adoptó un tono más serio—. Bueno, sabemos una cosa: que este incidente de la guerra, el que dice estar recreando, tuvo que ver con una madre y su bebé. Las experiencias de esa clase son potentes bombas psicológicas... Yo me guardaría mucho de proponerle un encuentro.

—¿Cree que podría hacerme daño?

—¿Por qué no?

Pero no le creí.

Un día fui al hospital para subir a la sala de pediatría y ver a la niña. Tuve la tentación de pasar a saludar a Christine antes, pero pensé que tal vez estaría en el quirófano. Nunca la había visitado en el hospital y me parecía mejor no hacerlo. Prefería que ella me contara sus impresiones en lugar de formarme las mías propias.

Al principio, la enfermera se mostró reacia a permitirme pasar, pero reconoció mi nombre al ver mi tarjeta de periodista y decidió que no perdería nada con dejarme mirar por la ventana. La seguí por un pasillo blanco, oyendo el taconeo de sus zapatos sobre el suelo encerado. El interior del hospital era un mundo blanco y brillante como el momento en que el sol se refleja en el agua y nos encandila.

La enfermera me condujo hasta una ventana y señaló una cuna.

—Allí, en la segunda.

A través del cristal, vi una habitación llena de cunas.

—Ya ha salido del estado crítico. Le darán el alta dentro de uno o dos días.

Observé a la niña por unos instantes. Dormía de costado, con un chupete en la boca. Yo no sabía bien qué me había llevado hasta ahí, qué buscaba ni qué esperaba ver. Tal vez una expresión de temor, algún recuerdo del sol, el pantano y el calor de la tarde. Me volví y le di las gracias a la enfermera.

—No hay mucho que ver —dijo—. Al mirarla no se percibe nada especial. Su aspecto es igual que el de los demás niños, llora como ellos, se mueve como ellos. Me pregunto en qué será diferente. —Hizo una pausa y luego me preguntó, mientras caminábamos hacia el ascensor—: ¿Por qué? Es decir, ¿qué razón podría haber?

Sacudí la cabeza.

—La rabia, supongo. La vulnerabilidad. La crueldad. Yo tampoco lo sé.

Era una mujer joven; tenía el cabello negro recogido bajo su cofia de enfermera, lo cual no la favorecía. Se despidió de mí con una sonrisa, y la puerta del ascensor se cerró con un sonido metálico.

Pensé en lo que yo mismo había dicho. Era absurdo buscarle una lógica a los asesinatos. Pertenecían a un plano diferente, a otro tiempo; pero no tenían sentido, y eso era lo principal. Eran brutales, eso era lo principal. Eran inconcebibles, eso era lo principal.

También me pregunté por qué era incapaz de odiar al asesino, a diferencia de tantas personas a quienes había visto y entrevistado, cuyas palabras habían llegado a través de mis dedos a las columnas del periódico.

Por la tarde, Porter pasó por mi escritorio. Con una mano sostenía el cuerpo de una cámara mientras con la otra le acoplaba una serie de lentes que llevaba en una correa colgada de su cuello. Cuando terminó, levantó la cámara y miró la redacción a través de ella.

—¿Sabes qué hice anoche? —preguntó, y sin esperar mi respuesta agregó—: Fui al escenario de lo que los policías llaman «un caso de violencia doméstica». Fue en Carol City, en el barrio de clase trabajadora; ya sabes, la mayoría de la gente que vive ahí son negros que cada semana traen a casa un cheque por trabajar como basureros. Cuando llegué allí, habría cuatro o cinco coches de la policía aparcados en el patio delantero y en la calle.

»Parece ser que un tipo pasó por el salón de billar después del trabajo y perdió una buena parte de su paga. Tenía que pagar el alquiler a fin de mes y las facturas de los servicios públicos, debía dinero a la tienda de comestibles, ya no tenía crédito en el supermercado, ese tipo de cosas. Entonces, como era de esperarse, el hombre y su esposa comenzaron a gritarse, lo suficiente para que los vecinos lo oyeran casi todo. En cierto momento, la mujer le arreó una bofetada. A él eso no le hizo mucha gracia, así que le devolvió el golpe, justo en la boca. Y le gustó, ¿sabes?, así que decidió seguir golpeándola. Ella comenzó a retroceder hasta que se encontró arrinconada contra el fregadero de la cocina.

»El tipo se estaba poniendo muy violento, estaba a punto de pegarle una buena paliza. Entonces ella agarró lo primero que encontró, que resultó ser un enorme cuchillo de cocina, y le lanzó un golpe con él. Le dio en el cuello y le seccionó la yugular. Él se desplomó a sus pies.

»Ella se quedó allí, llorando y gritando, hasta que los vecinos llamaron a la policía. El tipo se debe de haber desangrado en un par de segundos. Bueno, la policía llegó, sacó fotos, le tomó declaración allí mismo y la acusó de homicidio. Se la llevaron al centro de detención femenino. Tomé una buena foto de la policía llevándosela de la casa: en la imagen ella tiene una expresión confundida y angustiada. Cuando la subieron al coche patrulla, ella pidió ayuda. ¿Sabes a quién llamó? A su marido, el hombre que acababa de matar.

Me miró desde el otro lado del escritorio, se levantó un faldón de la camisa, limpió una de las lentes con él y luego miró a través de ella. Al cabo de un instante, prosiguió:

—Le pregunté a uno de los policías cuántos homicidios habían cometido últimamente, sin contar los de nuestro muchacho, claro está. Me miró y dijo: «Bueno, los de costumbre. Por lo general matan a alguien cada noche.» Entonces se me ocurrió algo: no habría diferencia. Ninguna diferencia en absoluto. No hace falta que atrapen al asesino.

Se quedó callado.

—No te sigo —dije.

—Supón —explicó— que ignorásemos al asesino, que lo dejáramos continuar con lo que está haciendo. Eso no cambiaría el promedio anual. Es decir, se cometerá la misma cantidad de asesinatos en la ciudad, haga lo que haga el asesino. En realidad, él no es más que otra estadística. Otro acto de furia entre otros cientos. El marido de esa mujer está tan muerto como cualquiera de las víctimas del asesino. También lo estaba el tipo que mataron la noche anterior, y lo estará aquel al que maten esta noche. Él no es distinto de los demás: sólo más consciente de sus actos. —Porter se enderezó y soltó una risotada—. ¿Te das cuenta de lo cínicos que nos volvemos?

Pero yo no participé de su humor.

Sin embargo, su historia me dio una idea. Esa noche acudí con un equipo del departamento de homicidios al escenario de otro crimen: un homicidio en un bar del gueto del centro. El muerto estaba tendido boca arriba con una navaja clavada en el pecho. Las luces intermitentes de un anuncio de cerveza que había en la ventana se reflejaban en la sangre que manchaba el suelo del bar. Al fondo, se oían los golpes de un taco contra las bolas: dos parroquianos jugaban al billar, ajenos al espectáculo macabro pero común que se desarrollaba ante ellos.

En otro rincón, una prostituta observaba con expresión de rabia contenida a los detectives y al forense que trabajaban rápida y eficientemente junto al cadáver. El sospechoso ya estaba esposado en el asiento trasero de un coche patrulla, mirando por la ventanilla a la multitud de curiosos que se había congregado alrededor.

Escribí todo eso y enumeré los asesinatos perpetrados en la ciudad desde el primero de los crímenes del asesino. El artículo apareció en primera plana bajo el título: LOS HOMICIDIOS «CORRIENTES» CONTINÚAN. Como era un día de pocas noticias, me concedieron mucho espacio.

Me encontré con Porter después de la publicación del artículo. Me sonrió desde el otro extremo de la oficina e hizo el gesto universal con el pulgar levantado. El jefe de redacción me envió una nota por el correo interno; decía: «Buen artículo. Ayuda a ver las cosas con la debida perspectiva.»

Sin embargo, me pregunté algo: si hubiese sido el asesino quien entró en ese bar y hubiese matado al hombre con su .45, ¿el juego de billar se habría interrumpido?

Porter encontró la fotografía que había descrito el asesino. Pasé una tarde sentado a mi escritorio, mirándola, dejando volar mi imaginación, oyendo en mi mente las explosiones de las bombas. También pensé en mi padre. Me pregunté cuántos niños habrían llorado después de cada uno de sus ataques. Imaginé a mi padre encorvado sobre los mandos del B-52, contemplando a través de la mira de bombardeo... ¿qué? ¿Una ciudad? ¿Un ferrocarril? ¿Una fábrica? Para él serían formas sin sustancia, como dibujos en una hoja de papel. Él leería las coordenadas de un plan de ataque, ajustaría la mira en el morro del avión y, en el momento justo o lo más aproximado posible, soltaría la carga. Cerca del avión estallarían los proyectiles antiaéreos y éste saldría propulsado a mayor velocidad, más ligero después de soltar las bombas, alejándose de la furia y del humo, hacia el cielo y las nubes.

Casi todas sus misiones arrancaban del norte de África; mi padre despegaba de una pista de tierra entre colinas polvorientas y atravesaba el Mediterráneo hacia Italia y Sicilia. Imaginé qué sentiría allí suspendido entre el azul del mar y el azul infinito del cielo. Supuse también que habría vivido momentos de terror, cuando parecía que la tierra se acercaba a él vertiginosamente y el aire se estremecía con las explosiones. Él nunca hablaba mucho de la guerra en sí. En cambio, hablaba del regreso, las celebraciones y los desfiles, la exaltación de la victoria antes del retorno a la rutina. Según me contó, fue una época embriagadora, de euforia y ligereza de espíritu. Lo maravillaba el simple hecho de estar intacto, de que todos sus órganos y sus extremidades funcionasen correctamente. Casi sentía la sangre correrle por las venas. Entonces le hizo una visita su hermano, que aún estaba hospitalizado, recuperándose de la pérdida de su ojo.

Sentado en mi escritorio, levanté una mano y me tapé con ella el ojo derecho. Paseé la vista por el hervidero de actividad de la redacción. Tuve que volver la cabeza para verlo todo: reporteros trabajando al teléfono, redactores frente a los terminales de ordenador. Imaginé a mi tío volviendo la cabeza al oír que se abría la puerta de su cuarto de hospital.

Por un instante, el bullicio de los teléfonos y las voces se desvaneció e intenté representarme en la mente a los dos hombres, frente a frente. ¿Qué se dijeron? Uno, intacto; el otro, mutilado. Sus vidas discurrían por caminos diferentes.

Cuando yo era niño, el mediano de los tres hermanos, mi padre dirimía nuestras disputas con un simulacro de juicio. Cada uno de nosotros tenía unos minutos para explicar su punto de vista. Mi hermano hablaba con rapidez y entusiasmo; exponía hechos, impresiones y deseos de forma lineal. De su boca salía un torrente de palabras rápidas y persuasivas. Mi hermana hablaba entrecortadamente, vacilaba; el llanto le quebraba la voz y, finalmente, recurría al argumento más persuasivo de todos: corría a arrojarse en brazos de mi padre. En cuanto a mí, la furia invadía mi cerebro, impidiéndome dar con las palabras que buscaba, bloqueando todas las razones, los argumentos. Titubeaba y balbucía... y perdía. Mi padre, sentado ante su escritorio, golpeteando distraídamente con un lápiz un bloc de papel, tomaba sus decisiones, emitía sus opiniones. No era un hombre severo ni injusto. Era un hombre de códigos y reglas. Yo tenía la impresión de que sus decisiones venían de arriba, de que eran inviolables y precisas..., tan explosivas como las bombas que lanzaba desde su puesto en el bombardero, sobrevolando el horror en una reducida cabina de plexiglás.

Como mi voz me llevaba al fracaso, me dediqué a escribir las voces de otras personas...

Entonces sonó el teléfono.

El ruido de la redacción pareció intensificarse, como si alguien subiese el volumen de una radio, y luego volvió al murmullo constante y familiar. Extendí la mano y accioné el mecanismo de grabación: mi mano se movía independientemente, como si perteneciera a otra persona. Puse la mano sobre el auricular, que estaba fresco, y, muy despacio, me lo acerqué al oído. Esperé a oír la voz.

Él habló fríamente, sin prisa. No empleó un tono de familiaridad y se saltó los preámbulos. A veces se quedaba callado, y al momento siguiente se oía su voz inexpresiva.

—He estado pensando en usted —dijo.

—¿Y?

No respondió; en cambio, dejó que el silencio llenara la línea.

—Recuerdo algo que sucedió cuando estaba en Vietnam. Yo me ofrecí como voluntario para lo que el ejército llamaba LURPS, las siglas en inglés de Patrullas de Reconocimiento de Largo Alcance. Junto a mí iban un operador de radio y otro fusilero, solos, avanzando entre la maleza con la lentitud irritante que impone la selva. Había tanta humedad en el ambiente que casi notaba la fricción del aire contra la piel de mis brazos al abrirme paso con el machete entre las enredaderas y las matas que crecían por todas partes. Era como si pudiese sentir el vapor que flotaba alrededor de mí: estábamos empapados en sudor, casi como si hubiese llovido.

»Me fascinaba la sensación de estar solo... o prácticamente solo. En realidad, la radio era nuestro único vínculo con la seguridad y, claro está, no podíamos confiar demasiado en ella. Creo que no hay nada tan estimulante, tan sensual, como caminar por tierras extrañas y peligrosas. Sentía el miedo y la excitación en todo el cuerpo. Pensaba: "Moriré aquí y nadie me encontrará jamás. Será como si hubiese desaparecido, como si me hubiera desvanecido del mundo." Pero eso nunca ocurrió, aunque más de una vez vi la muerte de cerca.

»Un día estábamos abriéndonos camino tan despacio por la espesura que pensé que la selva tendría tiempo de crecer a nuestra espalda. Una patrulla del Vietcong debía de estar acercándose en la dirección opuesta, con la misma idea que nosotros, concentrados en los matorrales y las enredaderas, tratando de avanzar otro paso.

»Yo iba en cabeza y, de pronto, oí el sonido de machetazos y el crujir de ramas, unos metros más adelante. Me detuve en el mismo instante en que el primer hombre del Vietcong debió de vacilar. Transcurrió un largo segundo: luego levanté mi fusil y disparé en su dirección. El operador y el otro fusilero hicieron lo mismo. En ese preciso momento, la vegetación que nos rodeaba comenzó a desgarrarse bajo el fuego de las automáticas de los otros: AK-47, recuerdo, por su sonido característico, como el de una hoja de papel al rasgarse. Todos debimos de ser presas del pánico simultáneamente: en un instante reinaba el silencio y al siguiente los disparos estaban despedazando la selva.

»Entonces sobrevino ese momento notable. Todo se detuvo. Se impuso una quietud súbita y total.

»Todos habíamos estado disparando ininterrumpidamente, y se nos acabaron las municiones al mismo tiempo. Entonces, del silencio surgieron esos chasquidos perversos. Bajé la vista y advertí que provenían tanto de mí como de los otros. Todos estábamos cambiando los cargadores a la mayor velocidad posible. Clic, clic, salía un cargador. Clic, clic, entraba un nuevo cargador. Comencé a reírme de todo eso: tanto temor agotado en un segundo fugaz, tanto instinto asesino. Mis carcajadas se elevaron sobre la espesura. Los otros dos me miraron y les hice una señal con la mano. Volvimos sobre nuestros pasos por el sendero que habíamos abierto, alejándonos, retirándonos. Supongo que los Vietcong hicieron lo mismo al advertir lo socialmente inapropiado que había sido nuestro encuentro. No podía contener la risa.

»Lo que siento ahora es muy similar. Sería un tópico decirle que, para mí, no hay diferencias entre la ciudad y la selva, pero es verdad. Tiendo a pensar que voy abriéndome paso por la ciudad como lo hacía en la selva: que salgo de patrulla, para buscar y aniquilar en una tierra extraña y peligrosa. Camino por las calles como usted, observando a la gente, mirándolos a los ojos, viendo cómo apartan la mirada.

»Una noche fui a una reunión de vecinos. Usted sabe cómo son: ha asistido a algunas, lo he leído en sus artículos. De hecho, he leído cada palabra que usted ha escrito. Como le decía, fui una noche, temprano, al auditorio de un colegio, el típico lugar donde se organizan esas reuniones. Hay algo en las luces fluorescentes, en los colores brillantes de las escuelas, en las banderas y las insignias, que me resulta familiar y tranquilizador. Una multitud se dirigía al interior, en grupos de dos o cuatro. Simplemente los seguí y me senté en medio del gentío: otro rostro preocupado y temeroso.

»Había un hombre sentado junto a mí. Estaba con su esposa, una mujer regordeta con el rostro enrojecido por el esfuerzo de encajonarse en un asiento diseñado para un niño. El hombre estaba furioso; tenía el ceño fruncido y la mirada fija en el estrado. Observé que apretaba los puños, luego relajaba las manos por un instante antes de volver a cerrarlas. En cierto momento, se volvió hacia mí. "Maldición", dijo, "esto ya ha durado demasiado. ¿Qué diablos pasa con la policía?" Yo asentí con aire sensato y respondí: "Creo que no están haciendo todo cuanto deberían." La cabeza del tipo subió y bajó en señal de asentimiento. "Tiene mucha razón", dijo. "Tiene toda la razón", y murmuró la misma frase varias veces más.

»Para entonces, el auditorio estaba casi lleno. Entonces un hombre subió al escenario. Parpadeó ante las luces por un momento y luego se presentó. Era un político. Agradeció a todos su asistencia e hizo algunos comentarios acerca de la policía. Aseguró que confiaba en ellos. Estaba convencido de que hacían cuanto podían. Luego presentó a un oficial de uniforme, la clase de oficial de alto rango que conocí en el ejército, que tiene acceso a información clasificada y sin embargo no entiende una palabra de ella.

»Subió al estrado y permaneció allí, balanceándose ligeramente adelante y atrás, observando a la multitud. Pronunció un breve discurso sobre todas las horas hombre y los detectives que se están destinando al caso; lo mismo que usted ha dicho en sus artículos. Mi vecino repetía todo el tiempo: "Tonterías. Tonterías. Ve al grano." Pero el policía no fue al grano. Sólo dijo: "Sé que es difícil conservar la calma, pero la policía está siguiendo cada pista, por pequeña que sea. Se están analizando todas las pruebas. Tenemos equipos investigando los registros del Pentágono."

»Se ofreció a responder preguntas del público, aunque advirtió que no podía entrar en detalles. Observé que la gente se rebullía en sus asientos por unos instantes, indecisa. Luego, uno tras otro, comenzaron a ponerse en pie y a formular preguntas. ¿Esperaban detener al culpable? ¿Cuánto habían avanzado los que investigaban los registros? ¿Por qué la policía parecía incapaz de actuar hasta que aparecía una nueva víctima? Creo que a usted le habría gustado estar allí: eran preguntas pertinentes, difíciles. El policía estaba notoriamente incómodo bajo las luces y se cubría los ojos para poder ver a quienes hacían las preguntas.

»Daba pocas respuestas y, cuantas más dudas dejaba sin aclarar, más furiosa se ponía la gente. Era contagiosa la indignación que mostraban todos aquellos padres y madres, maridos y esposas de clase media. A medida que el policía eludía sus dardos verbales, más se rebelaban ellos. La gente comenzó a gritar desde sus asientos; ya no se ponían de pie para hablar por turnos. Se oyeron algunas obscenidades que explotaron entre la multitud como granadas, aumentando la indignación.

»Vi que el rostro de mi vecino también se crispaba. "¿Por qué no hay patrullas de refuerzo por las noches?", gritó. Cuando el policía comenzó a hablar de la escasez de efectivos, lo hicieron callar a gritos. Finalmente, ya no puede reprimirme más; tuve que unirme a ellos. Fue como si oyese mi propia voz desde algún otro lugar, quizá como una grabación. "Lo que queremos saber —grité, por encima del bullicio—, es una cosa. ¿Cómo es posible que un solo hombre sea capaz de tomar a toda una ciudad como rehén? ¿Es que la policía, con todos los cientos de miles de dólares que pagamos de impuestos, no puede hacer nada?"

»Todos callaron. Mi vecino me dio una palmadita en la rodilla y dijo: "Muy cierto. Tiene toda la razón." Me sonrió y yo le devolví la sonrisa. Sobre el escenario, el policía se volvió hacia mí. "Lo único que puedo decir

—declaró— es que estamos haciendo cuanto está en nuestra mano.» El resto de su respuesta se ahogó bajo los gritos de furia de la muchedumbre.

»Entonces la reunión se disolvió: todos nos pusimos de pie y salimos. Perdí de vista a mi vecino. Recuerdo qué distinto era todo en el exterior: hacía tanto calor como en el auditorio, pero se respiraba un aire menos opresivo. Noté que soplaba una ligera brisa, como si la oscuridad quisiera apartarme de la multitud y dejarme nuevamente solo. Me dirigía a mi coche cuando divisé a los dos policías. Estaban de pie junto a su vehículo, observando a la gente que se dispersaba por el aparcamiento. Por un momento me asaltó el impulso de echar a correr con todas mis fuerzas en la dirección opuesta, pero era como si me hubiese salido de mi cuerpo y contemplase mis actos desde fuera. Era como avanzar en cabeza en Vietnam: tenía la sensación de estar delante, expuesto, en peligro. Entonces, seguí caminando y pasé junto a ellos. Miraban hacia otro lado: creo que ni siquiera me vieron. Entonces supe que era libre. Invisible. —Tras un instante de vacilación, continuó—. Cuando subí a mi automóvil, apenas pude contenerme. Rompí a reír a carcajadas. Subí las ventanillas para que no pudieran oírme. Las lágrimas me resbalaban por las mejillas y, momentos después, estaba sin aliento. —Hizo otra pausa—. Jamás me atraparán —aseveró—. A menos que yo quiera.

—¿Cuánto tiempo piensa seguir con esto? —lo interrumpí.

—¿Con los asesinatos? Oh, un poco más.

—¿Cuánto tiempo más?

—No demasiado. No sea tan impaciente.

—Y entonces, ¿qué?

Meditó por un instante.

—Tal vez otra ciudad. Otra identidad. Una nueva vida. O quizá —agregó después de unos momentos de silencio, para dar más énfasis a sus palabras— continúe con lo mismo.

—Con los asesinatos.

—Puede llamarlos así —dijo—. O recordatorios. Lecciones del pasado.

—Lo atraparán —afirmé.

—No. Y, si me pillan ¿qué? ¡Imagínese qué juicio se montaría! Supongo que sería lo mejor para usted. —Se quedó callado otra vez, como si pensara—. Pero dudo de que eso llegue a ocurrir. Creo que, en cambio, me desvaneceré en medio de toda la confusión. Seré como esos hombres a quienes declaran desaparecidos en combate: un cadáver que se descompone en algún lugar oculto a la vista y al olfato. Pero no a la mente. —Se rió—. Muerto, pero no olvidado.

Tomé aliento mientras escuchaba su risa lúgubre.

—¿Por qué tenemos que hablar así? —pregunté—. ¿Por qué no nos encontramos cara a cara?

La risa cesó de pronto.

—¿Para qué? —soltó—. ¿Para que usted pueda conducir a la policía hasta mí?

—No, yo no haría eso —mentí—. Estaríamos solos los dos.

—No —repuso—. No podría ser así.

Ambos guardamos silencio. Después de un momento, prosiguió, sin abandonar aquel tono tan inusual en él.

—¿Qué le hace pensar que no nos hemos visto ya?

Tosí. No pude responder.

—En la calle, tal vez. En alguna multitud. En un ascensor. ¿Nunca se ha quedado mirando a la persona que está junto a usted y se ha preguntado: «¿Será él?» ¿Nunca ha detenido su coche ante un semáforo y se ha vuelto en su asiento con la sensación de que alguien lo observa, para descubrir los ojos de otro conductor clavados en usted? Es un momento de contacto casi físico. Entonces el semáforo se pone verde y ambos se alejan, indemnes, solos. Piénselo. Quizás una de esas veces, era yo. Piense en todas las pequeñas señales que puedo haberle hecho: una mirada, un movimiento de cabeza o de la mano. Cualquier gesto casi imperceptible, privado, entre nosotros dos, para que usted lo supiese: es él. Y sin embargo usted sigue sin saberlo. Estamos muy cerca, usted y yo, pero no me reconoce. Está ciego, avanza a tientas, dando traspiés, con las manos extendidas en busca de la pared. Y yo estoy allí, a su lado. —Tomó aliento, resollando.

—No le creo —repliqué.

Lo oí encogerse de hombros.

—Crea lo que quiera. Recuerde: la verdad y la mentira a menudo se confunden... Sólo una línea muy fina separa la realidad de la ficción.

Otro silencio. Advertí que los sonidos de la redacción comenzaban a prevalecer, como si la voz del asesino se apagara poco a poco y el mundo que me rodeaba volviera a la vida.

—Tengo un aspecto muy común —dijo el asesino—. Mido poco menos de un metro ochenta, peso unos setenta y cinco kilos. Tengo el cabello castaño, como el suyo. Dígaselo a la policía. Tal vez les sirva.

—¿Qué le hace pensar que se lo diré?

—No me mienta —respondió—. Tiene el teléfono intervenido. Ellos consiguen las cintas que usted graba. Lo siguen. Usted habla con ellos, y después ellos hablan con usted. Es una especie de sociedad. Usted debería ser más independiente. —Hizo una pausa y tomó aliento antes de proseguir—. Ya ve cuánto sé sobre usted. Podría estar en cualquier lugar. Podría ser cualquier persona. Así que no me mienta.

—¿Por qué hace esto? —pregunté.

Fueron las únicas palabras que se me ocurrieron. No respondió.

—Adiós, Anderson. Volveremos a hablar pronto.

Y colgó el teléfono.

14

A finales de agosto de ese año se formaron grandes tormentas sobre el Caribe que azotaban las islas caprichosamente y se deshacían en violentas ráfagas de viento y lluvia. Sin embargo, la ciudad parecía inmune, protegida. Las tormentas que amenazaban el continente se desviaban hacia el Atlántico y morían en pleno océano. En la ciudad, el calor cubría cada rasgo como una máscara.

La última llamada del asesino reavivó la ira generalizada. La idea de que él andaba por ahí con toda libertad hizo que los ciudadanos se retrajesen más aún. En la calle, las miradas se encontraban y se desviaban; guardar las distancias se convirtió en rutina. Había también cierto nerviosismo, como si, de alguna manera, el contacto fuera peligroso. Vi a una mujer rozar sin querer a un joven mientras ambos esperaban a que un semáforo para peatones se pusiese verde. En el mismo instante, se apartaron y se miraron por un momento con ira. Luego, comenzaron a cruzar la calle en la misma dirección con la vista al frente, como si el otro no existiese.

Había una infinidad de temas que tratar en los artículos. Escribí que la policía había hallado una lista de doscientos cincuenta posibles nombres en los registros del ejército y que estaban trabajando en ella, tratando de identificar al asesino. Martinez se rió al contármelo.

«Como si fuese a figurar en la guía telefónica con su nombre verdadero —dijo—. No es ningún tonto.»

El periódico vespertino, el *Post*, trajo desde Nueva York a un famoso médium para que intentara localizar al asesino. Éste fue a los escenarios de los crímenes, husmeó por allí, olfateó el aire y dijo que las vibraciones eran muy fuertes. Entonces predijo que nunca hallarían al asesino y que éste moriría en un extraño accidente. Sospeché que eso no era lo que el *Post* quería oír. Nolan recortó el artículo y lo fijó al tablón de anuncios de la oficina. Garabateó una nota sobre él: «¿Por qué no tenemos más iniciativa como periodistas?» Toda la redacción se divirtió mucho. Se hicieron muchas sugerencias en broma: una varita mágica, sesiones de espiritismo y cosas por el estilo. A Christine no le parecieron divertidas. En cambio, me recordó que el asesino había cometido un homicidio hacía unos días y que, según la pauta que había establecido, no tardaría en volver a matar.

—¿Qué harás ahora? —preguntó.

—No lo sé —respondí—. Esperar, como todo el mundo.

Ella frunció el ceño.

—Odio las esperas.

—No se puede hacer nada al respecto. Así funciona esto.

—Aun así, las odio. Y creo que el asesino piensa cambiar su rutina.

Emití una especie de bufido en señal de protesta. No volvimos a hablar de ello pero, claro está, ella estaba en lo cierto.

Martinez me llamó una noche. Nolan y yo, al salir del periódico, fuimos a un bar céntrico para hablar con él. Estaba sentado junto a la barra, con un vaso vacío frente a sí. Señaló los asientos que tenía a su lado e hizo un gesto al cantinero. Se frotó los ojos con fuerza por un momento y luego se pasó los dedos por su negra cabellera. Hablaba con una voz cansada y baja, que se confundía con el sonido de las copas, las botellas y las otras voces apagadas que llenaban el lugar. Me pregunté dónde estaría Wilson.

—Tenemos que sonsacarle más información a este tipo —dijo—. Necesitamos algo más a lo que agarrarnos.

Se bebió de un trago buena parte del whisky que el cantinero había colocado frente a él.

—Creo que no estamos mejor que al principio.

Nolan lo escrutó con una mirada cautelosa de periodista por encima del borde de su vaso de cerveza.

—¿Qué hay de la lista de nombres del ejército? —preguntó.

—Dudo mucho que figure en ella —respondió el detective—. Este tipo disfruta demasiado con su jueguecito. Tal vez nos proporciona datos falsos para despistarnos.

—Pero el psiquiatra dijo... —comencé a señalar.

Martinez me interrumpió.

—Ellos no lo saben todo. De hecho, a veces saben muy poco. Escucha, él sólo hace conjeturas, como todos. Te daré un ejemplo. Hemos pasado semanas enteras revisando los registros del ejército procedentes del Pentágono y Fort Bragg. Incluso hemos enviado gente a examinar los registros del departamento de reclutamiento de Ohio, con la esperanza de hallar algo. Y durante todo ese tiempo me ha parecido que perdíamos el tiempo. ¿Sabes por qué? Por el arma. Este tipo realmente sabe manejar esa .45. Me refiero a que sabe el modo en que se desvían las balas, cómo controlar el disparo para no destrozar la cabeza de las víctimas. Por eso, imagino que lo adiestraron en su manejo. Eso significa que fue oficial del ejército o, lo que es más probable, policía militar, porque a ellos les enseñan a disparar con pistolas. Los soldados rasos utilizan fusiles. Por otro lado, la .45 era algo común en el cuerpo de marines. Tenían que aprender a usarla y pasar una prueba. ¿Entiendes adónde quiero llegar? Si él vio el combate que describió y, al mismo tiempo, tenía acceso a esa .45 y sabía utilizarla, pues entonces es probable que estuviera en un cuerpo del ejército distinto del que hemos estado investigando. Ten en cuenta que es sólo una teoría. Pero da que pensar. Todo son mentiras, medias verdades e invenciones. Tal vez haya algunas experiencias reales intercaladas.

Nolan lo interrumpió.

—Lo que quiere decir es que en realidad no están llegando a ninguna parte.

—Correcto —dijo Martinez—. Es mi opinión. —Vaciló por un momento y luego prosiguió—: Oigan, no los he llamado para que en el periódico de mañana aparezca un artículo que nos pinte como un puñado de inútiles. Sólo quería que supieran cómo están las cosas.

—De acuerdo —dijo Nolan—. Por ahora.

—Es deprimente —continuó Martinez. Apuró su copa y pidió otra al barman—. Mañana iré a Ohio con Wilson, sólo por un día. Verificaremos algunos nombres. Volveremos por la noche... con las manos vacías.

—¿Qué opina Wilson? —pregunté.

Martinez sonrió, mirando su vaso.

—Es todo un personaje, ¿verdad? Cuando comencé

a trabajar con él, pensé que juntos duraríamos, a lo sumo... tal vez cuarenta y ocho horas. Hace ya casi seis meses de eso. Está loco, ¿sabes? Siempre dice que un policía no debe llevarse el trabajo a casa. Eso es una tontería. Uno nunca lo olvida. Diablos, no nos dejan. De todos modos, se supone que siempre debemos llevar un arma. ¿Cómo vamos a desconectar con una pistola sujeta a la pierna? Les diré que Wilson se muere por atrapar a ese tipo. Para comenzar, la primera víctima era igual a su hija. En segundo lugar, no soporta que el tipo te llame a ti. Ser policía significa estar al tanto de todo. Por eso me dediqué a los homicidios, como Wilson. Porque nos gusta indagar y resolver los casos.

»Y aquí estamos, siempre pendientes de que ese tipo te llame. No hay gran cosa que podamos hacer al respecto, pero desgasta mucho. Especialmente a Wilson. ¿Sabían que perdió a su sobrino en la guerra? El chico tenía diecinueve años. Quería ser policía, como su tío. El hermano de Wilson murió hace mucho tiempo, de un fallo cardíaco, según creo, y Wilson fue como un padre para el muchacho. Cuando se graduó de la escuela secundaria, lo reclutaron y murió en el extranjero. Voló en pedazos. Una mina creo. Sólo estaba caminando por ahí. No lo sé, pero a veces se le cruzan un poco los cables. Creo que, si llegamos a encontrar a ese desgraciado, lo matará. Casi no sale de la oficina. Apenas se toma unas horas para tenderse en un catre, en un rincón. Se ducha y se afeita en la cárcel. Yo no. A veces necesito salir, volver a mi apartamento, escuchar un poco de música. Desconectar durante un rato. Wilson jamás desconecta.

—Entonces, ¿qué cree que ocurrirá? —preguntó Nolan.

Martinez se rió.

—Tal vez tengamos suerte. O tal vez él decida darse por vencido. Una cosa o la otra. Es posible que cometa un descuido como cuando raptó a la señora Kemp: cualquiera pudo estar mirando desde algún apartamento y fijarse en el coche o el número de la matrícula. Algo así.

—Tuvimos esta conversación hace semanas —le reproché—. Dijiste lo mismo.

—¿Lo ves? —dijo Martinez—. Eso es un buen indicador de cuánto hemos progresado.

Salimos del bar a la oscuridad de la noche. Nolan y yo caminamos juntos unos metros, dejando atrás el olor, el entrechocar de los vasos y al detective. Al cabo de un rato Nolan se detuvo y me preguntó en qué pensaba. Me encogí de hombros.

—Con todo lo que está pasando, ya no sé qué pensar.

Él asintió y dimos algunos pasos más.

—¿Crees que deberíamos publicar la noticia? —pregunté.

—¿Cuál?

—Lo que nos ha confesado Martinez —contesté—. Que en realidad no están más cerca de la solución que al principio. Sería un artículo sensacional.

—Lo sé —murmuró, pero no respondió a mi pregunta de inmediato. Caminamos a lo largo de media manzana en silencio—. No, no lo hagamos.

—¿Por qué?

—¿Qué efecto crees que tendría eso en la gente de la ciudad?

—Un efecto —admití—. Más patrullas de vigilancia. Más ciudadanos comprando armas. Más locura.

—Es lo que yo pienso. Ocultémoslo al menos hasta que hayan terminado de investigar esa lista de nombres.

Y tratemos de encontrar alguna manera de suavizar el impacto cuando eso ocurra; darle a la noticia un enfoque menos negativo.

Seguimos andando en silencio. Luego, Nolan agregó:

—No olvides que la opinión pública está pendiente de nosotros. A nadie le importa lo que digan los canales de televisión ni el *Post*. El asesino nos llama a nosotros. Te llama a ti. Somos nosotros quienes estamos metidos de lleno en todo esto, de modo que lo que digamos es cien veces más importante. Si decimos que están haciendo cuanto pueden, bueno, todos lo creerán también. Nosotros somos... ¡qué gracioso suena!... el periódico oficial de este asesino. Si decimos a todo el mundo que se deje llevar por el pánico, entonces, joder, eso es lo que harán. ¿Sabes que las suscripciones han aumentado en un diez por ciento? Y nosotros creíamos que ya habíamos alcanzado el nivel de saturación. ¿Sabías que en los días que aparece algún artículo tuyo en primera plana se venden unos quince mil ejemplares más? Han hecho una encuesta: la mayoría de la gente recibe el periódico en su casa. No pueden esperar hasta la mañana para leer la próxima noticia. —Sonrió—. A veces pienso que el asesino es alguien del departamento de distribución. Se están volviendo locos. Adoran a ese tipo.

»Por eso debemos tener mucho cuidado con lo que decimos. Todas las miradas están puestas en nosotros... en ti. Los de distribución han realizado otro estudio. ¿Sabías que nadie lee el nombre del autor de los artículos? Pues bien, comenzaron a preguntar a los suscriptores si sabían quién eras tú. Muchísima gente reconoció tu nombre y lo relacionó con los artículos. La fama puede ser fugaz, pero, por el momento, te sonríe.

Vaciló un instante mientras caminábamos. Oí una sirena y levanté la vista hacia el imponente edificio del *Journal*, erguido sobre la bahía, con las luces de las oficinas aún encendidas.

—Ya ves cuál es la situación. Tenemos que estar bien seguros de lo que escribimos. Sí, lo sé, siempre somos cuidadosos. Pero la gente cuenta con nosotros. Más de lo que tú y yo imaginamos.

Nos detuvimos en el aparcamiento.

—¡Vaya manera de hacerse famoso! —comenté.

Nolan sonrió.

—Y a ti te encanta —dijo—. A todos nos encanta. Un artículo es algo vivo, ¿no es cierto? Escurridizo, palpitante de vida, difícil de aprehender, difícil de conservar. Pero nos encanta.

Nos estrechamos la mano en señal de complicidad.

A la mañana siguiente recibí la carta.

Estaba escrita a máquina, sin orden ni concierto, y con una cinta muy gastada, de modo que las palabras apenas habían quedado marcadas en la única hoja de papel. Examiné el sobre barato antes de abrirlo. Había llegado con el correo matutino, junto con los comunicados de prensa y las declaraciones políticas. No llevaba remite: sólo mi nombre, la dirección del *Journal* y un sello de correos. Lo abrí y leí la carta.

He seguido con mucho interés sus artículos relacionados con la reciente ola de asesinatos que se han cometido en Miami.

Pero sólo después del último homicidio advertí que la pauta que el asesino dice seguir reproduce un incidente que presencié mientras servía en el ejército de Estados Unidos en Vietnam. El asesinato de la madre y el abandono de la niña me convencieron de que yo fui testigo de los hechos que el asesino intenta recrear.

Estoy dispuesto a hablar sólo con usted. Nada de policías, nada de cámaras, nadie más. Si veo alguna otra persona, lo negaré todo.

Estaré en mi apartamento del número 671 de la Avenida 13 Noroeste a la una de la tarde en la fecha en que usted reciba esta carta. Apartamento número cinco.

La carta no estaba firmada.

Conduje mi automóvil por el gueto céntrico: un conjunto de casas decrépitas de madera y edificios de apartamentos de dos pisos construidos con bloques de hormigón. En las aceras había una mezcla de indigentes y miembros de la clase más baja: hombres negros cansados, con el rostro surcado de arrugas que semejaban cicatrices de la edad; vagabundos y personas sin ocupación fija; habitantes de Miami, con el pelo entrecano por el tiempo y ropa andrajosa. Se recostaban contra las fachadas blancas de los edificios, con la mirada perdida. El sol se filtraba a través del calor del día; el cielo tenía el mismo tono celeste, intenso y vivo, que sobre los yates lujosos y las lanchas que atravesaban la bahía. Era un mundo desolado bañado en una luz implacable. Al pasar, noté que los ojos se posaban en mí. Se oía a lo lejos el ruido profundo y amortiguado del trabajo en una obra en construcción, mezclado con el bullicio de los niños que correteaban esquivando a los marginados y los sonidos de las partidas de dominó que se jugaban sobre la acera.

Había un letrero junto a la puerta del edificio que yo

buscaba: «Habitaciones amuebladas.» Se trataba de un típico edificio céntrico, pero estaba pintado de un rojo pálido, en contraste con el blanco de las demás viviendas. Tenía tres pisos, por lo que descollaba ligeramente sobre los otros edificios de la manzana. Una escalera externa, de acero negro, empinada, conducía a los pisos superiores. Había dos apartamentos por piso y un pequeño patio cruzado por tendederos, donde algunas sábanas y camisas ondeaban con la suave brisa.

Me detuve al pie de la escalera dudando, contuve el aliento, acalorado, intentando no dejarme intimidar por las miradas de los vecinos que se habían asomado a la calle para observarme. Supongo que pensaron que era un cobrador o un detective. Ninguno de ellos dijo palabra. Subí la escalera lentamente.

Encontré el apartamento cinco al final de la escalera. No había ninguna placa ni un buzón con el nombre del inquilino, sólo un número pintado sobre una vieja puerta de madera. La puerta mostraba señales de maltrato: una profunda muesca junto a la cerradura, tal vez como resultado de un robo frustrado. Llamé una vez y luego cuatro veces más. Los golpes reverberaron en el aire caliente que me rodeaba.

La puerta se entreabrió. No alcancé a ver el interior, pero sentí que los ojos del inquilino me recorrían de arriba abajo, examinándome. Una voz apagada preguntó: «¿Viene solo?», y respondí que sí.

Tardé un momento en poder de inspeccionar el lugar: el paso de la luz a la oscuridad me había cegado. Parpadeé deprisa, tratando de acelerar la dilatación de las pupilas.

—Me alegra que esté aquí —dijo la persona—. No estoy seguro de lo que habría hecho si usted no hubiese venido.

Bajé la vista y vi que la voz provenía de un hombre en una silla de ruedas. Asentí con la cabeza; él hizo girar la silla y luego se dirigió al interior del apartamento. La tenue luz que se colaba por una ventanita arrojaba sombras en la habitación y arrancaba destellos a los rayos de las ruedas y el acero pulido del armazón.

—Venga —me indicó, señalando con una mano un asiento junto a la mesa de la cocina.

Había pocos muebles en el apartamento: un sofá deformado, una mesa forrada de plástico junto a unos hornillos y una pequeña nevera, algunas sillas dispersas. Sobre todas las superficies planas había ceniceros con colillas. Vi algunas revistas (*Time, Newsweek, Playboy*) desordenadas y también una pila de periódicos en el suelo. Encima de todo estaba el número en que aparecía mi último artículo. Advertí que varios párrafos estaban encerrados en grandes círculos rojos. Me senté y extraje mi libreta y la grabadora. El hombre de la silla de ruedas se quedó mirándolos.

Llevaba grandes gafas de aviador con los cristales amarillos: sus mechones rubios, apartados de la frente, le caían sobre las orejas. Tenía una barba de varios días, que parecía más oscura por contraste con el amarillo de las gafas. Sus brazos eran largos y musculosos. Iba vestido con una camiseta gris y pantalones vaqueros, pero tenía las piernas tapadas con una sábana blanca. Un costado de su cara parecía hinchado; al percatarse de que lo miraba, dijo:

—No se preocupe. Es sólo un absceso en una muela. Mañana iré al hospital de veteranos para que me la saquen. Allí me atienden bastante bien.

Sus ojos se volvieron hacia la grabadora.

—¿Va a usar esa cosa?

Costaba entender sus palabras, debido a la hinchazón.

—Si me lo permite —respondí.

Se encogió de hombros.

—Diablos, ¿por qué no?

Guardó silencio. Al cabo de un momento, prosiguió:

—¿Sabe? He pasado tanto tiempo preguntándome si usted aparecería por aquí, que ahora no sé qué decir.

—¿Por qué no comenzamos por su nombre? —sugerí, mientras pulsaba la tecla de grabación.

—No estoy seguro de que deba decírselo —repuso—. Tiene que prometerme que no lo usará.

—¿Por qué?

—Porque conozco a ese tipo, el asesino, y sé que no dudaría un instante en venir a acabar conmigo. —Se rió—. Ya estoy bastante acabado —dijo, señalando sus piernas—. Tengo que tratar de conservar lo poco que me queda.

Reflexioné un momento. ¿Por qué no? Primero conseguiría la historia, luego el nombre.

—Está bien. Le garantizo el anonimato, pero sé que la policía querrá hablar con usted.

—Déjeme pensarlo —dijo—. Primero le contaré lo que sé.

Titubeó de nuevo.

—Supongo que no sacaré un centavo de esto; ¿para los gastos, tal vez?

Negué con la cabeza.

—Me lo imaginaba. Pero había que intentarlo, ¿sabe? La pensión que recibo del Tío Sam no da para mucho. Éste no es un lugar muy bonito donde vivir.

Volví a asentir.

—¿Qué le ocurrió? —pregunté—. Es decir, si no le importa.

Sacudió la cabeza enérgicamente.

—Ya no me molesta mucho.

Se llevó la mano a la cara y se frotó el mentón. Oí el sonido del roce de los dedos con la barba. Entonces habló, al principio en un tono enfático, dirigido a la grabadora.

—Me llamo Mike Hilson. Fui soldado del ejército de Estados Unidos. Me hirió un fragmento de metralla cuando nos bombardeaban con morteros en enero de 1971, cerca de un pueblucho del que ni siquiera recuerdo el nombre. En la península de Batangan. Un auténtico estercolero. ¿Sabe qué es lo peor? Que ya me quedaba poco tiempo allí. Había pasado nueve meses en el interior del país y casi estaba a punto de largarme, conseguir que me trasladasen del pelotón de combate a Saigón, o a Da Nang, o a algún otro lugar para trabajar como archivador durante un tiempo, con un horario regular. Bueno, el caso es que esa noche empezaron a llover proyectiles de mortero, y me desperté y oí gritos de «¡Nos atacan! ¡Nos atacan!» y las explosiones. Todo el mundo corría buscando refugio. Menos yo.

»Estaba ahí tendido boca abajo, preguntándome por qué no podía moverme y a qué demonios se debía el entumecimiento de mi espalda. Entonces todo empezó a dar vueltas y me sentí mareado, como cuando uno ha bebido demasiado y está en el último segundo antes de perder el conocimiento. Y eso fue lo que ocurrió. En el hospital de la base me extrajeron un trozo de metal y después me enviaron de vuelta a casa, a Estados Unidos. El único problema era que ya no podía usar las piernas. Tampoco podía tener una erección. Estuve unos tres años en el hospital de veteranos y después me echaron a la calle. —Paseó la mirada vidriosa por la habitación, las paredes desnudas y agrietadas, los muebles gastados.

—No parece un hogar, ¿verdad? Pues le diré que es una vista mucho más agradable que el pabellón de paralíticos. Hay una enfermera que viene por las tardes a echarme una mano. Me las apaño, ¿sabe?; el hospital no está muy lejos. Voy allí más o menos día sí día no. Salgo a comprar la comida, todo eso. —Hizo un amplio gesto con la mano...

—¿Es usted de por aquí?

—Mis padres lo eran. Murieron hace un año en un accidente de tráfico, en el norte. Los dos pasaron a mejor vida. Tengo una hermana, vive en Orlando. Eso es todo.

—Bueno —dije—. Hábleme del asesino.

Rió.

—No conozco su verdadero nombre. Eso era bastante común en la guerra. Todo el mundo tenía un apodo. A mí me llamaban Brillantina porque me peinaba como en el instituto. En el pelotón a todos nos llamaban por un sobrenombre distinto. Era casi como si no quisiéramos ensuciar nuestro nombre auténtico matando en la guerra.

Bajó la mano y tamborileó sobre la rueda de la silla. Comenzó a hablar de la guerra, del pelotón. Cuando se entusiasmaba, golpeteaba la silla con los dedos para recalcar sus recuerdos. A veces se recostaba en la silla, levantaba las ruedas delanteras y las hacía girar bajo sus piernas mientras ordenaba sus ideas.

—Había un negro de Arkansas al que llamábamos Negrote y otro chico del Bronx, de Nueva York, al que llamábamos Calles. Un tipo, reclutado en alguna facultad de postín de Boston, era Universitario. ¿Entiende a qué me refiero? En el ejército nos obligaban a prendernos esas plaquitas de identificación en la camisa, aun cuando llevábamos uniforme de faena. Hilson, decía la mía. Creo que nadie, excepto algunos de los oficiales, me llamó jamás por ese nombre. Y si algún tipo no me conocía lo suficiente para llamarme Brillantina, me gritaba alguna palabrota, y eso daba el mismo resultado. —Extrajo un cigarrillo de un paquete abierto que tenía frente a sí y lo encendió—. Usted tiene que entender que en 1970 ése era un lugar muy extraño. Yo todavía no logro comprenderlo del todo, y eso que lo que hago la mayor parte del tiempo es pensar en ello. Se lo debo al ejército. —Señaló la silla—. Y tanto que sí.

Soltó el humo formando anillos que se elevaron hacia el techo del apartamento.

—¿Estuvo usted allí? —preguntó.

Mi mente se llenó de imágenes de esos años: el instituto, la universidad. Me asaltó un recuerdo fugaz de la conversación con mi padre. Huir o no huir, ésa había sido la cuestión. Recordé la carta de reclutamiento en la que se me emplazaba a presentarme para un examen físico. Me habían vuelto a declarar disponible para el servicio militar. Mi padre se había puesto furioso y me había echado la bronca con el rostro enrojecido. Yo no había rellenado en su momento la solicitud de que renovasen mi prórroga por estudios. «Mierda —había exclamado mi padre—. ¿Cómo es posible?» Yo no le respondí. No me había olvidado. Había recordado los formularios: todo lo que tenía que hacer era escribir mi nombre, ni número de clasificación, el número de créditos que había obtenido en la universidad y mi dirección. Luego debía depositarlos en el buzón de la secretaría: ellos se encargaban del resto. Pero los formularios habían permanecido sobre mi escritorio durante meses. De vez en cuando, los contemplaba extrañado, preguntándome por qué no quería rellenarlos. Era como desafiar al mundo real, el que existía fuera de la universidad: «Venid a buscarme.» Y lo intentaron.

Sin embargo, solucioné el asunto con bastante facilidad. El servicio de asesoramiento local sobre reclutamiento, que tenía oficinas en la universidad, me sacó del aprieto. Fui aplazando mi reconocimiento médico durante el semestre crítico y, cuando me llegó el turno de presentarme, dejé pasar la fecha. Al final, renovaron mi prórroga. Fue así de simple.

Sentado en ese pequeño apartamento, pensé en todos los aspectos en que la guerra había afectado a mi vida. Todos los días leía las últimas noticias: miraba las fotografías en blanco y negro de los hombres sin rostro, con cascos y uniformes que avanzaban por aquel extraño país. Yo participaba en marchas, repartía panfletos, coreaba consignas en docenas de manifestaciones, saludaba con el puño en alto a cientos de oradores diferentes. Pero en realidad no sabía lo que hacía.

En mi último año de la universidad, el ocupante del cuarto contiguo en la residencia de estudiantes era un veterano de la guerra: un hombre alto de cabello negro y rebelde que le caía en grandes rizos sobre las orejas y el cuello. Cojeaba al caminar y usaba bastón, como recuerdo de una herida en el pie. En la pared de su habitación tenía una foto de sí mismo, tomada por un fotógrafo de la revista *Life*, a todo color. Él estaba en el centro agachado, con el rostro contraído y los brazos extendidos hacia el suelo mientras un chorro de sangre manaba de su zapato. El fotógrafo había capturado la escena como una naturaleza muerta: un médico saltando sobre algunos sacos de arena, otro tendiendo la mano. Al fondo, una explosión arrojaba tierra y lodo al aire. Todos parecían manchados por la misma suciedad, dominados por el mismo terror.

Mi vecino no participaba en manifestaciones: tampoco asistía a las reuniones ni a los discursos. Rehusaba hablar de la guerra y daba con la puerta en las narices a los activistas de la universidad que acudían a pedirle su apoyo. «No lo entendéis», decía, y luego cerraba la puerta. Una vez le pregunté por qué, pero él simplemente sacudió la cabeza.

Una mañana, poco después de la graduación, vi su fotografía en el periódico. Un grupo de veteranos había organizado una marcha hacia el Congreso; aquellos soldados con sus viejos trajes de faena habían avanzado en una fila desigual, desacompasados, por las calles que conducían al Capitolio. Iban a devolver sus medallas. La fotografía, transmitida por Associated Press, mostraba a mi vecino de pie junto a una cerca, arrojando su condecoración a los escalones del Congreso. El pie de imagen decía que devolvía una Estrella de Plata, la segunda medalla más importante que otorga la nación en reconocimiento del valor. Me pregunté qué habría hecho él para merecer ese honor. Era como si los veteranos llevasen dos vidas: la del hogar, la normalidad, las hamburguesas con queso y los automóviles veloces; y, por otro lado, la de la guerra. Nunca volví a ver a mi vecino, pero leí en la revista de ex alumnos de la universidad que se había graduado en medicina.

—No —respondí—. Me libré.

—Estudiante, ¿eh? Apuesto a que consiguió una prórroga —dijo el hombre de la silla de ruedas.

—Así es.

Soltó una risa que degeneró en tos, y me miró.

—Ah, debería haber estado allí. Quiero decir, fue algo realmente increíble.

—Lo sé.

Negó con la cabeza.

—No. No, no lo sabe. Tendría que haber estado allí. Ése es el problema. Nadie lo comprende a menos que haya estado allí.

—Cuéntemelo —le pedí.

La frase de la que vivo.

El hombre volvió a toser.

—Está bien —dijo—. Póngase cómodo y relájese. Tengo una buena historia de guerra para usted.

Oí voces procedentes del pasillo, pasos sobre el cemento del rellano. El hombre de la silla de ruedas se volvió rápidamente en aquella dirección; sus manos se aferraron a los brazos de la silla con tal fuerza que los nudillos se le pusieron blancos. Una voz gritó: «¡Que te den, tío!», y se oyeron pisadas que se alejaban corriendo. El hombre se relajó, visiblemente aliviado. Alisó la sábana que cubría sus piernas.

—A veces los niños del vecindario tratan de entrar. Cabrones. Debería conseguir una pistola y matar a uno o dos. Tal vez así me dejarían en paz. Tal vez éste no sea el mejor barrio de la ciudad, pero para mí está bien.

Siguió con la vista el movimiento de mi bolígrafo sobre el papel y luego miró hacia la grabadora.

—Bien —dijo—, como le decía, todos nos conocíamos por apodos, y el tipo que pienso que está cometiendo esos asesinatos es uno al que llamábamos Ojos Nocturnos porque parecía que no necesitaba dormir de noche. Uno estaba en el perímetro, luchando por mantener los ojos abiertos, con un miedo atroz a la oscuridad, y en cambio ese tipo llegaba, tranquilo, bien despierto, observando la selva como si pudiera ver con la misma claridad que durante el día. Su guardia comenzaba al atardecer y después, al alba, se metía en su agujero, se envolvía en su poncho y se dormía. Era como si necesitara menos horas de sueño que todos los demás.

»Bueno, la cuestión es que estuvo allí el mismo tiempo que yo. De hecho, estuvo más, aunque oí decir que se volvió loco (es decir, más loco) después de que me hiriese aquel proyectil. Según me contaron, lo mandaron a la sección ocho, a una sala de psiquiatría. Y lo creo; mire lo que está haciendo ahora. Creo que jamás vi a ese tipo drogado, ni borracho, ni nada. Lo único que hacía era jugar al soldado. Disfrutaba matando, eso se notaba. Nunca hablaba mucho con nadie. Le gustaba avanzar en cabeza, para estar lejos de los demás. Era un tipo muy callado, muy raro. No creo que el pelotón lo hubiese soportado demasiado tiempo de no haber sido porque todos íbamos un poco colocados. Había muchos chiflados por allí.

—¿No conocía su verdadero nombre?

—No, ya se lo he dicho.

—Bueno, ¿cuál era el nombre de la unidad? ¿Quién era el oficial al mando?

—El oficial al mando era un teniente llamado O'Shaughnessy. De nombre Peter. No podría olvidar un nombre así. Pelirrojo, tal como era de esperarse. Compañía 352 de infantería, División Americana.

—Y, ¿dónde...?

—Ya se lo he dicho, hombre. En la península de Batangan.

—Es verdad —admití—. Sólo quería confirmarlo.

El hombre sonrió y comenzó a tamborilear otra vez sobre el acero.

—Muy bien —dijo—. Quiero que todo esté correcto.

—¿Recuerda algún otro nombre de la unidad?

—No. Como le he dicho, sólo los apodos. Extraño, ¿no cree?

Me encogí de hombros.

—¿Dónde aprendió ese tipo a manejar una pistola?

Suspiró.

—Hombre, no lo sé. Pero recuerdo que allí tenía una. Una enorme .45, como la que está usando aquí. Tal vez la haya conseguido en Saigón, en el mercado negro. Verá, nosotros llevábamos a cabo misiones de «búsqueda y destrucción», como las llamaban. Todos buscaban siempre algo que les diese ventaja, que los ayudara a salir de un aprieto. Este tipo llevaba una .45, al igual que un par de sujetos más que conocía. A veces, por las tardes, se sentaba en el margen del perímetro, cuando no salíamos a los malditos cenagales ni a la selva, y se ponía a hacer prácticas de tiro con ese trasto. Disparaba a los cocoteros, a los pájaros, a cualquier cosa.

—¿Alguien lo interrogó al respecto?

—No; como le dije, era un tipo raro. Loco. Todos, hasta el teniente, lo dejaban en paz. ¿Por qué no? No hacía ningún daño. Además, se ofrecía voluntario para cualquier misión de mierda, como expediciones por la selva. Yo no, no, señor. Quería conservar intacto el poco trasero que me quedaba. Mientras él hiciera eso y montara guardia por la noche, todos lo dejábamos en paz. Nos daba igual lo que le pasara por la cabeza.

—¿Y no sabe qué fue lo que le ocurrió?

—Sólo rumores. De repente se puso a gritar y a disparar. Alguien dijo que mató a unos campesinos y se echó a reír sin parar hasta que fueron a buscarlo. Supongo que echaron tierra al asunto. ¿Sabe?, el ejército no tiene inconveniente en glorificar a los héroes que, como yo, pierden el trasero en una explosión mientras duermen, pero a los tipos a los que se les afloja un tornillo, bueno, en general los mandan de regreso a casa y se deshacen de ellos.

Asentí. El hombre de la silla de ruedas sacudía la cabeza, repitiendo por lo bajo: «Qué tipo más raro.»

—Bien —lo corté—, hábleme del incidente.

Exhaló otro largo suspiro mientras pensaba.

—Hacía un calor infernal: recuerdo eso muy bien. Un calor pegajoso, persistente, como el de ahora. Realizábamos misiones de búsqueda y destrucción como ya le he dicho, y no hay nada peor que eso, se lo aseguro: era terrible. —Se rió—. Nos recogían los helicópteros por la mañana y nos llevaban a la zona designada como objetivo para que la peinásemos. Si alguna vez se le presenta la oportunidad de volar en uno de esos aparatos, hágalo. Los pilotos estaban tan asustados como nosotros; uno está en el aire a unos seiscientos metros de altura y, al momento siguiente, el helicóptero se precipita hacia la zona de aterrizaje. El soldado de la ametralladora grita y maldice por encima del rugido del motor y dispara la calibre 50 lo más rápidamente posible, destrozando la selva. ¿Sabe cuál era una de las cosas más extrañas de Vietnam? Siempre estábamos disparando contra cosas que, en realidad, no estaban allí. Me refiero a que, cuando nos dirigíamos a una zona de aterrizaje, todo el mundo descargaba sus armas contra un enemigo imaginario oculto entre la maleza. Por la noche, la artillería disparaba por encima de nuestras cabezas, para ajustar las coordenadas en caso de que nos atacaran en la oscuridad. Y nunca había nadie. Bueno, casi nunca.

»Aquel día nos llevaron a una zona de aterrizaje desierta; nadie nos devolvió el fuego, lo cual alegró a los pilotos, que se fueron enseguida. Teníamos que dividirnos en dos unidades para realizar una batida y encontrarnos en un pueblo que figuraba en el mapa. Una vez allí, debíamos atravesar algunos arrozales y perseguir cualquier cosa que encontráramos hacia otra compañía que se dirigía a nosotros, en bloque. Era una de esas ideas estúpidas que parecían estupendas en el papel en el cuartel general pero que en la práctica no daban resultado. Bueno, recuerdo al teniente O'Shaughnessy. Dios, era el irlandés más corpulento que pueda imaginar. Medía casi dos metros y debía de pesar más de cien kilos. Como usted comprenderá, cuando él nos daba una orden, hombre, lo obedecíamos. Tenía un carácter de mil demonios. Siempre me sorprendió que nadie se lo hubiese cargado en un tiroteo. Hasta donde yo sé, nadie lo hizo. Además, tengo que decir en su honor que cuando me hirieron él le gritó a ese piloto de helicóptero que lo mataría con sus propias manos si no me sacaba de allí cuanto antes. Así que, en realidad, no puedo quejarme.

»Entonces, como le decía, nos dejaron en medio de ese arrozal, reunidos en torno a O'Shaughnessy, y los helicópteros se alejaron hacia el sol. Recuerdo la sensación de estar solo, a pesar de estar rodeado de otros hombres y de disponer de una radio con la que pedir ayuda en caso necesario. Nunca pude librarme de la sensación de soledad, de estar a la deriva en medio del océano, ¿entiende? Como una especie de Robinson Crusoe. Hacía tanto calor que al cabo de pocos segundos estábamos chorreando. El sudor me corría bajo el casco, entre los ojos. No lo soportaba; me moría de ganas de gritar. Pero no hay manera de enjugar el sudor cuando uno está sujetando un arma y necesita el otro brazo para mantener el equilibrio. Vi a tipos perder la cabeza a causa del calor; comenzaban a gritar, se negaban a moverse, hundidos hasta el trasero en el barro, el agua y las sanguijuelas de los arrozales. A veces, el sol era tan malo como cualquier cosa que hicieran los Vietcong.

O'Shaughnessy nos dividió en dos pelotones. Él tomó el mando de uno, y el sargento primero, el del otro. Debíamos avanzar en paralelo a una distancia de unos cuatrocientos metros, como hacíamos en los ejercicios, pero, qué diablos, eso nunca era posible. Me refiero a que un pelotón se quedaba atascado en alguna ciénaga y el otro se adelantaba, pero luego avanzaban más despacio y después apretaban el paso. Todo aquello me parecía una locura, absolutamente todo. En el terreno ocurría exactamente lo mismo. Entonces nos pusimos en marcha, más o menos una docena de hombres. Pronto estábamos chapoteando en el barro, como siempre. Tengo un recuerdo bastante borroso de aquella mañana, ¿sabe? No era más que una de tantas mañanas en Vietnam. Sólo cuando nos acercamos al pueblo las cosas comenzaron a cambiar.

Hizo una pausa para encender otro cigarrillo. Detrás de las gafas, sus ojos siguieron el humo que se elevaba desde el cenicero.

—Llegamos primero, mucho antes que el otro pelotón. Acampamos en las afueras y esperamos. Eso no estuvo tan mal; todos necesitábamos un respiro. Bueno, el tipo del que le hablaba, el que está cometiendo estos asesinatos, iba delante, como siempre. Cuando nos detuvimos, se sentó un poco más lejos, como de costumbre. Mientras estábamos allí sentados, él se quedó mirando la aldea a través de la maleza. De pronto, se puso en pie y se volvió hacia el resto del escuadrón. «He visto algo», dijo. «Parecía una muchacha con un kalashnikov.»

»Bueno, todos tomamos las armas y nos enderezamos enseguida. No olvide que ese tipo tenía una vista capaz de distinguir una silueta en plena noche, así que siempre confiábamos en él. Y recuerdo lo que dijo porque él estaba allí de pie, de espaldas al sol, y yo tenía que cubrirme los ojos para poder verle la cara.

»Bueno, hubo mucha discusión sobre lo que había que hacer. Casi todos querían esperar a que llegara el teniente con el otro pelotón, pero el sargento era militar de carrera y supongo que buscaba una especie de ascenso o alguna medalla, porque dijo: "De ninguna manera", y al minuto siguiente estábamos dispersos y avanzábamos agachados hacia el pueblo. Íbamos de choza en choza como en las películas, pero estábamos asustados, muertos de miedo.

»Habría unas... tal vez cinco o seis chozas patéticas en toda la aldea. Quiero decir, apenas se la podía considerar una aldea; no era más que un grano insignificante en el trasero del mundo. Por eso no tardamos mucho en recorrerlo, aunque íbamos con mucho cuidado por lo que el tipo decía haber visto. —Hilson se pasó la mano por el cabello y dio una calada al cigarrillo. Luego comenzó a tabalear sobre el costado de la silla, como para acelerar el ritmo de las palabras en la quietud del apartamento—. Nunca le había contado esta historia a nadie —me confió—. No quiero que me lleven a juicio como aquel tipo, Calley.

Asentí.

—Comprendo. Esto es confidencial.

—Correcto. —Entonces prosiguió—: Al final del pueblo nos detuvimos y nos reunimos. El sargento apostó a unos hombres en el perímetro y envió a un par de tipos a esperar al otro pelotón. Yo estaba muy nervioso: todos lo estábamos. En parte era por el calor, ¿sabe? Además nos habían dicho que los Vietcong estaban muy fuertes en ese sector. Nos advirtieron que era probable que tuviésemos algún encuentro con ellos, que cualquiera que viésemos podía ser Vietcong. Así que creo que todos lo esperábamos.

»Después de todo, eso es lo que nos dijeron. "¡No confiéis en nadie! Ni siquiera en el anciano de aspecto más atontado. En cuanto le deis la espalda, os volará el trasero. Os costará los testículos si le sonreís. Tampoco os fiéis de las mujeres." ¡No había manera de identificarlos! Era imposible. Ni siquiera cuando enviaron a esos desertores del Vietcong o a esos tipos del ejército vietnamita con nosotros. Tan pronto nos decían que matáramos a alguien como que lo interrogáramos. No servían de nada. Y aquel día ni siquiera llevábamos a uno de ellos con nosotros.

»Entonces pusimos en fila a toda la gente del pueblo. Eran nueve. Viejos y niños. Ningún hombre joven. Había un viejo que hablaba un poco de inglés. Fue a él a quien interrogamos. Recuerdo que estaba allí sentado, moviendo la cabeza arriba y abajo. "No Vietcong aquí", decía. "No Vietcong." Y el sargento le gritaba: "¡Mentira! ¡Mentira!", y el tipo, Ojos Nocturnos, decía: "Estoy seguro de lo que he visto." Estaba allí de pie, con la .45 en la mano. Solía llevarla en una pistolera junto a la axila, bajo la chaqueta, pero ahora la había desenfundado y jugueteaba con el seguro: lo ponía y lo quitaba.

»Entonces el sargento nos gritó que empezáramos a registrar las chozas: enseguida estábamos destrozándolas, furiosos por el calor y el miedo. Uno de los tipos encontró un fusil escondido entre las vigas, bajo la paja del techo. Entonces nos asustamos y nos cabreamos de verdad.

»El sargento seguía gritándole al viejo, pero él no decía más que: "No Vietcong aquí", incluso cuando le ponían un arma bajo la nariz. El resto de la gente parecía muy atemorizada. Había un par de niños llorando y un bebé también. Recuerdo que me volví hacia el tipo y le dije: "Por lo visto tenías razón", y él sólo asintió y sonrió. El sargento estaba a punto de darse por vencido cuando el tipo dijo: "Yo me encargo de esto, sargento." Y el sargento se encogió de hombros y contestó: "Haga lo que quiera."

»Entonces el tipo se acercó a una muchachita que estaba sentada en el suelo, a punto de orinarse en los pantalones, la tomó del brazo y la llevó frente al viejo. Amartilló su .45 y preguntó: "¿Dónde Vietcong?" Cuando el viejo sacudió la cabeza, el tipo apretó el gatillo.

»¡Diablos! Aún recuerdo el chasquido cuando el percutor golpeó la recámara vacía y el segundo chasquido cuando el mecanismo tiró de él hacia atrás. Nadie sabía si la había descargado a propósito o no. Y él, sonriéndole al viejo, volvió a preguntar: "¿Dónde Vietcong?" El viejo negó con la cabeza.

»Después recuerdo la detonación de esa maldita .45. Estaba cargada, después de todo. La chica cayó hacia delante con media cabeza destrozada, a los pies del viejo. La imagen se me quedó grabada, tan clara como una fotografía. El viejo estaba manchado de sangre y trozos de cerebro. Entonces vi que se le crispaba la cara. Debió de sentir mil cosas al mismo tiempo: sobre todo miedo, supongo. Sin embargo, se quedó allí, sacudiendo la cabeza, repitiendo una y otra vez como un disco rayado "No Vietcong. No Vietcong". El sargento primero miró a Ojos Nocturnos como si éste estuviera loco, y creo que lo estaba. Pero el tipo ni siquiera se había movido: tenía la misma expresión fría de antes y tenía los ojos clavados en los del viejo. Caminó lentamente hasta el grupo de nativos y agarró del brazo a una pareja de ancianos. Miró al jefe del pueblo. El jefe dijo: "No Vietcong", y entonces esa maldita .45 soltó dos estampidos más, ¡bum! ¡bum!, y los viejos cayeron al suelo. Recuerdo que la sangre se mezclaba con el polvo. Y mientras todos los demás nos quedamos allí de pie, mirando. Estábamos paralizados, observando lo que pasaba. Creo que en ningún momento me pasó por la cabeza intentar detener a ese tipo. Al fin y al cabo, era la única persona que estaba haciendo algo. Yo tenía la impresión de estar viviendo alguna extraña pesadilla.

»Oiga, no estoy orgulloso de ello. Diablos, no. Pero usted tiene que entender que aquel día todos estábamos un poco desquiciados. Por el sol, tal vez. La maldita selva, los malditos arrozales. No lo sé. Cuando pienso en Vietnam, recuerdo más que nada el sol. Nos hacía perder la cabeza a todos.

—Entonces supongo que por eso nadie lo detuvo.

Hubo un momento de silencio. Me fijé en sus ojos, semiocultos tras las gafas amarillas. Estaban vueltos hacia arriba, hacia el techo blanco.

—La siguiente persona que separó de la fila fue una madre con su bebé. Nadie se movió. ¡Bum!, hizo la .45. Entonces oí que el tipo se reía. Como si, después de todo, no estuviese enfadado con el jefe del pueblo. Sólo quería continuar con todo eso, como si se tratara de algún juego. "¿Dónde Vietcong?", preguntó otra vez, con una risotada.

»Pero no hizo falta que el viejo respondiera, porque pronto lo averiguamos de otro modo.

»De pronto, desde el perímetro, llegó ese sonido. Diablos, una vez que has oído el sonido de disparos de armas pequeñas, nunca lo olvidas. Y detrás de nosotros sonó un ¡bam! Y una explosión cuando un proyectil de mortero desintegró una de las chozas. Recuerdo que el tipo sólo reía. Levantó su M-16 mientras todo el mundo gritaba y corría a protegerse. Todos salimos disparados en la dirección de donde sabíamos que vendría el teniente. ¡Demonios! Los proyectiles llovían por todas partes, y el fuego de mortero y los disparos zumbaban en el aire. Yo también disparaba, hacia el frente, aunque no sabía a qué. Hay una cosa que recuerdo muy bien. Cuando me volví, vi a todos los nativos amontonados en el suelo, todos muertos. Excepto el bebé, el hijo de esa mujer. La criatura lloraba y gritaba. Alcancé a oírla durante un minuto, tal vez sólo por un segundo. Después el ruido ahogó su voz.

»Todos volvimos a reunirnos en el claro. Recuerdo que el operador de radio llamaba a gritos al teniente. Al final el teniente respondió y nos indicó que nos retiráramos hacia él, porque ordenaría un ataque aéreo. Era muy simple, ¿sabe? Así es como hacíamos las cosas allí. Nuestro grupo, que seguía disparando algún tiro que otro por puro miedo, se alejó de la aldea. Unos minutos después oí ese estruendo, el sonido estridente de un Phantom cuando el piloto lo baja a unos sesenta metros. Había cuatro de ellos; podía verlos acercarse por los destellos del sol en las alas... que parecían luces de posición muy potentes. Dejaron caer esas latitas con las que arrasaron el pueblo junto con cualquiera que estuviese por ahí.

»Todas las pruebas de lo que había hecho ese tipo se perdieron en una nube de humo, porque el lugar quedó reducido a cenizas. —Hizo otra pausa prolongada, supuse que para meditar sobre lo que había visto—. Presentamos un informe. O'Shaughnessy nos convocó a todos, nos preguntó qué habíamos visto, qué habíamos hecho. Incluso mandó llamar a ese tipo. ¿Sabe qué fue lo más extraño?

Que nadie mintió. Nadie le contó al teniente otra cosa que la verdad sobre lo que había pasado. Y ¿sabe a quién dio parte él? Correcto: a nadie. Recuerdo que salió y lo oí decirle al sargento: "Qué diablos, ¿a quién le importa?" Y el sargento asintió. Una semana después lo trasladaron a Saigón. Y una bomba me dejó en este estado. Y eso fue todo.

Guardamos silencio por un instante.

—¿No hubo ninguna investigación? —pregunté.

Sacudió la cabeza.

—¿No se dejó constancia de lo ocurrido en un informe?

Volvió a negar con un gesto.

—¿Y el teniente?

—Oí decir que lo mataron. Creo que una granada lo hizo saltar en pedazos. ¿Quién sabe?

En mi imaginación se agolpaban los detalles: la muchachita, la pareja de ancianos, la mujer con el bebé. Estaban todos allí.

—Acláreme una cosa —le pedí—. Cuando usted se volvió, todos los nativos estaban muertos, ¿no es así?

Asintió y clavó los ojos en los míos.

—¿Cómo murieron?

—¿A qué se refiere?

—Bueno, ¿los liquidó ese tipo, quedaron atrapados en el fuego cruzado o los mataron los proyectiles de mortero?

—¿Acaso importa? Le digo que estaban muertos, hombre.

—Sí —insistí—. Oh, sí, es muy importante.

Mi mente se adelantaba a su respuesta, barajando febrilmente las posibilidades. Si Hilson estaba en lo cierto, el asesino había terminado... o acababa de empezar. Y yo era el único que lo sabría. Sentí que el entusiasmo crecía en mi interior.

El hombre vaciló, frotándose la barba.

—No lo sé, tío. Creo que entiendo lo que me está preguntando. Es decir, quiere saber qué va a hacer ahora ese tipo, ¿verdad? No creo que pueda ayudarlo. Lo único que recuerdo es que caí al suelo cuando se produjeron las primeras explosiones y después me levanté y me fui corriendo de allí. ¿Sabe?, en esas circunstancias uno no se dedica a hacer turismo. —Hizo otra pausa—. Sin embargo, recuerdo los cadáveres. Era como si alguien los hubiese acribillado con una automática. Pero no podría asegurarle quién lo hizo porque, diablos, había disparos en todas direcciones. ¿Entiende lo que le quiero decir? Pudo pasar cualquier cosa.

La decepción se apoderó de mí, pero luego pensé que ese hombre me había dado muchas respuestas a pesar de todo. Aunque la pregunta principal había quedado en el aire, el caso estaba mucho más cerca de su conclusión. Intenté imaginar el grupo de nativos, manchados de polvo y sangre, pero no pude. Al menos, no como los había visto ese hombre.

—Y bien —dijo—, ¿deducirá el resto a partir de lo que le he contado? —Sonrió, dejando al descubierto una hilera de dientes blancos y parejos—. Es una buena historia, ¿eh?

—Sí —respondí.

Miré mis notas a la luz tenue que se filtraba a través del humo. En cierto modo, pensé, esto es el principio y el fin. Cada vez estaba más cerca de comprender el móvil de los asesinatos. Comencé a representarme los titulares, la primera plana. Aspiré profundamente y me puse de pie para marcharme.

El hombre de la silla de ruedas me guió hasta la puerta. Le estreché la mano, que estaba húmeda de sudor.

Me detuve en la puerta a contemplar la tarde que caía. Me volví hacia él. Estaba probando el cerrojo de la puerta, corriéndolo de un lado a otro con nerviosismo.

—Lo he ayudado mucho, ¿eh?

—Sí —respondí—. Sin duda.

—¡Qué bien!

Levanté la mano y entonces recordé la pregunta clave, que se me había olvidado hasta ese momento.

—Escuche, sólo una cosa más. Necesito saber quién puede confirmar su relato.

Se encogió de hombros.

—Tal vez Dios. Pero creo que a Él no le importaba mucho lo que ocurría en Vietnam.

Entonces cerró la puerta y oí que corría el cerrojo.

15

Fue, claro está, la noticia principal.

El titular, situado justo debajo de la cabecera, al igual que muchos de los que hacían referencia al caso en números anteriores, rezaba: TESTIGO OCULAR RECUERDA EL «INCIDENTE» DEL ASESINO.

Vestido con mi bata de baño, sentado a la mesa de la cocina, me tomé un café mientras leía a toda prisa la página impresa, con un creciente entusiasmo. Sentía que había logrado sacudir el árbol y que ahora sólo tenía que aguardar a que las vibraciones subieran por el tronco, llegaran a las ramas e hicieran caer los frutos desde lo alto.

Estaba solo. Christine se había marchado temprano; se había levantado de la cama desnuda, en la penumbra de aquel amanecer veraniego. Tenía que ir al quirófano. Había dejado el periódico sobre la mesa, aún plegado como lo había traído el repartidor. La noche anterior, cuando llegué de la redacción, ella estaba levantada, esperándome.

Me paseé por el apartamento describiéndoselo todo; ella escuchaba sentada, pacientemente, con las manos enlazadas. Decía poco; en cambio, yo hacía pausas, me formulaba preguntas a mí mismo, me interrumpía con comentarios. Era como si representase su papel, tratando de adelantarme a las preguntas que podían ocurrírsele.

También le hablé de la discusión que habían mantenido en la redacción sobre si publicar la historia o no. Nolan había escuchado los primeros minutos de la grabación y luego mi reconstrucción de la conversación a partir de mis notas. Él también se había entusiasmado, pero consideraba conveniente contrastar la historia. Me apresuré a llamar a la oficina de información pública del Pentágono, pero era demasiado tarde para confirmar si Hilson u O'Shaughnessy habían estado en Vietnam en esa época. Nolan no las tenía todas consigo.

—¿Qué ocurre si esperamos un día? ¿Qué podemos perder?

Sacudí la cabeza.

—Una ventaja. Ese tipo podría ir a la policía, o a la televisión. O podría desaparecer. Yo creo que tenemos que publicarla.

Nolan accedió a cambio de que yo ocultase la identidad del informante, describiese la unidad implicada en la operación y mencionase el nombre del oficial al mando. También debía omitir cualquier indicación de que el oficial estaba al tanto del incidente, para no entrar en la cuestión de un posible encubrimiento por parte del ejército.

—Pero conserva esa información —dijo Nolan—. La divulgaremos más adelante.

Me senté ante la máquina de escribir, convencido de que el artículo haría salir al asesino de su escondrijo en la ciudad. El artículo rompería el ritmo de los asesinatos; le ganaríamos al asesino por la mano. Él querría saber de nosotros, y no a la inversa.

Sin embargo, Christine no se había mostrado de acuerdo.

—Con esto sólo conseguiréis que se dé más prisa, que advierta que su tiempo es limitado —dijo.

Más tarde, cuando nos fuimos a la cama, estaba vacilante, distante, pero aun así exploté en su interior y luego me aparté de su cuerpo. Pocos segundos después, estaba dormido, y ella, acostada de espaldas a mí.

Era media mañana cuando llamó Martinez.

—Salimos para allá —dijo—. Ahora mismo.

Era una llamada que yo había estado esperando.

También esperaba que el asesino se pusiera en contacto conmigo. La mañana había transcurrido rápidamente, entre las felicitaciones de los demás reporteros y de los redactores jefe del periódico. Telefoneé a la oficina de información pública del Pentágono, y me prometieron una respuesta lo más rápida posible a la consulta sobre los dos nombres y el número de unidad. Era, más que nada, cuestión de tiempo.

Nolan acudió a recepción a esperar a los detectives. La noche anterior, cuando yo había empezado a hablar del hombre de la silla de ruedas, había levantado las manos y meneado la cabeza. «No quiero saber nada —había dicho—. Puedo recibir una citación y encontrarme en un brete. Él es tu fuente, y debes protegerlo. El periódico te respalda. Es así de sencillo. Espero.»

Ahora él tomó un ejemplar del periódico que había sobre mi escritorio. Leyó en voz alta:

Un día tórrido, hace unos cinco años, nueve hombres, mujeres y niños en un pueblo de Vietnam del

Sur controlado por el Vietcong fueron ejecutados por tropas estadounidenses en el «incidente» que está detrás de la reciente oleada de asesinatos que azota Miami, según declaraciones de un veterano ahora discapacitado que fue testigo ocular de los hechos.

—Testigo ocular —dijo—. ¡Diablos, es una expresión magnífica para la entradilla de una noticia. Es como si, después de leerla, uno ya no pudiera poner en duda la veracidad de lo que sigue.

Se saltó varios párrafos y luego comenzó a leer otra vez:

«Estoy asustado», ha dicho el testigo al comenzar su descripción de la atrocidad que considera el origen de los recientes asesinatos cometidos en Miami. El testigo, cuya identidad ha decidido proteger el *Journal*, ha referido el incidente con extraordinaria riqueza de detalles. «No estoy orgulloso de lo que hicimos», ha declarado.

Nolan se interrumpió y me miró.

—Apuesto a que los policías por poco han sufrido un síncope al leer esto.

Asentí.

—Bien —dijo—. Pronto estarán aquí.

Me dejó durante un momento para atender los teléfonos de su oficina.

No me quedaban muchas dudas respecto de lo que ocurriría con el hombre de la silla de ruedas. Ahora que el artículo había aparecido, le haría otra visita y él aceptaría que la policía lo interrogase. Siempre sucedía eso. Una vez que la historia se publicaba, podía repetirse cien, mil veces. Era como si se hubiese vuelto inofensiva, como si ya no fuese un recuerdo que palpita, furioso, en la imaginación.

De la memoria de Hilson saldrían los nombres y direcciones de los hombres de la unidad. Por primera vez tuve la impresión de que la nota casi había cumplido con su propósito. Sólo era, como todo, cuestión de tiempo. La declaración del hombre arrancaría al asesino de su escondite y lo sacaría a la luz. Y todo gracias a mí, pensé. Me sentía como si estuviese restregando mi triunfo en las narices de todos los temores que me habían inculcado en la vida: mi familia, Christine. No pude evitar sonreír.

La voz de Nolan interrumpió mi ensoñación.

—Han llegado.

Cuando nos apartábamos del escritorio, sonó el teléfono. Posé la vista en él, extrañado, y luego en Nolan, que se encogió de hombros.

—Te espero allí —dijo, y se marchó.

Entonces regresé y levanté el auricular y puse en marcha la grabadora simultáneamente. Observé alejarse a Nolan mientras acercaba el auricular a mi oído.

Pienso en ello. Trato de hacer memoria, pero mis recuerdos parecen una mancha borrosa más que un grabado. Me pregunto en qué momento perdí el poco control que me quedaba. Supongo que fue entonces, con esa primera llamada, cuando comencé a tomar conciencia de las paredes de la habitación en que me hallaba, a sentir que la succión del fondo de la piscina tiraba de mis piernas, arrastrándome bajo la superficie.

La llamada era del oficial de información pública del Pentágono. Hablaba en un tono cortante, militar, y empleaba con frecuencia expresiones castrenses.

—¡Señor! —dijo—. He revisado personalmente esos registros que solicitó.

—¿Y?

—Negativo, señor.

—¿Qué quiere decir?

Noté una repentina sensación de calor en la frente.

—Bueno, nosotros conservamos todos los expedientes de hombres y unidades. He comprobado que la tropa que usted citó realmente estuvo llevando a cabo misiones de búsqueda y destrucción en ese sector del escenario de operaciones. Pero no pude hallar ningún documento del tal soldado raso Hilson ni de ningún teniente Peter O'Shaughnessy que operasen con esa unidad.

—¿Con esa unidad no?

—Correcto. He repasado la lista de hombres heridos en combate durante ese período. La búsqueda de esos nombres ha resultado negativa también.

Se me trabó la lengua.

—¿Tal vez en otro período?

—Es posible, señor. Pero he revisado a conciencia los archivos correspondientes a los meses cercanos. Es posible, si el año es incorrecto, que me equivoque. Pero dudo que en otro esa unidad haya estado operando en esa zona. Usted recordará, señor, que las unidades eran transferidas con cierta frecuencia.

—Está bien —dije.

Mi mente luchaba por asimilar aquella información. No se me ocurría ninguna otra pregunta.

—¿Puedo preguntarle algo? —inquirió el oficial.

—Claro.

—¿Acaso tiene esto algo que ver con los asesinatos que se han producido allí?

—Sí —respondí—. Tiene mucho que ver.

—Bueno —prosiguió—. Ojalá pudiera serle de más ayuda. Si necesita que verifiquemos otros nombres y fechas, sólo llámeme, señor. Me temo que la información que le he dado no resultará muy útil, especialmente para la policía. Pero no es difícil comprobar datos específicos como los que usted nos proporcionó.

—Gracias —dije.

—A sus órdenes —contestó, y colgó el auricular.

Miré el periódico que estaba sobre mi escritorio. Una mentira, pensé. Todo era mentira. Respiré profundamente para combatir la náusea. Me puse de pie y dirigí la vista hacia la sala de conferencias. A través del cristal vi a los detectives, que me esperaban.

Me senté junto a Nolan y le pasé una nota que decía: «Resultado de la búsqueda de Hilson y O'Shaughnessy en el Pentágono: negativo.» Subrayé tres veces «negativo». Nolan abrió mucho los ojos y me miró, consciente del vuelco que había dado la situación. Pero no tuvo tiempo de reaccionar, de salir de allí conmigo, porque Wilson asestó un manotazo a la mesa.

—¡Hemos jugado limpio con ustedes! —gritó—. ¡Y ustedes consiguen una noticia, una noticia importantísima, y nos dejan al margen! Debería detenerlos a los dos por entorpecer el trabajo de la justicia.

—Escuchad —dije—, ha surgido un problema...

—¡Claro que hay un problema! ¡Hay un maldito asesino ahí fuera, ustedes tienen la clave para encontrarlo y ni siquiera se dignan llamarnos por teléfono! ¡Dios! ¡Qué hatajo de hipócritas! —Volvió a sentarse—. Quiero saberlo —dijo—. ¡Quiero saberlo todo! ¡No me oculten nada! ¡Maldición, podemos atrapar a ese tipo ahora! ¡Hoy mismo! Dígame dónde está ese «veterano discapacitado». ¡Quiero hablar con él! ¡Ahora!

Martinez intervino, también con la voz alterada, pero procurando contenerse.

—Creemos que ese tipo es un testigo material. Si es necesario, podemos regresar dentro de unos treinta minutos con una orden judicial. Pero espero no tener que llegar a eso. Hemos jugado limpio con ustedes —señaló, fijando los ojos en mí y luego en Nolan—. Y creo que ahora es su turno de jugar limpio con nosotros.

—Hay un problema —dijo Nolan.

—¿Cuál es el jodido problema? —preguntó Wilson, acercando su rostro al mío.

Nolan también me miró.

—Díselo.

Titubeé, buscando las palabras.

—Hemos llamado al Pentágono esta mañana para contrastar la información. No consta en sus archivos el nombre de nuestro informante. Tampoco el del hombre que, según él, era el comandante de la compañía.

Wilson se echó hacia atrás en la silla.

—¡Joder! —exclamó.

—Explícate —pidió Martinez.

—El tipo me dio un nombre falso. Un par de nombres falsos. No sé qué otras partes de su historia eran falsas.

Martinez asintió.

—¿Me estás diciendo que no os molestasteis en verificarlo antes?

—Lo intenté.

—¡Qué bien!

Por un momento se impuso el silencio en la habitación.

—Eso significa —terció Nolan segundos después— que ya no hace falta mantener su identidad en secreto. Es decir, si él mintió, no tenemos por qué protegerlo.

Me hizo una señal con un movimiento de cabeza.

—Cuéntanos —dijo Martinez, mientras extraía una libreta.

Wilson se inclinó hacia delante sobre la mesa y me clavó la mirada.

Comencé a relatarles la historia desde el principio. Les conté que había atravesado la ciudad hasta el gueto céntrico y había subido las escaleras hasta el apartamento del hombre.

—¡Alto ahí! —me cortó Wilson.

Me interrumpí en mitad de una oración. Martinez se volvió hacia su compañero, como preguntándose qué mosca le había picado.

—El hombre estaba en una silla de ruedas, ¿correcto? —dijo Wilson—. Tiene la médula espinal seccionada, ¿verdad?

Asentí.

—¿En qué piso vive?

—En el tercero.

—¿Y dice que va todos los días al hospital?

—Sí, eso dijo —respondí.

Entonces los acontecimientos se precipitaron. Wilson se dejó caer en la silla por un instante, con los ojos clavados en los míos, y se llevó las manos a la cara. De pronto, sin previo aviso, se levantó, se agachó y me agarró de la camisa. Sentí la fuerza de sus brazos cuando me levantó y me atrajo hacia sí sobre la mesa para que lo mirase a los ojos, con el rostro contraído de furia.

—¡Maldito estúpido! —gritó—. ¡Estúpido, imbécil de mierda! —Su saliva me salpicó la cara—. ¡Maldito idiota!

—¡Suéltame! —grité.

Martinez y Nolan se habían puesto de pie e intentaban separarnos. Por un segundo, los cuatro nos quedamos forcejeando ahí en medio. Entonces, con la misma rapidez, Wilson me soltó. Me desplomé en mi silla y él tomó asiento de nuevo. Tenía los ojos vidriosos. No hacía más que repetir «mierda, mierda», una y otra vez.

Martinez comenzó a sacudirlo y Nolan se volvió hacia mí.

—¿Estás bien? —preguntó, con expresión preocupada.

Me arreglé la camisa y la corbata. Asentí. Ambos miramos al detective.

—¿No se dan cuenta? —preguntó Wilson, con voz inexpresiva.

Entonces nos dimos cuenta.

Nolan suspiró y se dejó caer sobre la silla.

Martinez se llevó la mano a los ojos y sacudió la cabeza.

Yo me sentí descompuesto, con ganas de vomitar.

Era él, pensé. Habíamos mantenido un encuentro, tal como yo le había solicitado.

Andrew Porter conducía el gran automóvil a través del denso tráfico del mediodía. Al acercarnos a una intersección, la luz del semáforo se puso amarilla. Porter pisó el acelerador a fondo y pasamos a toda velocidad; la gente que estaba en la acera se apartó rápidamente. Oí que Nolan mascullaba una obscenidad desde el asiento trasero. Porter echó un vistazo al espejo retrovisor.

—Siguen con nosotros —dijo.

Me di la vuelta y vi que Martinez y Wilson nos seguían a pocos metros en su coche camuflado. Porter dobló una esquina para dejar atrás el bulevar y atravesar la zona céntrica, con sus altos edificios. El sol brilló sobre el techo blanco de un coche patrulla que frenó en una calle lateral y luego se incorporó a la fila, detrás de los detectives.

—Están preparados —dijo Porter—. Pero ¿para qué? —Se rió—. No lo sé, pero me inclino a dudar que él esté allí, esperándonos. Sería como James Cagney en aquella película, *Al rojo vivo*: «Venid a por mí, polizontes.» No, no lo veo.

Nolan soltó una palabrota.

Aparcamos a una manzana del apartamento. Oí el chirrido de las ruedas cuando los coches de la policía frenaron junto a nosotros. Wilson bajó antes de que el vehículo se detuviese por completo.

—Vamos —dijo.

Nos pusimos en marcha. A medio camino, Wilson se volvió hacia Nolan.

Vi que los otros policías tomaban posición en torno al perímetro del edificio, en sitios que no resultaban visibles desde la escalera. Los observé acercarse mientras desenfundaban las armas. Vi el destello de las pistolas bajo el sol del mediodía. Aquello parecía un campo de batalla; en cualquier momento, la orden de atacar me provocaría una descarga de adrenalina.

—Vamos —me indicó Wilson—. Sólo tú, yo y Martinez.

Comenzamos a atravesar el patio. Sentí el calor que irradiaba el suelo de cemento, envolviéndome como el humo, los pies y los tobillos. Toda la gente que se encontraba poco antes en el patio había desaparecido; sin duda, al presentir los problemas se habían refugiado en las sombras.

Subimos la escalera lentamente; cada escalón requería un esfuerzo mayor.

—Ahora estás realmente implicado en esto —susurró Wilson—. ¿Qué te parece?

No respondí. Martinez me miró con atención.

—¿Estás seguro de que quieres hacerlo? —preguntó.

Asentí, aunque en el fondo no estaba muy convencido. Los dos detectives se detuvieron en el descansillo y comprobaron que sus armas estuviesen a punto.

—Bien —dijo Wilson—. Es hora.

Intenté recordar las instrucciones que me habían dado. Subí al descansillo y me acerqué a la puerta. Vi la misma muesca profunda que el otro día. Me hice a un lado y llamé.

No se oyó el menor sonido.

Golpeé de nuevo.

No hubo respuesta.

Eché un vistazo a los detectives. Martinez hizo un gesto con la mano izquierda para indicarme que intentase abrir la puerta. Llevé la mano al picaporte y probé.

Se abrió con facilidad.

Abrí la puerta de par en par. El sol penetró en la oscuridad cavernosa del apartamento.

Por un momento me pareció vislumbrar un movimiento en el interior y me arrimé a la pared de un salto, con la boca seca.

Pero reinaba el silencio más absoluto.

Llamé al hombre en voz alta.

Nadie respondió.

Lentamente, miré alrededor, volviendo la cabeza con la mayor cautela posible, tan despacio que me pareció que tardaba minutos en hacerlo.

Entonces vi el reflejo del sol en un objeto colocado en el centro de la habitación. Me llevó un momento comprender qué era pero, cuando lo supe, me pegué de nuevo a la pared, con la respiración agitada, sintiendo que el aire caliente me llenaba los pulmones, como un hombre a quien sacan de pronto a la superficie cuando ha estado a punto de ahogarse.

Era la silla de ruedas. Vacía.

Los dos detectives me apartaron de un empujón y entraron en el apartamento empuñando las armas con los brazos extendidos.

Yo sabía que no encontrarían a nadie. Había captado el mensaje. Oí que Wilson mascullaba obscenidades. Se acercó a la puerta.

—¿Es ésa? —preguntó.

Asentí.

—Bien —dijo el detective—. Es todo lo que ha dejado.

Pero se equivocaba.

Martinez nos llamó de pronto. Seguí a los detectives hacia el interior.

—¿Veis eso? —dijo.

Señaló la silla de ruedas. En medio del asiento había una casete. Wilson se quedó mirándola por un momento.

—¿Llevas el aparato? —me preguntó.

Extraje la grabadora portátil del bolsillo de mi chaqueta.

—Muy bien —dijo Wilson—. Veamos qué tiene que decirnos ese hijo de puta.

Con el extremo de un lápiz, levantó la cinta del asiento y, sin tocarla con los dedos, la colocó en el aparato. Pulsé la tecla de reproducción y, por un momento, lo único que oímos fue un siseo.

Y luego una risa.

Ésta se prolongó, cada vez más fuerte, durante treinta segundos, quizás un minuto, y luego cesó bruscamente. De pronto, la habitación parecía vacía. La cinta giraba en silencio y apagué la grabadora. Salí al rellano y miré al cielo. Divisé la estela blanca de un avión militar que surcaba el azul celeste. En torno a mí, el descansillo se llenó de policías y técnicos. Oí la voz de Nolan y el chasquido de la cámara de Porter, que estaba en la puerta, tomando fotografías de la silla de ruedas abandonada. Pero el sonido de las voces de apagó en mis oídos. Lo único que oía era esa risa hipnótica.

Nolan estaba sentado frente a la pantalla del ordenador, tecleando con el ceño fruncido mientras observaba las palabras contra el fondo gris.

—Maldición —farfulló.

Corrigió una oración: algunas palabras desaparecieron y otras ocupaban su lugar.

—Maldición —repitió. Se apartó de la pantalla—. No tengo la menor idea de cómo vamos a decir esto.

Sus ojos se desviaron hacia la oficina del jefe de redacción. Una vez más, frunció el entrecejo y se volvió hacia la pantalla.

Yo había redactado un artículo sobre la irrupción de la policía en el apartamento y lo que habían descubierto.

En lenguaje periodístico conciso y adecuado, había escrito que el hombre de la silla de ruedas era, con toda probabilidad, el asesino. Habíamos tocado el tema de forma evasiva, tratando de pasar de puntillas sobre lo obvio y de disimular mi propia estupidez. Era con ese texto con el que Nolan estaba batallando.

—El problema —se lamentó— es que no sabemos cuánto de lo que dijo es verdad. Quiero decir: ¿cómo podemos escribir que nos contó una sarta de mentiras si no lo sabemos con seguridad? Aquel hombre, O'Shaughnessy, por ejemplo. Supón que sólo lo modificó ligeramente, que el verdadero teniente se llamaba O'Hara o Malone, o tenía algún otro apellido irlandés. No me extrañaría.

Centró su atención de nuevo en la pantalla y cambió algunas palabras más.

—Aún están esperando —dije.

Martinez y Wilson estaban al fondo de la redacción, sentados a un escritorio desocupado, con la mirada fija en nosotros. Los detectives habían llegado después de interrogar al administrador del edificio de apartamentos y a los vecinos. Nadie parecía saber gran cosa. Un hombre llegó, pagó al contado y por adelantado el alquiler de una semana y nadie volvió a verlo. Llevaba sombrero y gafas de sol. No habló mucho. En aquel edificio se hacían pocas preguntas, especialmente cuando había dinero en efectivo de por medio.

—Lo sé —dijo Nolan—. ¿Por qué no vas con ellos? Y trae el bosquejo, para que podamos publicarlo junto con el artículo. Mientras tanto, yo seguiré con esto.

Asentí y lo observé mientras él continuaba dándole vueltas a la historia.

Me asaltó una especie de sensación de pérdida al verlo

manipular mis palabras. Era el primer artículo, desde el primer asesinato, que había sido sometido a una corrección tan minuciosa. Sentí que el texto dejaba de ser mío. Me disponía a protestar al ver que introducía un nuevo cambio, pero me contuve. Hice una seña a los dos detectives y extendí el brazo para agarrar mi chaqueta, que estaba colgada sobre la silla.

Entonces sonó el teléfono.

Lo primero que pensé fue «Otra vez no, por favor». Los incesantes timbrazos me incitaban, tentadores, a contestar. Miré a los dos detectives. Tenían los ojos clavados en mí. Puse en marcha la grabadora y levanté el auricular.

—Hola —dije, en voz baja.

Lo único que oí fue una serie de carcajadas.

—¡Usted! —exclamé, en voz tan alta que todo movimiento cesó de golpe en la oficina.

Martinez y Wilson se encaminaron hacia mí. Nolan, en su oficina, dejó de trabajar.

—Bien —dijo el asesino, cuando la risa se interrumpió de pronto—. Usted quería un encuentro. Quería una historia de guerra. Ya la tiene.

—¿Por qué? —pregunté.

No respondió a mi pregunta.

—Ya ve —prosiguió—, usted no es inmune.

—Maldición, ¿por qué? —grité—. ¿Qué está haciendo?

—Nadie está a salvo —dijo—. Usted pensaba que lo estaba. En la universidad. Estudiando. Manifestándose. Bebiendo cerveza, divirtiéndose. Y ahora resulta que no hay prórrogas.

—¿A qué se refiere? —pregunté. Estaba furioso.

Su voz se suavizó y adquirió un tono muy frío y tranquilo.

—Yo también estudio —dijo—. Hábitos, rutinas, horarios. Es sorprendente lo organizadas, lo regulares que son nuestras vidas en realidad.

—¿De qué habla?

—Sólo hace falta ponerse una chaqueta blanca. Tal vez un estetoscopio plegado, colgando de un bolsillo. Entonces uno se vuelve invisible, lo que le permite verificar cualquier horario, especialmente uno que está expuesto muy a la vista.

Christine, pensé de pronto.

—Bueno —continuó—, imaginemos que alguien quiere conocer a una persona en particular; una enfermera, digamos. Él sabría cuándo ella sale del hospital, cuándo cruza el gran aparcamiento hasta su plaza reservada. Y suponga que su coche no arranca. ¿Cómo sabría ella que alguien ha cortado el cable de la batería? Y, piénselo, ¿rechazaría ella la ayuda de un joven con aspecto de interno o de residente, que pasara por allí en ese momento y se ofreciera a llevarla a una estación de servicio? Sus intenciones verdaderas, por supuesto, serían muy diferentes.

—¡Déjela en paz! —le grité—. ¡Ella no ha hecho nada!

—Mire la hora —dijo el asesino—. Ya está hecho.

Colgó bruscamente. La línea quedó muerta.

Me volví hacia el reloj de pared. Faltaban cinco minutos para las cuatro de la tarde. La hora a la que ella salía del hospital.

—¿Y bien? ¿Qué ha dicho?

Era Nolan. Wilson estaba a su lado, rebobinando la cinta.

Tomé el teléfono y marqué el número de la enfermería. Me equivoqué y, maldiciendo, volví a marcar.

—¡Christine! —grité cuando una voz me respondió.

—Creo que ya se ha marchado —fue la respuesta.

—¡No!

—Lo siento —dijo la mujer—. Se ha ido.

—¡No! ¡Maldición, deténgala!

—¿Quién habla? —preguntó la voz, con un deje de suspicacia.

—¡Que la busquen! —grité—. ¡Está en peligro!

—Lo siento —repitió ella con serenidad, el tono calmo de una enfermera acostumbrada a lidiar con familiares alterados—. Debo saber con quién hablo.

—¡Por Dios, habla Anderson, su novio! ¡Ahora, por favor, deténgala!

—Ah, señor Anderson, no he reconocido su voz. Espere mientras la mando buscar.

Apreté el auricular con fuerza, intentando ahuyentar las imágenes que me venían a la mente: el aparcamiento, su coche inutilizado, el súbito ofrecimiento de ayuda. Alrededor de mí, oía a Wilson, Martinez y Nolan, que intentaban preguntarme qué ocurría. Entonces la enfermera se puso de nuevo al aparato.

—Lo siento, señor Anderson, pero no contesta. Tal vez ya haya salido del edificio.

Colgué el teléfono de un golpe.

No podía pensar en nada más que en darme prisa.

El tráfico de la tarde parecía interponerse en mi camino. Yo avanzaba zigzagueando por las calles, saltándome semáforos en rojo, dando bocinazos sin parar y haciendo caso omiso de los gritos y las imprecaciones de los peatones y de los demás conductores. Viré bruscamente para evitar una colisión y obligué a otro automóvil a subir al bordillo, pero apenas me percaté de ello. Lo veía todo como una serie de diapositivas. Sabía que los dos detectives me seguían, pero no les prestaba atención. Recuerdo que el sol daba de lleno sobre el parabrisas y me cegaba; levanté la mano para protegerme los ojos, como si así pudiera expulsar todo el terror que había en mí.

El coche dio un bandazo cuando enfilé la rampa del aparcamiento del hospital. Otro vehículo frenó de golpe, con un chirrido de neumáticos, y me obstruyó el paso. El hombre que lo conducía me miró agitando el puño, pero lo ignoré; bajé de un salto y eché a correr. Oía las suelas de mis zapatos golpear el asfalto con el ritmo furioso de un baterista. El calor me envolvía y me agobiaba. Corrí tan deprisa como pude, moviendo los brazos enérgicamente, hacia el sitio donde sabía que ella dejaba su coche. Oí el ulular de las sirenas cuando los coches de la policía comenzaron a descender hacia el aparcamiento.

El sonido llenó mis oídos y mi mente, acrecentando mis temores. Oía otras pisadas detrás de mí; los detectives, supuse. Pero seguí corriendo, sin volverme.

Y luego, nada.

Me detuve con brusquedad, me tambaleé y me apoyé en un automóvil.

Recorrí el aparcamiento con la mirada; mis ojos se movían con la misma rapidez con que momentos antes se habían movido mis piernas.

No había señales de ella.

No había señales de su automóvil.

—¡Christine! —llamé.

Mi grito resonó en el recinto, inútilmente.

—¿Dónde? —preguntó una voz.

Era Martinez, que resollaba junto a mí.

—Aquí —respondí.

Él tenía el arma en la mano. Sus ojos se volvieron en la misma dirección que los míos.

—No está aquí —dije, con voz estruendosa.

Martinez dirigió la mirada a Wilson, que estaba recostado contra un vehículo, tratando de recobrar el aliento.

—No está aquí. Se ha ido —dijo—. ¿Y el coche? —me preguntó.

—No está.

Respiré profundamente y luego solté el aire con un resoplido cuando otra idea cobró forma poco a poco en mi mente.

—¡Oh, Dios mío! —exclamé—. Él me ha mentido. Sobre el estacionamiento. ¡Está esperando en casa!

Por un momento, Martinez me miró con los ojos muy abiertos.

—¡Mierda! —masculló.

Wilson extrajo un transmisor portátil de un bolsillo de su chaqueta y comenzó a hablar por él. Yo eché a correr de regreso a mi automóvil, que se había quedado a la entrada del aparcamiento, pero un coche patrulla le cerraba el paso.

—¡Quitadlo de ahí! —grité—. ¡Quitad ese maldito trasto!

Uno de los agentes me miró con extrañeza; luego vio que Martinez venía detrás de mí, agitando los brazos. Éste se sentó junto a mí, pisé el acelerador y el automóvil arrancó en marcha atrás.

La caja de cambios emitió un quejido cuando cambié de velocidad y el coche aceleró por la calle, coleando, con escaso control.

Pasamos sin detenernos por la cabina de peaje de la autopista. Me abrí paso por entre el tráfico, dejando atrás una buena cantidad de vehículos que frenaban y conductores que maldecían. Martinez iba aferrado a la puerta pero me apremiaba. «¡Dale gas, dale gas!», repetía. Apunté el morro del automóvil entre otros dos y pasé por en medio. «El arcén», gritó Martinez por encima del ruido del aire que entraba a raudales por las ventanillas. Me desvié hacia el arcén y adelantamos un coche tras otro. «¡Toca la bocina!», gritó. Obedecí, y el sonido se elevó y quedó flotando detrás de nosotros como la estela de un barco.

Cortamos camino por tranquilas calles suburbanas, pasando por alto semáforos en rojo y señales de stop. Yo ya no tenía conciencia de lo que sucedía detrás de mí; mi mente estaba concentrada en lo que nos esperaba. «¡Deprisa! —decía el detective—. ¡Más rápido!» Viré violentamente hacia el pequeño edificio de apartamentos donde vivíamos. Estaba en una calle tranquila, y el chirrido de las ruedas desgarró la quietud que nos rodeaba. Frené y salí del coche de un salto; tropecé, me levanté y arranqué a correr, con la mente llena de ruidos y miedo. Oía que Martinez me seguía a algunos pasos de distancia.

—¡Allí! —grité.

Era el automóvil de Christine.

—¡Oh, no!

Me detuve de pronto, con la vista al frente.

Tenía el capó levantado.

—¡Christine! —grité. Tenía el estómago contraído por la tensión—. Hemos llegado demasiado tarde —dije—. Se la ha llevado.

Martinez se detuvo a mi lado. Él también tenía la mirada fija en el automóvil.

—Mierda —barbotó—. ¿Estás seguro?

Pero entonces me asaltó otro temor. Salí disparado

hacia la puerta del apartamento. En mi mente vi la imagen de su cuerpo, torcido, deformado por la muerte, tendido en el suelo de nuestro hogar.

—¡Arriba! —grité por encima de mi hombro.

Subí los escalones de dos en dos, luego de tres en tres; mis pies pisaban con fuerza los peldaños de madera, y los pasos retumbaban en la caja de la escalera. Me arrojé contra la puerta del apartamento; mi hombro golpeó la plancha al tiempo que hacía girar el picaporte con la mano. Sentí que resbalaba, que entraba en la sala dando traspiés. El suelo se elevó hacia mí y extendí las manos para amortiguar la caída. Martinez, detrás de mí, entró corriendo por la puerta abierta, medio agazapado, sujetando ante sí la pistola con ambas manos.

—¡No se mueva! —gritó, aun antes de saber si había alguien dentro o no.

Entonces los dos nos detuvimos como paralizados. Christine estaba de pie en el centro de la habitación. Vi que una repentina expresión de temor y confusión asomaba a su rostro. Una revista cayó al suelo, abierta. En el exterior, el sonido de las sirenas llenaba el aire sofocante, a un volumen cada vez más alto a medida que se acercaban.

Christine soltó una exclamación ahogada y se tapó la boca con la mano.

—¡Oh, Dios mío! ¿Qué ocurre?

Por un largo momento me sentí suspendido, incapaz de responder. Martinez se volvió; en su semblante se reflejaba el esfuerzo por comprender. Sacudió la cabeza lentamente, incrédulo. Su mano cayó a su costado, temblando ligeramente, apuntando la pistola hacia abajo. Me di la vuelta y quedé tendido boca arriba, escuchando los sonidos que se intensificaban: las pisadas en la escalera, las portezuelas de los coches al cerrarse, las sirenas, las voces levantadas con apremio inútil. También oí la voz de Christine, que intentaba contener las lágrimas cada vez más abundantes y repetir su pregunta. Aspiré grandes bocanadas de aire, tratando de recuperar mi pulso normal, y luego todos los sonidos parecieron amortiguarse; lo único que podía oír una y otra vez eran las palabras del asesino: «No hay prórrogas.»

16

Christine se marchó a la mañana siguiente.

Desde la cama, la observé meter sus cosas en una gran maleta de cuadros. Sus manos se movían con rapidez al sacar las prendas de su cómoda y del armario. La imaginé en el quirófano, trabajando con la misma eficiencia premeditada, realizando los mismos movimientos rápidos y firmes. Habló poco, sólo para preguntarse en voz alta dónde habría guardado algo. Durante todo el tiempo me rehuyó la mirada. Cuando terminó, apretó hacia abajo la tapa ayudándose con el peso de su cuerpo. La maleta se cerró con dos chasquidos que, al resonar, llenaron el espacio que nos separaba. Luego Christine se enderezó, levantó la maleta y la depositó con firmeza en el suelo.

—Pesa —comentó, mirándome al fin.

Logró torcer las comisuras de la boca hacia arriba en un amago de sonrisa. Sacudió la cabeza, como para borrar esa expresión.

—Tengo que irme —dijo—. No puedo quedarme aquí más tiempo. Incluso los detectives me han aconsejado que me vaya.

Asentí en silencio.

Christine consultó su reloj.

—¿Me llevarás al aeropuerto?

—Claro —respondí, con voz inexpresiva.

En mi memoria, el tiempo se emborrona. La llamada del asesino fue como un disparo de salida, había desencadenado una larga carrera, primero al hospital, luego al apartamento, luego a través de la noche hacia el amanecer, directamente hasta el momento en que Christine entró en la puerta de embarque para tomar su avión.

La confusión se adueñó del apartamento cuando se llenó de policías y detectives. La calma aparente de Christine se había hecho añicos y en cuestión de minutos, incluso antes de que ella supiera lo que había ocurrido, había comenzado a sollozar y a repetir, para sí misma y para mí: «Sabía que algo sucedería. Lo sabía.» No pude explicárselo sino hasta varios minutos después. Me senté junto a ella y la abracé, para ayudarla a controlar sus emociones. Por un instante estuvo al borde de la histeria; se volvió hacia mí, furiosa, y espetó: «¡Te lo dije! ¡Te lo dije!» Me eché atrás ante su arrebato de ira, pero al cabo de un momento, volvió a apoyar la cabeza en mi hombro. Me pregunté por qué no era capaz de consolarla mejor. No obstante, a cada minuto ella recuperaba un poco de serenidad, de su dominio de sí. Finalmente, se tranquilizó y dijo:

—Explícamelo bien. Quiero saber qué ha ocurrido, para comprender a qué me enfrento.

—A qué nos enfrentamos —corregí.

Pero ella negó con la cabeza.

Le hablé de la llamada del asesino y del plan de secuestro que me había descrito; luego le referí la carrera por la ciudad hasta el apartamento. Me pidió que le repitiese varios puntos del relato, en particular la descripción que él había hecho de sí mismo como un hombre disfrazado de médico junto al coche inutilizado.

—Pero... ¡si él estaba allí! —saltó de pronto.

Martinez y Wilson, que se encontraban en otra parte de la habitación, se volvieron al oírla. Al mismo tiempo, Christine clavó la vista en ellos.

—Lo vi. Tal como él lo ha descrito.

Martinez se sentó a su lado y sacó la libreta.

—Piense con cuidado —le indicó— y trate de recordar lo que vio.

Christine respiró a fondo y asintió. Me sonrió por un instante y luego se estremeció.

—Mi automóvil estaba en el aparcamiento, aparentemente averiado. Salí del trabajo un poco temprano, más o menos a las cuatro menos cuarto. Cuando me senté al volante, el motor no arrancaba. Estaba muerto.

—Tal como él advirtió —la interrumpí.

El detective me lanzó una mirada de enfado y Christine prosiguió.

—Estaba sentada al volante, maldiciendo, tratando de poner en marcha el motor, rogando, hablándole al coche como siempre que no arranca a la primera. Entonces, de repente, vi una silueta junto a la ventanilla y una cara que miraba hacia dentro.

—¿Recuerda qué aspecto tenía? —preguntó Martinez.

Wilson también estaba cerca.

Christine titubeó.

—No exactamente.

—Describa todo lo que recuerde, con el mayor detalle posible.

—Parecía alto; tal vez medía un poco más de un metro ochenta. Cabello castaño, un poco largo; le llegaba al cuello de la camisa, más o menos. Llevaba esas gafas de espejo, con lentes muy grandes. Además, estaba de espaldas al sol. Recuerdo que tuve que tapar la luz con la mano para verlo bien. El sol le caía sobre los hombros. Y cuando mis ojos se adaptaron, sólo pude verme a mí misma reflejada en las gafas.

—¿Qué le dijo?

—Sólo me preguntó cuál era el problema. Iba vestido exactamente como les dijo a ustedes, con chaqueta blanca, pantalones oscuros, un estetoscopio. Pensé que era alguien del personal del hospital.

—Continúe.

Por un momento, Christine guardó silencio, poniendo en orden sus ideas. De pronto, me sentí excluido. Tuve ganas de intervenir, de hacer un comentario o algo así.

—Quité el seguro del capó y me dispuse a salir del coche, pero él me indicó que permaneciera al volante. Después dijo: «Ya he localizado el problema.» Vi que manipulaba algo y luego gritó: «Pruébelo ahora.» Hice girar la llave en el contacto y el motor se puso en marcha. Recuerdo que él cerró el capó y al mismo tiempo se hizo a un lado.

—¿Qué dijo? —pregunté.

El detective miró a Christine y la animó a contestar con un gesto de la cabeza.

—Dijo: «Todo arreglado. Ha sido un placer.» Y eso fue todo. —Hizo una pausa—. No, añadió algo más. Dijo: «La vida está llena de misterio, ¿no cree?» Y después se marchó.

—¿Subió a algún automóvil, o vio usted hacia dónde se dirigía?

—No —respondió—. Simplemente desapareció en la luz del exterior.

Martinez tomó algunas notas más. Oí el roce de su lápiz contra la hoja, un sonido irritante, como el chirrido de un trozo de tiza contra una pizarra.

—¿Qué había hecho él? —preguntó Christine.

—Tal vez había cortado el cable de la batería, tal como dijo —aventuró el detective.

Christine volvió a estremecerse, con un espasmo a la altura de los omóplatos. Extendió la mano y aferró la mía. Me pregunté por qué el asesino la había dejado marchar. Y aquella llamada telefónica... Cuando miré el reloj, mientras oía su voz, eran las cuatro menos cinco. Ya está hecho, había dicho. Tenía razón.

—Pero ¿por qué estaba el capó levantado cuando llegamos aquí? —preguntó el detective.

Christine lo miró.

—El motor se calentó a causa de los atascos. Últimamente ocurre a menudo. —Se volvió hacia mí—. ¿Recuerdas que el otro día te pedí que lo repararas?

Lo había olvidado.

Llamé a Nolan desde la jefatura de policía para informar de lo sucedido. Él ya estaba dando los últimos toques al artículo, incorporando citas de la última grabación y las amenazas a Christine.

—Vaya lío —dijo—. Y nos estamos atrasando.

Le conté lo que había pasado en realidad.

—Dios mío —dijo—, estuvo cerca.

—No lo sé —repliqué.

—No te entiendo.

—¿Estuvo cerca? ¿Quién sabe? Quiero decir: ¿qué

intentaba hacer? ¿Acaso tenía la intención de llevársela y cambió de idea? ¿O sólo pretendía asustarme? Pues lo ha conseguido.

—Lo sé —dijo Nolan—. ¿Cómo está Christine?

—Se marcha a casa de sus padres.

—¿Dónde viven?

—En Madison, Wisconsin. Creo que eso queda bastante lejos.

—Eso espero —dijo Nolan.

Oí el tecleo del ordenador mientras Nolan escribía las notas que yo le dictaba. Me invadió la extraña sensación de que estaba violando la intimidad de Christine al citarla sabiendo que sus palabras figurarían en el artículo. Nolan quería que le proporcionara descripciones. Yo me mostraba reacio a hacerlo, y tuvo que insistir hasta que accedí y le conté con pelos y señales lo que había visto.

—Muy bien —dijo finalmente—, lo incluiré todo. Será un batiburrillo, pero es lo mejor que podemos hacer. Te veré por la mañana. Y cuando llegues a casa, desconecta el teléfono.

Antes de que yo colgara, añadió:

—Ah, el artículo aparecerá con tu firma, como siempre.

Meneé la cabeza, pero me quedé callado. No podía resignarme a decir que no quería figurar como el autor, que deseaba perder todo contacto con el caso y con el asesino. No lo dije porque no podía. No habría sido verdad.

Aquella noche, el dibujante de la policía terminó por fin su bosquejo. Los dos detectives estaban sentados a un lado mientras Christine y yo hablábamos con el artista que realizaba el retrato robot del asesino. Christine negaba con la cabeza y decía: «No era exactamente así», pero cuando los pómulos, las cejas y el mentón cobraron forma en el papel, me pareció que la semejanza era cada vez mayor. El dibujante agregó unas grandes gafas de aviador, lo que acentuó el parecido. Christine se encogió de hombros.

—En realidad no lo vi bien. No podría asegurarlo.

Martinez me miró. Yo asentí.

—Es un comienzo —dijo el detective.

Wilson contempló el retrato robot por un momento antes de cerrar el puño y agitarlo ante los ojos inexpresivos que lo miraban desde el papel.

Bien entrada la noche, llevé una copia del retrato a la oficina. Nolan ya se había marchado, pero el redactor jefe nocturno estaba allí. Posó la vista en Christine por un instante, estudiándola y admirándola al mismo tiempo; luego tomó el bosquejo y se dirigió a la mesa de redacción. Quitaron una fotografía de la última edición y colocaron el retrato junto a la noticia con la leyenda: «¿HA VISTO USTED A ESTE HOMBRE?» En la redacción había un ejemplar de la edición anterior y vi en él mi nombre debajo de otro titular, pero los ojos se me nublaron al leer las palabras. Ya no eran mías.

Volvimos a casa en silencio. A esa hora, ya no había gente en las calles, excepto algunos de los marginados de Miami: personas sin ocupación fija, ancianos, jóvenes, algunos en autobuses, otros haciendo autostop, otros que simplemente vagaban por ahí. Muchos vivían bajo las vías de acceso a la autopista; construían chabolas con cajas de cartón y recogían objetos de la basura. Hombres mayores cubiertos de llagas deambulaban en silencio por la oscuridad, buscando, en general, su próximo trago y su próxima borrachera. Se relacionaban a menudo con los jóvenes, los fugitivos que iban hacia el sur por la Interestatal 95, la amplia carretera que llegaba hasta el centro de Miami, desde Maine.

Por las noches, los dos grupos salían a la calle. Nos paramos frente a un semáforo y vimos a un par de adolescentes que le tomaban el pelo a un anciano. Le habían quitado una gorra de béisbol de la cabeza y se la arrojaban el uno al otro; el viejo se retorcía y daba vueltas tratando de recuperarla.

—¿Por qué hacen eso? —preguntó Christine.

No supe qué responderle. Mientras los observábamos, el viejo finalmente trastabilló y cayó al suelo. Se quedó tendido, jadeando por el esfuerzo y tal vez debido a un enfisema. Los dos jóvenes lo miraron por un momento y luego le tiraron la gorra. El viejo no intentó agarrarla y permaneció tumbado.

Vi que un automóvil se detenía y alguien bajaba una ventanilla. Los dos jóvenes se acercaron a él y, después de un cruce de palabras, uno de ellos se dirigió al otro lado y desapareció por la puerta abierta. El otro adolescente siguió con la mirada las luces que se alejaban y luego se alejó hasta perderse en su propia oscuridad. Nuestro semáforo se puso verde y aceleré para subir por la rampa de acceso a la autopista.

—¿De qué iba eso? —preguntó Christine.

—Un ligue —respondí—. Un homosexual maduro conduciendo por la ciudad en busca de una pareja para la noche.

Christine emitió un gruñido de desagrado y luego nos quedamos callados.

En el aeropuerto, anunciaron su vuelo por megafonía. Christine me acarició la mejilla.

—Debes de estar cansado —dijo—. Siento mucho que las cosas tengan que ser así.

Me encogí de hombros.

—La verdad es que no hemos tenido mucho contacto últimamente —comentó.

Asentí.

—¿Me llamarás? —pregunté.

—Claro.

—¿Regresarás?

Vaciló.

—No lo sé.

Hubo un momento de silencio entre nosotros.

—¿Y si él decide ir a por ti? —preguntó—. ¿No tienes miedo?

—Creo que no —respondí.

Christine frunció el ceño.

—No. Ése es el problema. Tú lo ves todo. Y sin embargo estás totalmente ciego a lo que sucede en realidad. —Los ojos se le humedecieron—. Lo siento mucho —dijo.

Se dio la vuelta, tomó su bolso, unas revistas y un ejemplar de los cuentos de Hemingway. Con firmeza y rapidez atravesó la puerta de embarque para subir al avión. Levanté la mano para despedirme con un gesto, pero cambié de idea y la bajé. De todos modos, ella no miró atrás.

Luego mis pensamientos se centraron de nuevo en el asesino.

Esa tarde, ante mi escritorio, saqué todas las notas que había escrito sobre el asesino. Las examiné, elaboré una lista de rasgos, pistas y todos los intentos de descubrir la identidad del hombre, y me quedé mirándola. Empezaba así:

Hijo único.
Niñez en Ohio. Adolescencia en la ciudad.
Padre: vengativo, débil. Madre: seductora, fuerte.
Ejército.
Crueldad.

Había otras características, extraídas de la conversación más reciente. Debajo de todo, escribí: «¡No hay prórrogas!»

Entonces, uno tras otro, taché todos los renglones. Todos los artículos, todas las palabras y oraciones que habían llenado las columnas del periódico, no significaban nada. Ahora carecían de sentido y de sustancia. Bajé la vista y advertí que había trazado un gran signo de interrogación en la página. Sonreí. «Muy apropiado», dije en silencio, para que no me oyeran los demás periodistas. Después de todo lo que había ocurrido, de todo lo que se había dicho, en realidad yo no sabía nada. Fijé la mirada en el retrato robot y evoqué las conversaciones con el asesino. Recordé algo que él había dicho: estábamos solos él y yo. Ahora lo comprendía.

El dueño de la armería levantó la vista cuando entré. La tienda estaba vacía, salvo por un par de hombres que miraban las pistolas que estaban en exhibición en una vitrina cerrada. El dueño sonrió, y vi que estaba leyendo el *Journal*. Extendió la mano.

—¿Sabe? Justamente estaba leyendo su último artículo. Tenía el presentimiento de que lo veríamos por aquí.

Quiere estar preparado por si él vuelve a intentarlo, ¿verdad?

—Correcto —respondí.

Se frotó las manos.

—No vienen por aquí muchos jóvenes como usted —prosiguió—. Es decir, vienen muchos jóvenes, pero no son como usted: educados, con trabajos de oficina. No, en su mayoría, los clientes de su edad son obreros de la construcción, policías, algún bombero a quien le agrada practicar tiro cazando patos o tal vez ciervos en los Glades. Claro que desde que este asesino comenzó a hacer de las suyas en la ciudad vienen personas de todo tipo. Pero no como usted.

Como yo guardaba silencio, continuó:

—Creo que tiene algo que ver con la guerra, usted me entiende. No les apasionan las armas. Pistolas, rifles..., diablos, ni siquiera una buena honda. Claro que es sólo una teoría, una observación. Se aprende mucho de la vida en una tienda de armas.

»Bien. Esta vez no viene por un artículo, ¿verdad? No busca declaraciones, supongo. ¿Qué le interesa? ¿Qué le parece una Magnum .357? Creo que la última vez le mostré una de ésas, ¿no es así? ¿No? Bueno, eso debe de ser lo que usted necesita.

Negué con la cabeza.

—¿Y una de éstas? —dijo, agarrando una automática de un estante—. Automática, nueve milímetros. Lleva un cargador de trece tiros, expulsa los cartuchos. Es un modelo con un funcionamiento particularmente suave. Nunca se traba; al menos, eso me han dicho.

Volví a sacudir la cabeza.

—Quiero lo que tiene él —dije al fin.

El hombre sonrió.

—Debí adivinarlo. Quiere combatir el fuego con fuego. Para igualar las cosas, ¿eh? Ha decidido que con un poco de cerebro y un poco de suerte puede sacarle ventaja. Bien pensado. —Se inclinó y extrajo una .45 de metal gris de la vitrina—. Aquí está. El modelo básico. Ideal para dejar a ese tipo en la puerta. Nada de adornos, sólo el arma, con sus piezas esenciales. ¿Para qué llevarse algo que no necesita, eh? Me refiero a que esta arma tiene un propósito limitado y específico, ¿correcto?

—Correcto —respondí.

—Tengo muy buen ojo para la gente, sí señor. Eso se aprende cuando uno vende armas. Hay que poder intuir las necesidades del cliente. Adivinar lo que tiene en mente. Una pistola es eso, ¿sabe? Una extensión.

—Me la llevo.

—Un momento —dijo—. Usted sabe lo de las setenta y dos horas. El tiempo necesario para serenarse.

—¿Cómo dice?

—Usted es periodista, debería saberlo. Nadie puede comprar una pistola y llevársela en el mismo momento. Es una norma del condado. El comprador debe mostrar su identificación, pagar y volver setenta y dos horas después de buscar la pistola. Es para evitar que alguien se enzarce en una discusión con su vecino, su esposa o su cuñado, venga aquí y compre algo para liquidarlos. La asamblea legislativa supone que tres días bastan para hallar otra solución.

—Eso es un problema —repuse.

Me miró fijamente.

—Es lo que estoy pensando. —Se inclinó y acercó su rostro al mío—. Le diré qué haremos. Si usted me da su palabra de que no me delatará, pondré una fecha atrasada en el recibo de compra y podrá llevarse el arma. Jamás lo he hecho antes, pero supongo que por una vez no me descubrirán. Y me sentiría muy culpable si ese tipo fuera y lo liquidara durante el período de espera. Considérelo un acto de solidaridad, ¿de acuerdo?

—Tiene mi palabra.

No reconocí mi propia voz.

Mientras el hombre se encargaba de los papeles, sopesé la automática. La culata parecía llenar mi mano y cubrir cada poro de mi piel. Tenía un tacto agradable, fresco. Miré la pistola y sentí que el entusiasmo recorría mi brazo hasta invadir mi cuerpo. El asesino también debió de sentir lo mismo alguna vez.

—Somos gente responsable —dijo Nolan.

Sus ojos se paseaban por las páginas y los titulares, y se detenían en las fotografías. Estaba sentado a un escritorio, mirando todos los artículos que habíamos publicado sobre los asesinatos, clavados en la pared de un pequeño despacho.

—Simplemente no lo entiendo —murmuró. Se recostó en la silla y se frotó los ojos—. Hemos obrado de una manera absolutamente ética. Mira los artículos: ningún editorial sensacionalista en primera plana pidiendo venganza, nada de odio, no sembramos el pánico. Intento averiguar en qué nos equivocamos. ¿Qué clase de mensaje le hemos enviado a ese tipo? ¿De qué manera lo hemos alentado? Diablos, el *Journal* ha sido cuidadoso. Agresivo, sí, pero cuidadoso, en todos y cada uno de los artículos. ¿Acaso el *Times* o el *Washington Post* lo habrían manejado de otra manera? No lo creo. Bueno, tal vez habrían decidido explotarlo a fondo y poner a media docena de periodistas a trabajar en la historia, pero aun así yo defendería la decisión de que te encargaras tú solo de cubrir el caso. Gracias a eso hemos mantenido cierta coherencia, un mismo enfoque. Además, diablos, él te llamaba a ti, no a todo el personal. —Hizo una pausa para reflexionar—. Supongo que las cosas habrían sido distintas si el periódico fuera de Hearst... o uno de los tabloides británicos, del tipo de los de Fleet Street. Podríamos haber llamado a videntes y escrito cartas abiertas al asesino. Podríamos haber publicado titulares sensacionalistas todos los días, habernos entregado a un frenesí periodístico, promovido una especie de guerra santa. Podríamos haber publicado las fotos más truculentas a todo color.

»Pero no hicimos nada de eso. Permanecimos calmos; agresivos, como ya dije, pero circunspectos. Actuamos con toda la respetabilidad y la... responsabilidad que cabe esperar del principal periódico de esta ciudad. Nadie puede acusarnos de manipular a ese tipo.

Nolan volvió a frotarse los ojos. Parecía estar hablándoles a los recortes de la pared y no a mí.

—¿Sabes? Incluso pedí a los de la biblioteca que separaran todos los editoriales sobre la guerra de Vietnam. Sólo para repasarlos, para recordar la línea que teníamos entonces. Moderada desde el principio. Un apoyo inicial que, a finales de los años sesenta se transformó en la exigencia de que trajeran a todas las tropas de regreso en 1971 y de que dejaran de apoyar a los regímenes títeres. Creo que no fuimos los primeros, pero estoy seguro de que tampoco fuimos los últimos. —Exhaló un largo suspiro—. Estoy envejeciendo —dijo—. Creo que todo esto empieza a afectarme. —Me miró—. ¿Sabes? Envié a mi esposa y mis hijos a casa de mi hermano y mi cuñada, en California. Hace dos semanas.

—¿Por qué?

Frunció el ceño.

—¿Bromeas? Porque tenía miedo. Mi número telefónico figura en la guía. Él podría ir a por mí, o por Christine o por cualquiera. —Hizo una pausa momentánea—. Supongo que todos somos vulnerables.

Entonces comencé a esperar.

En casa y en la oficina miraba el teléfono, ansioso por que sonara, por que el asesino se pusiera a mi alcance. Creo que no estaba asustado, a diferencia de Wilson o Nolan, que habían enviado lejos a sus familias, y a diferencia de Martinez, que necesitaba distraerse con la bebida o con chicas para apartar su mente del asesino. Yo, por el contrario, intentaba concentrar mis pensamientos en él. Fantaseaba con un encuentro a solas, en algún sitio solitario. Veía las dos armas idénticas en nuestras manos y oía las detonaciones iguales. En mi imaginación, él era siempre el segundo, el más lento. Lo veía retorcerse y caer, destrozado por el impacto. A veces me sentía como una carnada, rebotando en la superficie del agua, con el mortífero anzuelo oculto en mi interior. Yo mismo ya estaba muerto.

A medida que la espera se prolongaba, me dediqué a escuchar las grabaciones de las llamadas del asesino. El sonido frío de su voz llenaba el aire. Estábamos él y yo, solos.

No había artículos que escribir. Sólo la espera.

Entonces recibí la llamada de O'Shaughnessy.

Los timbrazos del teléfono, como siempre, sonaron como el repentino repique de la campana de una iglesia y, como siempre, pensé primero en el asesino. Puse en marcha la grabadora y levanté el auricular diciéndome: «Ha llegado el momento, el principio del fin.» Era como si sólo tuviera que eliminarlo para restituirme al mundo. Permanecí callado hasta que oí la voz en el otro extremo de la línea.

—¿Hola? ¿Hola? —dijo.

Dejé de apretar el auricular con tanta fuerza.

—Sí —respondí—. Al habla Anderson.

—Señor Anderson —dijo la voz—. Me llamo Peter O'Shaughnessy. Fui teniente en el ejército de Estados Unidos.

Por un instante no pude articular palabra. Después de hablar con el Pentágono, había dado por sentado que los nombres eran falsos.

—Dios mío —dije—, usted existe.

Se echó a reír.

—Eso espero. Al menos, existía esta mañana al despertarme, y creo que aún existo.

—Pero no comprendo. Los del Pentágono me aseguraron que no había ningún O'Shaughnessy.

Me interrumpió.

—Bueno —me interrumpió—, no estoy seguro de ser el hombre que usted busca. Pero dada la similitud de los nombres, bueno, he pensado en llamarle para averiguarlo.

—¿Dónde está?

—Memphis, Tennessee. Soy abogado. Un amigo mío que vive en Miami me envió una copia de su artículo, en el que menciona mi nombre. He estado un par de días dudando si telefonearle o no. Creo que lo he hecho por curiosidad. La coincidencia era demasiado grande y, de todos modos, no creo que haya habido otro O'Shaughnessy en el ejército al mismo tiempo que yo. En realidad, no es un apellido tan común.

—¿Dónde combatió? —pregunté.

—Bueno —dijo—, eso es lo más extraño. En realidad, nunca combatí. Al menos no del modo descrito por ese tipo. Verá, yo estaba a cargo de una sección de empleados administrativos, en la base aérea cercana a Da Nang. Lo más parecido a un bautismo de fuego que tuve fue una vez que cayeron algunos proyectiles de mortero sobre la base. A veces se veía el tipo de cosas que los Vietcong sembraban en los caminos: minas terrestres, en general. Pero nunca entré realmente en combate como algunos soldados. Yo me dedicaba a tramitar papeles, formularios, todo lo que el ejército necesita por triplicado.

—¿Trabajaba con empleados administrativos?

—Correcto. Bueno, no sé cuántos eran; tal vez entre cincuenta y cien tipos distintos pasaron por ahí a lo largo de los dieciocho meses que estuve en ese lugar. Gente muy distinta, pero que tenían una cosa en común.

—¿Qué cosa?

—Estaban allí para evitar que les volaran el trasero.

—No le sigo —dije.

—Bueno —respondió—, el ejército les ofrecía un trato antes de enviarlos a alguna base de artillería en el interior del país. Se alistaban por uno o dos años más y los enviaban de regreso a la división, donde los ponían a trabajar con una máquina de escribir, archivadores y uniformes limpios.

—Entonces...

—Entonces éramos los cobardes, supongo. Asustados y a salvo.

Conversamos durante casi una hora. Admitió que su descripción física coincidía con la que me había proporcionado el asesino. Me habló de los militares, de la vida entre las alambradas, del complejo de oficinas desde donde, de vez en cuando, él observaba a las oleadas de refugiados como si la valla de tela metálica fuese una barrera que no sólo impedía el paso de los nativos, sino también de los sentimientos. Dijo que nunca pudo distinguir si los soldados estaban atrapados dentro o si los civiles lo estaban fuera. Por primera vez en días, tomé notas con rapidez. Su voz parecía rejuvenecerme. Una alegría malévola se apoderó de mí, y continuamente pensaba: «Ya te tengo.»

O'Shaughnessy también habló de las salidas a la ciudad, de los paseos por las calles atestadas, hombro con hombro junto a los demás estadounidenses que descollaban en altura entre los locales. Habló de bares oscuros, donde no había más luz que la que se reflejaba en la piel desnuda de una bailarina sin nombre. Allí les contaban muchas historias, según me dijo; historias de asesinatos, atrocidades, muertes, todas cometidas bajo la excusa de la guerra; voces apagadas, enturbiadas por la cerveza o el whisky barato, que relataban horrores en la penumbra.

—Todos los escuchábamos. No podíamos evitarlo. Los soldados bebían para olvidar, pero es un proceso lento, ¿sabe? Se desarrolla en etapas. Y llegaba un punto en que ellos estallaban y las pesadillas salían a la luz, como una confesión, como si al contarlas pudiesen hacerlas desaparecer.

Imaginé al asesino allí, escuchando otras voces que alimentaban su imaginación.

—¿Sabe qué era lo peor? —dijo O'Shaughnessy.

—¿Qué?

—Que, aunque oíamos tantas cosas, vivíamos en un mundo muy aislado de todo eso. Era muy artificial. Como cuando uno despierta y recuerda lo que acaba de soñar. Es real y, al mismo tiempo, no lo es. A veces estoy en algún lugar, y oigo algo..., una palabra, un tono de voz, tal vez... y me viene a la memoria alguna conversación. Es como tener un fantasma en tu interior.

Me pareció que sacudía la cabeza al otro lado de la línea, intentando librarse de esos recuerdos.

—¿Por qué cree que aquello le afectaba tanto? —pregunté.

Hizo una pausa.

—No le he explicado a qué se dedicaba mi sección.

—¿Y bien?

—Nos encargábamos de nuestros muertos. Nombres, identificaciones. Nos cerciorábamos de que los féretros fuesen acompañados de los efectos personales correspondientes. Verá, nuestras oficinas estaban junto a una morgue. Había cadáveres sobre las losas; algunos, reconocibles; otros..., bueno, destrozados. Por eso había tanta rotación de personal en la sección. Era demasiado macabro, demasiado inquietante, trabajar todo el día junto a los cadáveres. Había aire acondicionado, pero a veces aún despierto con el olor a muerto en la nariz. Me pone enfermo, pero no puedo evitarlo. Los médicos dicen que todo está en mi mente. ¿Sabe? Ése era el problema de la guerra. Siempre nos afectaba demasiado a la cabeza.

No se me ocurría nada que decir. Imaginé al asesino sentado ante un escritorio, respirando lentamente, todo el día. Percibiendo el hedor de la muerte en todo momento.

—¿Le ha servido de algo todo lo que le he contado? —preguntó O'Shaughnessy.

—Más de lo que se imagina —respondí.

17

Ya te tengo, hijo de puta.

Al principio, no hablé con nadie de mi conversación con el abogado de Tennessee. En cambio, dejé volar mi fantasía. Imaginé mil formas de capturar al asesino. Sentí que, de pronto, había superado la brecha que me separaba de él, que ahora todas sus mentiras se evaporarían. Permanecí ante mi escritorio, meciéndome en la silla. «¿Quién es el cazador ahora —pensé—, ¿y quién la presa?» Apreté los puños, eufórico. Nolan me vio y se acercó.

—¿Alguna novedad? —preguntó—. ¿Algo bueno, para variar?

Asentí. Él hizo una leve mueca y luego sonrió.

—Por favor, que no sea algo como el fiasco del encuentro. Y nada peligroso.

Negué con la cabeza.

—Lo tenemos —dije.

Nolan sonrió y levantó la mano.

—Por favor, ahórrate la conclusión; sólo quiero las pruebas.

Entonces le puse la grabación. Escuchó en silencio,

acariciándose la barbilla, echado hacia delante. Luego se recostó en la silla.

—Tal vez estés en lo cierto —dijo. Luego se echó a reír, y sus carcajadas resonaron en la pequeña sala de conferencias—. ¡Diablos! Esto podría ser definitivo.

—Ya se ve el final —dije.

—Bien. Llama al Pentágono.

—Ellos tendrán los nombres...

—Y nosotros daremos con el asesino. —Nos miramos—. Tal vez. ¿Y si está usando un alias?

—¿Eso crees? —dije—. ¿Crees que es su estilo?

Nolan meneó la cabeza.

—No, no lo es.

Nos miramos por encima de la mesa, con la grabadora entre nosotros. Desde las paredes, nos observaban los artículos que últimamente habían marcado nuestras vidas, nuestros días, nuestros altibajos.

—Atrapemos a ese hijo de perra —dijo—. Atrápalo tú, maldición. Atrápalo tú.

El oficial de información pública del Pentágono respondió con la contundencia de un saludo marcial.

—Sí, señor. Una lista de nombres, señor. Puedo hacerlo.

Oí el roce de su lápiz sobre el papel mientras tomaba nota de la información.

—Sí, señor —repitió—. Eso bastará. Ahora permítame ver si lo he apuntado correctamente. Usted quiere un informe de los nombres y las posibles direcciones de los empleados administrativos que cumplieron parte de su servicio en Da Nang.

—Correcto.

Le repetí los números de la sección y la unidad, tal como me los había proporcionado O'Shaughnessy. También le pedí que verificara sus datos.

—Correcto —respondió—. ¿Para cuándo necesita esta información, señor?

—Lo más pronto posible.

—Llevará unas veinticuatro horas —dijo—. Pero me encargaré de ello personalmente y luego me comunicaré con usted.

—Bien.

De pronto, me sentí tranquilo, como si dispusiera de todo el tiempo que necesitaba. «Ahora soy yo quien te persigue —pensé—; cada vez estoy más cerca.» Quería que el asesino me llamara para poder decírselo, indirectamente, hacerlo sudar. Cada vez más cerca.

Por la tarde fui a ver a Martinez y a Wilson al departamento de homicidios. Los seguí por el laberinto de escritorios y cubículos, que no habían cambiado desde mis visitas anteriores. Era como si aún estuviesen interrogando a las mismas personas, como si las mismas voces cansadas repitieran la misma información. La luz del sol penetraba en la habitación, proyectando sombras en los rincones y en el suelo. Las voces se elevaban en el aire cargado de humo y se confundían con el zumbido del aire acondicionado. Hablamos en la sala habilitada como centro de operaciones para el caso del Asesino de los Números. Ahora, además de la lista de nombres, lugares y fechas, colgaban en las paredes copias del retrato robot policial.

—¿Te ha llamado? —preguntó Wilson.

—Aún no —respondí.

—Lo hará —aseveró Martinez—. Siempre lo ha hecho. Cuando un asesino establece una pauta, es muy difícil que la altere. Esto se da tanto en los peores psicópatas (como este tipo) como en los más fríos asesinos a sueldo. Se acostumbran con mucha rapidez al sistema que desarrollan, a su propia manera de hacer las cosas. No se sienten satisfechos si se desvían de sus normas. Es como una firma; a veces sale un poco vacilante, ligeramente distinta, pero el resultado es el mismo. Y la pauta de este tipo consiste en llamarte a ti.

—¿No crees que esa llamada puede haber sido la última?

—No. Sólo es una teoría, pero creo que se le está acabando la cuerda. Tal vez uno de los detectives de la calle estuvo a punto de encontrarlo, preguntando por allí; quizás esté asustado. Pero no creo que resista la tentación de volver a hablar contigo. O de matar. Eso se ha vuelto demasiado importante para él. Dudo que renuncie a ello; tiene demasiado ego. Por eso lo atraparemos.

Pensé en hablarles de mi conversación con O'Shaughnessy. «Espera», me dije.

—¿Creéis que estoy en peligro? —les pregunté.

—Es difícil saberlo —dijo Wilson—. Tal vez él ya haya conseguido lo que quería: asustarte y todo eso. Por otro lado, eso podría ser sólo el principio. Tenemos que suponer que corres peligro.

—Eso no es lógico —repliqué.

—¿A quién coño le importa la lógica? Seguramente a ese tipo no.

Wilson se volvió hacia las paredes.

—Podría haberme matado cien veces —alegué.

—Claro —dijo Martinez—. Pero eso no significa que no habrá una centesimoprimera.

Negué con la cabeza. «Ahora no me persigue —pensé—. Yo lo persigo a él.»

—Tienes que entender —prosiguió Martinez— que a él le gusta establecer una relación personal con sus víctimas. Por eso se sintió tan frustrado con la mujer y su bebé, en los Glades. Ella no quiso hablar con él. Pero de todas las personas, es contigo con quien ha establecido un vínculo más estrecho. ¿Por qué no habría de querer matarte? Además, piensa en los titulares a los que daría pie ese asesinato.

—Creo que aún me necesita, que no intentará liquidarme. Es sólo una corazonada.

Wilson soltó una maldición.

—Una corazonada que podría costarte la vida. No seas ingenuo. Y no pienses que puedes batirte en duelo con ese cabrón. Esto no es el lejano oeste. Ese tipo sabe manejar las armas y conoce muy bien esa pistola.

—No trates de jugar con él —me advirtió Martinez—. Saldrás perdiendo con toda seguridad.

—¿Qué os hace pensar...?

—Oh, mierda —me cortó Wilson—. Debes de tomarnos por unos imbéciles.

—Sabemos lo de la .45 que compraste el otro día —explicó Martinez—. Deshazte de ella antes de que te pegues un tiro o te vueles el pie.

No dije nada.

—Ni se te ocurra —dijo Martinez.

—¿Qué novedades tenéis? —pregunté, cambiando de tema—. ¿Qué haréis ahora?

—Volveremos a la calle —respondió Martinez—. Con los retratos robot y los volantes. Eso dará fruto pronto. Algún vecino suspicaz, algún barman que se fija en las caras; alguien reconocerá al tipo del dibujo. Y entonces comenzaremos a movernos. Sucederá. Tardará algunos días, pero sucederá. Todo es cuestión de esperar.

—¿Es todo?

—Es todo lo que podemos decirte.

Imaginé el artículo final. Vi las palabras materializándose delante de mí. Primero, la noticia importante: la identidad del asesino, la captura, tal vez el tiroteo. Después, el hallazgo del domicilio del asesino, la información proporcionada por el Pentágono y por O'Shaughnessy. Luego el texto volvería a la acción: una descripción del enfrentamiento final, el acorralamiento, la derrota del asesino.

Pensé en el poema «Los hombres huecos» de T. S. Elliot. Allí no habría gemido alguno, pensé, sino una auténtica explosión.

El último artículo. Ya no habría mentiras ni medias verdades; ya no habría relatos inexactos ni información errónea, sólo la verdad: nombres, lugares, hechos, identidades.

Eso lo arreglará todo, pensé.

La verdad.

Llamé a Christine a casa de sus padres, en Madison. Su madre atendió el teléfono y vaciló cuando me identifiqué.

—Quizá no esté dispuesta a hablar contigo —dijo—, pero se lo preguntaré.

Oí voces al fondo, ruidos, nada inteligible. Momentos después, Christine se puso al teléfono.

—¿Cómo estás? —preguntó.

—Bien —respondí—. ¿Volverás?

Silencio. La oía respirar.

—¿Por qué?

—Las cosas pueden volver a ser como antes.

—¿Y el asesino?

—Este asunto casi ha terminado.

—¿Cómo lo sabes?

—Tengo una pista. Sé que es concluyente.

—Y si lo es, ¿qué te hace pensar que las cosas cambiarán?

—Christine, esto es el fin. Lo presiento.

—Tal vez sea el fin de esta historia —dijo—. Pero habrá otras.

—Pues sí, claro que las habrá. A eso me dedico, después de todo...

—Es lo único que te importa —replicó—. Dejas a un lado los demás aspectos de tu vida. Ya no hay sitio para nada más. Especialmente para mí.

—Pero te quiero. Te haré un sitio.

Oí que se le escapaba un sollozo.

—No es verdad —repuso con voz llorosa—. Malcolm, tú sabes que no lo es. Respóndeme a esto: si te obligase a elegir entre tus crónicas sobre el asesino y yo, ¿qué dirías?

—Eso no es justo.

—Nada es justo —murmuró—. ¿Tomarías un avión mañana mismo para venir a buscarme?

—Claro que sí.

—Entonces, ¿por qué no lo haces?

—Yo...

Callé.

—¿Lo ves?

—Lo haré —le aseguré—. Es sólo que no puedo creer que me pidas eso.

Tuve la impresión de que ella sacudía la cabeza.

—No, no lo hagas. No te lo estoy pidiendo. No sé si eso serviría de algo. Sólo te sentirías frustrado. Te importa más esa historia que yo. Siempre fue así.

—Eso no es cierto. Tú pídeme cualquier cosa. Haré lo que me digas. Sólo quiero que vuelvas.

Christine contuvo el aliento y soltó una risita.

—Ojalá pudiera creerte. Suena muy bonito.

—Haz la prueba —la animé.

Recé por que no me lo pidiera. Hubo un segundo de tensión. Sentí en la mano el plástico del teléfono húmedo de sudor.

—No —dijo finalmente—. Llámame otra vez. Cuando todo termine.

—Está bien. Cuando todo termine.

—Si es que alguna vez termina —añadió, y colgó.

Al día siguiente, por la tarde, llamó el oficial del Pentágono.

—¡Señor! He recopilado la lista que usted solicitó.

Me estremecí con una oleada instantánea de emoción.

—¿Es muy larga?

—Aproximadamente de ciento setenta y cinco nombres, señor. Uno siete cinco.

—¿Direcciones?

—Sí, señor. Pero no puedo garantizarle su exactitud. Estas señas datan de la época en que los hombres servían en el ejército. Desde entonces, muchos factores pueden haberlos llevado a cambiar de residencia. Muchos veteranos se mudan y a menudo no notifican a la Asociación. Por eso no puedo garantizar su autenticidad, señor.

—Pero los nombres...

—Bueno, eso es distinto, señor. Los registros de esas

secciones administrativas en particular están cuidadosamente archivados. No podía ser de otra manera; queríamos evitar cualquier tipo de irregularidad, no sé si me entiende. Todos los que trabajaron en esas oficinas figuran en la lista.

—¿Y O'Shaughnessy?

—El teniente Peter O'Shaughnessy, número de serie DR uno siete uno cuatro tres cero siete. Las fechas de su expediente coinciden con las que usted me dio. Baja honorable, marzo de 1972. Domicilio actual, Memphis, Tennessee.

De pronto me sentí aliviado. «Ha terminado —pensé—. Esta vez sí que ha terminado.»

—Gracias —dije.

—Ha sido un placer, señor. Le enviaremos la lista; la recibirá mañana.

La lista llegó temprano, en un grueso sobre de papel manila. Sobresalía varios centímetros de la ranura de mi buzón. Lo sopesé, lleno de entusiasmo. «El asesino está aquí —pensé—, en la palma de mi mano.» Sabía que no se había molestado en cambiarse el nombre, que se había reído ante la idea de tomar esa precaución rudimentaria. ¿Por qué asumir una nueva identidad cuando había disimulado la vieja con tanto cuidado? Y sin embargo, dejaba puertas abiertas. Recordé lo que habían dicho los psiquiatras: él quiere que lo atrapen. «Bien, pues que así sea —me dije—. Él establece sus propias reglas, juega ciñéndose a ellas..., y yo también.»

Abrí el sobre y, sin examinar su contenido, me dirigí al despacho de Nolan. Él levantó la vista del terminal, con el entrecejo fruncido. Por un momento, nuestras miradas se encontraron; las suyas eran inquisitivas. Luego vio el sobre amarillo en mi mano y sonrió.

—¿Es ése?

—Es éste.

Fui a mi escritorio y eché un vistazo a los nombres que figuraban en el papel. El primero era Adams, Andrew S., número de serie AD 2985734, nacido en Lexington, Kentucky. Pasé las hojas hasta llegar a la última página. Zywicki, Richard, número de serie CH 1596483, nacido en Chester, Pensilvania. Dirigí la vista hacia una de las esquinas de mi escritorio, donde estaba la gran guía telefónica. «No puede ser tan sencillo», pensé, alargando el brazo para agarrarla.

Pero lo era.

Miré el nombre que tenía ante mí, con el dedo, ligeramente tembloroso, apoyado en una página de la guía telefónica de Miami. Era el nombre número cuarenta y siete.

Dolour, Alan, número de serie MB1269854, nacido en Hardwick, Ohio.

Y en la guía telefónica: A. Dolour. Calle 78 NE, 224.

«Es él —me dije—. Sin duda.» Le hice un gesto a Nolan y él se acercó rápidamente a mi escritorio. Sin decir nada, señalé ambos nombres. Sus ojos se dilataron por un momento, y luego él asintió. Ya no había sonrisas.

Entonces sonó el teléfono.

Sabía que sería él. La coincidencia era demasiado grande para que se tratase de otra persona. Percibí un matiz nuevo en su voz, como si le faltara el aliento, como si tuviese el pecho oprimido y sus pulmones se esforzaran por respirar.

Puse en marcha la grabadora e hice una seña a Nolan con la cabeza. Frenéticamente, apunté con el dedo al número que aparecía junto al nombre en la guía. Nolan asintió y se dirigió a un teléfono cercano.

—Soy yo —dijo—. Supongo que ha estado esperando mi llamada.

—Así es —respondí.

—¿Qué ha averiguado? —preguntó, de pronto. Por un instante, temí que se refiriese a la lista que tenía ante mí—. ¿Empieza a verlo todo más claro? —agregó, y comprendí que aún estaba inmerso en la guerra que él mismo había creado.

—¿Qué debería haber averiguado?

No contestó. Miré a Nolan. Tenía los ojos clavados en el auricular que sostenía. Tomó una hoja de papel del escritorio y garabateó una nota a toda prisa: «Comunica.»

—Todos estábamos implicados —dijo el asesino—. Todos éramos culpables. Usted. Yo. Todos.

—Y ¿qué queda? —pregunté.

—Nada. Sólo oscuridad. El mal. Muerte. Destrucción.

—¿Piensa seguir adelante?

Pasó por alto la pregunta.

—Todos estamos enfermos.

—¿Volverá a matar? —grité al teléfono.

—Nunca me detendré —respondió.

Decidí jugármela.

—Sé quién es usted.

Oí que tomaba aliento bruscamente. Luego se rió.

—Adiós, Anderson. Adiós para siempre.

—¡Lo sé! —dije—. ¡Maldición, lo sé!

—Desaparecido en combate. Sin explicación.

Comencé a pronunciar su nombre, pero él ya había colgado. Me quedé mirando el auricular, sosteniéndolo frente a mí como intentando comprender lo que había ocurrido. Luego tomé conciencia de lo que sucedía alrededor. Nolan hablaba por teléfono con Martinez y Wilson, dándoles explicaciones rápidas y precisas. Andrew Porter salía corriendo del estudio de fotografías colgándose cámaras del cuello, con su mochila cargada de carretes de película y objetivos.

—¡Ahora sí! ¡Ahora sí! —gritó—. ¡Vamos, vamos!

Entonces me puse de pie; Nolan me alcanzó y ambos seguimos a Porter hacia los ascensores.

—¡Vamos, vamos! —repetía él—. Detened el ascensor —gritó—. ¡Maldición, detenedlo!

Me vi arrastrado como por la marea matutina en la playa.

—No pienso perderme esto —dijo Nolan mientras entrábamos en el ascensor—. ¡Muévete! —le bramó a la máquina, y bajamos rápidamente de nuestro santuario.

Fuera, hacía tanto calor que me quedé parado, como si hubiera chocado con una pared.

—¡Vamos! ¡Vamos! —me apremiaron Porter y Nolan a coro y, una vez más, me vi arrastrado.

El automóvil arrancó; los neumáticos chirriaron y el motor rugió cuando Porter pisó el acelerador. Nos dirigimos al norte por el bulevar tratando de abrirnos camino a bocinazos entre el tráfico de la tarde.

Oí sirenas a lo lejos.

—¡Vaya subidón de adrenalina! —exclamó Porter.

Por la calle vi las caras que nos miraban, siluetas que desfilaban por la ventanilla mientras avanzábamos a toda velocidad hacia el norte. La gente se detenía para ver a qué se debía aquel alboroto; los ojos se volvían con curiosidad, con miedo, con emoción. Y nosotros seguíamos adelante, a todo gas. En la distancia, aparecieron unas luces azules intermitentes. «La policía», pensé.

—¡Allí, allí! —gritó Nolan.

Vi un modesto edificio de apartamentos, rodeado de

coches patrulla y automóviles camuflados. Un furgón de operaciones especiales se detuvo con un frenazo al otro lado de la calle, y un equipo de hombres con trajes azules y gorras de béisbol bajó de un salto. Reconocí sus armas automáticas. Llevaban fusiles M-16, como los soldados rasos de Vietnam.

—¡Caray! —exclamó Nolan—. Parece que vayan a combatir en la tercera guerra mundial.

Porter ya había bajado del automóvil y corría, apretando el disparador de su cámara de la misma manera que un soldado de infantería aprieta el gatillo de su arma.

El edificio era pequeño; debía de tener cuatro o cinco apartamentos repartidos en dos pisos. Vi una grieta en una de las paredes y una larga mancha bajo el tejado rojo. No había césped; sólo la calle y el polvo. A la entrada había una docena de agentes uniformados y de la policía secreta, empuñando las pistolas. En ese momento, el equipo de operaciones especiales atravesó la puerta, con las armas listas. El tiempo pareció detenerse bajo el sol.

Y luego todo terminó.

Advertí que los policías se relajaban: enfundaban las armas y hablaban entre sí, irritados. Nolan y yo nos abrimos paso a través de la multitud. Martinez estaba en medio. Me hizo señas para que me acercara.

—Se ha ido —dijo.

—¿Adónde? —pregunté.

—Está cerca —respondió el detective—. Ahora lo atraparemos.

Wilson bajó las escaleras y se reunió con nosotros. Se volvió hacia Nolan.

—Gracias por la llamada —dijo—. Pero ¿qué lo ha puesto sobre aviso?

Por un momento guardé silencio.

—He sido yo —admití al fin.

Los dos detectives me miraron.

—Le he dicho que sabía quién era él.

Martinez soltó un gruñido y Wilson me volvió la espalda.

—Podríamos haberlo atrapado con facilidad —me recriminó Martinez—. ¿Te das cuenta?

No respondí.

—Bueno —prosiguió—; supongo que aun así mereces que te dejemos echar un vistazo.

Se volvió y nos condujo a los tres al interior del edificio. Allí el aire estaba más fresco. Mis ojos tardaron un momento en adaptarse a la oscuridad.

—Barato —comentó Martinez—. No muy distinto de aquel apartamento en el centro.

Subimos al primer piso. Un miembro del equipo de operaciones especiales fumaba un cigarrillo en la puerta abierta de uno de los apartamentos. Martinez le hizo una seña con la cabeza y dijo:

—Los del laboratorio llegarán enseguida. —Luego, dirigiéndose a nosotros, agregó—: Las reglas son las mismas. No toquen nada; sólo miren. —Miró a Porter—. Lo dejo a su criterio —dijo—, pero no nos estorbe.

Entramos. El apartamento era pequeño y estaba abarrotado. En un rincón había una pequeña cocina y una nevera; en otro, una cama con una sola sábana sucia. Había ropa arrebujada en el suelo y se percibía un olor a humedad y a cerrado. El teléfono había sido arrancado de la pared y estaba en el suelo, con los cables retorcidos y pelados. Fijé la mirada en la pared.

El asesino había montado un *collage*. En el centro había un enorme póster amarillo, verde y rojo de la masacre de My Lai. A los lados había docenas de imágenes de distintas formas y tamaños: Jane Fonda, el general Westmoreland, Robert MacNamara, los Siete de Chicago, Lyndon B. Johnson, Daniel Ellsberg, Ho Chi Minh. Había páginas arrancadas de viejos número de *Life* que mostraban a soldados atravesando pantanos y arrozales bajo el fuego; niños, con los ojos en blanco por la desesperación, al otro lado de la alambrada de un campo de refugiados. En algunas fotos, el asesino había practicado la cirugía creativa: Nixon y Agnew, con los brazos levantados en señal de victoria, acunaban a un niño vietnamita muerto. Henry Kissinger, con corbata negra, escoltaba a una figura con un vestido de noche y el rostro desesperado de una mujer vietnamita. Las imágenes recubrían la pared desde el suelo hasta el techo, contribuyendo al ambiente pavoroso del apartamento.

Me volví y vi una grabadora sobre una mesita, junto a la única ventana del apartamento. Más allá, había un espejo colgado en la pared contigua al baño. Estaba hecho añicos; en el centro, tenía un agujero negro. Había fragmentos de vidrio esparcidos por el suelo.

Volví a mirar la mesa. Junto a la grabadora, había una novela abierta, con el lomo gastado. Me acerqué. *La condición humana*, de Malraux.

Martinez también la vio. De mala gana, agarró el libro, después de envolverse la mano con un trapo. Leyó por un instante y luego me lo tendió para que le echara una ojeada. Había un pasaje subrayado en una página cercana al final.

«Había visto tanta muerte... —había destacado el asesino—. A él siempre le había parecido bien el suicidio, una muerte que se asemeja a la propia vida. La muerte es pasiva, mientras que el suicidio implica acción...»

Martinez y yo nos miramos sin decir nada.

Wilson se acercó a nosotros y Martinez volvió a colocar el libro en el sitio que ocupaba junto a la grabadora.

—Veamos qué tiene que decirnos ese cabrón —dijo Wilson.

Pulsó la tecla de reproducción.

Al principio, sólo hubo silencio.

Luego, la risa breve de costumbre.

Entonces se oyó la voz:

—Hola, Anderson. Hola, detectives. —Otra carcajada—. Jamás me atraparán.

Sonó un siseo continuo y Wilson se inclinó hacia adelante para apagar la grabadora, pero otro sonido lo interrumpió. Era el asesino tarareando. Reconocí la melodía al instante, un recuerdo de las manifestaciones universitarias.

Comenzó a cantar con voz aguda y forzada:

Y uno, dos, tres.
¿Por qué estamos luchando?
No me lo preguntes, me importa una mierda.
La próxima parada es Vietnam.
Y cinco, seis y siete.
Abrid las puertas del cielo.
Es inútil preguntarse por qué.
¡Hurra! Todos vamos a mor...

Pero la última palabra se perdió, ahogada por la detonación de la .45 y el ruido del espejo al saltar en pedazos.

—Diablos —dijo Martinez.

Todos dimos un respingo al oír la explosión en la cinta.

—Ya está —dijo Wilson—. Hemos publicado un boletín con una descripción de Dolour. Un vecino nos ha descrito su automóvil: un Plymouth blanco. Lo atraparemos hoy o, a lo sumo, mañana. ¿Dónde puede esconderse?

Bajé la vista y vi las bobinas de la cinta girar incesantemente. Martinez extendió la mano para apagar el aparato pero, justo antes de que tocara la tecla, volvió a sonar la voz del asesino, serena, dura, casi burlona.

—Anderson —pronunció mi nombre recalcando cada sílaba—. Esto es sólo para usted, Anderson. Uno más. ¿Entiende? Uno más.

Martinez me miró de pronto.

—¿Qué diablos significa eso? —preguntó Nolan.

La cámara de Porter me enfocó para captar mi reacción; la lente parecía el cañón de una pistola.

—Bueno, no os preocupéis —dijo Martinez en tono tranquilizador—. Podría significar casi cualquier cosa.

—¿Crees que se refiere a mí? —pregunté.

Martinez se encogió de hombros.

—¿Qué más da? —dijo Wilson—. Ese desgraciado ya es nuestro. Le echaremos el guante esta tarde. No hay nada que temer. —Me miró con atención, escudriñando mis ojos—. Me encanta —dijo—. Todo parece mucho más real cuando es uno el que corre peligro, ¿eh?

—Mira, no te preocupes —dijo Martinez—. Ya es nuestro. No hay problema.

Pero se equivocaba.

18

El titular ocupaba dos renglones y estaba compues-
to en letras de cuarenta y ocho puntos:

IDENTIFICADO EL ASESINO DE LOS NÚMEROS.
LA POLICÍA EMPRENDE SU BÚSQUEDA

Comencé el artículo con la noticia principal (el nombre, la dirección, la carrera por la ciudad hasta el apartamento del asesino) y continué con una descripción de la
pared y del apartamento. La redacción publicó los primeros párrafos en un tipo de catorce puntos, en dos columnas que dominaban la primera página. Junto al texto aparecía el retrato robot del asesino y una fotografía que
databa de varios años atrás, enviada desde Washington por
Associated Press y obtenida por el Pentágono. Describí la
entrada en el apartamento, los tentáculos de la búsqueda
policial, la llamada telefónica de O'Shaughnessy, la lista de
nombres del Pentágono. El artículo continuaba en el interior del periódico con más fotografías: una de cuatro
columnas que había tomado Porter con un gran angular y
que mostraba el interior de la habitación del asesino. Al

fondo se apreciaban con claridad las figuras del mural, que semejaban fantasmas.

Nolan rondaba mi escritorio, mirando por encima de mi hombro, dándome ánimos como si fuese un jugador de fútbol.

—Ponlo todo. Ponlo todo. No te preocupes por la extensión, sólo escríbelo todo. Más, más.

Y eso hice. Al sacar la última hoja del rodillo de la máquina de escribir, sentí un arranque de júbilo, una excitación casi sexual. Mi mente se ocupó momentáneamente de Christine, pero deseché esos pensamientos enseguida. Nolan leyó el final del artículo.

—Maldición, allí está —dijo—. Lo has incluido todo... excepto una cosa.

En mi mente, oí la voz del asesino: «Uno más.»

—¿Tengo que...?

Nolan me interrumpió.

—No, no; no sabemos qué quiso decir, ¿o sí? Creo que tú eres el experto. ¿Qué te parece?

Me encogí de hombros.

—Correcto —dijo Nolan—. ¿Para qué generar más alarma si no lo sabemos?

Se alejó, con la última hoja en la mano. De pronto, mi estómago se contrajo, como si alguien se hubiese apoderado de los músculos y los hubiese retorcido con violencia. Tomé aliento y me mecí en la silla, notando que palidecía. Mareado, me encogí y coloqué la cabeza entre las rodillas.

Yo sí lo sé, pensé.

Soy yo.

Después de corregir el artículo y mandarlo a composición, Nolan me acompañó a mi automóvil. Los sonidos del tránsito se fundían con la oscuridad.

—¿Estarás bien? —preguntó—. Mira, lo atraparán esta noche, te apuesto lo que quieras.

Me dirigí a casa y di varias vueltas a la manzana para inspeccionar el vecindario. Todo parecía tranquilo, normal, en su sitio. Permanecí sentado en el automóvil, observando, esperando que mis ojos se adaptaran a la oscuridad. Ojos nocturnos, pensé.

Al entrar en el apartamento no encendí las luces. Atravesé la puerta y esperé, aguantando la respiración, aguzando los sentidos para detectar cualquier otra presencia en las habitaciones sumidas en sombras. De pronto exhalé; el leve sonido llenó el apartamento y me sobresaltó. Todavía a oscuras, me dirigí a la cómoda del dormitorio y extraje la .45 del primer cajón. Inserté un cargador en la culata y amartillé la pistola. Luego, lentamente, recorrí el apartamento, revisando cada armario, cada puerta cerrada; abrir cada uno de ellos representaba una aventura, un momento de pánico seguido de una oleada de alivio y un reavivamiento de la tensión ante el siguiente. Al fin, satisfecho, encendí unas pocas luces para paliar la oscuridad y me senté de frente a la puerta... a esperar.

Cuando sonó el teléfono, di un salto. Con el corazón acelerado, me acerqué a él. Uno, dos, tres timbrazo. Lo dejé sonar. Cinco. Siete. Nueve. Conté hasta trece. Y entonces dejó de sonar.

Sólo tú y yo, pensé.

Esa noche no dormí.

Cuando entré en la oficina, Nolan iba y venía por la redacción, apretando y relajando los puños.

—Imbéciles —masculló—. Imbéciles. —Se volvió hacia mí—. Nada. Ni rastro de él. Todos los policías de la ciudad lo buscan. Por Dios, tienen una maldita fotografía, una descripción del automóvil, todo. ¿Qué necesitan? ¿Una presentación?

—¿No hay rastro?

—Nada.

Volví a sentir náuseas.

Esa mañana llamé a casa de Raymond Dolour y su esposa, en Hardwick, Ohio. Las primeras trece veces que marqué el número, la línea estaba ocupada. La cuarta vez, respondió una voz áspera. Me presenté con cautela:

—Señor Dolour, quisiera hablar con usted acerca de su hijo.

—Yo no tengo hijo —repuso, y colgó de un golpe.

Nolan estaba indeciso. Teníamos que enviar a alguien; quería saber si yo estaba dispuesto a ir a llamar a su puerta.

—Es tu historia —dijo—, pero no hemos escrito el final todavía.

Por un momento pensé en ir. Allí estaría a salvo, no tendría nada que temer. Sentí que la tensión aumentaba en mi interior: ¿la seguridad personal contra qué? No podía darle un nombre.

—No —le dije—, me quedaré aquí.

Envió a otro periodista. No fui capaz de leer su artículo.

Esa tarde, el jefe de policía de la ciudad apareció en los tres canales locales para hacer un llamamiento al asesino, para que se entregara. Aseguró que daría con él en cuestión de horas.

—Si está usted allí, viéndome —dijo, mirando a la cámara sin parpadear, con el ceño fruncido—, entréguese. Sálvese. Evitemos más derramamientos de sangre.

Nolan se echó a reír a carcajadas y yo lo imité. Teníamos una hilera de televisores en la redacción y veíamos la imagen del jefe como reflejada en muchos espejos.

—Me encantan los buenos tópicos —comentó Nolan—. Es igual que esas películas policíacas de los años cincuenta.

Sin embargo, aún no había rastro del asesino.

CONTINÚA LA BÚSQUEDA DEL ASESINO. LA POLICÍA ESTRECHA SU CERCO EN TORNO A LA CIUDAD.

—¿Dónde diablos está? —preguntó Nolan—. No puedo creer que no consigan encontrar a ese tipo.

Continuaba paseándose a grandes zancadas por la redacción; toda su atención estaba centrada en la búsqueda policial, y había delegado la responsabilidad sobre los demás artículos en los redactores. Mientras lo esperaba, mi propio temor comenzó a tomar forma.

Hice un recorrido con Martinez y Wilson, en el asiento trasero de su coche camuflado; los tres íbamos inclinados hacia delante, escrutando por las ventanillas los rostros de los transeúntes, absorbiéndolos y luego desechándolos rápidamente. Escribí un artículo sobre eso, los detalles de la búsqueda, los lugares investigados y descartados, los sospechosos interrogados y puestos en libertad.

Al tercer día, un guardia de la Universidad de Miami encontró el Plymouth blanco. Habían cambiado las matrículas; un rápido examen reveló que las que llevaba eran robadas. Se hizo circular entre los detectives una lista de todas las denuncias de robo de automóviles recibidas por la policía durante los últimos tres días. Tenían vigilada la terminal de autobuses, el aeropuerto y la estación de ferrocarriles. Se solicitó personal de refuerzo y las horas extras se dispararon. Yo documenté todo esto en la crónica del día siguiente.

Corrían muchos rumores por la ciudad: que el asesino había robado un avión o un barco privado y había salido de la ciudad sin ser detectado. Llegaban informes de que lo habían localizado en cayo Hueso y, al siguiente, alguien aseguraba haberlo visto en Fort Lauderdale. Algunos pensaban que había tomado como rehenes a una familia y que aguardaba en la calma suburbana a que se disipara la atención, para luego escabullirse por la ciudad y alejarse tranquilamente.

Al quinto día, escribí un artículo sobre los rumores. Fue publicado en la primera página bajo el título: ¿DÓNDE ESTÁ?

—Eso quisiera yo saber —comentó Nolan—. ¿Dónde diablos está?

Una tarde, en el coche patrulla, Wilson se volvió hacia mí.

—¿Aún tienes esa .45 ilegal?

Asentí.

—Bien —dijo.

—¿Por qué?

De nuevo sentí que el estómago me daba un vuelco.

—No lo sé. Tengo un mal presentimiento sobre esto.

—Cállate, joder —espetó Martinez—. No le hagas caso —me dijo, acelerando—. Él está demasiado ocupado tratando de mantenerse a salvo. No tiene tiempo de preocuparse de ti. Sería ridículo suponer que te está buscando. Da igual lo que te haya dicho.

Martinez lanzó una mirada furiosa a Wilson, quien, por toda respuesta, soltó un resoplido. Ridículo, pensé. Recordé cuándo había oído esa palabra antes.

Dormía poco y mal, con la .45 junto a la cama. Con mayor frecuencia, daba una cabezada en la sala, en una silla frente a la puerta. Los ruidos nocturnos pasaban a formar parte de mis sueños; me despertaba sobresaltado y abría los ojos al percibir el menor sonido. Sentía que el corazón me latía a toda prisa y los músculos se me tensaban. Esperaba.

El fracaso ponía de malhumor a los detectives; su paciencia disminuía con cada hora que pasaba. Nolan también se tomó la demora muy a pecho, como una afrenta personal. Yo pasaba el mayor tiempo posible con los detectives, observando a Wilson lustrar el metal azulado de su revólver mientras Martinez conducía el coche por otra calle desierta.

—No pienso llamar a los muchachos de operaciones especiales —dijo Wilson por lo bajo—. Ese hijo de puta es mío. Lo liquidaré yo mismo.

Martinez guardaba silencio. Una vez, se volvió hacia mí.

—No debiste decírselo —me reprochó—. Todo habría sido más fácil.

Me encogí de hombros. Cada vez que salía, llevaba mi arma conmigo en el automóvil. Cuando regresaba a casa, entraba empuñando la pistola frente a mí. Sin el seguro.

Al séptimo día después de la desaparición del asesino, él me llamó.

Sonó el teléfono. Seguí mi rutina: puse en marcha la grabadora, tomé papel y lápiz. No obstante, me desconcertó oír su voz familiar.

—Se lo dije —rió, sin identificarse.

Luché contra el impulso de colgar y esconderme.

—¿Dónde...?

Me interrumpió.

—No tan deprisa.

—No puede escapar —dije—. ¿Por qué no se entrega?

Soltó otra carcajada.

—Ha llegado el momento, Anderson.

—¡No! —exclamé.

Su risa parecía un eco en la línea.

—Anderson —dijo lentamente—, buena suerte.

—¿Qué?

Pero él ya había colgado.

Se me hizo un nudo en la garganta. No sabía qué hacer. Apagué la grabadora y miré a Nolan. Pensé en los detectives. Imaginé el titular: PERIODISTA RECIBE LLAMADA DEL ASESINO. Pero ¿qué había dicho él? ¿Qué significaba? Nosotros dos. ¿Suerte? En el fondo noté que el pánico intentaba aflorar; luché por reprimirlo. No, él no vendría a buscarme. ¿Y si lo hacía? Nosotros dos. Teníamos que estar los dos solos. Tragué saliva, saqué la cinta de la grabadora y la dejé en el primer cajón de mi escritorio.

—¿Alguna novedad? —preguntó Nolan más tarde.

Meneé la cabeza.

—Tiene que estar en alguna parte —dijo.

—Está allí fuera —respondí.

Esa noche, en el apartamento, me asfixiaba de calor. Me senté en la silla, palpando el arma. El teléfono sonó una vez. ¿Christine? Mi mano se extendió hacia el auricular y luego se detuvo. No podía estar seguro. A medianoche me adormecí. Un sonido de pasos en el exterior me arrancó de mi duermevela. Por un momento me esforcé por despabilarme del todo. El ruido se hizo más fuerte: una rozadura, pisadas. Ya estaba despierto, con los ojos fijos al frente.

Las pisadas se detuvieron ante la puerta de mi apartamento.

Es él, pensé.

Hubo un silencio. Ningún movimiento, ningún sonido. Aspiré tratando de no hacer ruido y contuve el aliento. Silencio absoluto.

Prepárate, pensé.

Levanté la automática a la altura de mis ojos. Apunté a la puerta. Agucé el oído.

Oí que una mano se cerraba sobre el picaporte de la puerta.

Disparé.

El estampido de la .45 me arrojó hacia atrás en la silla. Percibí el olor a pólvora y humo. Por un segundo me sentí como si me hubiesen derribado de un golpe; estaba atontado. Entonces el ruido cesó; ya no me zumbaban los oídos. Atravesé la habitación a grandes zancadas; clavé los ojos en el agujero negro que había en la puerta. Aferré el pomo y abrí la puerta rápidamente, agachándome al mismo tiempo, con la .45 lista para volver a disparar.

Nada.

Por un instante me sentí confundido. «¿Dónde? —pensé—. ¿Dónde está el cadáver? ¿Dónde está él?» Vi un agujero de bala en el revoque, frente a mi puerta.

—Pero si había alguien allí —dije en voz alta—. Lo he oído. Estaba allí.

Di media vuelta y bajé las escaleras corriendo, hacia la noche. La calle estaba desierta.

—¡Sé que está ahí! —grité.

Detrás de mí, una voz dijo:

—¿Dónde?

Di media vuelta y apunté con la .45. Pero no apreté el gatillo.

—¡Por Dios, hombre! ¡Cuidado con lo que hace!

Era uno de los vecinos, en pijama, con un bate de béisbol en la mano. Me miraba fijamente. Se encendieron varias luces y otras voces llegaron a mis oídos.

—¿Se encuentra bien? —preguntó el hombre—. ¿Quién andaba por allí?

—Estoy bien —respondí.

Pero en el fondo no lo creía.

19

La carta llegó al día siguiente, el octavo desde la desaparición del asesino.

Estaba escrita en el mismo tipo de papel común y corriente, y el sobre no llevaba remite. Al agarrarlo, supe que contenía una sola hoja. Miré el matasellos: era de Miami, pero el resto estaba borroso. Mi nombre figuraba en grandes letras negras, trazadas con esmero. Esperé hasta regresar a mi escritorio para abrirlo. Nolan estaba hablando por teléfono, de espaldas a mí. Abrí el sobre con cuidado. La escritura de la carta era la misma.

ANDERSON:
He aquí una cita para usted.
A veces es tan razonable representar una clase de encarcelamiento con otra como simbolizar cualquier cosa que realmente existe con aquello que no existe.
Piénselo. Y he aquí un mensaje para usted.
No crea todo lo que ve.
¿Entiende? Y esto es lo más importante.
Estoy vivo.

No estaba firmada.

No sé por qué no le mostré la carta a Nolan ni a la policía. La dejé en el primer cajón de mi escritorio, junto con la última grabación, y lo cerré con llave. Sé que parece extraño; podría haber escrito un artículo sobre la carta y la cinta. Podría haber puesto de relieve la relación entre el asesino y yo; habría sido otro detalle, tal vez crucial, para los lectores, otra pincelada en el retrato pintado en el transcurso de ese verano. Me senté, pensando que había docenas de razones para mostrar la carta, para sacarla a la luz. Pero no lo hice.

«Estoy vivo.»

¿Qué es lo que no debía creer?

La respuesta llegaría cinco días más tarde.

Yo había vuelto a escribir sobre el estado de la investigación policial: entre ocho y diez párrafos que informaban de que no había nada nuevo sobre lo que informar. Salí y volví a entrevistarme con el psiquiatra. Llamé a las familias de las víctimas, pero ninguna quiso hablar conmigo. Hice entrevistas en la calle. Las reacciones eran, en general, las mismas: la tensión de la espera unida al alivio de saber que el asesino tenía nombre, fotografía y pasado. Una mujer dijo: «Sólo es cuestión de tiempo. —Me sonrió—. Pero creo que se ha ido muy lejos. A California, probablemente.» No le pregunté por qué a ese estado en particular.

Comenzó a llegar información sobre el asesino. Su historial del ejército: nada excepcional. Su expediente académico en los colegios públicos de Illinois y Ohio. Nunca sobresalió; sus profesores no recordaban nada. Intenté hallar a alguien que lo conociera. No tuve éxito. Lo mismo ocurrió con los vecinos del edificio de apartamentos en que había vivido. Era un solitario, dijeron. Podría haber adivinado sus palabras. Pero incluso la falta de información era noticia: la gente que declaraba que no conocía al asesino era tan digna de citarse como alguien que sí lo conociera. A los jefes les gustó ese artículo. Lo publicaron en la parte inferior de la primera página.

Nolan recibió la llamada en su oficina.

Giró en su silla, levantó el brazo y me hizo señas para llamar mi atención y para que me reuniera con él.

Era septiembre; agosto ya se desvanecía. Hacía más calor, había más tormentas en el Caribe, azotando las islas. Aún faltaba más de un mes para el fin de la temporada de huracanes. Algunos de los empleados más antiguos de la redacción hablaban de las tormentas tardías que parecían tomarse su tiempo durante el opresivo verano y luego, cuando el tiempo daba muestras de cambiar, se formaban y se desplazaban sobre el mar. Sin embargo, el calor seguía imperando en la ciudad, agobiada bajo el aire sofocante.

Yo dormía poco. Desde la noche en que había oído la mano en mi puerta, me había acostumbrado a mantenerme despierto hasta la madrugada. Conservaba la pistola cerca de mí; no estaba seguro sobre lo que había oído esa noche. Martinez y Wilson habían sacudido la cabeza al mismo tiempo al ver la puerta destrozada.

—Hace calor —comentó Wilson—. Hace un calor bochornoso aquí, ¿verdad?

No comprendí adónde quería llegar.

Pulsé la tecla del teléfono correspondiente a la extensión de Nolan y levanté el auricular. Nolan gesticulaba frenéticamente: quería que hablara yo.

—¿Sí? —dije.

—¿Es usted Anderson? ¿El periodista?

El acento delataba el origen sureño del hombre.

—Así es.

—Tengo una carta para usted —dijo—. La he encontrado esta mañana en una de mis barcas. Sobre el asiento, muy a la vista. Diablos, hacía casi tres días que buscaba ese maldito bote. Al final lo he encontrado y ahí estaba esta maldita carta. ¿Quiere que la abra?

—Sí.

Miré a Nolan y me encogí de hombros. Él estaba inclinado sobre el escritorio, pendiente de las palabras del hombre.

—Diablos —farfulló el hombre—. No dice gran cosa.

—¿Qué?

—Dice... déjeme ver... sólo esto: «Estoy aquí, esperándole.» Eso es todo. No hay firma ni nada más. Me parece bastante raro.

Me volví hacia Nolan. Tenía los ojos muy abiertos, clavados en los míos. Se echó atrás en su silla, con el rostro encendido de entusiasmo, y levantó una mano en señal de victoria.

—¡Eso es! —exclamó—. ¡Maldición, es él!

El puño cerrado de Nolan se agitó en el aire.

Dejamos atrás la ciudad, envuelta en una bruma cálida, bajo el sol. Porter conducía; Nolan iba en el asiento trasero, mirando por la ventanilla con una media sonrisa. Yo observaba la carretera que se internaba en la maleza hacia el oeste mientras atravesábamos la enorme extensión pantanosa de los Everglades.

—¿Sabéis? Él podría esconderse aquí durante meses si quisiera —dijo Porter—. Yo solía venir a pescar lubinas. Una vez me perdí. Había lagartos y serpientes en el agua. Pensé que iba a morir; no había nadie. Estaba tan solo que concebí la absurda idea de que ya no había civilización, de que estaba solo en el mundo. Los guardabosques me encontraron hacia la medianoche. No hacía frío, pero yo estaba tiritando. Si él ha estado por aquí, no me extraña que nadie lo haya encontrado.

—Nosotros tampoco lo hemos encontrado aún —dijo Nolan—. ¿Crees que planea emprenderla a tiros?

No respondí. Porter se encogió de hombros.

—Tal vez —dijo—. ¡Mirad!

Se inclinó y señaló por el parabrisas. Por encima de nosotros, un helicóptero policial surcaba el aire: el ruido de las hélices llenó el automóvil, haciéndonos estremecer. Porter aceleró.

Una hora después, salimos de la autopista y tomamos una carretera secundaria de dos carriles, llena de baches. Los gigantescos cipreses y palmeras se encorvaban sobre nosotros; avanzábamos entre colores abigarrados y sombras. Vi el azul del cielo arriba, entre los árboles; parecía perderse en una extensión de luz blanca. Divisé un halcón volando en lentos círculos a lo lejos. Flotaba en el aire, dejándose llevar por la brisa, girando como suspendido de un móvil invisible. Luego, justo antes de que lo perdiéramos de vista, el ave se elevó de pronto; plegó las alas contra su cuerpo y se lanzó en picado hacia abajo, hacia alguna presa que había avistado. Imaginé su grito asesino al bajar desde el cielo claro hacia las sombras.

Seguimos avanzando. Más adelante, vi un claro, algunas cabañas construidas al borde del pantano, con toscos carteles pintados a mano que anunciaban cerveza, carnada y botes de alquiler. Detrás de las cabañas había algunas barcas de pesca amarradas a la orilla y un par de lanchas inflables.

—¡Debe de ser allí! —señaló Nolan.

Al otro lado, acercándose a gran velocidad ahora que Porter había pisado el acelerador de nuevo, centelleaban las luces azules familiares de los coches de policía. Otro helicóptero nos sobrevoló, y la presión de las aspas pareció aplastarnos contra el suelo. Yo me agaché en un acto reflejo.

—Joder —exclamó Porter por lo bajo—, tienen todo un ejército.

Fuera se arremolinaban equipos de operaciones especiales que habían descendido de dos enormes furgones azules. Muchos de ellos comprobaban que sus armas y municiones estuviesen a punto. A un lado vi el vehículo del forense. «Esperan que haya cadáveres», pensé. Se había colocado una barrera en el camino y detuvimos el coche al llegar a ella. Porter comenzó a cargar sus cámaras con rapidez. Nolan bajó de un salto y yo lo seguí. El calor se ciñó a mi cuerpo como un lazo corredizo.

Otro helicóptero pasó por encima, levantando nubes de polvo. Me cubrí la cara y vi a Martinez y a Wilson junto a los botes, hablando con un viejo curtido. El cartero, pensé.

Los dos detectives nos indicaron por señas que nos acercáramos. Martinez me entregó un trozo de papel. Vi las letras de imprenta iguales a las de cartas anteriores.

—¿Te resulta familiar? —preguntó.

—Es él.

—No os mováis de aquí —nos advirtió el detective—. Esto se va a poner interesante.

Esperamos con el viejo en una de las cabañas. Un gastado acondicionador de aire refrescaba ligeramente el ambiente con un ruido lastimero. El hombre me contó que había descubierto hacía varios días que faltaba uno de sus botes; había salido a buscarlo pero no había tenido éxito. La barca había aparecido unos días después con la carta sobre el asiento, dentro de una bolsa de plástico.

—Lo más extraño de todo —dijo— es que estaba seguro de haber buscado en ese lugar. No lo entiendo, créanme.

«Ha vuelto a la selva —pensé—. La selva en la que antes tenía miedo de luchar.»

—¿Puede sobrevivir mucho tiempo allí? —preguntó Nolan.

—Diablos, si se empeña... —respondió el hombre—. Pero no es nada agradable.

Esperé. En mi mente se agolparon imágenes de la guerra: barro, sol, sangre y muerte. «Eso es», pensé. Nolan dijo las mismas palabras en voz alta:

—Eso es lo que esperaba. Eso es.

Pasó una hora. Dos. Continuamos esperando. Los policías salían en equipos; oía crepitar sus radios mientras coordinaban sus posiciones con los helicópteros que daban vueltas en lo alto.

Otros treinta minutos.

—Diablos, nunca van a pescar a ese tipo.

La situación cambió de repente: oí que un policía gritaba a una unidad de operaciones especiales que estaba descansando: «¡Es él!» Los hombres se pusieron de pie de un salto y empuñaron sus armas. Porter maldecía.

—Joder, tengo que ir allí, tengo que conseguir una buena foto.

Nolan aferró mi brazo, pero no para detenerme sino para tranquilizarse.

Entonces, al igual que en el apartamento del asesino, el ambiente se relajó.

—¿Qué ocurre? —preguntó Nolan.

No hubo respuesta. Intenté preguntárselo a algunos de los policías, pero sacudieron la cabeza. Martinez y Wilson se habían marchado, y también el médico forense. Seguimos esperando al borde del pantano. Transcurrieron otros treinta minutos. El tiempo parecía estirarse como el cuero: correoso, no elástico.

Vi que un bote con dos agentes uniformados se dirigía a la orilla. Sus trajes especiales estaban ennegrecidos por el sudor y el lodo. Uno de ellos nos miró y condujo la pequeña fueraborda hacia nosotros.

—¿Es usted Anderson? —gritó, desde cierta distancia.

Asentí.

—Suba. Los detectives lo necesitan. El cadáver está a un kilómetro más o menos.

—¿Cadáver? —preguntó Nolan.

El policía no respondió. Volvió a poner en marcha el motor. Los tres nos apiñamos al frente; los asientos de metal quemaban.

—No logro entenderlo —dijo el policía mientras hacía virar el bote—. No pudo haber llegado a nado desde donde dejó el bote hasta donde está ahora.

Maniobró para esquivar una masa de malezas y troncos. A mi derecha, una bandada de garcetas levantó el vuelo. Recordé la descripción que había hecho el asesino de su cuarta víctima, la mujer, cerca de los Glades. Nosotros estábamos internándonos mucho más, hacia un lugar mucho más oculto.

—Verá —prosiguió el policía—, no se puede nadar en medio de toda esta mierda. Te enredas en las malezas y te hundes. Las serpientes pueden matarte. Los caimanes... ¡Eh, miren allí!

Me di la vuelta y divisé un caimán de un metro ochenta de largo que reptaba entre las matas...

—¿Les gustaría vérselas con ese bicho en la oscuridad? A mí no.

Porter tomaba fotografías.

Tras doblar una curva en el pequeño canal vi un promontorio que sobresalía del agua, un islote de barro y arbustos. Había algunos policías en la orilla, en el centro estaban Martinez y Wilson junto con el forense. No alcancé a distinguir lo que examinaban.

—Lo han avistado desde el helicóptero —dijo el policía—. Habría sido imposible verlo desde el agua, aunque pasáramos justo al lado.

El bote tocó fondo.

—Fin del recorrido —anunció el policía.

Bajé y me hundí unos tres centímetros en el barro. Martinez nos hizo señas de que nos acercáramos.

No percibí el hedor hasta que estuvimos casi encima del cadáver, gracias a un ligero cambio en la dirección de la brisa. Por un segundo pensé que iba a vomitar; luego la sensación pasó y quedamos inmersos en el horrible olor dulzón de la muerte. Pensé por un instante en la casa de Miami Beach. Wilson advirtió en mi rostro el efecto del olor y le dijo algo al médico forense. Ambos rieron, pero yo no capté el chiste. Martinez fue el primero en hablar.

—Échale un vistazo —dijo.

El forense estaba encendiendo su pipa y seguía mis movimientos con la mirada.

—¿Un vistazo a qué?

—Aquí —dijo Wilson, señalando algo a sus pies—. No es una visión agradable.

Me acerqué a los tres hombres y observé la figura en el suelo.

A primera vista costaba creer que había sido un hombre. La carne se había vuelto blanca y pastosa, como un pescado que se deja demasiado tiempo en el horno. Tenía los párpados abiertos, pero los globos oculares habían desaparecido. La piel parecía estirada, agrietada y quemada en los bordes por el sol. La mitad inferior de la cara del hombre estaba destrozada; donde debía estar la mandíbula, sobresalían algunos huesos mellados. La parte posterior del cráneo había volado en pedazos. Me aparté, asqueado.

—Míralo bien —dijo Wilson.

Tomé aliento y eché un nuevo vistazo. El cadáver estaba vestido con botas militares especiales para la selva, hechas de lona y goma. Los pantalones vaqueros se habían desteñido bajo el sol. Tenía manchas de sangre seca en la camiseta, a la altura del pecho.

—¿Qué se supone que debo ver? —pregunté.

Martinez señaló algo y vi la pistola. La .45 de metal gris destelló al sol por un instante, iluminando la maleza verde y pardusca. La automática se hallaba a pocos centímetros de la mano extendida del cadáver, como si la hubiese dejado caer en el momento de la muerte.

—¿Y bien? —dijo Wilson—. ¿Has visto bastante?

Asentí.

—Entonces, ¿quién es?

Por un momento me sentí confundido. Sacudí la cabeza.

—Ya lo sabéis —respondí.

—Dímelo tú —insistió Wilson.

Permanecí en silencio. Volví a mirar el rostro desfigurado por el disparo y por el sol. «¿Quién es?», pensé. Martinez se acercó a mí y le indicó a Nolan que se uniera a nosotros.

—Necesitamos una identificación —dijo— para hacerlo oficial. Tenemos que estar seguros.

Nolan habló antes de que yo pudiera abrir la boca.

—¿De qué demonios está hablando? —Su voz, furiosa, rompió el silencio de los Glades—. Está la pistola. El color de cabello. La estatura. Todo cuadra. Por Dios, examinen sus huellas digitales. ¿Y los dientes? El ejército debe de tener fichas dentales, ¿o no?

El forense intervino en la conversación, dando caladas a su pipa y soltando nubes de humo que la brisa transportaba por encima de los pantanos.

—No serviría de nada —aseveró.

—Explíqueme eso —pidió Nolan.

—Muy bien —dijo, con voz serena, en un tono más apropiado para un aula—. Número uno: la piel está demasiado descompuesta para tomar huellas digitales. Es imposible, dado el grado de estiramiento y de la pérdida de la consistencia e integridad de los tejidos, obtener una impresión exacta, de modo que ese método queda descartado. Número dos: el color de los ojos. Eso nos ayudaría para buscar en los archivos del ejército, pero las aves locales se han encargado de destruir las pruebas. Veamos otro método: la identificación dental. Magnífico. El ejército nos facilitaría al instante sus fichas. El único problema es que este sujeto debió de preverlo o, si no, tuvo suerte. Puso la pistola contra su mentón y apretó el gatillo. Se voló toda la boca pero dejó intacta una porción de la cara. ¿Otras marcas o cicatrices identificadoras? Ése habría sido, seguramente, el siguiente paso, pero los archivos del ejército dicen que el asesino no las tenía. De modo que nos queda un último método de identificación: la observación personal. Claro está que la pistola resultará ser la del asesino, pero eso no prueba nada. ¿Es él? Ha estado aquí varios días. Es difícil saberlo con seguridad. Al menos tres, cinco, tal vez una semana.

Ahora ni siquiera contaría con que lo reconociese su madre. —El forense levantó la mano para atajar la pregunta obvia—. Sí, nos hemos puesto en contacto con ella. Se ha negado. No ha visto a su hijo desde la guerra. Pero esa información ya apareció publicada en su periódico. —Hizo una pausa, mirándome—. ¿Comprende el dilema?

Pensé en la carta que estaba en el primer cajón de mi escritorio. ¿Cuán cerca había estado?, me pregunté.

—Hay muchos factores que contribuyen a la descomposición de un cadáver —prosiguió el forense—. El sol alternado con la lluvia. La humedad. Verá, en esta región, puede llover a cántaros a un kilómetro de aquí mientras esta zona permanece seca. No hay ningún método científico para determinar el tiempo. Una vez, sabíamos con seguridad que habían abandonado un cadáver aquí cerca. Era un caso de asesinato por encargo. Atrapamos al asesino. Cuando encontramos el cuerpo, prácticamente sólo quedaban los huesos. Y sólo había pasado una semana. Hay muchos factores.

«Estoy vivo —pensé—. No crea todo lo que ve.»

—Verás, tenemos que estar seguros —terció Wilson—. Tú eres quien lo vio más de cerca, en ese apartamento. ¿Es éste el hombre que conociste allí, el de la silla de ruedas?

Vacilé.

—No lo sé.

Wilson explotó.

—¡Fíjate bien, maldición! ¡Míralo! ¡Fíjate en su cara! ¡En las mejillas, la nariz, las orejas, las cejas! ¿Es él? Tenemos que saberlo. No más tarde; ¡ahora mismo! ¿Es él?

Volví a estudiar esos rasgos, aspirando y conteniendo el aliento. Nolan me tomó del brazo y me volvió hacia él, pero yo no aparté la vista del rostro destrozado.

—Es importante —dijo—. Ellos tienen razón. Es importante. Oye —me susurró al oído—, esta historia ha sido nuestra exclusiva desde el comienzo; de nadie más. Tenemos que ser nosotros quienes escribamos el final. Si no escribimos que es él, entonces nadie lo sabrá nunca, nadie podrá estar seguro jamás. No se trata sólo de una identificación; el estado de ánimo de toda la ciudad depende de ello. No podemos mostrarnos inseguros. No importa en absoluto lo que digan los demás; sólo lo que digamos nosotros. Somos el único periódico al que la gente creerá.

Sentí sus ojos clavados en mí, evaluándome.

—Míralo bien —me pidió—. Tenemos que estar seguros. ¿Es él?

—¿Es él?

La voz era de Wilson, que estaba de pie junto al cadáver; agitó el puño hacia mí y luego hacia el cuerpo inerte que, poco a poco, se confundía con la tierra y el aire.

—¿Es él?

Miré a Wilson, luego a Martinez y al forense. Vi que este último extraía una fotografía de su bolsillo y se inclinaba sobre el cadáver. Lo examinó con atención por un momento; luego sacudió la cabeza, se encogió de hombros y se volvió hacia mí. Nolan también me observaba. Porter estaba a un lado; su cámara zumbaba. Luego él también se quedó quieto, en espera de mi respuesta.

—¿Es él? —volvió a preguntar Nolan.

Me obligué a mirar las cavidades oculares vacías.

La luz del sol parecía bajar en espiral y paralizar a todos en un estallido de calor y luminosidad. Sentí el sol sobre mi cabeza, taladrándome el cerebro. Las imágenes se agolpaban en mi mente, luchando por el espacio. Vi la sonrisa del asesino a través del humo y las sombras del apartamento en penumbra, sus dedos tamborileando sobre la silla de ruedas. Lo imaginé inclinado sobre la ventanilla, mirando a Christine. Vi a las víctimas como en fila: la muchacha, la pareja de ancianos, la mujer y su bebé. Miré alrededor, el pantano y los árboles. Pensé en la guerra, en la morgue junto a la pista de aterrizaje. Volví a oír las palabras del asesino: nosotros dos solos, él y yo. Pensé en la carta en el cajón. ¿Era él? «No crea todo lo que ve.» Pero ¿qué estaba viendo?

Mi mente elaboró toda una trama: una imagen de la noche en que él había realizado su simulacro de asesinato con Christine. Pensé en los jóvenes de las calles céntricas y mal iluminadas de Miami: vagaban sin rumbo, sin nombre, abandonados. El ligue casual... ¡Qué fácil habría sido para él recorrer las calles en busca de un doble que tuviese su estatura, su físico y su mismo color de cabello! Una palabra, un rápido gesto de la mano, tal vez un poco de dinero, y su víctima sube al coche, sin miedo, sin saber lo que le esperaba. Luego él conduce hacia el oeste, adentrándose en los Glades. Roba un bote. Navega hasta este islote. Coloca la boca de la pistola contra el mentón de la víctima y aprieta el gatillo. La deja caer junto a la mano: el suicidio aparente. Recuerdo el bote perdido, la nota cuidadosamente preparada para que alguien la encontrara y me llamase, el policía que me llevó hasta el islote. No pudo haber nadado hasta allí, dijo. Tal vez vinieron dos y se marchó uno, perdiéndose en la oscuridad, con rumbo a otra ciudad, para asumir otra identidad.

Contemplé el cadáver que estaba en el suelo. ¿Era él? Lo estudié con más atención. ¿Era un impostor? ¿Acaso se trataba de otra mentira, de otra invención? Era posible. Todo era posible. Miré el cadáver.

No, pensé; es él.

Volví a mirar.

No, no es él; es otra persona.

No. Sí.

¿Quién es?

Nolan estaba a mi lado. Me hablaba con voz suave, pero insistente.

—Tenemos que estar seguros. Sin dudas, sin vacilaciones. La ciudad tiene que saberlo, tiene que respirar tranquila de una vez por todas. Todo depende de ti. Así ha sido desde el principio. ¿Es él?

—¡Deja de jugar con nosotros! —soltó Wilson, furioso—. ¡Vamos! ¿Es él?

Pensé en Christine, en mi padre, en mi tío y su féretro cubierto por la bandera. El sol parecía un péndulo que se balanceaba al viento, acercándose a mí inexorablemente.

—¿Es él?

Oí la voz pero no supe quién hablaba.

Entonces mentí.

—Sí —respondí—. Es él.

20

Mi mentira se propagó, arraigó y floreció. Los titulares matutinos anunciaban:

EL ASESINO DE LOS NÚMEROS SE SUICIDA.
ENCUENTRAN SU CADÁVER EN LOS GLADES.

Uno de los redactores me dijo que no se habían utilizado letras tan grandes desde la dimisión del presidente y, antes de eso, desde que el hombre llegó a la luna.

Era el último artículo, el resumen de todos los anteriores. La noche anterior, yo había efectuado varias llamadas después del largo viaje de regreso desde el pantano. Esta vez, las familias de las víctimas habían accedido a hablar. Recogí sus palabras y sus reacciones y las fundí en una descripción de sus sentimientos. Nolan había escogido las mejores y las había compilado en un artículo secundario que se publicó en el centro de una página interior. «Es un alivio —dijo alguien— saber que todo ha terminado.»

Pero ¿había terminado en realidad?

Mientras hilvanaba las impresiones del día, todas las

voces y los hechos, llegué a creer que mis dudas eran infundadas. Mientras hablaba y me inclinaba sobre el teclado de la máquina de escribir, recordaba el rostro desfigurado y comparaba las orejas, las cejas, la nariz y las mejillas con la figura que había visto entre las sombras en el apartamento. En mi mente, confronté esos rasgos con el retrato robot que había realizado el dibujante de la policía y luego con la fotografía proporcionada por el ejército. Apreté los dientes. «Joder, es él», pensé.

«Estoy vivo.»

«No crea.»

Cuando nadie miraba, abrí el primer cajón de mi escritorio y saqué la carta. Releí las palabras, tratando de comprenderlas con claridad. ¿Una última mentira? Después de tantas conversaciones, de tantas trampas tendidas por su imaginación, aún no sabía cuál era la verdad. Nolan estaba en éxtasis mientras leía el artículo a medida que éste emergía de la máquina de escribir.

—¡Eso es! —había dicho, agitando una hoja llena de palabras—. Ésta es la historia; está todo aquí.

Había introducido él mismo el texto en el ordenador, en vez de pedírselo a un asistente. «Se equivoca —pensé—. Nunca está todo allí.» Pero esto no había impedido que yo construyera el artículo sobre la base de aquella mentira, haciéndola resonar como un tambor en cada párrafo, oración, frase y palabra. Por un instante, mientras concluía la crónica con una descripción de la pistola asesina al sol, imaginé al asesino leyéndola. Lo vi sonreír y luego perderse en el olvido que había elegido para sí mismo: oficialmente declarado muerto y enterrado en la primera página del *Journal*.

Sacudí la cabeza para librarme de la imagen. «No —pensé—; el cuerpo que vi era el del asesino.»

Nolan estaba inclinado sobre las pantallas de vídeo, absorto. Por el momento, no me prestaba la menor atención. Volví a mirar la carta.

No, decidí. Él fue al pantano solo, para morir solo sin que lo descubrieran; un último y misterioso gesto que se prestaba a la confusión. Eso sería muy propio de él. Enigmático, especialmente al llegar a su fin.

Pero...

Esta palabra rondaba mi conciencia, atormentándome. Luché contra la avalancha de posibilidades. Tomé una hoja de papel y enumeré los factores:

«Ha llegado la hora», había dicho él. ¿La hora de qué?

«Estoy vivo.» Bueno, lo estaba en el momento de escribirlo.

«Todo lo que ve.» ¿Acaso había previsto que yo viese su cadáver?

La nota en la barca: «Estoy esperándole.» Y allí estaba. Muerto.

¿O no lo estaba? ¿Cómo llegó el bote de regreso a la orilla, lejos de donde se encontró el cadáver? ¿Lo llevó él?

Sentí deseos de gritar: «No lo sé.»

Entonces me estremecí. Jamás lo sabría.

Miré el teléfono, sobre mi escritorio. Los cables que lo conectaban a la grabadora formaban una maraña alrededor del auricular. «Suena, maldición —dije para mí—. Cuéntame la verdad, sea la que sea.»

Pero permaneció mudo. De pronto, después de tantas semanas, el teléfono estaba silencioso, muerto.

Christine escribió: «No regresaré a Miami. Hemos perdido lo que teníamos. Suena trillado y cursi, ¿verdad? Ojalá pudiera expresarme mejor. Si hubiese podido, tal vez esto no habría ocurrido. Lamento que tenga que terminar así. O de cualquier otra manera. Pero tiene que terminar.»

Metí en cajas algunas cosas que ella había dejado y las envié a su casa en Wisconsin.

Después de enviar la nota a composición, Nolan quiso emborracharse. Llamó al departamento de fotografía para que Porter se reuniera con nosotros y fuimos a un bar cercano. Propuso que pillásemos una borrachera placentera; luego él regresaría y esperaría a que la edición saliera de las máquinas. Cuando atravesamos la puerta del penumbroso bar, llegó hasta mis oídos el ruido confuso de varias voces. En su mayoría eran de gente del periódico; casi todos hablaban de la historia del asesino. Algunos se volvieron y saludaron con un gesto de la cabeza o de la mano, otros me recibieron con palmaditas en la espalda. Querían invitarme a unas copas para celebrar. Acepté el vaso de cerveza que me tendía una mano y de repente me sentí más relajado. Levanté mi vaso y todos brindamos. Nolan apuró un vaso de whisky y luego pidió una cerveza. Los tres nos dirigimos a un reservado en un rincón, pedimos más copas y nos repantigamos en los asientos.

—¡Qué historia! —exclamó Nolan—. ¡Dios, qué historia! ¿Podéis creerlo?

Porter tomó un sorbo de su vaso y agachó la cabeza hacia la mesa. Se dibujó una leve sonrisa en sus labios y sacudió la cabeza lentamente.

—He estado pensando —dijo—. ¿Qué fue en realidad?

Nolan lo miró con curiosidad.

—Me explico —prosiguió Porter—: un hombre mata a cuatro personas y llama al periódico para contárnoslo. ¿Es eso tan extraordinario en realidad?

—No te entiendo —dijo Nolan.

—Ha habido asesinos mucho peores —continuó Porter—. Speck en Chicago... el tipo de la torre en Texas... ¿y qué me decís de Leopold y Loeb? Aquello llegó a conocerse como el crimen del siglo. Y el secuestro de Lindbergh: ése también fue el crimen del siglo durante algún tiempo.

Bebió otro trago.

—¿Adónde quieres llegar? —preguntó Nolan.

—Esto ha sido sólo una noticia más. Un veterano de guerra se vuelve loco. Mata a personas inocentes. Habla de ello. Es sólo otra historia. Habrá más mañana.

Nolan reflexionó por un momento.

—Es verdad, pero siempre ha sido así. Eso no empequeñece el momento. En eso consiste el periodismo: en celebrar el instante. No hay pasado, ni futuro, ni historia, ni visiones. Lo importante es el ahora.

Nolan echó la cabeza atrás y se rió. Algunos de los que estaban en el bar lo miraron y luego devolvieron su atención a sus copas. Nolan señaló a Porter con el dedo.

—Aun así, ha sido una historia estupenda —dijo.

Porter también prorrumpió en carcajadas.

—Estoy de acuerdo —dijo, levantando el vaso para brindar—, aunque eso signifique contradecirme.

Al día siguiente, Nolan me animó a tomarme unas vacaciones. En su opinión, las merecía. Me sugirió que volara a Wisconsin a encontrarme con Christine. Negué con la cabeza.

—Otra noticia —dije—. Tú sólo dame otra noticia.

Nolan tardó en responder; me miraba a los ojos.

—Sólo si eso es lo que quieres realmente.

—Así es.

—Está bien. En la franja de Florida que penetra en Georgia y Alabama ha habido un resurgimiento de la actividad del Ku Klux Klan. Han estado quemando cruces, manifestándose, complicándole la vida a la gente. ¿Qué te parece una crónica sobre los nuevos jinetes enmascarados o algo así?

—Iré el lunes —respondí.

—Cuando te venga bien —dijo, y regresó a su oficina.

Volví a mi escritorio y, una vez más, extraje la carta del asesino.

«Uno más», había dicho él.

Yo había creído que se refería a mí. ¿Hablaba de sí mismo?

Desaparecido en combate.

De nuevo se arremolinaron en mi mente las conjeturas. Después de cerciorarme de que nadie me veía, rompí la carta en mil pedazos y los arrojé a la papelera.

A mediodía, salí de la oficina para recorrer las calles. Hacia el oeste, sobre los Glades, comenzaban a formarse enormes nubarrones, y sentí una brisa regular que soplaba desde esa dirección. Calculé que faltaría una hora o dos, a lo sumo, para que la tormenta llegara a la ciudad. Escruté los rostros de la gente, intentando advertir alguna diferencia, pero no logré leer en ellos emociones ni recuerdos. Todo lo que había parecido tan obvio hacía muy poco tiempo se había desvanecido. ¿Acaso lo había imaginado todo, todos los miedos? ¿Qué había ocurrido?

Ese fin de semana volé a Nueva Jersey para visitar la tumba de mi tío. El otoño comenzaba a instalarse. El cambio de estación se apreciaba en las hojas, que se curvaban y se volvían marrones gradualmente. Mientras mi padre me llevaba al cementerio, bajé la ventanilla del automóvil y sentí el viento en la cara. Era fresco, extraño, intoxicador.

Había flores en la tumba, recién cortadas. Me pregunté quién las habría puesto allí. Mi padre estaba de pie a mi lado, con la cabeza gacha. Momentos después, me dijo, como de pasada:

—Hace años intenté decírselo. La guerra terminó, le dije. Sigamos adelante. Pero él nunca se adaptó. A veces los hechos son demasiado impactantes para que la mente los comprenda, los clasifique y los archive. La mayoría de nosotros se adapta y envejece con indiferencia, pero, para algunos, los recuerdos no se borran. Algunas personas se atragantan con sus recuerdos. Como tu tío. —Me miró—. ¿Y tú?

—Debí ir —respondí.

—¿Adónde? ¿A ese país dejado de la mano de dios para que te mataran en esa guerra estúpida? —Estaba furioso—. Habrías vuelto peor que él. Más inválido que si te hubiese alcanzado una bala. —Guardó silencio durante un momento.

—Hay dos clases de heridas —dijo, con un dejo de irrevocabilidad—. Algunas se curan. Otras, nunca. Tú eliges cuál prefieres.

Regresamos a casa en coche, sin hablar.

No he vuelto a tener noticias del asesino.

A veces, cuando en la redacción hay poco trabajo, me acerco a la morgue y busco el archivo titulado ASESINO DE LOS NÚMEROS, julio-septiembre de 1975. Extiendo ante mí los trozos de papel en los que está escrita la historia más importante de mi vida, y mis ojos recorren las columnas impresas en busca de la pista, la declaración, la frase olvidada que responda la pregunta que persiste en mi mente. Pero sigue siendo un misterio. A Nolan le gusta señalar, después de tomar algunas copas, que fue la suerte lo que cerró el caso; que las horas que le dedicamos nosotros y la policía, el miedo que atenazó a los habitantes de la ciudad fueron inútiles para acabar con el juego del asesino. Sin embargo, yo me pregunto si no fue así como él quiso jugarlo.

A veces, al enterarme del caso de otro asesino o de algún homicidio inexplicable cometido en otra ciudad u otro estado, me pongo a pensar. A veces, veo rostros; descubro que mi imaginación compara los rasgos que tengo ante mí con aquellos que se descomponían bajo el tórrido sol. A menudo, cuando suena el teléfono sobre mi escritorio, vacilo antes de atenderlo, preguntándome si esta vez oiré la voz fría y familiar en el auricular. También pienso que fue mi mentira lo que liberó a la ciudad de los mismos miedos, de las mismas dudas.

Y eso, supongo, me consuela un poco.